Für all die wundervollen Musikerinnen und Musiker da draußen, egal, ob Weltstar oder (noch) unentdecktes Talent. Was wäre die Welt nur ohne eure Songs …

Allies Playlist

The Rolling Stones – Sympathy for The Devil
The Beatles – Here Comes The Sun
Benson Boone – Beautiful Things
Nirvana – Smells Like Teen Spirit
ABBA – Waterloo
Pink Floyd – Wish You Were Here
Capital Cities – Safe And Sound
Sia – The Greatest
Bastille – Of The Night
Bruce Springsteen – Brillant Disguise
Taylor Swift – Champagne Problems
In Paradise – Moments We Live for
Only The Poets – JUMP!
Noah Kahan – Homesick
Radiohead – Creep
Snow Patrol – Take Back The City
Thirty Seconds to Mars – Closer to The Edge
Harry Styles – Golden
Picture This – Ireland
Sam Ryder – More
Gavin Rossdale – Love Remains The Same
5 Seconds of Summer – Amnesia
Dua Lipa – Physical

Conors Playlist

Harry Styles – Adore You
Prince – Most Beautiful Girl in The World
Taylor Swift – Beautiful Eyes
Dermot Kennedy – Kiss Me
Kodaline – What It Is
The Weeknd – Can't Feel My Face
Snow Patrol – Run
OneRepublic – Runaway
The White Stripes – Seven Nation Army
One Direction – Best Song Ever
Tadhg Daly – Come Alive
Moncrieff – Love Somebody
Elvis Presley – Follow That Dream
Gossip – Move in The Right Direction
Bruce Springsteen – Tougher Than The Rest
MGMT – Time to Pretend
The 1975 – Sex
The Script – Freedom Child
Only The Poets – Every Song I Ever Wrote
Alex Warren – Before You Leave Me
Rob Thomas – If You're Gone
Brosie – Coulda Shoulda Woulda Enthusiast

Prolog

Samstag, 30. März

Conor – Just let me adore you

»Alter, beeil dich, sie geht jeden Moment live!«, höre ich Danny von oben brüllen, als die Standuhr im Wohnzimmer acht schlägt. Reflexartig schiebe ich mir das letzte Stück Mozzarellapizza in den Mund und angele mit der freien Hand nach den Chips.

»Komme«, nuschele ich, gebe der Schranktür einen Tritt mit der Ferse und haste, mit drei Bierflaschen und der knisternden Tüte beladen, die Treppe hinauf, immer zwei Stufen auf einmal.

Danny sitzt vor seinem Rechner, die fetten Kopfhörer auf den Ohren, die Augen starr auf den Bildschirm gerichtet, während Kian wie üblich im Sitzsack lungert. Ich zerre den Stuhl hinter dem Schlagzeug hervor und lasse mich darauf fallen, bevor ich die Pizza mit einem Schluck Kilkenny runterspüle. »Hab ich was verpasst?«

Danny schüttelt den Kopf, ohne mich anzusehen. Sein Finger drückt immer wieder F5, während meine Augen zwischen dem Browserfenster und der Uhrzeit rechts unten im Bild hin- und herspringen. Zwei Minuten nach acht. Ungewöhnlich.

»Was sie heute wohl spielt?« Ich wollte es gar nicht laut aussprechen, geschweige denn eine Antwort, und trotzdem folgt Dannys Reaktion auf dem Fuße: »Ich hab ihr geschrieben, dass sie mal was vom Boss covern soll.«

»Großartige Idee«, sage ich und ohrfeige mich gedanklich dafür, dass *ich* nicht darauf gekommen bin, ihr das zu schreiben. Ihr überhaupt zu schreiben. *Feigling, elender.*

»*Human Touch* oder so«, sinniert Danny derweil weiter und nippt an seiner Flasche.

»*The River*«, fällt mir direkt ein.

»Wir sind aber schon hier, um zu proben, oder?« Kians Zwischenfrage bleibt unbeantwortet, weil im selben Moment endlich der Ring um ihr schwarzes Profilbild aufleuchtet und Danny dem Livestream beitritt.

»Hi, ihr Lieben«, höre ich ihre übliche Grußformel wenige Sekunden später. »Es ist Samstagabend, acht Uhr, und ihr wisst, was das heißt.«

Bam. Augenblicklich ist der Tag einen Tick besser, wird es heller in Dannys muffigem Zimmer.

»O wow, so viele sind schon online! Als hättet ihr gewartet.« Sie lacht selbstironisch, und sofort bekomme ich eine Gänsehaut. »Die Verspätung tut mir leid, aber ich arbeite aktuell an einem Song und hatte beim Duschen eben so einen krassen Einfall, dass ich den unbedingt aufschreiben *musste*, bevor er wieder weg ist.« Sie macht eine kleine Pause, und ich lehne mich zurück, schließe die Augen und lasse den Klang ihrer Stimme auf mich wirken. »Hattet ihr auch schon mal so eine Offenbarung? Einen Gedanken, bei dem sich euch die Haare aufgestellt haben, weil er so genial ist? Jedenfalls ging es mir gerade so. Ich hab mich tropfnass auf den Badewannenrand gesetzt, um mir eine Notiz im Handy zu machen. Die Musiker unter euch werden mich verstehen. Manche Ideen sind zu perfekt, um sie gehen zu lassen!«

»Recht hast du, Liz!« Dannys Gebrumme reißt mich aus dem

Tagtraum, in dem ich bis eben mit Liz auf dem Rand ihrer Badewanne gesessen habe. Um mit ihr über Musik zu sprechen, versteht sich. Über Gott und die Welt zu philosophieren, wie wir es oft tun, wenn wir beide in meinem Kopf allein sind.

»Hi, James, schön, dass du auch wieder dabei bist.« Ich halte die Luft an. Auf einer Skala von eins bis ›Du musst dringend einen Arzt aufsuchen‹, wie irrational ist es, mir zu wünschen, dass sie *meinen* Namen sagt?

Wohl sehr, denn wir sind über Dannys Account eingeloggt.

»Hi, Riley, Patsy, Paula, Danny, Kayla, hallo, ihr lieben Menschen! Ich freue mich, dass ihr da …« Sie stockt kurz. »Dermot, hey, schönen guten Abend auch an dich. Und vielen Dank für deinen Songwunsch. Ihr wisst, *Blowin' In The Wind* steht schon ewig auf der Liste meiner absoluten Favoriten, aber so wirklich traue ich mich da nicht ran, muss ich gestehen. Dylan ist … ein Gott! Und sich an Gottes Werk zu vergreifen … Puh, ihr wisst, was sie hier im erzkatholischen Irland mit solchen Leuten noch bis weit in die Neuzeit gemacht haben, oder?« Sie lacht, und die Kommentarspalte explodiert kurzzeitig.

PatsyBanksUK Spiel mal wieder Taylor Swift!
itsme.dermotokeefe Verstehe dich gut! Vor Dylan hätte ich auch Respekt.
official_kaykayfromupton Welche Gitarre spielst du?
druidfluid Du bist bestimmt Millionen Mal heißer als Bob Dylan!
mineisbigger_thanyours Zeig mal dein Gesicht, dann sag ich dir, ob ich auch gern mal mit dir in der Badewanne sitzen und noch ganz andere Dinge tun möchte!
oriley_d03 Spiel den Boss!
her.name.was.lola.2004 Hast du meine Nachricht bekommen?
PatsyBanksUK Du solltest Harry Styles um ein Duett bitten. Aus dir könnte sein weibliches Pendant werden!

Irgendwann räuspert sie sich in die Stille hinein. »Natürlich habe ich eure Mails erhalten! Danke an alle, die bei meinem letzten Aufruf mitgemacht und sich Songs gewünscht haben. Es waren echt ein paar ganz tolle Vorschläge dabei, und ich werde in jeden einzelnen reinhören, versprochen.«

Einhundertneunzehn Viewer, die wie Danny und ich lechzend am PC sitzen und darauf warten, dass sie die Gitarre in die Hand nimmt und singt. Vielleicht sitzt sie heute auch am Klavier, keine Ahnung. Oder sie packt ein neues Instrument aus und überrascht uns damit. Ich traue ihr alles zu. Querflöte, Kontrabass, Fagott, Fiddle, Harfe.

»Wie dem auch sei, eigentlich wollte ich heute Abend *Anti-Hero* von der lieben Taylor für euch singen.« Noch so ein Lied, welches ich nun nie wieder hören kann, ohne dabei an Liz zu denken. »Das habe ich die ganze Woche geübt, aber dann kam dieser Geistesblitz eben in der Dusche, und den werde ich einfach nicht los. Und deshalb habe ich beschlossen, dass wir heute gemeinsam draufschauen und sehen, ob daraus was werden kann. Habt ihr Bock?«

Liz hat den Satz noch nicht ganz zu Ende gesprochen, da schickt Danny das Emoji mit dem erhobenen Daumen mehrfach quer durch das Netz nach … wohin auch immer.

»Das sieht mir sehr eindeutig aus.« Man kann sie durch die Leitung förmlich lächeln hören. Und wieder denke ich nur, wie gern ich wissen möchte, wie dieses Lächeln aussieht.

In meinem Kopf gehören zu der Stimme, zu Liz, blonde Haare und wunderschöne rauchblaue Augen. Ein bisschen wie Sydney Sweeney mit einem Lächeln, das Eisberge und Herzen zum Schmelzen bringt. Meines schmilzt still und leise vor sich hin, seit ich vor ein paar Wochen durch Zufall über ihre Live-Sessions gestolpert bin, in denen sie Songs für ein stetig wachsendes Publikum covert. Und jeden Samstag hänge ich an ihren Lippen, obwohl ich sie noch nie gesehen habe – die Lippen und sie. Weil sie sich immerzu hinter diesem dämlichen Vorhang versteckt.

»Also, seid ihr so weit?«

Ja, möchte ich ihr schreiend antworten, aber dann erinnere ich mich wieder daran, dass sie mich nicht hören kann. Und dass Kian mich auslachen würde.

oriley_d03 Ja, zeig's uns, Lizzie!

Danny war längst schneller als ich und lehnt sich zurück. Auch er hängt an ihren Lippen. Alle, denke ich. Alle einhundertsiebenundvierzig Zuhörer, die sie mit ihrem Scheißvorhang in ihrem Bann hat.

Ich will nicht wissen, wie ihre Klickzahlen wären, wenn sie sich zeigen würde. Wir haben uns schon oft gefragt, wieso sie das nicht tut. Ob sie Angst vor Stalkern hat. (Meine Vermutung, und die ist nicht von der Hand zu weisen, wenn man sich ein paar der unterirdischen Kommentare ansieht.) Oder ob sie ein Celebrityspross ist, der nicht erkannt werden will. (Dannys Verdacht, aber wir haben wochenlang hin und her gerätselt, wer sie sein könnte, und sind dabei zu keinem Ergebnis gekommen.) Oder ob sie nicht tageslichttauglich ist. (Wie Kian an der Stelle gern ketzerisch einwirft.)

»Okay.« Ihre Hand fährt über die Tasten eines Keyboards. Ich nehme an, es ist ihre, denn auf dem Bildschirm sehen wir schwarz, immer nur schwarz. Jeden Samstag. Und trotzdem schalte ich ein. Weil ihr Schwarz so viel besser klingt als all die Farben, die ich je gehört habe. »Bitte seid ehrlich, ja?«

Ein paar Herzen fliegen über den Screen. »Ich nenne es *Swift*.« Wieder ein hörbares Lächeln, dann sinken ihre Finger auf die Tasten.

Perhaps you were just too blind to see
What you needed most wasn't meant to be
Keep smiling through that ocean of tears
So no one sees what you've been hiding all those years
All the hurt and the guilt and the grief
That has you weeping in your dreams

Drei Akkorde, dann habe ich Gänsehaut. Überall. An den Armen, im Nacken, zwischen den Zehen. Sie singt so weich und unangestrengt und gleichzeitig so kraftvoll. Sie erreicht mich an Stellen, an die vor ihr noch nie ein anderer Mensch vorgedrungen ist. Und nein, damit meine ich nicht die Zwischenräume meiner Zehen.

Ich würde es nie laut aussprechen – auf keinen Fall vor Danny und erst recht nicht vor Kian – aber ich glaube, ich bin tatsächlich ein bisschen verliebt. Was völlig absurd ist, denn mit Anfang zwanzig verliebt man sich in Gesichter, die man auf dem Campus sieht, oder in Frauen in Cafés oder Klubs – oft wöchentlich in eine andere.

Und dann gibt es mich.

Conor Sheehan.

Ich bin verliebt in eine Stimme.

INSTAGRAM

Gefällt 1.108 Mal
liz_official ♡ LIVE Clip vom 11. Mai ♡

Heute mit meiner Version von *Matilda*, im Original aus der Feder des über die Maßen talentierten @harrystyles! Danke, Harry, für diesen wundervollen Song!

PS: Wenn du mal Bock auf ein Duett hast, ich stehe dir jederzeit zur Verfügung 😉 #fangirlmoment #uandmebehindthecurtain

#lizzieslivesessions #musicislife #musicislove #stylers

11. Mai
Neue Nachricht von **maybenotbob.dylan**
maybenotbob.dylan Ich überlege seit Stunden, was ich schreibe (und ob ich diese Nachricht überhaupt abschicken soll). Aber ich will, dass du weißt, dass ich meine Seele verkaufen würde, um mit dir singen zu dürfen. Und ich bin mir sicher, dass ich damit nicht allein bin. So, jetzt muss ich mich nur noch trauen, die Nachricht abzuschicken. Aaaaaaah ... #fanboymoment 🤩
liz_official Danke für deine süße Nachricht, Dylan. 😊
maybenotbob.dylan Alter, sie hat einfach direkt geantwortet. Meine Hände zittern, ich schwör's dir!!!
maybenotbob.dylan ...
maybenotbob.dylan Sorry. Die Nachricht war eigentlich für meinen Kumpel gedacht. #cantheground justswallowmeupplease
liz_official ?
maybenotbob.dylan Können wir bitte noch mal von vorn anfangen?
liz_official Ich denke schon 😂

maybenotbob.dylan Hi, mein Name ist Dylan, und ich finde, deine Stimme ist der absolute Wahnsinn.

liz_official Jetzt hör aber auf, sonst werde ich noch rot.

maybenotbob.dylan Darf ich dich direkt mal was fragen?

liz_official Puh ... solange du nicht fragst, ob du mir Nacktbilder schicken darfst (wobei ich dir schon hoch anrechnen würde, dass du vorher überhaupt fragst, denn das tun leider die wenigsten ...) – gern.

maybenotbob.dylan Okay ... jetzt hab ich seltsame Bilder im Kopf.

liz_official Ja, frag mich mal ...

liz_official Aber du wolltest was anderes fragen?

maybenotbob.dylan Meine Frage war eigentlich, wieso du dich hinter dem Vorhang versteckst, aber ich glaube, die erübrigt sich gerade.

liz_official Ja ... Das Netz kann ziemlich fies sein.

maybenotbob.dylan Dabei wäre bestimmt so viel mehr für dich drin.

liz_official Mehr was?

maybenotbob.dylan Einfach mehr. Erfolg halt. Die ganz große Bühne.

liz_official Wir können nicht alle Harry Styles / Taylor Swift sein. 😢

liz_official Und vielleicht will ich da ja gar nicht hin?

maybenotbob.dylan Wer würde das nicht wollen?

liz_official Manche Stimmen sind zwar schön anzuhören, aber der Mensch dahinter ist nicht immer für die (große) Bühne gemacht.

maybenotbob.dylan Im Sinne von Aussehen etc.?

liz_official Nicht unbedingt. Wobei ... wenn wir mal ehrlich sind ... Glück in der Genpool-Lotterie ist im Musikbusiness durchaus von Vorteil.

maybenotbob.dylan Hättest du jetzt gesagt Ausdauer, Mut,

Fleiß, Glück generell ... dann hätte ich dir zugestimmt. Aber aufs Aussehen kommt es doch echt nicht an.
liz_official Dann nenn mir Künstler ohne gute Gene (oder talentierten Schönheitschirurgen), die es im Business zu was gebracht haben.
maybenotbob.dylan Meat Loaf.
maybenotbob.dylan Shane McGowan!
liz_official Absolute Genies, keine Frage, aber die sind beide tot.
maybenotbob.dylan Lewis Capaldi.
maybenotbob.dylan Ed Sheeran.
liz_official Maybe, aber merkste was?
maybenotbob.dylan Was?
liz_official Keine einzige Frau bei deiner Aufzählung dabei.
maybenotbob.dylan Beth Ditto?
liz_official Okay. Ich korrigiere meine Aussage: Man muss ein Typ sein, um nach oben zu kommen. Nicht im Sinne von einem Kerl, sondern ... ein Typ eben. Eine Marke. Unverkennbar. Speziell. Einzigartig. Wie Lewis und Beth und der Rest. Und das bin ich nicht.
maybenotbob.dylan Sollten das nicht besser andere Leute beurteilen?
liz_official Glaub mir, meine Selbsteinschätzung ist da schon ganz gut. 😉
maybenotbob.dylan Also eher keine Bühne für dich?
liz_official Keine Bühne für mich.
maybenotbob.dylan Schade.
maybenotbob.dylan Wobei ...
liz_official ?
maybenotbob.dylan Es ist schon schwierig genug, dich mit Dermot und James und deinen anderen Followern teilen zu müssen. Nicht auszudenken, du hättest Millionen davon. 😉
liz_official Haha! Du bist echt süß, Dylan.

liz_official Ein bisschen creepy, aber irgendwie süß.
maybenotbob.dylan Ich werte das mal als Kompliment.
liz_official Ich muss jetzt leider los. Wir lesen uns 😊
maybenotbob.dylan Mach's gut, Liz.

14. Mai
maybenotbob.dylan Ich habe jetzt zwei Tage lang versucht, cool zu bleiben und dir nicht direkt wieder zu schreiben, damit ich nach der Nummer vom Samstag nicht noch mal total creepy rüberkomme. Aber du hast ja geschrieben ›Wir lesen uns‹, deshalb …
liz_official Deshalb?
maybenotbob.dylan Dachte ich: Was soll's?
liz_official Nur mal so als Tipp fürs nächste Mal: Du solltest nicht erwähnen, dass du mir eigentlich schon vor zwei Tagen schreiben wolltest.
maybenotbob.dylan Du hältst mich für bescheuert, oder?!
liz_official Ein bisschen.
liz_official 😇
liz_official ABER
maybenotbob.dylan Ja?!
liz_official Ich hab tatsächlich auch drüber nachgedacht, dir zu schreiben.
maybenotbob.dylan Ernsthaft?
liz_official Klar. Ich dachte mir, einer, der Damian McGinty und Emmett Cahill folgt, wird schon kein Psycho sein. 😉
maybenotbob.dylan Du stalkst mein Profil?!
liz_official Deine lächerlichen vier Posts der letzten anderthalb Jahre ansehen und durch die paar Accounts scrollen, denen du folgst, nennst du stalken?
maybenotbob.dylan Hallo?? Ja!!
liz_official Okay, maybe ein bisschen …

liz_official Aber hey, das Netz ist böse. Ich muss doch erst mal sichergehen, dass du kein Massenmörder auf der Suche nach deinem nächsten Opfer bist.
maybenotbob.dylan Und es braucht nur vier Bilder und die Tatsache, dass ich den Mitgliedern von Celtic Tiger folge, um dir zu sagen, dass ich keiner bin?
liz_official Gute Nacht, Jack.
maybenotbob.dylan Jack?
liz_official The Ripper
maybenotbob.dylan Wo genau hängt noch mal dein Vorhang? 🤤
liz_official Das könnte dir so passen, Hannibal.
maybenotbob.dylan Aber ich bin creepy?
liz_official Jeder spinnt auf seine Weise. 😇

...

1. Juni
maybenotbob.dylan Hast du die Noten zu *Spit Of You* für mich? Ich sitze seit Stunden an der Gitarre und versuche den Song so nachzuspielen wie du vorhin, aber mein Kopf kriegt's nicht hin. Oder besser gesagt: meine Finger.
liz_official Klar, hier.
maybenotbob.dylan Mega, danke.
maybenotbob.dylan Auch wieder so ein Song, auf den ich unendlich neidisch bin.
liz_official Neidisch inwiefern?
maybenotbob.dylan Weils nicht meiner ist? Keine Ahnung. Kennst du das nicht, wenn du ein Lied hörst und so genial findest, dass es dich so richtig abfuckt, nicht selbst auf die Lyrics gekommen zu sein?
liz_official Jetzt bin ich neugierig. Erzähl mir mehr.
maybenotbob.dylan Mehr wovon?

liz_official Alles. Was Musik für dich ist.
liz_official Dylan?
maybenotbob.dylan Ja, sorry, das ist 'ne krasse Frage, da muss ich erst mal ne Minute drüber nachdenken. 😉
liz_official Und?
maybenotbob.dylan Ich würde sagen, Musik ist der Anfang und das Ende und alles dazwischen.
maybenotbob.dylan Too much?
liz_official Nee, überhaupt nicht.
liz_official Und schreibst du auch eigene Texte?
maybenotbob.dylan Ja, ich hab schon das ein oder andere selbst geschrieben.
liz_official Angehender Singer-Songwriter?
maybenotbob.dylan Eher Richtung Leadsänger.
liz_official ...
maybenotbob.dylan ???
liz_official Wir schreiben uns seit drei Wochen mehr oder weniger täglich!
maybenotbob.dylan Und?
liz_official Und zwischen deinem Gefasel darüber, dass du ganz, ganz, ganz bestimmt kein Stalker bist, aber trotzdem furchtbar gern wissen möchtest, wo sich mein schwarzer Vorhang befindet, oder dass du gar nicht verstehen kannst, warum den Musikfans immer noch als erstes U2 einfällt, wenn sie an Irland denken, oder dass du den irischen Beitrag zum Eurovision Songcontest dieses und letztes Jahr ätzend fandest, ist dir nicht mal in den Sinn gekommen, mir zu erzählen, dass du eine BAND hast? 😦
maybenotbob.dylan Ich wusste nicht, dass es relevant ist.
maybenotbob.dylan Und es ist auch nicht so, als wären wir sonderlich erfolgreich.
liz_official Leidenschaft und Erfolg sind zwei völlig unterschiedliche Dinge!

maybenotbob.dylan Stimmt.

maybenotbob.dylan Wer weiß, vielleicht schreiben wir irgendwann mal was zusammen? #uandmebehindthecurtain oder wie war das? 🤩

liz_official Immer schön langsam!

maybenotbob.dylan ?

liz_official Ich arbeite doch nicht mit jedem dahergelaufenen Pseudo-Stalker/Möchtegern-Songwriter zusammen! 🤪 Du musst schon beweisen, dass du würdig bist, mit der großen Liz zusammenzuarbeiten.

maybenotbob.dylan Ich sollte mich mit den Komplimenten in Zukunft etwas zurückhalten, wenn die dir gleich so zu Kopf steigen. 😬

liz_official Das mit den Komplimenten solltest du dringend üben, wenn du glaubst, dass sich da oben eines versteckt hat. 😏

liz_official Okay, Hosen runter, Bob.

liz_official Ich erwarte ehrliche Antworten! Nicht lange rumüberlegen, sondern das Erste schreiben, was dir einfällt, okay?

maybenotbob.dylan O-kay?!

liz_official Bester Songschreiber ever in deinen Augen?

maybenotbob.dylan Ähh, hallo??

maybenotbob.dylan ← mein Nickname sagt doch schon alles, oder?!

liz_official Lieblingstextstelle?

maybenotbob.dylan Von Dylan?

liz_official Ganz egal.

maybenotbob.dylan ›Is a dream a lie, if it doesn't come true, or is it something worse?‹

liz_official Uuuuh, der Boss, sehr gute Wahl!

maybenotbob.dylan Springsteen kommt ganz dicht hinter Dylan.

liz_official Weitere musikalische (Songschreiber-)Idole?

maybenotbob.dylan David Bowie auf jeden Fall. Und Freddy Mercury.
maybenotbob.dylan Taylor Swift, Harry Styles, Sia, Ed Sheeran, um noch ein paar neuere zu nennen. Und natürlich Damien Rice, Paddy Casey, Jimmy MacCarthy, Moncrieff, um auch noch die Irlandflagge zu hissen.
maybenotbob.dylan ???
maybenotbob.dylan Habe ich bestanden? 🙃
liz_official Ich glaube, das könnte ganz cool werden mit uns beiden.
maybenotbob.dylan Ehrlich?
liz_official Auf jeden Fall!
maybenotbob.dylan Wie viele solcher Anfragen hast du schon bekommen?
liz_official Die ein oder andere.
maybenotbob.dylan Und wie vielen hast du geantwortet: Ich glaube, das könnte ganz cool werden mit uns beiden?
liz_official Niemandem bisher.
maybenotbob.dylan Oh, okay. Jetzt bin ich nervös. 🙈
liz_official Solltest du auch sein.
liz_official 🤭

...

10. Juni
maybenotbob.dylan Bist du mit ›Swift‹ eigentlich weitergekommen?
liz_official Nicht wirklich. Mir fehlt immer noch der passende Einstieg.
maybenotbob.dylan Ich würd's mir mal anschauen, wenn du magst.
maybenotbob.dylan Nee, vergiss das wieder.

liz_official Wieso?

maybenotbob.dylan Das ist dein Song, deine Trennung, die du da verarbeitest, da hänge ich mich besser nicht rein.

liz_official Wie kommst du drauf, dass das ein Break-up-Song ist?

maybenotbob.dylan Ist es nicht?

liz_official Nein.

maybenotbob.dylan Aber Single bist du trotzdem, oder?

maybenotbob.dylan Sorry, die Frage war unangebracht.

liz_official Ich bin vor allen Dingen ... ziemlich müde. 😉

maybenotbob.dylan Dito.

maybenotbob.dylan Schlaf gut, Liz.

maybenotbob.dylan Und sorry noch mal, das sollte nicht wie eine plumpe Anmache rüberkommen oder so.

liz_official Schlaf gut, Dylan.

liz_official Und PS: Ja, bin ich. 🤭

maybenotbob.dylan 😇

Samstag, 27. Juli

Allie – Well-learned politeness

Von sämtlichen Regeln, die Sean im Personalzimmer an die Wand gehängt hat, war Nummer zwei von Anfang an mein heimlicher Favorit.

So wenig Small Talk wie möglich, so viel wie nötig.

Wie viel genau ›nötig‹ ist, wurde nie näher definiert, was die Sache für mich relativ einfach macht: ›Was darf's sein?‹, ›Sonst noch einen Wunsch?‹ und ›Schönen Abend noch‹. Jegliche Konversation darüber hinaus ist von meiner Tagesform abhä-

»Gin Tonic. Sechs cl Nolet's …, Fünfundzwanzig cl Seedlip … Water, wenig Eis.« Der Typ – groß, dunkelhaarig, glasige Augen – steht mitten in meiner Gedankenblase so plötzlich vor mir, dass ich beinahe das frisch gespülte Glas fallen lasse, als er seine Bestellung über den Tresen bellt.

Ich habe ihn schon öfter hier gesehen, Seedlip und seine streng zurückgegelten Haare, die im bunten Stroboskoplicht aussehen wie Kens in Ewigkeit gegossene Plastikfrisur. Kein Mitglied, aber definitiv auch kein unbekanntes Gesicht, denn Gesichter vergesse ich selten.

Auch er ist ganz offensichtlich kein Fan von Small Talk. Wobei für ein simples ›Bitte‹ und ›Danke‹ meiner Meinung nach immer Zeit sein sollte. Sieht Seedlip jedoch anders, denn eine seiner Augenbrauen zuckt schon genervt nach oben, bloß weil ich mir die Hände an meiner Schürze abtrockne.

Ich tippe auf Selfmade-Irgendwas. Einer von der ›Time is Money‹-Sorte, von denen es hier im *VIPer* wimmelt.

Worauf Sean im Übrigen ebenfalls großen Wert legt, sind zwei offene Knöpfe an der weißen Bluse – und Höflichkeit. Siehe auch Regel Nummer eins: *Blickkontakt halten und immer freundlich lächeln.* Also schlucke ich den Groll hinunter, bis ich endlich das devote Nicken zustande bringe, um das er mich schon so oft bekniet hat. Ich drehe mich weg, damit Seedlip mir nicht länger in den Ausschnitt starren kann, und suche die Zutaten zusammen, wenig Eis, Nolet's Gin, den teuersten, den wir im Sortiment haben – natürlich – und Seedlip Tonic Water, wie immer.

Heuer doch im VIP-Club deines Onkels an, haben meine Kommilitoninnen damals zu mir gesagt. *Was glaubst du, was die da an Trinkgeld springen lassen! Und nebenbei triffst du bestimmt die ganzen berühmten Leute! Jamie Dornan zum Beispiel. Oder Niall Horan.*

Und ja, hin und wieder trifft man die hier tatsächlich.

Mein persönliches Highlight wird auf ewig Paul Mescal bleiben, der letztes Jahr seine Oscar-Nominierung zusammen mit einer brünetten Schönheit in einer unserer Privatboxen gefeiert hat. Drei Mal sind Mason und ich hingegangen, um den Champagner aufzufüllen, und jedes Mal trug die Frau weniger an ihrem ohnehin nur sparsam bekleideten Körper. Mason behauptet nach wie vor, dass sie beim letzten Refill was von einem Dreier genuschelt hat, aber das kaufe ich ihm bis heute nicht ab. Und selbst wenn, wer konkurriert bei einem Dreier schon gern mit Paul Mescal? Nicht, dass ich eine Ahnung davon hätte, wie der Gute im Bett ist – oder in unserer Box. Und selbst *wenn* ich die hätte, würde das außerhalb des *VIPer* niemand erfahren. Denn – Regel Nummer vier: *Was im* VIPer *passiert, bleibt im* VIPer*!*

Und die meiste Zeit treiben sich ohnehin bloß aufgeblasene Schnösel mit viel Geld in den Taschen und Stöcken in ihren Hintern hier rum – so wie Seedlip, dessen Blick ich noch immer deutlich in meinem Nacken spüre. Wahrscheinlich hofft er immer noch darauf, irgendwann einen der begehrten Mitgliedsausweise zu bekommen. Die Goldlegierung darauf ist echt, behauptet Sean zumindest. Aber um den zu bekommen, musst du Bono schon regelmäßig die Hand schütteln oder mit Roy Keane golfen gehen. Der neunundfünfzigste Thronfolger von King Charles sein. Oder King Charles selbst. Alle anderen erhalten am Eingang einfache schwarze Plastikkarten – ganz egal, wie groß das Portemonnaie (oder der Stock). Und wenn ich eines in den letzten drei Jahren gelernt habe, dann, dass *das* die Schlimmsten sind. Die, die nur hier sind, um gesehen zu werden, um sich für einen Abend wichtig zu fühlen, und die dafür jede Menge Kohle springen lassen können – wenn sie es denn an Hareem vorbei schaffen.

Einer wie Seedlip.

Trotzdem lege ich ein My zu, was das unterwürfige Lächeln angeht, als ich ihm den fertigen Drink über die Theke reiche. »Darf's sonst noch was sein?«

Er hält es offenkundig nicht für nötig, mir zu antworten, geschweige denn, mich wenigstens anzusehen. Stattdessen gafft er mir wie so oft ungeniert in den Ausschnitt. Und wieder verfluche ich Sean für seine Zwei-offene-Knöpfe-Policy, die es nur deshalb noch nicht in geschriebener Form an die Regelwand im Personalzimmer geschafft hat, weil Sheila und ein paar andere Kolleginnen mit mir zusammen auf die Barrikaden gegangen sind.

Ich tippe die fünfundneunzig Euro für den Drink in das iPad und halte es gegen die schwarze Plastikkarte, die er mir hinhält, ehe er sich kommentar- und trinkgeldlos umdreht.

Ich bin *wirklich* bemüht, aber am Ende kann ich das wütend

gemurmelte »Arschloch«, das sich unkontrolliert löst, nicht verhindern. Oder vielleicht will ich es auch nicht.

Er wendet sich im Weggehen noch einmal zu mir, nur zur Hälfte, sodass ich sein Profil sehen kann. »Schönen Abend noch«, rufe ich durch zusammengebissene Zähne und treibe meine Fingernägel so tief ins Fleisch meiner Handinnenflächen, dass mich der Schmerz lange genug von dem Wunsch ablenkt, ihm doch noch eins der Gläser hinterherzuwerfen.

Und während ich Seedlip mit pochendem Herzen dabei zusehe, wie er und seine Plastikfrisur erhobenen Hauptes von dannen ziehen, frage ich mich einmal mehr, wieso ich nicht endlich kündige und im *Fibbers* anheuere. Wo sie mich mit Kusshand nehmen, wie Bill nicht müde wird zu betonen. Wo die Leute knappe zehn Euro für einen Gin Tonic springen lassen müssen, der für jeden normalen Menschen von dem völlig überteuerten hier kaum zu unterscheiden ist. Wo sie keine Stöcke in ihren Allerwertesten stecken haben. Und wo sie Musik spielen, die noch Seele und Verstand hat, statt dem x-ten aufgewärmten Welthit, der mir hier die halbe Nacht mit geschmeidigen einhundertachtundzwanzig bpm untermalt um die Ohren geblasen wird.

Ich atme zweimal tief durch, dann schnappe ich mir zwei Champagnerflöten vom Abtropfbrett, um sie mithilfe der kleinen Trittleiter auf dem illuminierten Glasbrett über mir zu drapieren.

Als ich wieder Boden unter den Füßen habe, empfängt mich ein schrilles »Hi, Allie!«.

Mein Hirn benötigt ein paar Sekunden, um die Frau in dem Durcheinander aus Empörung, Farben und Lautstärke korrekt zuzuordnen. Dann macht es Klick. »Dervla?«

Ich kann mich nicht daran erinnern, mit ihr vorher über einen Besuch hier gesprochen, geschweige denn sie auf die Gästeliste gesetzt zu haben, entsprechend irritiert klingt mein »Was … was machst du hier?«

»Noah schickt mich.« Sie wirft sich die rotblonde Mähne über die Schulter und neigt lächelnd den Kopf zur Seite. »Ich soll … Start der Lovesuckerz-Tour …«

Ich nicke, obwohl ich nur die Hälfte verstanden habe. Aber ich erinnere mich, den Namen in einem der letzten Redaktionsmeetings gehört zu haben.

»Cool«, bestätige ich ihr, weil ich weiß, dass sie die Bestätigung braucht.

»Machst du mir einen Dry Martini, Kleine?« Sie winkt mit ihrer schwarzen Plastikkarte und dreht sich demonstrativ weg.

Kleine, ist alles, was ich aus ihrem Gebrüll herausziehe. Wie ich es *liebe*, wenn sie mir damit mal wieder zu verstehen gibt, dass sie sich für was Besseres hält. Nicht nur hier, wo sie Gast und damit die verdammte Königin ist. Auch in der Redaktion. Ja, vielleicht hat sie den Bachelor bereits in der Tasche, aber das ist kein Grund, sich mir gegenüber wie die nächste Veronica Guerin aufzuführen (minus Mafia und Mordanschlag, hoffentlich).

»Dry Martini, kommt sofort«, flöte ich und schenke ihrem Hinterkopf das freundlichste Lächeln, das ich in meinem angesäuerten Zustand hinbekomme. »Und … ruhig … teuren Gin. Noah zahlt!«

Du passt ganz gut hierher, denke ich kurz, während ich routiniert Wermut und Gin über Eis in ein Glas gieße und vorsichtig verrühre, bevor ich die Mischung abseihe und etwas Zitrone dazugebe.

»Dann noch viel Spaß«, sage ich, nachdem ich sie – oder besser gesagt Noah, der vermutlich einen Herzinfarkt erleidet, wenn er die Spesenabrechnung sieht – abkassiert habe. »Hab einen schönen Abend.«

Ihr Grinsen ist breit. »Den werde ich haben!«

Es dauert nicht lang, dann ist auch ihr kupferblonder Haarschopf in der Masse verschwunden.

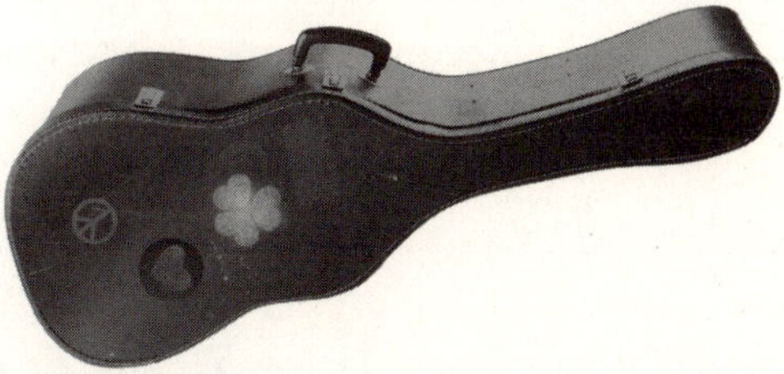

Conor – Could you be the most beautiful girl in the world?

»Was willst du trinken, Ryan?«

Es dauert ein paar Sekunden, bis ich kapiere, dass er mich meint. Ich schaue vom Display meines Handys auf und treffe Keiths fragenden Blick. »'ne Coke.«

Er schnaubt. Erst als er den Kopf abwendet, bemerke ich den beschürzten Herren, der mit iPad und Stylus bewaffnet auf der anderen Seite des Tisches steht und mich erwartungsvoll ansieht.

»Sie bringen ihm auf keinen Fall eine Coke!« Mit einer Handbewegung hat er die Servicekraft in die Flucht getrieben, rutscht auf der weißen Ledercouch an mich heran und deutet auf die silberne Schale vor uns, in der zwei offene Flaschen Dom Pérignon auf Eis liegen. »Du hast noch gar keinen Champagner getrunken!«

»Das Zeug ist nicht meins«, gebe ich kopfschüttelnd zu.

»Was soll ich dir sonst bringen lassen? Wodka pur? Old-fashioned? Gin Tonic?« Er deutet auf die Bar jenseits der Tanzfläche. »Oder willst du selbst schauen gehen, was dich anlacht?«

Ich nicke, obwohl ich mir ziemlich sicher bin, dass eine Coke mich durchaus glücklich machen würde. Aber schon allein, um Keiths fragenden Blicken für eine Weile zu entkommen, bin ich gewillt, an die Bar zu gehen und mir selbst eine zu bestellen.

Ein letzter Check – immer noch keine Antwort, weder von Liz noch von Kian oder Danny –, dann schiebe ich das Handy zurück in meine Hosentasche. Als ich aufstehe, hält Keith mich am Handgelenk fest, und ich fürchte schon fast, dass er mich begleiten will, aber dann sagt er bloß »Hier« und hält mir eine Karte mit goldenem Emblem hin. »Bestell dir, was du möchtest.«

Ich stecke sie nickend ein und trotte aus dem Separee.

Die Tanzfläche ist proppenvoll.

Aus dem Augenwinkel sehe ich Mickey, Owen und Jason, die zu einem Dance-Track durch die Gegend springen, und beschließe, ihr Winken zu ignorieren. Stattdessen presse ich mich an mehreren Damen vorbei, von denen augenscheinlich mindestens jede dritte darauf aus ist, den Abend mit einem Erinnerungsfoto auf dem roten Teppich zu beenden. Sicherlich, um es am nächsten Tag in den Klatschspalten der gängigen Portale bewundern oder später den Enkelkindern zeigen zu können.

Keith hat erzählt, dass die Paparazzi vor der Tür oft bis drei Uhr morgens ausharren, in der Hoffnung, einen kompromittierenden Schnappschuss irgendeines C-Promis zu ergattern, der die Klickrate in die Höhe treibt. Er wollte sogar, dass sich alle für den Abend rasieren – weil: erster Eindruck und so. Und weil Bärte einen reif aussehen lassen, und reif wollen die Fans nicht. Die wollen denken, sie könnten uns haben. Jeden von uns. Deshalb auch keine Bilder mit einer dieser Frauen heute Abend.

An der Bar herrscht ein ähnlich reges Gedränge. Ich bin fast schon so weit, zu sagen, dass es besser gewesen wäre, mir doch was bringen zu lassen, aber dann steht sie plötzlich da, hinter der Theke. Wie so eine Erscheinung. Schwarzes, eng an den Kopf geflochtenes Haar, das Kunstlicht zaubert bunt schimmernde Flecken drauf. Dazu helle Augen und volle, geschminkte Lippen. *Schneewittchen*esk, wenn vielleicht auch nicht so blass.

Ich sehe nicht viel mehr von ihr, weil sie ziemlich klein ist und zwischen uns ein halbes Dutzend Menschen stehen, aber was ich sehe, haut mich um.

Buchstäblich.

Ich wanke seitwärts, fange mich mit der Hand an einer vorbeilaufenden Schulter ab, schüttele mich.

»Sorry!«, brüllt die Frau mit den rotblonden Haaren, die Sekunden zuvor in mich reingelaufen ist, und schiebt sich weiter Richtung Theke.

Ich reiße mich wieder zusammen, entschuldige mich bei der Schulter, dessen Besitzer mich entgeistert ansieht, und suche mir einen Platz an der Bar ein Stück weiter links, wo nicht so viel los ist. Da bedient allerdings auch niemand. Aber ich glaube, ich möchte gar nicht bedient werden. Ich möchte hier stehen bleiben und ihr heimlich beim Atmen zusehen – wenn's okay ist, für den Rest des Abends.

Der Typ, den sie gerade abkassiert, sieht schmierig aus. Das männliche Pendant zu den leicht bekleideten Damen nehme ich an. *Mal sehen, mit wem sie dich nachher auf dem roten Teppich ablichten.*

Mit Schneewittchen schon mal nicht, denn der Ausdruck in ihren Augen strotzt nur so vor Abneigung.

»Arschloch.«

Ich bin mir nicht sicher, ob ich ihren wortgewordenen Blick gehört oder nur von ihren vollen Lippen abgelesen habe. Aber irgendwas hat der Kerl wohl auch gehört, denn er hält inne, dreht sich halb zu ihr um.

Sie lächelt – es sieht nicht ehrlich aus, eher angestrengt, als sie ruft: »Schönen Abend noch.« Wir sehen ihm beide nach, aber nichts. Keine Reaktion, nur ein erhobenes Haupt, das zwischen den bunt flackernden Lichtern verschwindet, die durch den Raum fliegen.

Jason fängt meinen Blick ein, winkt noch einmal, und Owen

tut es ihm gleich. Sie fügen sich so perfekt ein, als wären sie hier schon immer ein und aus gegangen, dabei weiß ich genau, dass sie noch nie hier waren. Keiner von uns.

»Ab jetzt gehören wir dazu«, hat Colm vorhin gesagt, als wir noch lange keinen Fuß ins *VIPer* gesetzt hatten. »Ab sofort sind wir ein Teil davon.«

Ich denke doch wieder an Kian und Danny, obwohl ich es den ganzen Abend zu vermeiden versucht habe. Und daran, dass die beiden bestimmt genauso krampfhaft versuchen, nicht an mich zu denken. Und wenn dem so ist, kann ich sie verstehen. Ich an ihrer Stelle würde auch nicht an mich denken wollen. Schließlich bin ich nicht bei ihnen, sondern hier. In Dublin, im legendären *VIPer*, das, wenn man mal drin ist, auch nicht anders ist als die Klubs in Limerick. Aber es geht nicht um die Räumlichkeiten, hat Keith uns auf der Fahrt hierher erklärt, sondern um die Menschen, die hier drin sind. Wichtige Menschen aus der Film- und Fernsehbranche. Aus der Wirtschaft, dem Sport, dem Musikbusiness. Menschen, die es geschafft haben.

Und mittendrin wir.

Ich.

Ich bin hier, lächle, schüttele Hände, lächle wieder, mal in die Kamera, mal in ein mir völlig fremdes Gesicht. Es ist anstrengend, dieses Lächeln.

Als ich mich von den bunt flackernden Lichtern und tiefschwarzen Gedanken losreißen kann, steht die Rotblonde von eben an der Theke und unterhält sich mit meiner Erscheinung. Lang genug, um mich ungeduldig werden zu lassen, denn ich will nicht länger hier stehen und sie anstarren, ich möchte selbst mit ihr reden. Möchte wissen, ob ich ihr auch ein ehrliches Lächeln entlocken kann oder ob sie prinzipiell nur dieses aufgesetzte draufhat, das sie jetzt auch der Rotblonden schenkt. Das kann nicht alles sein, was hinter dieser bildhübschen Fassade steckt.

Ich sehe ihr unauffällig dabei zu, wie sie der Rotblonden einen Dry Martini mixt. In ihrem linken Nasenflügel mache ich ein deutliches Loch aus, wahrscheinlich von einem Piercing. Untenrum trägt sie schwarz, eine Jeans, nehme ich an, und eine Schürze mit dem Emblem des Klubs aufgestickt, darüber eine kurzärmlige weiße Bluse, deren obersten beiden Knöpfe offen stehen. Und auch wenn ihr Ausschnitt bloß den gleichfarbigen Spitzenrand eines Tops entblößt, sieht das Outfit nervös machend heiß an ihr aus.

Reiß dich zusammen, Conor. Du bestellst bloß eine Coke. Kein Grund, gleich durchzudrehen.

Ich wünschte, mein Herz würde das auch kapieren, denn es schlägt und schlägt und schlägt so heftig, als wollte es sich gewaltsam aus der Enge meines Brustkorbs befreien.

Wieso kann ich nicht so cool sein wie Colm, wenn es um Frauen geht? Nur ein winziges bisschen von seinem Selbstvertrauen. Er würde nicht hier stehen und sie heimlich anhimmeln. Er würde Fakten schaffen.

Aber dazu komme ich gar nicht erst, denn als die Rotblonde abzieht, schnappt sie sich sofort zwei Gläser und erklimmt eine kleine Leiter, weil sie mit ihren geschätzten eins paarundsechzig nicht an das Regalbrett reicht.

Doch als Sekunden später das weltbekannte Synthesizer-Riff einsetzt, ändert sich etwas an ihrer Grundhaltung. Die Schultern gehen zurück, der Kopf ein Stück nach oben. Als würde sich ihr gesamter Körper diesem einen Lied öffnen. Und, scheiße, das macht sie noch attraktiver.

Ich versuche mich an einem Lächeln, als sie sich umdreht, aber kein Plan, ob es mir gelingt. Wenn ich nervös bin, sieht mein Lächeln manchmal ein bisschen dämlich aus. Und gerade bin ich *ziemlich* nervös.

Allie – Here comes the sun

Ich bin noch dabei, die Champagnerflöten auf dem obersten Regalboden aufzureihen, als Faithless' *Insomnia* – Robyns Garant dafür, die Tanzfläche vollzubekommen – aus den Lautsprechern dröhnt. Und völlig egal, wie sehr ich mich den Abend über zu weigern versucht habe, die Musik an mich heranzulassen, hier ist sie binnen Sekundenbruchteilen ganz tief drin. Es gibt so Lieder, die schaffen das. Da fängt mein Herz schon beim ersten Ton an zu flattern, da gehen meine Mundwinkel nach oben, bleibt kein Muskel ruhig, muss ich die Lautstärke bis zum Anschlag aufdrehen, damit ich das Lied im ganzen Körper spüren kann. *Insomnia* ist definitiv so ein Lied für mich. Springsteens *Born to Run* auch. Oder *Golden* von Harry Styles.

Mir geht's direkt besser. Bis ich mich umdrehe und der nächsten hochgezogenen Augenbraue gegenüberstehe. Typisch, hätte ich beinahe gesagt, und will die Arme schon demonstrativ verschränken, weil ich für den Abend echt bedient bin, aber dann realisiere ich, dass die dazugehörigen Augen ganz anders sind als … alle. Der Blick nicht abfällig wie der von *Seedlip* eben, im Gegenteil. Warm und freundlich ist er, darunter ein halbes Grübchenlächeln. Dunkelblonde Haare, die an den Seiten kurz und oben so lang sind, dass ihm einzelne Strähnen wirr in die Stirn hängen. Wenn ich es nicht besser wüsste, würde ich sagen, dass er heute Morgen genau so aus dem Bett gekrabbelt ist. Mit Strubbelfrisur und Grübchenlächeln. Und einem auffallend gelben Shirt mit dem grimmig dreinblickenden Konterfei von Mr.T auf der Brust, das ich hier noch nie gesehen habe. Weder das Shirt noch das Grübchenlächeln. Beides hätte ich definitiv nicht vergessen, denn wenn ich eines früh gemerkt habe, dann, dass die meisten Lächeln hier im *VIPer* so oberflächlich sind wie die Menschen, die sie tragen.

Dieses hier aber ist ehrlich – und ansteckend.

Ich komme Mr.T näher und … vergesse dabei, dass ich immer noch auf der verdammten Leiter stehe.

Ich kann rechtzeitig die Arme nach vorn reißen, um mich davon abzuhalten, den kalten Edelstahl des Abtropfbeckens zu küssen. Zwei der dort wartenden Champagnerflöten haben leider weniger Glück. Das helle Klirren, als das hauchdünne Glas zerspringt, geht in *Insomnia*'s wummernden Bässen unter. Gott sei Dank. Noch mehr Aufmerksamkeit brauche ich beim besten Willen nicht.

Die von Mr.T habe ich allerdings. Seine Augen – grün oder blau oder irgendwas dazwischen – sind weit aufgerissen, die Arme in meine Richtung ausgestreckt, obwohl er mich über den Tresen hinweg nie hätte retten können. Aber er hätte es versucht.

»Alles okay?«, ruft er, und ich nicke.

»Bestens«, nuschele ich, weil mich diese Augen – seine – und die Wärme darin immer noch ein bisschen aus der Fassung bringen. Und dieses Shirt. Ich unterdrücke ein Schmunzeln. Unfassbar, dass Hareem ihn so überhaupt reingelassen hat, denn für gewöhnlich herrscht hier eine Kleiderordnung wie im *Leinster House*. Keine offizielle, weil man den Gästen ihre Freiheiten lassen möchte, aber inoffiziell gilt die Bitte um eine Garderobe, die die *Würde des Hauses* widerspiegelt.

Und Mr. T ist weit unterhalb von allem, was mir hier bisher begegnet ist. Das gefällt mir. Sehr.

Mit einer bemüht lässigen Geste werfe ich mir den linken der beiden Bauernzöpfe über die Schulter und sehe mein Gegenüber an, als hätte es die vergangenen demütigenden Sekunden nie gegeben. »Was kann ich dir bringen?«

Das Grinsen, das sich auf seinen Lippen abzeichnet, als er sich zu mir beugt, macht meine Knie weich. »Machst du mir … bitte …« Der letzte Teil seines Satzes geht unterwegs verloren.

Ich stelle mich auf die Zehenspitzen, um meine ein Meter vierundsechzig weiter über die Theke in seine Richtung schieben zu können. »Was?«

»'ne Coke ohne Eis, bitte.«

In meinem Kopf rattert es. *Coke*. Das ist so unspektakulär, dass es schon wieder … cool ist. Niemand bestellt im *VIPer* eine Coke ohne begleitenden Whiskey. Zumindest nicht die braune Zuckerlösung. Eher werde ich nach Kokain gefragt – ja, auch das passiert hier ab und an – als nach einer einfachen Cola. Aber da steht er, Mr. T mit seinem dämlich-süßen Grübchenlächeln und fragt mich nach einer Cola. Würde mich nicht wundern, wenn er unten rum Jogginghose und Sneaker trägt. Kurz bin ich versucht, einen Blick über den Tresen zu riskieren, um ihn auch unterhalb der Gürtellinie betrachten zu können. Ich verwerfe den Gedanken allerdings, als ich sehe, dass sein Lächeln immer schmaler wird, bis die Delle in seiner Wange fast gänzlich verschwunden ist. »Was?«, fragt er und fährt sich mit der Hand über die Wange. »Hab ich was im Gesicht?«

Das hübscheste Lächeln, das ich je gesehen habe, denkt die benebelte Hälfte meines Hirns.

Ich räuspere mich. »Warum?«

Kurz sieht er zu Boden, dann wieder mitten in mein Gesicht. »Ich dachte, … weil du … mich so ansiehst.«

»Sorry«, beeile ich mich, zu antworten, und sammele ein paar Scherben vom Abtropfgitter, um mich abzulenken.

»Was denn noch?«, frage ich, als die Spuren meines Missgeschicks längst im Mülleimer unter dem Tresen ruhen und er trotzdem immer noch wie angewurzelt dasteht und mich so fragend ansieht.

»Sicher, dass alles in Ordnung ist?«

»Klar.« *Keine Ahnung, Mann. Absolut nicht die geringste.*

»Bekomme ich dann …« – er senkt noch einmal den Kopf, und als er mich wieder ansieht, sind seine Wangen noch ein bisschen dunkler als gerade eben – »… meine Coke?«

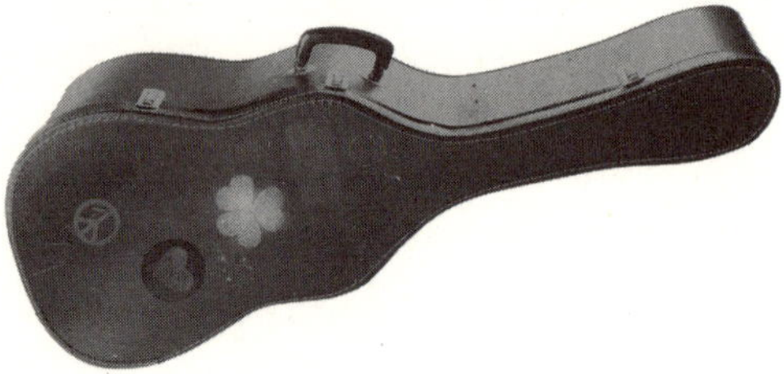

Conor – Eyes, eyes, beautiful eyes

Als sie versteht, dass sie mir immer noch nichts zu trinken gegeben hat, verschwindet auch das letzte bisschen Selbstsicherheit zusammen mit ihrer Gesichtsfarbe. Sie schürzt die Lippen, kaut einen Moment lang auf der unteren herum, ohne mich aus den Augen zu lassen, dann dreht sie sich weg und kurz sieht es so aus, als wäre da eine kleine Erhebung an ihrer linken Brustwarze. Eine Falte im Stoff. Ein Schatten. Oder doch ein … Piercing? *Alter.*

In meinem Kopf bin ich binnen Sekundenbruchteilen am Ende des Abends angekommen, wo sie sich die enge weiße Bluse aufknöpft, die Träger ihres Spitzentops abstreift und beides auf den Boden meines Hotelzimmers fallen lässt.

Keine gute Idee, Conor. Keith hat gesagt: keine Bilder von dir mit einer Frau! Außerdem: Bald bist du weg und hast ganz andere Sorgen, als dir darüber Gedanken zu machen, ob dein jüngster One-Night-Stand gleich zur Presse rennt und dort erzählt, wie heiß die Nacht war – oder eben nicht.

Sei vernünftig. Das würde Kian jetzt sagen, wenn er hier wäre. Aber er ist nicht hier, er ist zu Hause in Lahinch. Wäre er hier, würde er mir permanent wie so ein nerviges Engelchen auf der Schulter hocken und zuflüstern, dass uns das alles gar nicht ähnlich sieht. Dass wir hier nicht reinpassen. Und ich müsste ihm wohl gestehen, dass er recht hat.

Ich blinzle ein paarmal, als eine Flasche vor mir abgestellt wird. Cola, wie bestellt. Irritiert hebe ich den Kopf und schaue sie an. Mitten in diese phänomenalen Augen.

Ich schließe den Mund, als ich sehe, dass sie mir längst ihr iPad entgegenstreckt, greife in die Tasche meiner Jeans, zücke Keiths Karte und halte sie an das Gerät, bis dieses leicht vibriert.

Ich will was sagen. *Ihr* sagen, wie unfassbar hübsch sie ist. Aber wahrscheinlich wäre das schräg, und vielleicht sage ich lieber nichts, damit wir uns noch ein bisschen länger so tief in die Augen sehen können. Als gäbe es die vielen Menschen um uns herum nicht. Keine Musik, keine tanzenden Lichter. Nur sie und ich. »Allie, Sean will dich hinten sehen!« Ein Schrank von einem Kerl mit dunklen Haaren und Oberarmen, von denen andere (ich eingeschlossen) nur träumen können, schiebt sich mit zwei vollen Getränkekästen an mir vorbei hinter die Theke und unterbricht unseren Moment. Wenn es den je gegeben hat. »Ich übernehme so lange für dich.«

Sie sieht von mir zu ihm und zu den Kästen, die er mit einer Leichtigkeit trägt, als wären sie aus Styropor. Dann nickt sie, und ihre Augen bleiben kurz an mir hängen, als sie durch die Lücke im Tresen schlüpft und … geht. Einfach so, ohne sich noch einmal zu mir umzudrehen.

Verdammt.

Als sie an mir vorbeizieht und mir der Geruch von frisch geschnittenen Rosen in die Nase weht, weiß ich, dass es mir alles andere als egal ist, wenn ich diese Frau nie wiedersehe. Nicht, weil ich sie heute Abend unbedingt mit nach Hause nehmen möchte. Also, doch, ja, schon, aber … Da ist noch etwas. Und ich bin tatsächlich ein bisschen enttäuscht, als ich sie Sekunden später in der Menge aus den Augen verliere, denn ich will mehr. Mehr Lippen, mehr Blicke, mehr Rosen. Ich will mehr über diese hübsche Furche zwischen ihren Augenbrauen erfahren. Und über das kleine tätowierte Herz, das ihren rechten Mittelfinger ziert. Über das Loch in ihrem linken Nasenflügel und den Falten-Piercing-Schatten auf ihrer Bluse. Ich möchte wissen, ob ihre Haarfarbe echt ist. Ob sie ihren Kaffee schwarz oder mit ein bisschen Milch und Zucker trinkt oder eine von denen ist, denen die weiße Schaumkrone gar nicht zu üppig und der pappsüße Sirup nicht genug sein kann. Ob sie im Schlafanzug schläft oder Unterwäsche unter der Bettdecke trägt – oder gar nichts. Ob sie Langschläferin ist oder morgens problemlos noch vor dem Wecker aus dem Bett kommt. Ob sie gern lacht, und wenn ja, worüber. Ob wir denselben Musikgeschmack haben und was sie so treibt, wenn sie nicht hier steht und bedient.

»Kann ich dir was bringen?«

Dwayne »The Rock« Johnson vor mir sieht mich mit seinem strahlendweißen Lächeln an. Alles, was ich tun kann, ist benommen mit dem Kopf zu schütteln und der Cola in meiner Hand zuzunicken. The Rock widmet sich daraufhin einem Herrn im Anzug, der neben mich getreten ist, und ich sehe mich wieder um. Nach *Allie*. Alicia? Alison. Allegra. Oder einfach Allie.

Wie auch immer, sie ist weg. Verschluckt von einer Mauer aus bunten Lichtern und tanzenden Menschen.

Verdammt.

Ich gehe auf die Zehenspitzen, versuche, über die Mauer hinwegzusehen. Wo genau ist *hinten*?

Statt Allie finde ich Jason, der immer noch auf der Tanzfläche steht und mich mit einer energischen Winkbewegung vom Tresen weglocken will.

Ich hole mein Handy aus der Hosentasche, schiele drauf, weil Jason denken soll, ich sei beschäftigt. Danny hat immer noch nicht reagiert, Liz auch nicht. Aber gut, es ist Samstag, da bekommt sie nach ihren Live-Sessions so viele Nachrichten, dass sie meine von heute Nachmittag bestimmt übersehen hat. Wahrscheinlich antwortet sie nachher. Spätestens morgen. Ob Danny auf meine Nachrichten reagieren wird, steht hingegen in den Sternen.

Ich will es zurückschieben, da vibriert es in meiner Hand.

Ich wünsche dir eine spannende Zeit in Großbritannien! Und wenn du wieder in Lahinch bist, reden wir, versprochen?! xxx T

Sie weiß von der Tour. Natürlich tut sie das. Und sie meint es nur gut, I know. Trotzdem krampft mein Magen, dreht sich mein Kopf – dabei halte ich mich schon den ganzen Abend an Wasser und Coke fest. Fetzen unserer letzten Unterhaltung fluten meinen Kopf, trotzen dort dem Dance-Track, der die Tanzfläche zum Beben bringt. Ich sehe mich um, rüber zu Jason, der sofort wieder winkt.

Ich schiebe das Handy in die Hosentasche und laufe. Einen Fuß vor den anderen kämpfe ich mich wie ferngesteuert zu Jason und den anderen durch, an Extremitäten vorbei, die im Takt der Musik haarscharf an mir vorbeifliegen.

Ich bin noch drei Schritte entfernt, da rauschen Allie und ihre frisch geschnittenen Rosen nur ein paar Meter entfernt über die Tanzfläche und verschwinden Sekunden später durch eine Tür ein Stück weiter links, an der in großen goldenen Lettern das Wort *Private* prangt.

Ohne darüber nachzudenken, drehe ich ab, um ihr zu folgen. Weil neben der Träne, die ich in ihrem Augenwinkel habe glitzern sehen, selbst Trishas ungelesene Nachrichten in meinem Posteingang für einen Moment unwichtig werden.

Und weil ich ganz offensichtlich meinen Verstand in ihren wunderschönen Augen verloren habe, sind wir mal ehrlich.

Die Tür am Ende des engen, dunklen Gangs geht nur schwer auf, als ich mich dagegenstemme. Die Abendluft dahinter ist mild, der Himmel klar und übersät mit unzähligen Sternen.

Doch selbst der schönste Nachthimmel wird zur Nebensache,

als zwischen den Bergen aus Getränkekästen eben diese Augen für einen Moment im Licht eines Feuerzeugs aufblitzen. Sie nimmt einen tiefen Zug und tritt mit der Ferse gegen die braune Backsteinwand, an der sie lehnt. »Ich hasse euch!«, höre ich sie murmeln. »Ihr könnt mich alle mal«, schickt sie hinterher, diesmal etwas lauter. »Ich reiß mir doch nicht …«

Sie stockt, als sie mich entdeckt, zieht wortlos an ihrer Zigarette und greift mit der freien Hand in die Seitentasche ihrer Schürze. »Hier hinten haben Gäste keinen Zutritt«, lässt sie mich wissen.

»Sorry, ich …« Ich deute mit der Hand hinter mir zur Tür, während ich langsam auf sie zugehe. »… ich habe nicht auf das Schild geachtet.«

»Hast du wohl.« Sie schnaubt und bläst den Rauch in die Nacht. »Sonst wüsstest du nicht, dass da ein Schild hängt.«

Ich muss grinsen. »Erwischt.«

»Geh jetzt besser«, sagt sie, als ich bei ihr ankomme, »bevor dich jemand sieht.«

»Du siehst mich doch schon.« Ich grinse immer noch, sie nicht.

»Und ich sage dir …« – ihr Gesicht kommt ein paar Zentimeter näher, und ich weiche instinktiv zurück, weil der Rauch aus ihrem hübschen Mund mein Gesicht streift – »… geh rein.« Wieder zieht sie an ihrem Glimmstängel, und ich bemerke, dass die vermeintlich freie Hand unter ihrem rechten Oberarm mit etwas spielt. Ein Kugelschreiber oder ein Flaschenöffner, was man als Kellnerin eben so mit sich rumträgt.

Ich höre ein metallisches Klackern, als sie ausatmet. Noch ein Piercing? Wäre nach Nase, Augenbraue und Oberlippe – auch hier zieren ihre Haut deutlich erkennbare Löcher – das vierte. Von ihren mehrfach durchlöcherten Ohrmuscheln und der Falte in ihrer Bluse will ich gar nicht erst anfangen.

Und während meine eigenen Gedanken auf Wanderschaft gehen, mustert auch sie mich schweigend. Mund, Nase, Wangenknochen, Augen, Brauen, Haare, alles ganz genau, dann wieder meinen Mund, diesmal länger. »Du sollst verschwinden.«

Okay, das sind nicht unbedingt die Worte, die ich erwartet habe, wenn ich ehrlich bin. Aber noch viel weniger erwarte ich das Pfefferspray, das sie gleich darauf unter ihrem Arm hervorzieht.

Allie – A feeling I wanna get used to

Eben drinnen an der Bar fand ich sein Grinsen süß. Offen und herzlich mit Grübchen und so, zum Anbeißen. Aber jetzt stehen wir allein in einem schlecht beleuchteten Hinterhof. Jetzt versperrt mir dieses Grinsen den einzigen Fluchtweg, weil das Gattertor verschlossen ist und ich Mason vorhin meinen Schlüsselbund in die Hand gedrückt habe, damit er Getränke aus dem Schuppen holen kann.

Jetzt macht mich sein Grinsen ein bisschen wütend.

»Du sollst verschwinden«, zische ich und zeige ihm die Dose, an die ich mich klammere, seit er hier aufgekreuzt ist.

»Scheiße, sorry!« Er macht sofort zwei große Schritte nach hinten. »Ich wollte dich nicht … Ich wollte nicht. Ich tu dir nichts oder so!«, brabbelt er und fährt sich aufgelöst mit den Händen durch die Wuschelhaare. »Ich hab nur gesehen, wie du … wie du hier rausgestürmt bist und … Ich wollte doch nicht … Gott, sorry!«

»Okay«, sage ich ganz ruhig, weil er entweder ein verdammt guter Schauspieler ist oder aber sich gleich vor Scham und Aufregung in die Hose macht. Mal sehen.

»Ich sollte … Ich sollte … Tut mir echt leid! Ich … bin …«

Er taumelt rückwärts gegen einen der leeren Getränkekistenstapel. Ich stürze nach vorn, und obwohl ich kurz irritiert bin von der Wolke aus Pinie und Jasmin, in die ich hineinspringe, bekomme ich den Griff der Kiste zu fassen und kann Schlimmeres verhindern, bevor es zu einer Kettenreaktion kommt. Doch vor Schreck darüber, dass er mir so unverhofft nah ist – oder besser gesagt ich ihm –, blase ich ihm die Rauchwolke mitten ins Gesicht.

Ich muss zugeben, seine Augen sind schön. Groß, klar, aufmerksam.

Sein Blick schießt beschämt zwischen meinen Augen und meinem Mund hin und her. Der ist auch schön. Sein Mund. Wirklich schön. Geschwungene Lippen, ein kleines Muttermal über dem linken Mundwinkel, eine Narbe auf der Wange, direkt neben dem Grübchenlächeln, von dem nicht mehr viel übrig ist.

Seine Lippen teilen sich. Ich rechne mit weiteren Worten der Entschuldigung, stattdessen ist es ein bellendes Husten, das die Stille zwischen uns zerreißt. Noch mal. Und noch mal. Husten, bis er sich krümmt.

»Shit!« Die Hand, die eben noch die Zigarette gehalten hat, klopft ihm jetzt auf den Rücken. »Das … das wollte ich nicht.«

Japsend nimmt er einen Schluck Cola und lässt sich auf einen Getränkekasten sinken, lehnt den Kopf gegen die Hauswand und sieht hinauf in die Sterne, die zu Abertausenden am Himmel über uns tanzen. Das kaum vernehmliche Pfeifen, das beim Ausatmen durch den Spalt zwischen seinen Lippen kommt, kenne ich von Alex. Als Kind habe ich das oft gehört.

»Geht's?«, frage ich, als sich seine Mimik langsam entspannt. Er nickt schwach, nimmt einen weiteren Schluck aus der Flasche und sieht zu Boden, wo ich die angerauchte Zigarette mit meinem Schuh ausgetreten habe.

»Asthma?«

Du auch, fragt sein Blick, bis ihm offensichtlich einfällt, dass ich vor seinen Augen auf Lunge geraucht habe.

»Mein Bruder«, entgegne ich seinem Stirnrunzeln, lasse mich mit einem Kasten Abstand neben ihm nieder und drehe die schwarze Dose zwischen meinen Fingern hin und her, während ich der Nacht lausche. Und seinem Atem.

»Tut mir echt leid«, nuschele ich, als das Pfeifen nachlässt. »Ich wollte nicht –«

»Kein Ding.« Sein Atem kommt immer noch keuchend. »War nicht … deine Schuld.«

Also schon – und dann auch wieder nicht.

»Wer konnte denn … ahnen, dass … du mir gleich den …« – sein Lächeln ist dünn, als ich ihn ansehe, aber er schenkt es ohnehin dem Asphalt – »… Atem rauben würdest?«

Ich sehe hinunter auf die kleine schwarze Dose in meiner Hand, bevor ich sie in der Schürze verschwinden lasse und stattdessen meinen letzten Kaugummi herausziehe. »Berufskrankheit.«

Er grunzt leise. »Das erklärt, … warum du uns alle hasst.«

»Nicht alle.« Ich muss schmunzeln. »Nur ihr, die ihr denkt, euch läge die Welt zu Füßen, weil ihr gut ausseht und Geld habt und …«

»Du denkst also, ich …«, ein Räuspern, ein Kopfschütteln, ein schmales Lächeln, »… sehe gut aus?«

»Das … habe ich nicht gesagt.« Ich presse die Lippen aufeinander, weil meine Wangen unter seinem Blick längst zu glühen angefangen haben.

»Du meinst das Arschloch vorhin?«

»Woher …« *Shit.* »Hab ich das echt so laut gesagt?«

»Also, wenn ich es gehört habe …«

Ich verziehe das Gesicht. »Das erklärt, warum er mich verpfiffen hat.«

»Verpfiffen?«

»Bei meinem Boss. Ist direkt zu ihm gerannt und hat behauptet, ich wäre unfreundlich zu ihm gewesen. Jetzt verstehe ich auch, warum.«

»Bist du jetzt gefeuert oder so?«

»Nein.« Ein Seufzen kommt mir über die Lippen. »Er hat mir nur mal wieder erklärt, dass ich mich zu benehmen und den Gästen in den Allerwertesten zu kriechen habe, wenn es sein muss.« Ich lache, dabei ist das gar nicht so lustig. »Er war nicht begeistert, als ich ihm gesagt habe, dass da kein Platz ist, weil schon gigantische Stöcke in euren reichen Ärschen stecken.«

Jetzt ist er derjenige, der prustet. »Du arbeitest in einem VIP-Klub. Was hast du anderes erwartet als überteuerte Drinks und … reiche *Ärsche*?«

»Keine Ahnung.«

»Und wieso arbeitest du hier, wenn's dir so stinkt?«

»Gewohnheit, nehme ich an«, ist die einzig ehrliche Antwort, die ich ihm geben kann.

»Dass das die denkbar schlechteste Begründung ist, weißt du aber, oder?«

»Inwiefern?«

»Weil dir wahrscheinlich jeder der vierhundert jährlich erscheinenden Selbstliebe-Ratgeber sagt, dass du nur das tun solltest, was dich glücklich macht.«

»Manche von uns haben nicht den Luxus, sich aussuchen zu können, womit sie ihren Lebensunterhalt verdienen. Und außerdem stimmt das Trinkgeld«, erkläre ich ihm bereitwillig. »Mehr verdiene ich als Studentin nur im *Gentlemen's Inn* an der Pole-Stange.« Ich räuspere mich, will mich selbst vom Reden abhalten, aber irgendwie will es mir nicht gelingen. »Aber ich fürchte, da müsste ich das Pfefferspray tatsächlich hin und wieder benutzen.«

Sein Blick verliert sich kurz im nachtschwarzen Nichts über uns. Als er mich wieder ansieht, sind seine Wangen leicht gerötet. »Hast du denn … Hast du es denn schon mal benutzen müssen?«

»In der Situation, in der ich es gebraucht hätte, hatte ich noch keines. Danach kam es nie wieder dazu.«

»Tut mir leid«, murmelt er zerknirscht und fährt sich durch die dichten Haare. »Ehrlich. Ich wollte nicht … ein Trauma wieder aufleben lassen oder so.«

»Der Typ war ein angetrunkener Selfmade-Millionär, der überzeugt war, ich müsse das – müsse *ihn* – doch genauso sehr wollen. Mein Kollege hat das schnell geklärt, bevor was passiert ist. Aber danach wollte ich mich trotzdem gern … sicher fühlen. Weißt du, was ich meine?«

Er zuckt mit den Achseln, und ich mag, dass er nicht so tut, als könnte er nachvollziehen, was es bedeutet, Angst davor haben zu müssen, dass einem ein Gast an die Wäsche will.

»Warum suchst du dir keinen anderen Job? Gibt doch zig andere Klubs.« Seine Augen huschen meinen Körper auf und ab. »So gut kann das Trinkgeld hier nicht sein, dass du dafür dein wahres Ich für den Abend in Ketten legen musst, oder?«

Ich kriege Gänsehaut. Locker vierundzwanzig Grad an der vom Sonnenlicht noch aufgeheizten Backsteinmauer – und ich friere, weil sein Blick so tief geht, dass ich ihn in der Magengrube spüre. »Ich …« *Konzentrier dich, Allie!* »Ich wollte tatsächlich schon ein paarmal im *Fibbers* anheuern.«

»*Fibbers*?«

»Das *Fibber Magees*?« Ich sehe ihn abwartend an, aber es kommt keine Reaktion, also schiebe ich hinterher: »Eine Rock-Bar am Parnell Square.«

»Na, da passt du schon eher hin.« Grübchenlächeln. »Zumindest stecken die Stöcke da bestimmt nicht so tief.«

Ich schnaube. »Und du? Wo gehörst du hin?«

»Wieso?« Er drückt den Rücken durch, macht seinen Brustkorb breit. »Sehe ich etwa nicht aus, als würde mir auch ein Stock im Hintern stecken?«

Ich nicke Mr. T auf seiner Brust zu. »Nicht wirklich, wenn ich ehrlich bin.«

Seine Antwort wird von einem weiteren Huster unterbrochen. Es dauert einen Moment und zwei Schlucke Cola, dann geht es wieder. »Vielleicht habe ich ja Daddys Kreditkarte geklaut und mache mir mit meinen Kumpels einen netten Abend?«, röchelt er.

Ich sehe knapp an ihm vorbei, um mich von seinem Lächeln abzulenken und von dem seltsamen Gefühl in meinem Magen, das sich dort ausbreitet, je länger ich ihn ansehe. »Du bist nicht mit Daddys Kreditkarte hier«, erkläre ich der Tür.

»Woher willst du das wissen?«

»Deine Karte.« Ich deute mit dem Kinn zu seiner Hosentasche.

»Was ist damit?«

»Das goldene Emblem haben nur die Mitgliedsausweise, *Keith*!«

»Das ist nicht meine«, bringt er leicht verhalten raus, und ich kann nicht verhindern, dass sein schelmisches Grinsen doch noch auf mein Gesicht überschwappt, als mir klar wird, dass ich mich verraten habe. Ich könnte behaupten, es gehöre zum guten Ton des Hauses, dass die Servicekräfte die hochrangigen Gäste mit Namen ansprechen. Aber insgeheim weiß er, glaube ich, dass ich ihn genauso interessant finde wie er mich – sonst wäre er mir nicht in den Hinterhof gefolgt. Und sonst würde ich nicht meinen Job für ihn riskieren, weil ich gerade dabei bin, sämtliche Regeln auf einmal zu brechen.

»Ist die auch von deinem Dad?«

Sein Lächeln wird wieder breiter – ehrlicher –, als er den Kopf schüttelt. »Sie ist von meinem … Kumpel.«

»Und du bist?«

»Mit ihm hier.«

Ich verdrehe die Augen. Schwer von Begriff ist er also auch. »Und hast du auch einen Namen, Kumpel von Keith?«

»Conor.«

Schöner Name. Schöner Mann.

Gott, Allie, reiß dich zusammen. Denk an Regel Nummer fünf!

»Allie«, stelle ich mich vor und versuche, die schmutzigen Gedanken loszuwerden, aber sein Scheißgrübchen macht es mir echt nicht einfach, also starre ich stattdessen ein bisschen auf Mr. T. Der hat wenigstens nicht so schöne Augen. »Wieso habe ich dich noch nie hier gesehen?«

»Weil ich …« – er braucht kurz, bis er sich gesammelt hat – »… vielleicht auch eher in dieses *Fibber Magic* gehöre?«

»*Fibber Magees*«, korrigiere ich ihn und grabe die Zähne in meine Unterlippe, aber es hilft nichts. Ich rede und rede und rede, wie ich es so oft tue, wenn ich nervös werde. Bin. Ich *bin* nervös, weil er mich nervös macht. »Ich bin fast jeden Donnerstag dort. Manchmal auch am Wochenende, aber nur, wenn ich frei habe.«

»Dann sollte ich da unbedingt mal vorbeischauen.« Seine Stimme ist plötzlich ganz anders. Tiefer irgendwie. Rauer. »Donnerstags. Oder am Wochenende, wenn du frei hast.«

Macht er mich etwa gerade an? *Dass* er mich anmacht, kann ich bestätigen. Und *wie* er mich anmacht. Ich schließe die Augen, weil ich hoffe, die Worte so festhalten zu können, aber es nützt nichts. »Das wäre … schön.« Habe ich das eben laut gesagt? *O Gott, sei jetzt still.*

»Ernsthaft?« Ein Lachen bricht aus ihm heraus und dieses Grübchen, scheiße, Mann. Mein Magen schlägt Purzelbäume, nicht weil mir schlecht ist, sondern weil … weil … es sich seltsam anfühlt. Seltsam gut. Es ist … Keine Ahnung, was es ist, aber ich will mehr davon.

»Auf jeden Fall. Lass uns das machen«, willigt er ein, und ich nicke. Von mir aus könnten wir sofort aufbrechen. Wobei, eigentlich will ich nirgendwohin gehen. Ich will hierbleiben. Hier bei ihm im Hinterhof, auf leeren Getränkekisten sitzend, leicht fröstelnd von der Gänsehaut, die sein Lächeln verursacht, und ein bisschen schockverliebt.

Er muss dringend damit aufhören. Mit seinem Lachen und diesem hypnotisierenden Blick.

»Bis wann geht deine Schicht?«

»Bis zum Ende.« Ich sehe auf die Uhr. »Ins *Fibbers* schaffe ich es heute leider nicht mehr.«

»Da will ich gar nicht hin.« Ein Lächeln, diesmal schelmisch. So mit schiefem Mundwinkel und … wie sexy kann eine hochgezogene Augenbraue bitte aussehen?

Ich beiße mir noch einmal auf die Unterlippe, weil ich nicht weiß, was ich sonst tun soll, um mich von dem Kribbeln in meinem Bauch abzulenken.

Ausnahmezustand.

»Das ist …«

Ich nicke. »Schade.«

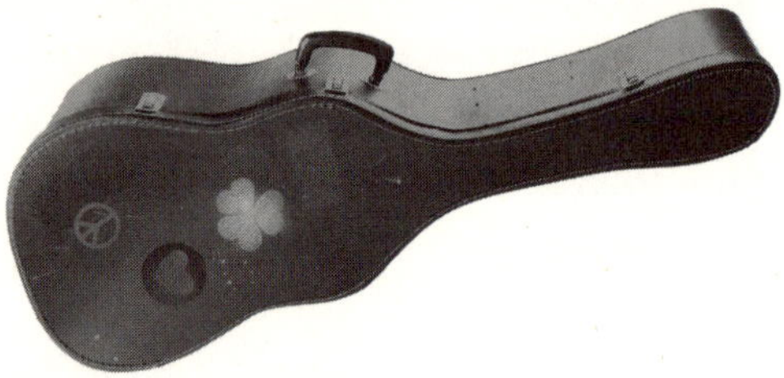

Conor – So just kiss me

Mehr kommt nicht. Bloß dieses »Schade« und ihr Blick, der immer wieder zu meinem Mund abrutscht.

Treffend formuliert, Allie. Jammerschade.

Ich versuche mich an einem Schmunzeln, das ich vor lauter Nervosität nur wieder dem Boden schenke, statt ihr.

»Wusstest du, dass ich gut darin bin, die Körpersprache anderer Leute zu lesen?«, brabbelt mein Herz weiter, weil mein Hirn längst kapituliert hat. Oder es ist ein weiter südlich angesiedelter Teil meines Körpers, der sich da um den Verstand redet, wer weiß?

»Was bist du, Psychologe oder so?«, fragt sie und richtet sich fast unmerklich auf, als ich mich nach vorn auf die Oberschenkel lehne, um ihr näher zu sein.

»Deine sagt mir, dass du mich schon heiß fandest, als du noch geglaubt hast, da würde ein Stock in meinem Hintern stecken.« Wow, von null auf hundertachtzig in knapp sieben Sekunden.

Jetzt ist sie diejenige, die den Rücken durchstreckt und sich größer macht als ihre eins paarundsechzig.

»Ich habe keinen Grund, das nicht mehr zu denken. Und fürs Protokoll: Ich fand dich *nicht* heiß.« Ihre Stimme ist leise, beinahe heiser.

»Sondern du tust es immer noch?«

Sie schüttelt den Kopf, als müsste sie sich selbst zur Besinnung bringen. »Ich halte nichts von dir und dem Stock in deinem hübschen Hintern, schon vergessen?«

»Jetzt ist mein Hintern also plötzlich hübsch?«

Sie verdreht die Augen, aber der gespielte Zorn in ihrem Gesicht bröckelt. »Sag, bist du immer so von dir selbst überzeugt, *Conor*?«

Alter, ich bekomme Gänsehaut, wenn sie nur meinen Namen ausspricht!

»Und sag, *Allie*.« Ich lehne mich noch ein Stück weiter in ihre Richtung. »Siehst du alle Leute so an, von denen du angeblich nichts hältst?« Als ich in einem unbedachten Moment meine Hand ausstrecke und mit der Daumenkuppe über ihre Unterlippe streiche, schreckt sie nicht zurück.

Sie ist weich, weicher als erwartet, und warm. Ich will sie küssen, diese Lippen, brauche etwas von der Farbe auf meinen eigenen. Jetzt sofort. Aber … scheiße, eben habe ich noch behauptet, dass ich ihr nicht deshalb gefolgt bin. Ihre Hand klammert sich wahrscheinlich schon wieder um das Pfefferspray, völlig zurecht.

Tu es, jag mir eine Ladung Reizgas in die Augen, bitte, vielleicht bringt mich das zur Besinnung.

Ich sehe sie an. Das Schmunzeln von vorhin ist endgültig verschwunden, ihr Mund leicht geöffnet. Sie schluckt leer. Ihr Atem – Zimtkaugummi und Tabak – kommt schnell und stoßweise.

Ich finde den letzten verbliebenen Nanoquadratzentimeter in meinem Hirn, der noch klar denken kann, und richte mich wieder auf. »Sorry«, murmle ich benebelt, »ich sollte jetzt ech-«

Den Rest meiner überflüssigen Worte verschlucken ihre Lippen.

Für eine Sekunde bin ich wie gelähmt, erschrocken über mich selbst, weil mir das hier so gar nicht ähnlich sieht – erst recht nicht nach der ganzen Sache mit Esther. Aber was sich so anfühlt, kann unmöglich falsch sein, oder? Denn ganz im Gegenteil, es fühlt sich fantastisch an. Elektrisierend. Ihre Lippen auf meinen, ihre Hand an meiner Wange. Ihr Piercing, das vorsichtig mit meiner Zunge tanzt. Der fast lautlose Seufzer, der ihrem Mund entkommt. Das Gefühl ihrer warmen Haut unter meinen Fingern. Nicht mal, dass sie unter dem Zimt noch nach Tabak schmeckt, stört mich. Stattdessen Feuerwerk und Konfettiregen und Schmetterlingstornado, alles zusammen in meinem Bauch – und in meiner Hose.

Das Ganzkörperchaos ist unmittelbar vorbei, als sie sich auf ihre Kiste zurückzieht und sich über die perfekten Lippen wischt, der Ausdruck unerträglich nüchtern für das, was eben passiert ist.

»Das war …«

Schön, will ich aus einem ersten Impuls heraus schreien. *So schön, lass es uns gleich noch einmal tun!* Aber das sage ich natürlich nicht, weil ich mir beim Blick in ihre weit aufgerissenen Augen relativ sicher bin, dass das nicht die Worte sind, nach denen sie sucht.

»Ich glaube nicht, dass das …« Sie nimmt einen erneuten Anlauf und bricht doch wieder ab. Ihre Fingerkuppen liegen noch immer auf ihren Lippen. Ich wünschte, es wären meine – egal, ob Finger oder Lippen, Hauptsache irgendeine Art von Berührung, weil da plötzlich viel zu viel Raum zwischen uns ist. »Keine Ahnung, was in mich gefahren ist, tut mir leid«, beteuert sie leise und erhebt sich wackelig von ihrer Getränkekiste. »Das war unangebracht.«

Ich habe absolut nichts gegen unangebracht. »Bis wann sagtest du, geht deine Schicht?«

Ihr Kopfschütteln zerstört die Hoffnung, die in mir aufkeimt. Keine Spur mehr von Unsicherheit in ihren Augen. »Ganz schlechte Idee.«

Das ist die beste Idee ever, wenn du mich fragst. »Wieso?«

»Regel Nummer fünf!«

»Hä?«

»Niemals nicht und unter gar keinen Umständen etwas mit einem Gast anfangen! Nicht während und auch nicht nach der Dienstzeit.«

Und weil ich mich am Ende des Abends nicht mit einer Dame im Arm auf der Grafton Street erwischen lassen sollte, hallen Keiths Worte jetzt auch in mir nach.

»Ja und?«, frage ich beinahe trotzig, weil's mich einen Scheiß interessiert, was Keith sagt – oder irgendwelche Regeln, wenn wir schon dabei sind. Jetzt interessiert mich nur sie und das Tattoo, das unter dem Kragen ihrer weißen Bluse hervorragt, und das an der Innenseite ihres Handgelenks und –

»Das geht nicht.« *Bam, da hast du es. Es geht nicht, Conor. Gib dich damit zufrieden.* »Ich kann nicht mit … einem Gast … nur weil ich ihn attraktiv finde … das ist –«

»Du findest mich attraktiv?«

So richtig will sie das Lächeln nicht zulassen. Weil sie sich dann verraten würde. »Conor …« Mit unsicheren Schritten stelzt sie auf die Hintertür zu.

Der immer noch elektrisierte Teil von mir, der unter allen Umständen verhindern will, dass sie geht, eilt ihr hinterher – mit gebührendem Abstand, versteht sich, damit sie sich nicht wieder bedrängt fühlt. Wobei … ich glaube, das haben wir hinter uns gelassen.

An der Tür bleiben wir stehen, sie mit der Hand am Griff, bereit, zu gehen. Ihr Brustkorb hebt und senkt sich zusehends. Als wäre sie einen Marathon gelaufen. Meinen Bronchien geht's zur Abwechslung gut.

»Du darfst auf keinen Fall jemandem sagen, was wir … was hier … sag einfach niemandem was, okay?« Sie wird ganz leise. »Das könnte mich meinen Job kosten.«

»Und das wäre so schlimm?«

Ein Lächeln zupft an ihrem Mundwinkel. Ich glaube, sie weiß selbst, dass es nicht schlimm wäre, aber dann doch. Kompliziert.

»Ich könnte auch ein Kerl sein, den du im *Fibbers* oder nach Feierabend auf dem Heimweg triffst und auf einen Kaffee einlädst.«

»Kaffee um halb drei in der Nacht?«

»McCafé?« Ich werfe die Arme in die Luft, um meiner wachsenden Verzweiflung Luft zu machen.

»Aber du bist nun mal hier. Im Hinterhof, wo du, nebenbei bemerkt, auch nicht sein dürftest. Und außerdem …«, sie schnaubt, »… lade ich keine wildfremden Kerle mitten in der Nacht auf einen Kaffee ein.«

»Aber küssen geht schon in Ordnung, oder wie?«

Sekunden verstreichen, in denen sie mich ausdruckslos ansieht. Wenn sie jetzt behauptet, dass ich ihr keine Wahl gelassen habe mit meiner aufdringlichen Art, kann ich dem nicht mal was entgegenhalten. Ich *war* aufdringlich. Bin ich immer noch, denn als ihre Hand die Klinke nach unten drückt, lege ich meine darüber. Kurz flackert etwas in ihren Augen auf, und ich lasse unmittelbar los, weil Panik das letzte Gefühl ist, das sie mit unserer Begegnung verbinden soll. Ich will bloß … mehr.

Sie hat die Tür schon aufgezogen und steht im Halbdunkel des Flurs.

Denk nach, Conor! Denk nach, verdammt.

»Und wenn … wenn wir uns nachher zufällig auf der Grafton Street begegnen und ich *dich* auf einen Kaffee einlade?« Ich sehe auf die Uhr. »Sagen wir, so in knapp zweieinhalb Stunden?« Es ist mein letzter, verzweifelter Versuch, sie zum Bleiben zu überreden. Weil es nicht das letzte Mal gewesen sein darf, dass ich sie küsse.

Dann – endlich – erscheint ein schmales Lächeln auf ihren

Lippen, die noch ein bisschen voller wirken, seit sie auf meinen lagen. Sie nickt und sieht mich ganz fest an. »Ich gebe dir meine Nummer, und wir machen was für Donnerstag im *Fibbers* aus, Deal?«

Unbedingt, will ich sagen. *Am liebsten gestern. Aber wenn nicht direkt heute, dann unbedingt morgen.*

Ich kann mich rechtzeitig in meiner unendlichen Euphorie bremsen, denn … »Shit, Donnerstag geht nicht.«

»Dann … Mittwoch? Auf einen Kaffee in der Stadt oder so?«

Verdammt.

Ich fahre mir mit der Hand durch die Haare. »Ich … weißt du, ich … also, ich bin eigentlich auf der Durchreise und jetzt erst mal eine Weile beruflich unterwegs. Ich kann dir … Also, genau genommen, geht es nur heute Abend, weil ich …« Ich breche ab, presse die Lippen aufeinander, weil die Furche zwischen ihren Augenbrauen mit jedem meiner Worte tiefer wird.

Die Tür fällt unmittelbar vor mir ins Schloss. Zwei Sekunden, dann habe ich kapiert, dass sie gegangen ist, reiße die Tür wieder auf und folge ihr durch den dunklen Flur.

»Jetzt warte doch«, versuche ich es noch einmal und habe Glück, denn sie hält an. Aber nicht, um sich von mir bezirzen zu lassen, nein. So viel verrät mir die Furche.

»Ja, vielleicht fand ich dich ganz süß«, zischt sie. »Und ja, wir können uns gern mal im *Fibbers* oder auf einen Kaffee treffen.« Sie schüttelt den Kopf und hebt gleichzeitig bedauernd die Arme. »Aber *so eine* bin ich nicht.«

Ich will protestieren. Ihr sagen, dass ich sie *wirklich* kennenlernen will, also *wirklich wirklich*. Aber wenn ich komplett ehrlich bin, beschränkt sich mein Interesse in diesem Moment auf ihre Lippen, ihren Hintern und den Schatten auf ihrer Bluse. Und das weiß sie genauso gut wie ich.

Gilt das auch als Kennenlernen? *Ich glaube nicht, Conor, sorry.*

Die Tür am anderen Ende des Flurs fliegt auf, und eine bullige Silhouette erscheint. »Allie?«, brüllt jemand, ich glaube, es ist The Rock. »Du musst Sheila ablösen, ihr ist mal wieder übel.«

»Ich komme«, ruft sie und stürmt davon.

Sie ist schnell, Mann. So schnell, dass meine Bronchien nach Kippen-Gate nicht Schritt halten und gleichzeitig ausreichend Luft zum Reden, geschweige denn irgendwelche Erklärungen bereitstellen können. Als wir die Tür erreicht haben, dreht sie sich noch einmal zu mir um. Dahinter warten wummernde Bässe und Jason und Tony und Mickey und die anderen, die seit Stunden mit mir anstoßen wollen. Aber hier auf dieser Seite steht Schneewittchen mit ihren großen Augen im Halbdunkel und sieht mich an, als hätte sie nichts dagegen, wenn ich *sie* jetzt zur Abwechslung küssen würde. Für einen kurzen Moment überlege ich. Dann denke ich an Keith und seine Worte und besinne mich eines Besseren. Ich hätte sowieso nicht mehr genügend Luft für einen weiteren Kuss, glaube ich.

»Mach's gut, Conor«, murmelt sie, Sekundenbruchteile bevor sie die Tür aufzieht. Sofort ist das Leben wieder laut und bunt und von allem ein bisschen zu viel. »Vielleicht sieht man sich ja. Im *Fibbers*. Oder hier.« Ihre Schultern zucken, als wäre es ihr egal, ob wir uns jemals wiedersehen, also tun meine das auch. Gleichgültigkeit kann ich. Dann dreht sie sich um und verschwindet in der tanzenden Menge.

»Man sieht sich«, schicke ich ihr leise hinterher und nehme einen Schluck Cola, um den Geschmack von Zimtkaugummi und kaltem Rauch endgültig loszuwerden.

IRISH TIMES

The Sky's the Limit von unserer Mitarbeiterin Dervla McQuaid

Dublin, 29. Juli

Wie jeden Montag wird sich auch heute um 13:05 Uhr Ortszeit die BA835 von Dublin aus in Richtung Flughafen Heathrow aufmachen. An Bord diesmal fünf junge Männer, bereit, die Insel – und ja, womöglich die Welt – mit ihrem aktuellen Hit *Don't Just Be My Friend* im Sturm zu erobern. Die Rede ist natürlich von Jason Boland, Colm Hewson, Mickey Cardiff, Owen Power und Ryan Breheny: Die Lovesuckerz sind los! Und mit ihrer Mischung aus gefühlvollen Balladen und poppigen Gute-Laune-Songs stehen sie von Irland bis Tschechien, von Spanien bis hoch nach Schweden ganz weit oben in den Charts. Nicht umsonst spricht man überall vom schnuckeligsten irischen Boyband-Export seit Westlife.
In den kommenden anderthalb Wochen werden sie auf dem britischen Festland unterwegs sein, um die Pinkys auf ihrer ausverkauften UK-Tour zu begleiten. Und für ihre stetig wachsende Fanbase haben sich die Jungs allerlei einfallen lassen! Von der kuschligen Privataudienz über diverse Autogrammstunden bis hin zum Pop-up-Konzert, für jeden wird etwas dabei sein.
Um den daheimgebliebenen Fans diesseits der Irischen See die Wartezeit bis Mitte August zu verkürzen, wenn die Jungs dann endlich auch bei uns unterwegs sein werden, hat sich die *Irish Times* gemeinsam mit den Lovesuckerz etwas ganz Besonderes überlegt: Während der Tour findet ihr auf dem Instagram-Blog unter @irishtimeslive täglich private Einblicke in das aufregende Tourleben der Jungs und intime Interviews. Also schaut unbedingt vorbei.

Montag, 29. Juli

Allie – Here we are now, entertain us

Der Busfahrer winkt noch freundlich zurück, als er mich mit ausgestrecktem Arm am Straßenrand stehen sieht, und deutet im Vorbeifahren auf sein Handgelenk. *Ich bin sowieso schon zu spät,* sagt sein entschuldigender Blick, als er an mir vorbeirauscht.

Und ich bin es jetzt auch. *Verdammt.*

Schnaufend schultere ich meinen Rucksack und mache mich zu Fuß auf den Weg. Ausgerechnet heute habe ich meine ausgelatschten Espadrilles an, die sich nur bedingt für einen strammen Fußmarsch eignen, weil sie so locker sitzen, dass ich darin kaum Halt finde. Aber wenn ich noch mal zurückgehe, um mir Sneaker anzuziehen, bekomme ich gar nichts mehr vom Redaktionsmeeting mit. Wobei es darauf jetzt auch nicht mehr ankommt, denn Noah hat im Gegensatz zu Sean nur eine Regel, und die lautet: *Nicht zu spät kommen.* Er wird mir also ohnehin den Kopf abreißen. Und Dervla wird mich wieder mit ihrem mitleidig wissenden Nicken ansehen und mir später beim Kaffee in der Küche erklären, wie wichtig es ist, professionell zu sein, wenn ich mir die Stelle bei der *Irish Times* sichern will. Und Zu-spät-Kommen wirkt leider nur semi-professionell.

Ich verzichte auf meine morgendliche Zigarette und schaffe

den guten Kilometer am Liffey entlang in elf Minuten. Für meinen Dienstausweis, der sich in den Untiefen meines Rucksacks versteckt hat, die drei Stockwerke nach oben und einen kurzen, aber dringend nötigen Abstecher zur Toilette brauche ich weitere vier, dann stehe ich, schwer atmend, an meinem Schreibtisch. Genau genommen ist es nur ein halber, denn ich teile ihn mir mit der Volontärin.

Die Redaktion ist leer. Kein Wunder, denn mein Handy zeigt acht Uhr sieben – und Noah hält die anberaumte Viertelstunde immer von der ersten bis zur letzten Minute ein. Eher würde er schweigend dastehen oder über das Wetter referieren, als die Besprechung auch nur eine Sekunde vorzeitig aufzulösen.

Ich schnappe mir Block und Stift und schleiche zur Milchglastür, hinter der sich unser Konferenzraum befindet. Die Tür fällt geräuschlos hinter mir ins Schloss und genauso unauffällig schiebe ich mich an Peter und Tom vorbei, die direkt daneben an der Wand lehnen. »Ich hab den Bus verpasst«, murmele ich, obwohl mir sowieso niemand zuhört, weil sie alle an Noahs Lippen hängen. Doch schon im nächsten Moment unterbricht der seinen Monolog und deutet mit einem breiten Lächeln auf mich. »Wir haben gerade von dir gesprochen.« Noahs Mimik ist völlig entspannt. Was ungewöhnlich ist, denn Unpünktlichkeit kommt für ihn einer Todsünde gleich. Hinter seinem falschen Lächeln vermute ich deshalb eine tickende Zeitbombe, von der ich noch nicht recht einschätzen kann, auf welche Art und Weise sie gleich hochgehen wird. Angst macht sie mir aber sehr wohl. Das hat Noah mir schon als Kind gemacht.

»So?« Ich zwinge mir das Lächeln ins Gesicht, das ich im *VIPer* so oft übe. »Nur Gutes, hoffe ich.«

»Wie immer.« Er nickt, sieht mich aber nicht an, sondern Tom neben mir, glaube ich. Oder die Wand zwischen uns. »Sag, wann startet noch gleich dein Semester, Allie?«

»Neunter September.«

»Perfekt.«

Ich schlucke, aber meine Frage bleibt, wo sie ist. »Und verrätst du mir auch, wieso das perfekt ist?«

Gemurmel entsteht.

»Weil du bis dahin den Liveblog leiten wirst.«

»Ernsthaft?«, entkommt es meinen Lippen nach einer kurzen Schocksekunde. Ich sehe ihn mit großen Augen an, unterdrücke den Aufschrei, der hinter dem sich formenden Lächeln lauert, weil mir direkt die vielen wundervollen Konzerte in den Sinn kommen, die im August auf dem Plan stehen. Vier Nächte Coldplay im Croke Park, Niall Horan auf dem Gelände des Royal Hospital Kilmainham. James Blunt, die Pixies, Blink-182, The The. Und – o mein Gott – am Ende schickt Noah mich zum Electric Picnic nach Stradbally, weil er genau weiß, dass es mein absoluter Traum ist, einmal darüber zu berichten.

»Da… Danke?«, schiebe ich vorsichtig hinterher und bekräftige meine Aussage mit einem Nicken, das leider nicht halb so sicher ist, wie ich es gern hätte, weil ich im selben Moment höre, wie jemand »Ist das nicht ’ne Nummer zu groß für sie?« murmelt.

Ich sehe mich um. Es ist Reena, die meinen Blick finster erwidert. Die konnte mich von dem Moment an nicht leiden, als Noah uns auf dem Flur vorgestellt hat. Sie lächelt mir zwar immer ins Gesicht, nennt mich hintenrum aber gern Nepo Baby und behauptet, Noah würde mich bevorzugen.

Ja, er kennt mich, seit ich in die Windeln gemacht habe. Und ja, mag sein, dass er meine Bewerbung für die Praktikumsstelle nicht besonders intensiv gelesen hat, weil er und Dad seit Ewigkeiten Kollegen und beinahe genauso lange schon Freunde sind. So what. Ich weiß, was ich kann, und das Kulturressort der *Times* im Übrigen auch, schließlich habe ich schon freiberuflich

Konzertkritiken geschrieben, lange bevor Noah den Posten des Ressortchefs übernommen hat. Er sollte sich also weder schämen noch dafür rechtfertigen müssen, mich eingestellt zu haben. Leider scheinen das manche in diesem Raum hin und wieder zu vergessen.

»Nicht für Allie«, wirft Noah ein und sein faltiges Grinsen wird breiter, als er hinterherschiebt: »Du wirst die Lovesuckerz auf ihrer Tour begleiten und darüber täglich auf unserem Liveblog berichten.«

»Die … was?«

Ein Raunen geht durch den Raum.

Noah nickt meinem Shirt zu, ehe er mich mit einem Schmunzeln auf den Lippen wissen lässt: »Die Band.«

Ach.

»Aber … Ich dachte, das macht Dervla?« Ich sehe mich um. Schweigende Gesichter, manche von ihnen sehen mich an, wie das von Reena, andere sehen zu Boden oder demonstrativ aus dem Fenster. Aber keines davon gehört zu Dervla.

»Die wurde freigestellt«, bekomme ich von Tom souffliert.

Ich versuche erst gar nicht, meinen entsetzten Gesichtsausdruck zu überspielen. »Warum?«

»Wärst du pünktlich gekommen, hättest du mitbekommen, dass Dervla mich heute Morgen darüber informiert hat, dass sie zum ersten September bei der Konkurrenz startet.« Noahs Augen ruhen streng auf mir, und ich werde direkt ein Stück kleiner, als ich sowieso schon bin. »Und um einen Interessenskonflikt zu vermeiden, habe ich sie mit sofortiger Wirkung all ihrer Aufgaben entbunden.«

»Oh. Okay.« Ich nicke immer noch, während ich meinen Block aufschlage, um mir Notizen zu machen. Wobei ich den Kram morgen eh nicht mehr lesen kann, so sehr wie meine Hand gerade zittert.

»Meine Lieben!« Noah sieht auf die Uhr – Punkt acht Uhr fünfzehn – und richtet sich noch einmal an die versammelte Belegschaft. »Wie gehabt, Eilish ist diese Woche Chefin vom Dienst. Peter, Leila, ihr wisst, was zu tun ist. Tom, du siehst zu, dass du dieses Interview endlich an Land ziehst. Und denkt an die Deadline für das Magazin am Donnerstag. Ansonsten wünsche ich euch eine gute Woche.«

Ich bin latent verwirrt und will Peter aus dem Raum folgen, weil ich mir von ihm die wertvollsten Hinweise erhoffe, da hält Noah mich zurück. »Warte einen Moment.«

Jetzt kommt's. Detonation. Mitten ins Gesicht.

Die Tür schließt sich hinter dem letzten Kollegen. Ich fixiere das milchige Glas, das mich von der Freiheit trennt, und versuche, meine Atmung zu kontrollieren. Mich zu beruhigen, um das mit der Professionalität besser rüberzubringen. *Ein Königreich für eine Zigarette.*

Als ich mich zu ihm umdrehe, grinst er breit.

»Du gehst vier Wochen lang mit den Jungs auf Tour, erst Großbritannien, dann Irland.« Er macht eine Kunstpause, aber ich habe keine Ahnung, was die Erwartungshaltung ist – Euphorie, Irritation, Frust –, deshalb sage ich nichts, während der Kugelschreiber weiterhin nur Millimeter über dem Papier schwebt. »Höhepunkt wird das ausverkaufte Konzert im *Olympia Theatre* am einunddreißigsten August sein«, fährt er fort und läuft dabei zwischen Tür und Fensterfront hin und her. »Bis dahin wirst du der Band auf Schritt und Tritt folgen und über ihre Konzerte aber auch ihren Touralltag und alles drumherum berichten.« Er bleibt mit dem Rücken zu mir am Fenster stehen und sieht hinunter auf die Townsend Street. »Es ist alles mit deren Management abgesprochen. Du wirst jedes Konzert besuchen, die Jungs zu Radiointerviews begleiten, mit ihnen in den gleichen Hotels übernachten und sie mindestens einmal pro Woche zum

Interview bitten. Wie es ihnen geht, was das Tourleben mit ihnen macht, wie viele Groupies sie schon im Bett hatten. Was immer du aus ihnen rausbekommst.« Er winkt ab, ohne sich umzudrehen. »Und du wirst dich auch unter die Fans mischen, sie aushorchen, was sie an den Jungs lieben, was sie nicht so mögen, wo sie die Jungs in fünf Jahren sehen. Lass dir was einfallen, um ihnen die intimsten Geheimnisse zu entlocken.« Er stockt kurz, dreht sich um und sieht mich an. »Ist nicht auf meinen Mist gewachsen. Veldon will die Online-Inhalte auf Gedeih und Verderb verjüngen.« Er hebt die Hände und formt mit ihnen Anführungszeichen in der Luft. »An den Zeitgeist anpassen. Und dazu zählt auch diese Band.« Er löst sich vom Fensterbrett und macht ein paar Schritte auf mich zu. Sein Seufzen und das Augenrollen unterstreichen, wie wenig er selbst von dieser Aussage überzeugt ist. »Wie auch immer. Sobald ihr in London gelandet seid, bist du ihr Schatten. Beobachtest. Skizzierst. Lässt die Welt an ihrem Leben teilhaben. Das ist es, was die Teenies von heute wollen. Vernetzte Welt. Alle Infos jetzt und sofort. Ryan hat sich beim Auftritt den Zehennagel eingerissen? Lass es die Fans per Story wissen. Sie müssen das Gefühl haben, live dabei zu sein.«

Ich glaube, ich bin dran, aber ich weiß nicht, was ich sagen soll. Sekundenlang starre ich auf das leere Blatt. Schließlich ist es ein verzweifeltes »London?«, das mir über die Lippen kommt, weil es alles ist, was ich aus dem Wust an Informationen, die durch meinen Kopf fliegen, rausziehen kann.

Er sieht nickend auf die Uhr über der Tür. »Der Flieger geht um eins, dir bleibt also genügend Zeit, deinen Koffer zu packen. Die Jungs werden auch an Bord sein. Nimm dir ruhig ein Taxi zum Flughafen, das geht schneller.«

Ich bringe ein Nicken zustande, unfähig, etwas zu erwidern, geschweige denn einen klaren Gedanken zu fassen.

»Hotels und Flüge sind bezahlt. Unten bei Trevor bekommst

du eine Karte für das Spesenkonto, über das du den Rest abrechnen kannst. Alles klar?«

Denk nach, denk nach, verdammt. »Klar.«

»Prima, dann …« – er gibt mir einen Klaps auf die Schulter – »… geht's los. Du und die Lovesuckerz, das wird großartig.«

Hervorragend. Ganz hervorragend.

Ich sehe zu ihm auf. »Aber die Lovesuckerz sind …«

»… *die* Boyband-Sensation des Jahres. Fünf gut aussehende junge Kerle aus der irischen Provinz auf dem Weg an die Spitze.« Er klingt wie ein lebendig gewordenes Werbevideo. »Irland, England, Schweden, Deutschland: Überall ist ihre erste Single auf Platz eins der Charts eingestiegen. Wir haben sofort zugeschlagen, als sie uns wegen des Blogs angefragt haben.«

Ich senke den Kopf zu dem gelben Smiley auf meinem Shirt, der sich direkt über meinem heftig schlagenden Herzen befindet und wickele die ausrangierte Jeansjacke meines Bruders, die ich darüber trage, ein bisschen enger um meinen Oberkörper. »Aber … Noah!«

»Ich weiß.« Sein Lächeln ist breit. »Sieh es als die beste Übung für dein späteres Berufsleben an! Wenn du mal vor einflussreichen Politikern oder Wirtschaftsbossen stehst, musst du denen auch das Gefühl geben, du stündest auf ihrer Seite, um alles aus dem Interview rauszuholen.« Ein aufmunterndes Kopfnicken, ein weiterer Klaps auf meinen Oberarm, dann lässt er mich stehen und geht zur Tür. Bevor er sie öffnet, dreht er sich noch einmal zu mir um. »Und eventuell kommst du beim nächsten Mal ein bisschen zeitiger, dann hast du auch mehr Mitspracherecht.«

Sekunden später fällt die Tür hinter ihm ins Schloss. Zurück bleiben ich, ein Blatt Papier mit einem einzigen Buchstaben darauf – einem L – und tausend offene Fragen.

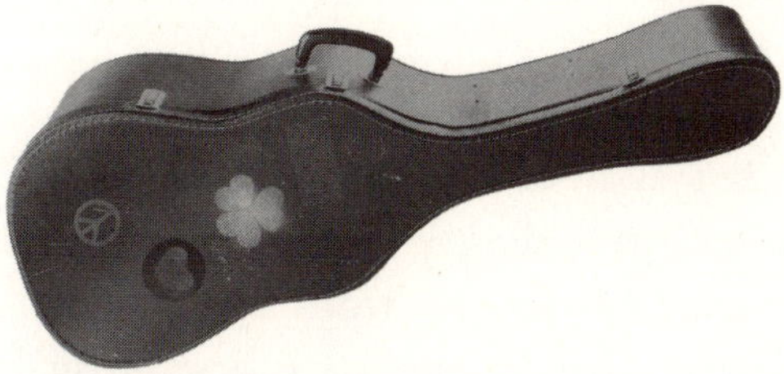

Conor – Startin' to forget just who you are

»Scheiße, Mann, wir sind echt da.« Jasons babyblaue Augen strahlen, als er die Reisetasche mitten im Durchgangsbereich der Heathrower Ankunftshalle auf den Boden fallen lässt und die Arme ausbreitet, als wollte er die Welt umarmen. Zumindest mal ganz London.

»Ist es gut, dass ich nervös bin?« Owen atmet tief ein.

»Nervosität ist gesund.« Tony hat uns eingeholt, trottet mit dem voll beladenen Gepäckwagen hinter uns her wie eine Mum ihren Kindern. Wahrscheinlich fühlt er sich auch so. Wie unsere Nanny. Irgendwie ist er das auch – zwar eine sehr gut bezahlte mit ordentlich Bartwuchs, aber dennoch. Und ohne unseren Tourmanager wüssten wir nie, wann wir wo zu sein haben, sind wir mal ehrlich. Tonstudio, Fitnessstudio, Hotel, Kick-off-Party – und das allein in den kommenden Stunden.

Gleich morgen früh geht's zur legendären BBC, um dort unser erstes Radiointerview ever zu geben, anschließend zum Fotoshooting in irgendeinen Park und immer so weiter.

Alter, *nervös* ist gar kein Ausdruck!

»Und ab wie viel Nervosität wird es ungesund?«, will Colm wissen und klopft Mickey ein bisschen zu fest auf die Schulter, der da steht und auf seiner Unterlippe knabbert wie ein verloren gegangenes Kind …

Pinkfarbene Lippen. Sofort sind sie wieder da, in meinem Kopf. Nicht, weil Mickey mich an sie erinnert, um Gottes willen, aber weil ich ständig an sie denke. Bei jeder sich bietenden Gelegenheit, verdammt. Beim Einschlafen Sonntagnacht. Beim Aufwachen am nächsten Morgen. Beim Packen und während des anschließenden Meetings mit Keith und der Plattenfirma. Bei allem. Und jedes Mal frage ich mich, warum zur Hölle ich sie habe gehen lassen. In Gedanken bin ich schon unzählige Male zurück im *VIPer* gewesen, habe ihr gesagt, dass unser erstes Aufeinandertreffen unglücklich war, ich sie aber trotzdem furchtbar gern auf diesen Kaffee einladen würde, wenn sie denn Lust hat. Und ich schwöre, wenn ich nach Dublin zurückkomme, werde ich sie direkt als Erstes aufsuchen und fragen. Ganz sicher.

»Sollten wir nicht langsam …?« Jason sieht ungeduldig zum Ausgang. Ich glaube, er hat Angst, dass jeden Moment eine Horde junger Frauen um die Ecke biegt und uns erkennt. Aber so weit sind wir noch lange nicht, mein Freund. In Irland, ja, da werden sie uns in zwei Wochen mit Plakaten und großem Geschrei empfangen, aber hier … hier müssen wir erst noch beweisen, dass unsere Single kein One-Hit-Wonder bleibt.

»Wir müssen kurz warten«, höre ich Tony sagen.

»Worauf?«

»Die Dame von der *Irish Times* war auch im Flieger. Leider habe ich sie in Dublin nirgendwo entdeckt.« Tony zieht sich die Pilotensonnenbrille von der Nase und sieht sich um.

Colm neben mir wächst spontan um zehn Zentimeter. Sein Blick schießt in alle Himmelsrichtungen durch die Ankunftshalle. Ich beuge mich zu Owen und frage ihn leise: »Hab ich was verpasst?«

Er grinst verschmitzt. »Colm hatte am Samstag eine … Begegnung« – er setzt das Wort mithilfe seiner Hände in imaginäre Anführungszeichen – »mit der Frau.«

»Begegnung?«

»Sagen wir, ihre Zungen haben sich auf der Damentoilette einander vorgestellt, bevor sie gemeinsam abgezogen sind.«

Deshalb habe ich die *Dame* Samstag nicht mehr kennengelernt – weil sie längst anderweitig beschäftigt war. Keith wird begeistert gewesen sein. »Was ist aus ›Lasst euch nicht an eurem ersten Abend mit einer Frau im Arm ablichten‹ geworden?«

»Colm hat ihm ausrichten lassen, dass er Kopfschmerzen habe und sich hinlegen wolle. Sie sind kurz nacheinander gegangen, wenn ich es richtig mitbekommen habe.«

So kann man es auch machen. Vorausgesetzt, man ist bei Verstand, was ich Samstagnacht ganz offensichtlich nicht war.

Ich sehe rüber zu Colm, der noch immer Ausschau nach *seiner* Dame hält. Dass er sie schon im Bett hatte, erscheint mir durchaus fragwürdig, zumindest, was die Objektivität der Berichterstattung betrifft, aber solange das für Keith und Colm (und die Dame) kein Problem ist, soll es das für mich auch nicht sein. Wer bin ich, darüber zu urteilen, wenn sich zwei Menschen auf Anhieb sympathisch sind?!

Ich ärgere mich immer noch über mich selbst, als ein zaghaftes »Mister Kennedy?« unsere Köpfe zeitgleich herumschnellen lässt.

Und plötzlich: pinkfarbene Lippen. Live und in Farbe dieses Mal, ohne Mist. Genauer gesagt, sind sie fuchsiafarben – keine Chance, ohne dieses Wissen aufzuwachsen, wenn du drei ältere Schwestern hast. Aber das sind sie, kein Zweifel. Das ist Allie, die da vor uns steht, klein und weniger seriös als ihre Bluse und Bauernzöpfe tragende Version von Samstagnacht, aber immer noch wunderschön. Ihre Haare sind gar nicht schwarz, sondern dunkelbraun. Sie werden von einer Art Haarband/Schleife zurückgehalten und fallen ihr in großen, wilden Kringeln den Rücken und die Schultern hinunter. So anders. Aber diese Lippen … Keine Ahnung, ob ich die je wieder vergessen kann.

Sie schiebt sich die wuchtigen Kopfhörer mit einer Hand von den Ohren und lässt sie in den Nacken fallen. Die andere Hand führt einen blauen Trolley, den sie mit winzigen Trippelschritten in unsere Richtung lenkt, während sie von Tony zu Colm, zu Jason, zu Mickey, zu Owen sieht. Und wieder zurück.

Mich spart sie aus.

»Halt die Finger still.« Ich frage mich noch, für wen Tonys Kommentar gedacht ist, da steht sie auch schon vor uns.

»Mister Kennedy?«, fragt sie noch einmal in die Runde und wartet, bis Tony sich zu erkennen gibt, ehe sie ihm die freie Hand entgegenstreckt. Die mit dem schwarzen Herz auf dem Mittelfinger. »Schön, Sie kennenzulernen.«

»Wer ist das?«, flüstere ich Jason zu, aber er antwortet nicht. Keine Ahnung, ob er mich nicht gehört hat, weil er auch so abgelenkt ist von ihren Lippen. Oder von dem Nirvana-Bandshirt, das unter ihrer Jeansjacke hervorblitzt.

»Miss …« Tony schüttelt noch immer ihre Hand.

»Rainsford.« Ihr Blick huscht für den Bruchteil einer Millisekunde ans Ende der Gruppe zu mir. »Schön, Sie kennenzulernen, Mister Kennedy. Alison Rainsford, Musikjournalistin. Noah Gallagher schickt mich.«

Tony nickt, aber es ist mehr ein panisches Nicken. Ein *What-the-fuck*-Nicken. Ein *Willst-du-mich-veraschen?*-Nicken. »Schön, dass Sie hier sind, Alison. Nennen Sie mich bitte Tony.« Die Worte aus seinem Mund passen nicht zu seinem Gesichtsausdruck. »Muss ich Ihnen die Jungs vorstellen?« Er lacht ein aufgesetztes, breites Tony-Lachen. »Natürlich muss ich das.« Er drängt sie in Mickeys Richtung. »Darf ich vorstellen: Mickey Cardiff.«

»Allie. Schön, Sie kennenzulernen, Mister Cardiff.«

»Mickey, bitte!«

Ihr Lächeln ist schüchtern, als sie ihm zunickt. »Mickey.«

Tony schiebt sie weiter, und als die Sonne draußen den Kampf gegen die Wolken verliert, sind ihre Haare plötzlich wieder schwarz.

»Colm Hewson.« Tony präsentiert ihn wie eine Trophäe. *Darf ich vorstellen: unser Stallhengst. Kann kaum einen Ton halten, hört sich im Fünfklang aber ganz passabel an und wird die Herzen der Frauen im Sturm erobern.*

»Wo ist Dervla?«, murmelt der Hengst.

Und ich stehe da am Ende der Schlange und verstehe nur Bahnhof.

Allie streckt ihre Hand aus. »Allie, schön dich kennenzulernen.«

»Die Freude ist ganz meinerseits«, höre ich Colm nuscheln und sehe aus dem Augenwinkel, wie Tony ihm in den Oberarm zwickt.

Meine Bronchien werden eng, während in meinem Kopf die Gedanken Achterbahn fahren. So eine von der fiesen Sorte, bei der man nicht sicher ist, ob man sich nicht doch jeden Moment übergeben muss, weil die Kurven zu schnell, die Richtungswechsel zu heftig sind. Ich komme nicht mit. Mit Allie und ihren mal dunkelbraunen, mal schwarzen Haaren. Mit ihrem Nirvana-Smiley auf der Brust und der Tatsache, dass sie Journalistin sein soll und was mit Colm hatte, kurz nachdem ihre Lippen auf meinen lagen.

Vor zwei Tagen war sie noch die schönste Frau, die ich je gesehen habe, und jetzt steht sie vor mir und will mir weismachen, dass sie all das ist, was bei mir einen unmittelbaren Brechreiz auslöst? Das kann nicht ihr Ernst sein.

»Jason Boland«, rattert Tony derweil weiter, und mein Kopf bildet sich ein, schon die wilden Rosen riechen zu können.

»Schön, dich kennenzulernen, Jason.« Sie lächelt und lächelt und lächelt, als hätte sie nie etwas anderes getan.

»Owen Power, hi«, stellt Owen sich selbst vor und greift zielsicher nach Allies Hand.

Ihr Lächeln ist immer noch da. Nicht ganz ehrlich, nicht ganz falsch. Irgendwas dazwischen. Und hübsch. So un-*fucking*-fassbar hübsch. Aber wenn ich bis eben geglaubt habe, das Lächeln sei ihr im Gesicht festgefroren, so werde ich jetzt eines Besseren belehrt, denn als sie sich von Owen abwendet und mich ansteuert, verschwindet es.

Da steht sie vor mir, meine Erscheinung, und sieht mich mit großen Augen an. Sie sind meerblau. Blau und grün und ein bisschen türkis und so umwerfend, dass ich kurz meinen Namen vergesse.

Zum Glück gibt es Tony.

»Und last but certainly not least Ryan Breheny.«

Conor. Bitte.

Das schwarze Herz auf ihrem Mittelfinger zittert, als sie mir die Hand reicht, der Druck eine Spur zu fest für meinen Geschmack.

Konzentrier dich! Sprich mir nach: Schön dich kennenzulernen, Alison Rainsford. Aber als draußen die Wolkendecke aufreißt und grelles Sonnenlicht ins Flughafengebäude fällt, kommt es in meinem Hirn zum Kurzschluss: »Ebenholz.«

Sie runzelt die Stirn. Da ist sie wieder, die kleine Furche zwischen ihren Augenbrauen.

Ihr Händedruck wird fester.

»Alles in Ordnung?«, höre ich Tony wie durch Watte fragen und bin froh, dass wenigstens einer von uns klar denken kann. Ich kann es definitiv nicht. Nicht, wenn sie mich *so* ansieht. Aber spätestens als ihre zweite Hand nach oben schießt und sich in meinen Unterarm krallt, realisiere auch ich, dass irgendwas nicht stimmt.

Sie nuschelt etwas, aber die Worte passen nicht durch ihre zusammengebissenen Zähne. Die Fuchsialippen sind zu einer Grimasse verzogen. Sie hängt regelrecht an meinem Arm, versucht, sich mit aller Kraft nach oben zu ziehen, bis sie aufgibt und ihre Stirn knapp oberhalb des Solarplexus gegen meine Brust sinken lässt. Mitten auf mein schnell schlagendes Herz.

Allie – Couldn't escape if I wanted to

Die abgestandene Hitze erschlägt mich, als ich den Trolley mit müden Füßen in die Ankunftshalle schiebe. Schmerzenden noch dazu. Alles an mir – in mir – ist müde und schmerzt. Kein Wunder nach dem Vormittag.

Ich denke da an Dervlas Notizen, die ich von ihrem verwaisten Tisch zusammengeklaubt und mit Noahs Unterlagen in meinen Rucksack gestopft habe, bevor ich nach Hause gerannt bin, um ein paar Klamotten zu packen. Oder an meine verzweifelten Versuche, mich mithilfe ebendieser Dokumente auf den neuesten Stand zu bringen, was die Lovesuckerz angeht – oder wenigstens auf *irgendeine* Art Stand. Aber nach meiner ernüchternden Lektüre (Wo ist *deine* Professionalität, Veronica Guerin? Oder willst du mir ernsthaft erzählen, dass du *alles* über die Lovesuckerz weißt und dir deshalb zwei angeschriebene Zettel reichen, auf denen ein paar Namen und mit Fragezeichen versehene Notizen wie *Freundin?* oder *Drogenproblem?* hintendran stehen? Und wieso, verdammt noch mal, antwortest du mir nicht auf die gefühlt siebenundzwanzig E-Mails, die ich dir seit heute Morgen sowohl dienstlich als auch privat geschrieben habe?) und ein paar begleitenden Wiederholungen der aktuellen irischen Nummer eins, die ich mir auf dem Weg zum Gate auf die Playlist gezogen habe, ist klar, dass das hier ein Desaster wird.

Ich hätte mich schon am Gate in Dublin mit meinem Ansprechpartner – Anthony Kennedy, seines Zeichens Tourmanager der Lovesuckerz, immerhin so viel konnte ich Dervlas Unterlagen entnehmen – kurzschließen sollen. Aber in meiner grenzenlosen Panik über Noahs ersten großen Auftrag habe ich mich schlichtweg nicht ans Gate getraut. Stattdessen habe ich in der Ecke gekauert und Namen auswendig gelernt, um wenigstens *irgendwas* an Wissen vorweisen zu können.

Colm Hewson, Ryan Breheny, Jason Boland, Owen Power, Mickey Cardiff, wiederhole ich in Gedanken mantraartig und schiebe mich und meine Panik weiter in die trubelige Ankunftshalle hinein. *Colm Hewson, Ryan Breheny, Jason Boland, Owen Power, Mickey Cardiff.* Ich hätte gern entsprechende Bilder dazu, geschweige denn mir ein Musikvideo angesehen, um diesen leeren Namen direkt Gesichter und Stimmen zuordnen zu können, aber das Internet an Bord hat – natürlich – nicht funktioniert. Zu allem Überfluss hat es im Flieger nach Pinien gerochen, sodass ich für den Großteil des Fluges damit beschäftigt war, gegen meine eigenen Erinnerungen anzukämpfen. An verbotene Küsse im Hinterhof. An Cola und Jasmin – und eben Pinien. An Wuschelhaare und Grübchenlächeln und Mr. T und …

Binnen Sekunden krabbelt mir dieselbe Gänsehaut über die Unterarme, zu den Schultern hoch und den Rücken wieder herunter wie Samstagnacht. Ob er noch in Dublin ist? Oder auf der Durchreise und längst über alle Berge? Ob ich es je erfahre?

Vielleicht kommt er mich ja noch mal im *VIPer* besuchen, wenn ich das hier hinter mir habe – und es überlebe. Oder im *Fibbers*. Ganz egal, wo und wie, ich lehne den Kaffee sicher kein zweites Ma-

Ich werde unsanft aus meinem Tagtraum gerissen, als mich ein Mann im Anzug anrempelt. Er dreht sich zu mir um, hebt die Hand und verschwindet binnen Sekunden in der Masse.

Mein Blick verfängt sich für einen Moment in dem Wirrwarr aus Gesichtern, Haaren und Klamotten um mich herum, während ich darüber nachdenke, ob ich eigentlich ein zweites Paar Schuhe eingepackt habe. Meine Zahnbürste? Ersatzhaargummis? Ich glaube, meine petrolfarbene Lieblingsbluse hängt noch in der Küche über dem Stuhl. Habe ich das Licht im Bad ausgemacht? Und was zum Teufel tue ich hier? Wann wache ich auf und merke, dass ich immer noch in meinem Bett in Dublin liege und das alles nur ein Traum ist? So einer von der richtig fiesen Sorte, aus dem man mitten in der Nacht schreiend und schweißgebadet aufwacht.

Waterloo. So was von.

Atmen, Allie, atmen. Du kannst das.

Todesmutig hebe ich den Kopf und brauche keine drei Sekunden, dann habe ich in dem Wust aus Menschen eine kleine Gruppe Männer ausgemacht. Sie stehen dicht an dicht, eins, zwei, drei, vier, fünf an der Zahl. Der größte von ihnen ist definitiv Boybandmaterial wie aus dem Bilderbuch, den Rest sehe ich nur von hinten. Ein sechster lehnt etwas abseits an einem voll beladenen Gepäckwagen, sieht immer wieder auf sein Handy. Sein Gesicht ist zu aufgedunsen, die Stirn zu faltig für eine Boyband.

Anthony Kennedy. Anthony Kennedy. Antho–

Conor?

Ich bleibe ruckartig stehen, als sich die blonde Strubbelfrisur umdreht. Das Grübchen fehlt. Aber … er ist es. Oder?

Shit, der Große sieht sich um. Nach mir, vermute ich. Conor tut es ihm gleich. Und Anthony mit ihm.

»Mister Kennedy?«, höre ich mich sagen und schiebe mir Dave Grohls Gesang von den Ohren, während mein Körper ungefragt zum Angriff bläst. Trippelschritte vorwärts, darauf bedacht, nicht über meine eigenen Füße zu fallen, die immer noch wehtun, aber das merke ich nicht mehr, weil ich nichts mehr merke. Gar nichts.

Ein junger Mann, Anfang zwanzig, braune Haut, schwarze Haare. Daneben der Große, dunkle Augen, dunkle Haare, dunkler Blick. Eins weiter hellbraune, kinnlange Locken und hübsche babyblaue Augen, daneben ein Undercut in dunklerem Braun. Weiter reicht mein Blickfeld nicht. Wie ein blinder Fleck. Ein Flimmerskotom kurz vor dem Migräneanfall.

Conor?

»Mister Kennedy?«, frage ich noch einmal in die Runde und tatsächlich, der Faltige macht einen kleinen Schritt nach vorn. »Schön, Sie kennenzulernen.« *Wow, ganze Sätze, ich bin beeindruckt, Allie!*

»Miss …« Nur zögerlich ergreift er meine Hand und schüttelt sie so ausführlich, wie mir noch nie die Hand geschüttelt wurde.

»Rainsford«, sage ich und erlaube mir, für den Bruchteil einer Sekunde ans Ende der kleinen Gruppe zu schauen, aber keine Chance. Flimmerskotom at it's best. »Schön, Sie kennenzulernen, Mister Kennedy. Alison Rainsford, Musikjournalistin. Noah Gallagher schickt mich.«

Schmerzen. In meiner Wade. Oder im Kopf? Ich weiß es nicht. Der Nebel in meinem Kopf, vor meinen Augen, überall, wird dichter, breitet sich aus.

Plötzlich stehe ich vor ihm, hat dieser Anthony die Hand auf Conors Schulter. »Und last but certainly not least Ryan Breheny.«

Als ob, denkt der funktionsfähige Nanokubikzentimeter meines Hirns. Entweder hat Mr. T einen Zwillingsbruder, der ihm bis aufs Haar gleicht – Frisur eingeschlossen –, oder jemand hat mich ziemlich hart verarscht.

Meine Hand zittert, als ich sie ihm reiche. Professionalität und so, ich arbeite dran, auch wenn sich das Ziehen in meinem Bauch wieder meldet und mir souffliert: *Küss ihn, er hat so gut geschmeckt!* Und er sieht mich an, als würde er genau dasselbe denken. Statt einer abgedroschenen Grußformel folgt nur ein einziges gesäuseltes Wort, das ich ihm gern auf ähnliche Art und Weise von seinen Lippen holen möchte wie Samstag: »Ebenholz.«

Und es hat vorhin im Flieger *doch* nach Pinien gerochen. Das ist mein letzter klarer Gedanke, bevor ein stechender Schmerz alle Stimmen, alle Schmetterlinge, einfach alles zum Schweigen bringt, als er mich durchzuckt. Mein ganzer Körper blockiert, inklusive meiner Hand, die immer noch seine hält, obwohl ich sie längst loslassen sollte.

»Alles in Ordnung?«, fragt Anthony neben uns, und ich kann ihm nicht mal antworten, weil ich mich so darauf konzentrieren muss, nicht laut durch die Flughafenhalle zu schreien.

»Krampf!«, presse ich hervor und klammere mich an Conors Hand, als wäre sie in diesem Moment alles, was mich vor dem sicheren Tod bewahren kann. Ich will mich aufrichten, aber mein linkes Bein macht dicht, sehe hinunter auf unsere Füße und verfluche die ausgelatschten Espadrilles und Noah und diesen nicht enden wollenden Tag. *Shit, tut das weh.*

Ich schließe die Augen, versuche, gegen den Schmerz zu atmen, rieche dieselbe Mischung aus Pinien und Jasmin wie Samstagnacht und vorhin beim Aussteigen aus dem Flieger. Benebelt fällt mein Kopf gegen etwas weiches Hartes. Oder etwas hartes Weiches? Ich wünschte, der Schmerz würde aufhören oder zumindest weniger werden. Aber er wird nicht weniger, im Gegenteil. Es fühlt sich an, als würde er wandern, von meiner Wade aus überallhin ausstrahlen bis in meinen Kopf, wo Chaos und Anarchie herrschen, seit ich wieder in seine Augen gesehen habe.

Mir wird schwindelig von all den Gedanken. Bis eben war ich davon überzeugt, dass ich das hier schon schaffen werde. Dass ich Reena und Noah und vor allem meinem Dad beweisen werde, dass ich mehr bin als mein Nachname. Und dann steht *er* vor mir, heißt Ryan und ist Mitglied einer fucking Boyband. *Fibbers, Junge? Ernsthaft? Du weißt wahrscheinlich nicht mal, wie man das schreibt.*

Ich halte inne, als es ganz sanft an meinem Ohr vibriert. Oh, das fühlt sich schön an. Wirklich schön, das kapiere ich selbst in meinem Zustand.

»Was?«, nuschle ich benebelt in den Stoff seines Shirts hinein.

»Du musst auftreten.«

Widerwillig löse ich mein Ohr von dem harten Weichen – so rum ist es richtig, denn ich glaube, es ist weich, versucht aber, hart zu wirken – und sehe in freundliche graugrüne Augen direkt über mir. Shit, da ist es, mitten auf seiner Wange. Ich möchte meine Fingerspitze darin vergraben.

»Auftreten.« Ein Wort, fehlerfrei ausgesprochen noch dazu. Als wäre ich echt in der Lage, auch nur einen einzigen klaren Gedanken zu fassen bei den Schmerzen und dem Grübchenlächeln. Dass ich nicht lache.

»Mit dem Fuß.«

»Fuß.«

Sein Lächeln wird noch breiter und noch schöner, keinen Schimmer wie, aber das geht. Wenn der Schmerz nicht so schlimm wäre, könnte ich mich durchaus daran gewöhnen. An seine haltenden Hände. An Pinien und Jasmin und diese freundlichen Augen und das hübsche Lächeln und die Haarfransen, die ihm in die Stirn hängen, als hätten sie nichts Besseres zu tun.

Als er die Hand hebt und mir etwas von der Wange wischt, zucke ich zurück. Er sieht mich an, immer noch lächelnd, und ich bin mir fast sicher: Diese Hand wird mich nicht halten, nicht stützen oder mich gar vor etwas bewahren. Sie wird mein journalistischer Tod sein. Genau wie der Rest von ihm.

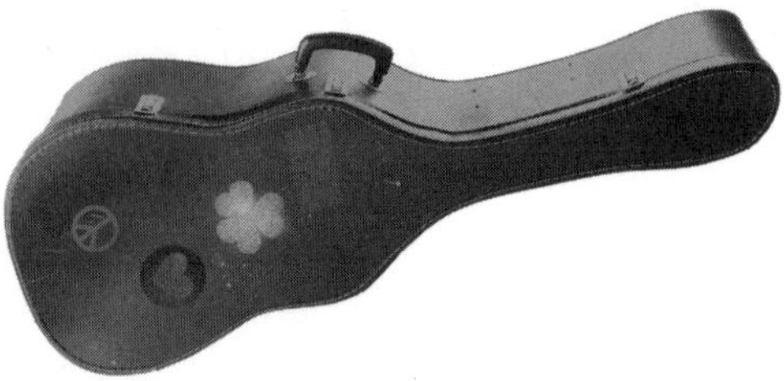

Conor – She'll be the death of me

Ich wische ihr die Träne von der Wange und schenke ihr ein Lächeln, versuche es erneut: »Auftreten, Allie. Du musst den Fuß belasten, dann löst sich der Krampf eher auf.«

»Ich kann nicht«, wimmert sie und lässt die Stirn gleich noch einmal gegen meine Brust sinken.

»Komm, wir gehen ein paar Meter«, fordert sie die arbeitende Hälfte meines Hirns auf, die nicht von Fuchsia und Meerblau und Ebenholz benebelt ist.

Fuchsiameerblauebenholz.

Eine Kombination wie gemalt.

Nur widerwillig kommt Allie mir hinterher, humpelnd und jammernd und immer noch mit der Stirn an meinem Herzen.

»Hast du das öfter?«

Ihr Kopf bewegt sich, ich glaube, es ist ein »Nein«.

»Weiter«, treibe ich sie leise an und laufe mit ihr einen Kreis um die anderen, die uns zusehen, als führten wir einen Zaubertrick vor, bei dem ich Allie jeden Moment vor den Augen aller verschwinden lasse. Oder zersäge, mittendurch in zwei gleichgroße Teile. Aber das wäre schade, weil ich mich niemals für einen Teil entscheiden könnte.

Oh, for christ's sake, shut up, Conor!

Ihre Finger lösen sich nur langsam von meinem Unterarm.

Stück für Stück gewinnt sie an Höhe, richtet sich auf, läuft weniger humpelnd. Als sie den Kopf hebt und mir in die Augen sieht, glänzen keine Tränen mehr darin.

»Geht's wieder?«, frage ich und ernte ein schwaches Nicken.

»Tut mir leid.« Sie lässt mich endgültig los und prompt ist mir kühl in meinem Shirt, trotz Sonne und der Sommerwärme, die durch die Vorhalle weht.

Sie ist tatsächlich genauso bildhübsch, wie sie mein Verstand in den letzten sechsunddreißig Stunden unzählige Male gezeichnet hat. Und doch so anders. Da, ein Piercing im linken Nasenflügel, eines in der Oberlippe rechts. Ich wusste es. Nur das Loch an ihrer linken Augenbraue ist leer. Und bei Tageslicht sieht es mehr wie eine Narbe aus, vermutlich rausgewachsen. Das kenne ich von meiner Schwester Birdie, die hat sich mit sechzehn auch so ein Teil stechen lassen, und dann ist es ihr vier Jahre später beim Sonntagsessen in die Bratensoße gefallen.

»Hi, Allie Rainsford«, schaffe ich es endlich, zu sagen.

Jedes Mal, wenn ich mir in den letzten anderthalb Tagen unser Wiedersehen vorgestellt habe – das, bei dem ich sie um den Kaffee bitte –, ist sie mir um den Hals gefallen. Hat mich geküsst so wie Samstagnacht. Mir gesagt, wie sehr sie sich freut.

Dass unser Zusammentreffen so unverhofft schnell kommt und dann auch noch in dieser seltsamen Konstellation, überfordert sie sicherlich genauso sehr wie mich. Aber dass sie nur ein simples »Ryan« für mich übrig hat und mich dann stehen lässt, stand auf meiner Erwartungsskala an eben dieses Wiedersehen kurz hinter Krampfanfall.

Tony sieht sie besorgt an, als sie zu ihm kommt.

»Sorry«, entschuldigt sie sich auch bei ihm, während ich zu Jason und den anderen zurückschleiche. »Ich bin seit heute Morgen kurz vor acht auf den Beinen und gerade habe ich die Quittung für meine ausgelatschten Schuhe bekommen.«

Tony lacht und Allie mit ihm. Es klingt wie Musik in meinen Ohren. Vertraut. Und schöner als alles, was die *Lovesuckerz* jemals zustande bringen könnten.

Sie dreht sich um, sieht uns der Reihe nach an. Erst Mickey, dann Colm – ihn ein bisschen zu lange für meinen Geschmack –, Jason, Owen und schließlich mich.

Mein Blick fällt auf das gelbe Smiley-Gesicht mit den X-Augen, das mir von ihrem verwaschenen Shirt entgegenlächelt. Wobei, keine Ahnung, ob es ein Lächeln ist, es könnte auch ein totes Smiley-Gesicht sein. Undurchschaubar wie Allie, die sich hinter dem Smiley versteckt.

Und dann verstehe ich Tonys panisches *What-the-fuck*-Nicken von vorhin, denn ihr ganzes Erscheinungsbild wirkt wie ein gigantischer Mittelfinger in unsere Richtung. Die Piercings, das Nirvana-Shirt, das aufgesetzte Lächeln – ich weiß, dass es aufgesetzt ist, denn ich kenne das echte. Sie sieht nicht nach Kommerzpop aus, mehr nach Alternative oder Hard Rock oder was ihr viel zu klobiger Kopfhörer sonst so spielt. Und das sie hier ist und über uns schreiben soll, wie Tony uns im Flieger erklärt hat, ist ein verdammter Scherz. Es *muss* ein Scherz sein, denn sie wird uns in der Luft zerreißen. Wird schreiben, was wir für weich gespülte Softies sind und welche gequirlte Scheiße wir den Leuten als Hits von morgen zu verkaufen versuchen. Sie wird uns nicht hypen, uns nicht helfen auf dem Weg zum Pop-Olymp. Sie wird uns zerstören. Wie Eintagsfliegen, die sie mit einem Artikel, mit einem Wort zerquetschen kann.

Und als sie mich aus ihren dunkel umrandeten Augen heraus ansieht und sich für Sekundenbruchteile ein Lächeln auf ihre Fuchsialippen schleicht – ein ehrliches diesmal –, bin ich mir sicher: Alison Rainsford, Musikjournalistin, wird die *Lovesuckerz* mit Haut und Haaren verschlingen.

Und mich inklusive Herz.

Allie – Do you think you can tell?

Die Fahrt in dem viel zu engen Multivan dauert eine halbe Ewigkeit. Wahrscheinlich sind es nur die angekündigten fünfzig Minuten von Heathrow in die Innenstadt – nach Waterloo! –, aber diese graugrünen Augen, die sich an mir festgebissen haben, machen die Fahrt durch die verstopften Londoner Straßen kaum erträglicher. Außerdem schmerzt meine Wade immer noch. Und beim Gedanken daran, dass ich noch vor einer knappen Stunde in seinem Arm lag, spüre ich direkt wieder diese unangenehme Hitze im Gesicht.

Reiß dich zusammen, Allie. Professionalität!

Ich versuche, mir äußerlich nichts von dem Sturm anmerken zu lassen, der in mir tobt, und lenke mich ab, indem ich Tony dabei zuhöre, wie er das Programm für den restlichen Tag runterrattert. Studio, Gym, Hotel, Party. Ich sehe auf die Uhr und überlege, wie viele Stunden der Tag der Lovesuckerz hat. Meiner – und der vom Rest Londons – hat noch genau acht, und mir wird ein bisschen übel, als mir klar wird, dass ich jede einzelne davon mit diesen fünf Herren verbringen werde. Allen voran mit Mr. T, der mein eigenes Shirt ziemlich argwöhnisch beäugt, dafür, dass er heute das Konterfei von David Hasselhoff auf der Brust spazieren trägt.

Vielleicht hätte ich das verwaschene Nirvana-Shirt vorhin doch wechseln sollen. Kommt nicht so cool, wenn ich über eine Boyband schreiben soll und hier mit einem Grunge-Shirt aufschlage. Andererseits hätte das wahrscheinlich auch keinen Unterschied gemacht. Nicht für Conor. Ryan. Wie auch immer er heißt. Er hätte mich immer noch so finster angeschaut, wie er es gerade tut. Warum auch immer, denn ich habe ihm nichts getan, ihn bloß geküsst, und danach hatte ich weiß Gott nicht das Gefühl, ihm damit wehgetan zu haben. *Also, hör auf, mich so anzusehen. Du warst derjenige, der mir erklärt hat, er heiße Conor und sei auf der Durchreise.* Durchreise, my ass. Durch sämtliche Betten der Republik Irland, vermute ich. Und in den nächsten paar Wochen beehrt er die britischen Frauen. Gut für ihn. Wie gut.

Als ich den Kopf hebe, um nachzusehen, wo wir sind, sieht Con- Ryan mich immer noch an – oder schon wieder. Er hat nicht mal den Anstand, betreten zur Seite zu schauen, als ich seinen Blick erwidere, im Gegenteil. Sie starren schon wieder, er und sein Grübchen.

Was, formuliere ich stumm und ernte ein Schulterzucken von ihm. Was hab ich auch erwartet von einem, der eine Frau in einen schlecht beleuchteten Hinterhof verfolgt und dort zwischen Getränkekisten einkesselt?

Du kannst ihm nicht böse sein, denn du *warst diejenige, die über ihn hergefallen ist, nicht umgekehrt.* Du *hast dich blenden lassen, obwohl du wusstest, dass er nur einer von denen ist, die 'ne schnelle Nummer suchen.*

Ich schließe die Augen, versuche, mich in meiner blinden Wut wieder einzukriegen. Aber statt Ruhe und Ausgeglichenheit finde ich tief in mir drin bloß Schmetterlinge. Tausende davon.

Was für eine absolute Scheißidee das war, ihn zu küssen.

»Was hältst du davon, Allie?«

Mein Kopf schnellt nach oben. Ich sehe in die Gesichter der

Jungs. Keine Ahnung, wer gesprochen hat, aber ihre hübschen Babyfaces sind allesamt in meine Richtung gedreht.

»Wovon?«, frage ich und warte, wer von ihnen reagiert, weil ich ihre Namen noch nicht einwandfrei zuordnen kann, geschweige denn ihre Stimmen.

»Von unserer Debütsingle.« Es ist der Große mit den dunklen Augen – Colm Hewson.

Was ich von dem unfassbar schmalzigen Don't Just Be My Friend *halte – sechzehnmal das Wort* Baby *verteilt auf knapp drei Minuten feinsten Einheitspop in G-Dur – willst du gar nicht wissen, glaub mir.*

Such dir etwas Gutes und bau darauf auf. Noahs letzter Rat an mich, bevor ich die Redaktion am Vormittag genauso überstürzt verlassen habe, wie ich sie kurz zuvor betreten hatte.

»Sie ist … catchy.« Ein bekräftigendes Kopfnicken unterstreicht meine Aussage, denn es stimmt, sie *ist* catchy. Das sind die Biester immer, folglich stehen sie auch regelmäßig ganz oben in den Charts.

»Eure Harmonien sind schön«, erkläre ich weiter, obwohl ich genau weiß, dass das höchstens für die Hälfte der Jungs gelten kann und die anderen solo nie eine Chance hätten, weil sie klingen wie Kermit der Frosch. So viel Boybandverständnis habe selbst ich, um zu wissen, dass das *immer* so läuft. Aber ich bin ja hier, um die *guten* Sachen rauszufiltern. »Im Refrain klingt es, als wärt ihr ein ganzer Chor, und nur wenn man genau hinhört, erkennt man, dass es bloß ihr fünf seid. Es ist … echt gut.«

»Danke.« Wieder ist es Colm, der mich mit seinen dunklen Augen ansieht, als hätte ich ihm eine persönliche Liebeserklärung gemacht. Überhaupt ist er der Einzige, der etwas sagt. Die anderen sitzen auf ihren Plätzen – hinten die drei Schweigsamen, davor Colm, Tony und Ryan / Conor in einer Reihe und ich vorn neben dem Fahrer.

»Insgesamt zwei Stunden im Studio«, rechnet Tony leise vor sich hin und benutzt seine linke Hand zum Zählen. »Achtzehn Uhr fünfzehn sind wir bei Paul für die Choreo angemeldet. Stunde etwa, Sergiu ist für zwanzig Uhr bestellt, der Klub im *Core* für zwanzig Uhr dreißig, macht eine knappe halbe Stunde zum Duschen und Auspacken, das sollte passen.«

Colms aufgeregtes »Wir sind im *Core*?« wird von einem ungläubigen »Choreo?« überlagert.

Es war nicht meine Frage, auch wenn sie mir auf den Lippen liegt. Es war Conyan, dem sie, ähnlich überrascht, aus dem Mund gefallen ist.

Conan.

Das ist es! Conan.

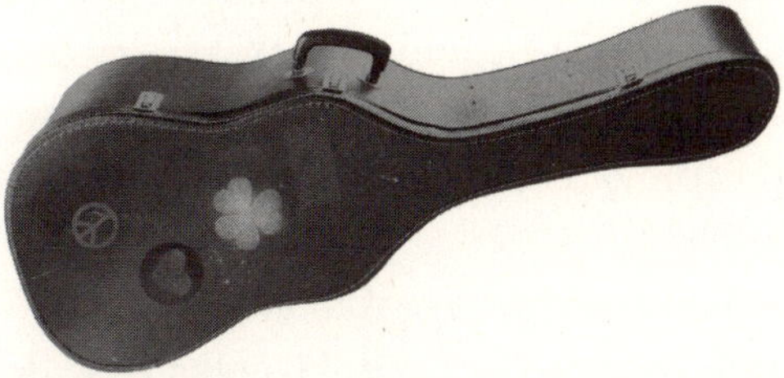

Conor – We'll run for our lives

Er verarscht uns. Das *muss* ein Scherz sein.

»Eine Choreo? Ernsthaft?«, hake ich noch einmal nach und stoße meinen Ellenbogen in Tonys Flanke, als er nicht antwortet.

»Ja, *ernsthaft*.« Seine ungewohnt spitze Reaktion wird von einem deutlich hörbaren Schnauben unterstützt. »Was hast du erwartet, Ryan? Ihr seid 'ne verdammte Boyband, und die große Bühne wartet auf euch, da könnt ihr nicht bloß in der Gegend rumstehen.«

»Ich dachte … Ich dachte …« Ja, was eigentlich?

»Hätte man da nicht früher anfangen müssen?« Mickey spricht mir aus der Seele. »Wir haben übermorgen unseren ersten Auftritt.«

»Es geht nur darum, euch ein paar Schritte zu zeigen«, relativiert Tony. Das Augenrollen, das seine Worte begleitet, kenne ich von meiner Mum. »Zumindest für die beiden Up-Tempo-Nummern könnt ihr nicht auf euren Stühlchen sitzen oder unkoordiniert in der Gegend rumstehen. Da erwarten die Fans schon ein bisschen mehr.«

Mir läuft ein kalter Schauer über den Rücken.

Es gibt Menschen, die den Mittwochabend womöglich noch eher herbeisehnen als wir selbst. Frauen, die Stunden vor Einlass in der Nähe der Halle kampieren, um in der ersten Reihe stehen zu können. Die aufwendig gestaltete Schilder hochhalten, auf denen sie ihre ewige Liebe und Treue bekunden. Für die Pinkys und … und für uns. Die jedes Wort mitsingen, obwohl unsere Platte nicht mal veröffentlicht ist. Wenn es nicht so unbeschreiblich cool wäre, hätte ich riesige Angst.

Der Van macht einen Satz. Ein Blick nach draußen verrät mir, dass wir unmittelbar vor dem Haupteingang des *St Thomas' Hospitals* stehen, halb auf dem Bordstein und halb auf einer gut befahrenen Londoner Hauptstraße.

»Okay, raus mit euch.« Tony deutet zur Beifahrerseite, drängt Colm förmlich aus dem Fahrzeug.

»Und unser Gepäck?«, fragt Jason, als wir allesamt längst auf dem Bürgersteig stehen und dem anfahrenden Van hinterhersehen.

»Das Hotel ist gleich die Straße rauf. Sergiu bringt die Koffer hin und holt uns heute Abend dort wieder ab«, lässt Tony uns wissen und schiebt Mickey und Colm in Richtung Fußgängerüberweg. Zwei Kinder stehen dort und warten darauf, dass es Grün wird, also tun wir das auch. Weil man das so macht, wenn Kinder an der Ampel warten. Man wartet mit ihnen. Vorbildfunktion und so. Außerdem ist auf der Straße echt viel los. Und ich habe keine Lust, dass die Krankenschwestern und -pfleger eine von diesen Tragen hier an die Kreuzung rollen müssen, um mich damit abzuholen, weil ich versucht habe, vor Allie und ihrem Nirvana-Shirt wegzulaufen.

Da steht sie, schräg vor mir, die Kopfhörer noch immer im Nacken, die Augen auf den aufgeheizten Asphalt gerichtet. Colm steht neben ihr – schon wieder. Ich kann nicht hören, ob sie sich unterhalten, weil es hier so laut ist. Großstadt eben, war nie meins. Deshalb bin ich fürs Studium auch nach Limerick gependelt, statt mit den anderen in die Stadt zu ziehen.

Da wäre ich jetzt gern. Zu Hause in Lahinch. Zurück in

Dannys Zimmer, die Gitarre auf dem Schoß, die Köpfe voller Textfragmente, die wir verzweifelt zu Papier zu bringen versuchen. Gott, was würde ich dafür geben.

Wir überqueren die Straße, als es uns das grüne Männchen auf der Fußgängerampel endlich erlaubt. Drüben stehen mächtige Buchen, die Schatten spenden.

Ohne darüber zu sprechen, werden wir langsamer – selbst Tony, der sonst gern vorprescht. Aber jetzt nicht, jetzt erfreut auch er sich der schattigen Bäume und ist nur noch mit sechs km/h unterwegs, statt wie sonst mit gefühlten neun Komma fünf.

Wir steigen ein paar Stufen hinunter und laufen auf einen heruntergekommenen Industieflachbau zu, der sich so gar nicht in die sonst schicke Gegend einfügen will. Wie ein Relikt aus längst vergangenen Zeiten steht er in schmutzigem Graubraun in der Ecke und empfängt uns mit seinem rauen Charme, der uns vermutlich davon erzählen würde, welche Hits hier im Laufe der Jahre entstanden sind, wenn wir nur genauer hinhören würden. Aber dafür bleibt kaum Zeit, denn Tony ist bereits durch die halb blinde Glastür verschwunden.

Drinnen schreit alles nach nüchternem Industriechic. Unverputzte Backsteinwände in rostigem Rot, an denen ein paar goldene Schallplatten hängen. Unter uns blanker Beton, dazu dunkle Eisenmöbel. Ich habe sofort wieder Gänsehaut. Es sind nicht die Abbey Road Studios, und trotzdem weht ein Hauch von Abenteuer durch die warme Luft. Eine Kaugummi kauende Dame mit blonder Dauerwelle und auffallend kirschroten Lippen sitzt hinter dem Empfang und lächelt freundlich, als wir auf sie zukommen. Ihre sind nicht halb so schön wie die von …

Ich sehe mich um. An Mickey, Colm, Owen und Jason vorbei, die sich um mich und den Tresen scharen wie Raubtiere bei der Fütterung.

Was?, fragt Jasons Blick, aber ich sage nichts.

Tony wechselt ein paar Worte mit der Dame, denen ich kaum folgen kann, dann wendet sie sich an uns. »Hey, Jungs.« Sie klimpert mit ihren falschen Wimpern. »Willkommen bei Old Paradise Audio. Ihr seid in Studio II, das ist den Gang runter, die dritte Tür links. Ruben wartet schon auf euch. Kaffee, Tee und Snacks findet ihr ganz am Ende des Flurs im Aufenthaltsbereich. Von da aus habt ihr Zugang zum Innenhof, dort darf an den markierten Plätzen geraucht werden. Die Toiletten sind gleich hier vorn.« Ihre bunt lackierte Klaue deutet zwischen uns hindurch zu zwei roten Türen, dann folgen ein schneller Augenaufschlag und ein einstudiertes Lächeln. »Habt viel Spaß.«

Es klingt ein bisschen, als wären wir auf einem Klassenausflug. *Und nichts anfassen, Jungs!*

»Alles klar.« Tony kramt in seinen Zetteln, sieht uns väterlich-fürsorglich an. »Jetzt wird gesungen, Jungs.«

Ich hab keinen Bock auf singen. Ich will reden. Mit Allie, aber die ist wie vom Erdboden verschluckt. Ist sie eben überhaupt aus dem Wagen gestiegen?

Klar, sie stand ja neben Colm an der Ampel, du Held.

Ruben ist ein glatzköpfiger Mann Mitte vierzig, der, einen angebissenen Käsetoast samt Teller auf seinem Bauch ruhend, am Mischpult sitzt und über den Rand seiner Nickelbrille zu uns aufsieht, als wir den Raum betreten. »Hey!« Er zieht mit dem kleinen Finger einen Zettel unter der Tastatur hervor und schielt unauffällig drauf. »Ihr müsst die Lovesucker sein! Willkommen bei Old Paradise Audio.«

»Lovesuckerz«, korrigiert Tony ihn und reicht ihm die Hand. »Anthony Kennedy, das sind Ryan, Mickey, Jason, Owen und Colm.« Er macht sich nicht mal die Mühe, uns einzeln vorzustellen, deutet stattdessen auf uns als Gruppe, während er weiterspricht. »Sie werden genau in dieser Reihenfolge singen.«

Rubens speckige Hand winkt zu der anderen Seite der Glasfront vor ihm. »Dann geh doch schon mal rüber, Ryan.« Er hat keine Ahnung, wer von uns Ryan ist. Tony weiß es leider sehr wohl.

Ich bin nicht vorbereitet. So gar nicht. Aber wenn ich ihm jetzt sage, dass ich noch mindestens einen Kaffee brauche, bis ich in der Lage bin, geradeaus zu denken, macht er mich einen Kopf kürzer. Beim Blick in seine flackernden braunen Augen bringe ich bloß ein Nicken zustande, ehe ich kleinlaut durch die Tür schlüpfe und vor dem Mikro Platz nehme.

Allie – You could be my luck

Seit ich in Dublin das Flugzeug bestiegen habe, verfolgt mich das Verlangen nach einer Zigarette. Post-Conan noch mal mehr als sonst. Ich stehe ein paar Meter neben dem Eingang, durch den *er* gerade mit den anderen verschwunden ist, und habe das Feuerzeug schon in der Hand, da höre ich ein scharfes »Miss!« Ich sehe zu der Frau, die ihren Kopf aus der blinden Glastür steckt und mich mit zusammengekniffenen Augen ansieht.

Meine Augen folgen ihrem Fingerzeig zu dem Schild, das ziemlich offensichtlich über meinem Kopf an der Wand prangt. »Sie dürfen hier nicht rauchen.«

Beschämt hebe ich die Hand, hole die Kippe aus meinem Mundwinkel und schiebe sie zurück in die Schachtel.

»Gehören Sie zu …«

»… den Lovesuckerz?«, vervollständige ich ihren Satz, als mir klar wird, dass ihre künstlich in die Länge gezogene Pause mir Zeit geben soll, mich zu erklären. Sie nickt, und ich presse die Lippen aufeinander. Gehöre ich dazu? Irgendwie schon, oder?

»Sie können im Innenhof rauchen«, bietet sie mir an.

Und obwohl die Versuchung groß ist, umzudrehen und davonzulaufen, folge ich der Dame ins Innere des Gebäudes. »Gang runter, dritte Tür links, Studio II.«

Das ist nicht der Weg zum Innenhof, denke ich, komme ihrer

Anweisung aber trotzdem nach. Am Ende des Flurs höre ich das vertraute Summen eines Kaffeevollautomaten und überlege, ob ich meinen schwachen Geist wenigstens mit einer Tasse Kaffee beruhigen kann, ehe ich mich dagegen entscheide und den Tatsachen ins Auge sehe, dass ich nicht ewig vor *ihm* davonlaufen kann.

Als ich die Tür öffne, finde ich Tony und die anderen auf der Couch sitzend vor. Am Mischpult thront ein bulliger Typ, der sich nicht mal die Mühe macht, sich umzudrehen, als die Tür hinter mir leise ins Schloss klickt.

Tony sieht auf und nickt kurz, ehe er wieder in seinen Unterlagen versinkt.

Wo ist Conor? Sorry, *Ryan*. Conor war der schnuckelige Typ, den ich Samstagnacht im Affekt geküsst habe, obwohl mir das so gar nicht ähnlich sieht. Aber das hier ist nicht Conor. Das ist ein Hybrid aus dem Kerl mit den graugrünen Augen und dem Boyband-Ungetüm, als das er mir vorhin vorgestellt wurde. *Ryan*.

Conan. Viel treffender. Weil Ryan nicht zu ihm passt. So gar nicht.

Und dann fängt jemand an zu singen. Es ist dieselbe Stimme, die mir schon auf dem Hinflug Gänsehaut beschert hat. Und die so absolut gar nicht meiner Vorstellung einer Boybandstimme entspricht, weil sie dunkel und rau und – verdammt noch mal – sexy as hell klingt.

Don't just be my friend, be my everything
From now on until forever
Oh baby, yeah, oh baby, please

Mein Kopf schnellt nach rechts und – fuck me – wer hätte es anderes sein können als Conan himself?

Selbst sein dämlich gehauchtes »Yeah« klingt stimmig. Abgedroschen als solches, ja, und trotzdem werde ich nie mehr einen Song der Lovesuckerz hören können, ohne diese rauchige Note rauszufiltern. Weil sie beliebig und gleichzeitig so einzigartig ist. Macht das Sinn? Vermutlich nicht. Aber es stimmt. Wie am Samstag, als ich nicht sagen konnte, warum ich ihn so unbedingt küssen wollte. Es war, als hätte der rationale Teil meines Hirns abgeschaltet, als er den Mund aufgemacht hat. Dabei ist seine Erzählstimme ganz anders als seine Singstimme. Nicht so rau und mit weniger … Sex in der Stimme.

Sex mit ihm … ist sicherlich auch … interessant. Ob wir den gehabt hätten, wenn ich mich auf den Kaffee eingelassen hätte? Bestimmt hätte er mich überredet, zu mir nach Hause zu gehen – als ob es da viel Überredungskunst gebraucht hätte.

Vielleicht hätten wir es gar nicht bis ins Schlafzimmer geschafft. Vielleicht hätte er mich mitten im Flur genommen, mit dem Rücken an der Wand, meine Oberschenkel um seine Hüften geschlungen. Oder auf der Bar in der Küche. Auf der Couch. Meinetwegen auch im Bett. Das war Samstagnacht ungemacht, aber ich glaube, das wäre ihm egal gewesen. Ich hätte dafür gesorgt, dass es ihm egal gewesen wäre.

Ob er unten gelegen hätte? Das kann nicht jeder, weil er damit einen großen Teil der Kontrolle abgibt, aber ich glaube, Conan kann das. Und, Himmel, was würde ich gern mal die Kontrolle über ihn –

Alter …

Nie habe ich diese Zigarette mehr gebraucht als in diesem Moment.

Ich schlucke die feuchten Gedanken hinunter und sehe mich um, damit ich Conan nicht länger anschmachten kann. »Wo finde ich den Innenhof?«, frage ich und ernte skeptische Blicke von allen Seiten. Der Kerl am Mischpult ist es, der mir den Weg weist. »Gang runter bis zum Ende, dann rechts.«

Ich entschuldige mich mit kargen Worten und stürme aus dem Raum, finde den Innenhof und stolpere buchstäblich durch die Tür in den aufgeheizten Nachmittag hinein. Die Sonne wird von den hohen Glasfronten um mich herum reflektiert und heizt die Luft zusätzlich auf, die Blätter der Palmen, die in den Beeten um mich herum wachsen, haben vereinzelt schon braune Stellen. Das ist kein Innenhof, das ist ein Treibhaus.

Bevor ich eingehe, schäle ich mich aus der Jeansjacke, binde sie mir um die Hüften und krame in meinem Rucksack nach meinen Zigaretten. Erst als der erste Zug meine Lungen füllt, beginne ich mich ganz langsam zu entspannen.

Ich weiß nicht, wie lange ich hier stehe, aber vor mir in dem zuvor leeren Aschenbecher liegen mittlerweile drei Zigarettenstummel, während ich den zweiten Milchkaffee in den Händen halte. Ich könnte die Subtropenzone mitten in der Londoner Innenstadt verlassen und ins klimatisierte Gebäude hineingehen. Vermutlich sollte ich das sogar – mich zwischen Tony und Colm und die anderen auf die Couch setzen und mich mit ihnen anfreunden, um bei der nächstbesten Gelegenheit die optimale Story aus ihnen herauszuquetschen.

Aber ich will nicht da rein. Zu ihm. Ich *kann* nicht. Ich würde sogar lieber zurück nach Dublin an meinen halben Schreibtisch und –

Als ich im Augenwinkel eine Bewegung registriere, ist es beinahe so weit, dass ich mich in den hüfthohen Aschenbecher vor mir übergebe, denn natürlich ist *er* es. Wer sonst?

»Dachte schon, du wärst postwendend wieder zum Flughafen gefahren.« Diese Stimme …

»Wieso sollte ich?«, frage ich den Boden unter mir und drücke die Kippe aus, obwohl ich sie erst zur Hälfte geraucht habe. Ich hatte ohnehin genug. Genug Nikotin. Genug Koffein. Genug.

»Sag du es mir.«

Vorsichtig hebe ich den Kopf. Er trägt hellbraune Chucks, hat die Hände tief in den Taschen seiner Jeansbermuda versteckt, die

Schultern angespannt, als würde er frieren – oder sich fürchten. David Hasselhoffs Lächeln hebt und senkt sich auffällig schnell. Dann finde ich seinen Blick, und Sekunden werden zu Minuten, in denen unsere Augen einander festhalten. Um uns herum grau und grün und in seinen Augen auch.

Er schielt in meinen leeren Kaffeebecher, dann lächelt er schwach. »Was tust du hier, Schn-Allie?«

»Schnallie?«

»Allie, sorry.« Jetzt ist er derjenige, der zu Boden sieht – damit ich nicht mitbekomme, wie seine Wangen rot werden, glaube ich. *Zu spät, Conan, hab's längst gesehen. Noch mal die Kurve bekommen, aber du hattest ja auch Schützenhilfe von Tony. Wer weiß, ob du meinen Namen noch wüsstest, wenn er ihn dir nicht souffliert hätte. Bist ja bloß auf der Durchreise, nicht wahr?*

»Ich dachte, du bist Studentin«, fährt er fort, bevor mein Hirn die tausend Gedanken geordnet hat, die dort umherfliegen.

»Und ich dachte, du wärst mehr der *Fibbers*-Typ.«

Er grinst und scheiße, Mann, aber sein Grübchenlächeln ist tatsächlich noch genauso schön wie Samstagnacht. »Wer sagt, dass ich das nicht bin?«

»Dein Titel als …« Ich versuche, mich an Dervlas Notizen zu erinnern. »… Boybandstimme des Jahres?«

»Wieso habe ich das Gefühl, dass das kein Kompliment ist?«

Ich lache bitter, sage aber nichts, weil ich nicht wüsste, was ich diesem Gespräch noch hinzuzufügen hätte, was das Ganze nicht eskalieren lassen würde.

Kurz überlege ich, mir doch noch eine letzte Zigarette anzuzünden, entscheide mich dann aber dagegen. Ich will den armen Kerl ja nicht gleich umbringen.

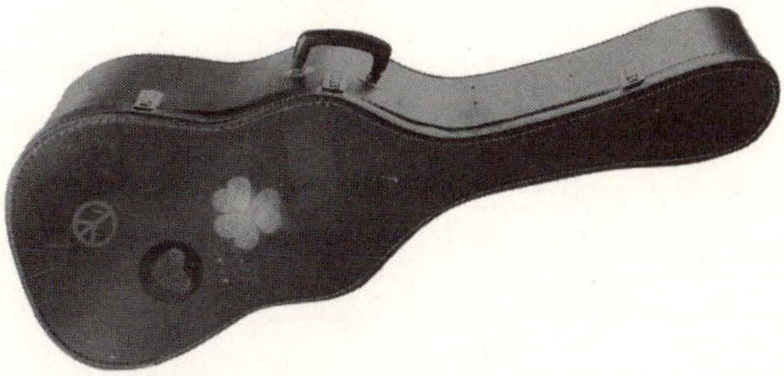

Conor – All that talk is killing me

»Ich studiere übrigens tatsächlich«, erklärt sie mir, ohne auf meinen Kommentar einzugehen.

Ich warte, flehe sie stumm an, nicht länger auf ihrer Unterlippe herumzukauen. Als sie es nicht tut, reiße ich meinen Blick von ihren Lippen los und lasse ihn über ihren Körper gleiten.

Was auch keine clevere Idee ist, denn ihre Jeansjacke hat sie sich zwischenzeitlich um die Hüften gebunden und das ärmellose Nirvana-Shirt freigelegt. Und, Mann, ich schwöre, da ist kein BH unter ihrem Shirt.

Muss. Sofort. Woanders. Hinschauen.

Ich entscheide mich für die langen Ebenholzhaare, die in der Nachmittagssonne in Millionen Schwarzbrauntönen schillern. Darunter blitzt ihr Tattoo hervor. Sie hebt die Hand, um sich eine Strähne hinters Ohr zu streichen, und entblößt ein weiteres auf der Innenseite ihres rechten Oberarms. Was mit Flügeln.

Als sie mein Interesse bemerkt, lässt sie den Arm sinken und verschränkt ihn vor ihrem Körper.

»Journalismus«, schiebt sie hinterher.

Ach was. »Cool.« *So was von gar nicht cool. Warum kannst du nicht Meeresbiologie studieren oder sonst einen Quatsch?* Hunderte Möglichkeiten allein in Dublin, und sie entscheidet sich für die eine, die einen automatisierten Würgereiz bei mir auslöst.

Eine Schande. Ich wäre zurückgekommen nach der Tour, wäre mit dir ins Fibbers *gegangen oder wohin auch immer du gewollt hättest. Ich wäre dir bis ans Ende der Welt gefolgt. Aber jetzt kann ich es kaum ertragen, dir gegenüberstehen zu müssen und zu wissen, dass ich jedes einzelne Wort auf die Goldwaage legen muss, bevor es über meine Lippen kommt, weil ich dir nicht trauen kann.*

»Bist du fertig?«

Ich sehe ihr ins Gesicht, habe die Frage schon wieder vergessen, weil die Sonne meinen Verstand brutzelt. Vielleicht sind dafür aber auch Meerblau und Ebenholz und Fuchsia verantwortlich, was weiß ich schon?

Als ich nicht antworte, wird sie konkreter. »Mit dem Einsingen.«

»Ja.« Einfache Antworten. Das sollte meine Taktik für die nächsten Wochen sein. Einsilbigkeit. Wenn ich ihr nichts biete, kann sie daraus keine Story machen und mich in die Pfanne hauen.

Mein erster Impuls war, sie schnellstmöglich rauszuekeln. Und das kann ich. Ich kann richtig eklig werden. Aber eigentlich will ich sie ja gar nicht loswerden. Vor zwei Tagen noch habe ich mir vorgestellt, wie ihre Bluse auf dem Boden meines Hotelzimmers aussieht. Das ist nicht über Nacht verschwunden. Sie ist immer noch hübsch, und wenn sie sich auf die Unterlippe beißt oder gedankenverloren ihr Piercing zwischen ihren Lippen durchschiebt, reagiert mein ganzer Körper darauf. Ja, der ganze. Von den Zehen bis hoch zu den Ohrläppchen.

Vermutlich wäre es doch das Beste, sie loszuwerden. Die haben bei der *Irish Times* bestimmt die ein oder andere Journalistin – gern auch einen männlichen Vertreter –, die sie uns schicken können. Das wäre definitiv am unkompliziertesten. Und unkompliziert ist gut. Ich will nicht ständig darauf achten, was ich in ihrer Gegenwart sage oder tue. Ich will …

Shit. Es hat unfassbare anderthalb Stunden gedauert, aber soeben dämmert mir, dass sie die Situation von Samstagnacht auch prima in eine reißerische Überschrift verwandeln kann, die ihr und der *Irish Times* jede Menge Klicks bringt.

Ryan Breheny treibt junge Kellnerin in die Enge

Genau wie damals.

Conor Sheehan und die Wegwerfware Frau

Conor Sheehan mehrgleisig unterwegs – Jetzt spricht die Ex!

Conor Sheehan – Hat er zugeschlagen?

Mein Puls beruhigt sich erst wieder, als mir einfällt, dass sie diejenige war, die den Abend mit einem Kuss beendet hat. Dass ich davor ungefähr dreitausendeinhundertzweiundachtzig Mal darüber nachgedacht habe, es auch zu tun, kann sie ja nicht wissen. Ahnen ja, aber nicht wissen.

»Hab ich was Falsches gesagt?«

Ich sehe auf. Erst als sich meine Gesichtszüge entspannen, bemerke ich, wie ernst meine Mimik bis eben gewesen sein muss.

»Alles gut.«

»Kriegen wir das hin?« Sie presst die Lippen aufeinander. Wenn sie das nur bleiben lassen könnte.

»Was genau?«

»Das hier.« Ihre Hand, die mit dem schwarzen Herz, deutet zwischen uns hin und her. »Wir beide in dieser Konstellation.«

»Du ziehst das also durch?«

»Was?«

»Die Journalistennummer.«

»Das ist keine *Nummer*, das ist mein Job.«

Ich schlucke. »Dann wird uns nichts anderes übrig bleiben, als das hinzukriegen.«

Allies Augen sehen haarscharf an mir vorbei.

»Was kriegst du hin, Breheny?«, tönt es Sekunden später hinter mir, als Colm neben mich tritt und mich in seinen Arm zieht, als wären wir alte Kumpel. Sind wir nicht. Insgeheim kann ich den Kerl nicht mal wirklich ausstehen, weil er einen nie ausreden lässt und anstrengend und arrogant und dominant und manchmal einfach bloß ätzend ist. Aber das sage ich natürlich nicht. Schon gar nicht vor Allie. Wäre noch schöner, wenn sie auf ihrem dämlichen Blog Zwietracht säht, bevor unser Stern überhaupt richtig aufgegangen ist.

»Deinen Gesang zu ertragen«, sage ich genervt und lasse die beiden stehen, auch wenn es mir nicht gefällt, dass er sich bereits voll und ganz ihr gewidmet hat, statt sich über meinen Kommentar aufzuregen.

Ich ziehe mir den dringend nötigen Kaffee und versuche dabei zu ignorieren, dass sie immer noch da draußen stehen und sich angeregt unterhalten. Beide haben mittlerweile eine Zigarette im Mund, immer wieder sehe ich den blauen Dunst über ihren Köpfen aufsteigen. Als ich es nicht mehr aushalte, schnappe ich mir den Kaffeebecher und trotte zurück zu Tony und den anderen.

Allie – Don't give up, no no no

So schwer wird das schon nicht sein, richtig? Ich meine, sie sind eine verdammte Boyband. Kennst du eine, kennst du alle.

Wenn Colm hier vor mir beschließt, dass er doch lieber Algenfarmer auf Bali werden möchte, machen die anderen vier entweder als daraus erstarktes Quartett weiter oder aber sie finden innerhalb kürzester Zeit jemanden, der seinen Platz einnimmt. Im Zweifel fällt das den Leuten nicht einmal auf, weil der Neue genauso aussieht wie das Exemplar hier vor mir. Groß, schlank und trotzdem muskulös unter seinem Shirt. Dunkle Augen, dunkle Haare, die ihm verwegen in die Stirn fallen. Der Womanizer, der nichts anbrennen lässt. Der sie mit seinem Charme alle ins Bett kriegt – oder gewissen anderen Vorzügen. Jede Boyband braucht mindestens ein solches Zugpferd.

Dann hätten wir noch den Blickfang mit braunem Teint und Augen so dunkel, dass sie fast schwarz wirken. Der junge Mann, der diese Kategorie innerhalb der Lovesuckerz abdeckt, heißt Mickey Cardiff.

Weiter zur dritten Gattung der klassischen Boyband: dem Babyface, mit dem ewig jungenhaften Charme. In diesem speziellen Fall gepaart mit babyblauen Augen – wie passend – und kinnlangen hellbraunen Beachwaves, für die jede Frau morden würde. Jason Boland, Ladies and Gentlemen.

Noch einen mit kantigem Gesicht und lässigem Undercut. Owen … Power, richtig?

Und dann natürlich noch Conor. Conan! Verdammt. Meinetwegen auch Ryan Breheny. Mit seinen wuscheligen dunkelblonden Haaren, von denen man nicht weiß, ob sie nicht doch ein bisschen zu lang sind. Und mit seinem Scheißgrübchen und dem strahlend weißen Lächeln und dem merkwürdigen Kleidungsstil, der immer irgendwie schreit: »Ich habe eine Wette verloren und musste mich heute Morgen von meinem dreijährigen Neffen einkleiden lassen.« Der Chaot. Der mit der rauchigen Stimme und der Ausstrahlung, die Herzen zum Beben bringt. Mein Herz.

Shit.

Never ever werde ich das hinkriegen. Ich werde Noah anrufen und ihm sagen müssen, dass er sich einen Ersatz für seinen Ersatz suchen muss. Ich kann … Ich kann nicht die nächsten Wochen jeden Tag Auge in Auge mit Conan sein, ohne mir dabei vorzustellen, wie es war, als ich meine Lippen auf seine gepresst habe.

Jede Professionalität hat ihr Ende. Und meine ist hier und jetzt erreicht, eindeutig.

Ich ziehe ein letztes Mal am Filter, dann drücke ich die Zigarette aus und blase den Rauch schräg an Colm vorbei, während ich ihm sage: »Ich muss mal kurz telefonieren.«

Ohne auf seine Antwort zu warten, flüchte ich nach drinnen, eile den Flur nach vorn bis zum Empfang und falle aus der Tür auf den Vorplatz.

Endlich – Luft zum Atmen.

Hier im Schatten sind es gleich gefühlte zehn Grad weniger. Ich knibbele an dem Knoten um meine Hüfte und streife mir die Jeansjacke über, ehe ich mein Handy aus dem Rucksack zerre und Noahs Nummer wähle.

»Allie?« Er klingt verzerrt. Im Hintergrund pfeift der Wind.

»Hey.«

Es dauert einen Moment, bis es in der Leitung ruhiger wird. »Wie geht es dir? Bist du gut in London angekommen?« Ich sehe sein Lächeln vor mir, habe keine Gelegenheit, zu antworten, ehe er fortfährt: »Warte kurz, dein Dad will dich sprechen.«

»Das ist nicht nötig, ich wo-«

»Hallo?«

Zu spät. »Hey, Dad.«

»Hey, Äffchen.« Ich verdrehe die Augen. »Wo steckst du? Bist du schon in London?«

»Ja, wir sind in Waterloo in einem Tonstudio.« Agnetha und Anni-Frid singen in meinem Kopf seit Stunden in Endlosschleife.

»Das heißt, du hast die Band schon kennengelernt?«

»Kennengelernt ist zu viel gesagt, aber ja, ich habe sie am Flughafen getroffen und bin mit ihnen hergefahren.«

»Und wie sind sie so? Hast du dir die Musik schon angehört?«

Noah hat ihm also gesagt, welche Band ich begleite. Ich kann mir die beiden bildlich vorstellen, wie sie am Abschlag stehen, die Schläger über den Schultern und sich gemeinsam über mich lustig machen. Gerade hasse ich sie. Wenn Dad mir jetzt noch erzählt, was für eine hervorragende Übung das für mein späteres Berufsleben ist, lege ich kommentarlos auf.

»Dad, eigentlich wollte ich kurz mit Noah sprechen.«

»Der steht noch an Loch sieben und versucht verzweifelt auf Par zu kommen. Na, komm, alter Mann!«, brüllt er. »Sieh zu, dass du ihn einlochst, sie möchte mit *dir* sprechen. Und Äff- Alison«, sagt er wieder an mich gewandt und lacht dabei, und ich kann nicht verhindern, dass ich mitschmunzeln muss, »… sieh es als Herausforderung. Es wird dir für deinen weiteren Weg helfen. Und in ein paar Wochen hast du es hinter dir, genau wie das ganze Praktikum. Dann kannst du dich voll und ganz auf das letzte

Semester und deine Bachelorarbeit konzentrieren und musst dich nicht länger mit diesem *Kram* rumschlagen.«

»Kultur ist kein *Kram*«, höre ich Noah im Hintergrund näher kommen und schließe mich ihm stumm an. *Genau, Dad, Musik ist nicht belanglos. Sie ist mein Leben, aber dafür hast du dich ja noch nie wirklich interessiert, stimmt's?*

»Hast du dich denn mittlerweile für ein Thema entschieden?«, will er wissen, statt mich, wie verlangt, an Noah weiterzureichen.

»Noch nicht.« Ich weiß, er hofft auf die journalistische Aufbereitung des Klimawandels oder des internationalen Terrorismus. Mindestens aber die Emotionalisierung in journalistischer Berichterstattung über Krisen. Der letzte Vorschlag, den er mir gemacht hat, war Gewalt gegen Journalisten und Journalistinnen im Nahen Osten und anderen Teilen der Welt. *Wichtige* Themen eben.

»Lass uns mal über deine Vorschläge drüberschauen, sobald du wieder da bist, ja?«

Du meinst, über *deine* Vorschläge, Dad.

»Ist gut.«

»Hab dich lieb, mein Schatz.«

»Ich dich auch, Dad.«

Es rauscht und rumpelt in der Leitung, dann ist Noah wieder dran. »Denk nicht, dass ich nicht mitkriege, wenn du versuchst zu schummeln, James.« Es dauert noch ein, zwei Sekunden, bis ich seine volle Aufmerksamkeit habe. Aber als er fragt: »Allie, Liebes. Was gibt's denn?«, ist all das weg, was mir eben noch so drängend auf der Zunge lag.

»Ich …« Ich suche nach Worten. Ringe mit ihnen. *Ich kann das nicht* trifft es nicht. Ich kann das schon. Und, scheiße, ich will es plötzlich auch. Mehr denn je. Ich will und werde den verdammt noch mal besten Liveblog schreiben, den Irland je gesehen hat. Und Dad beweisen, dass Musik mehr kann, als sich nur nett anzuhören. Dass sie wichtig ist. Nicht zwingend ihm, aber mir. Und vielen anderen auf der Welt auch.

»Ich wollte mich nur noch mal für die Chance bedanken.«

Kneifen ist was für Feiglinge.

»Oh. Klar, kein Problem.« Er klingt überrascht.

Ja, Noah, das bin ich auch.

»Und ich verspreche dir, du wirst es nicht bereuen, mich nach London geschickt zu haben.«

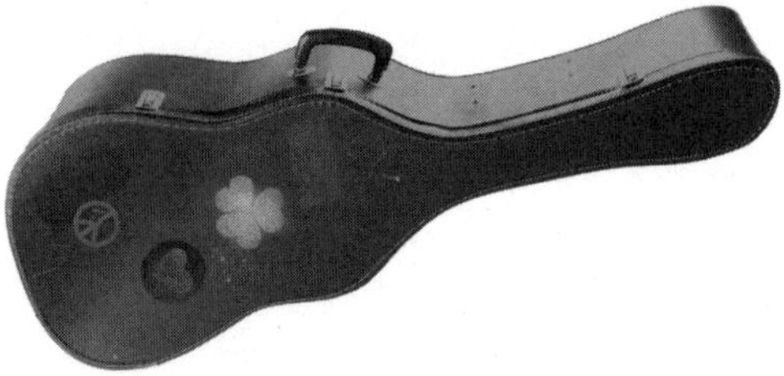

Conor – Make the sweat drip out of every pore

»Ich kann nicht mehr.« Japsend angele ich nach einer Flasche und lasse mich am Spiegel zu Boden sinken.

Owen tut es mir gleich, findet aber noch genug Puste, um mir dabei lachend auf den Oberschenkel zu hauen. »Sport ist nicht so deins, oder?«

»Ich bin echt kein Sportmuffel oder so. Wirklich nicht.« Ich werde leiser, damit die anderen im Raum uns nicht hören können, allen voran Allie. »Aber diese Choreo …«

Ich bin Musiker, verdammt noch mal. Ich *stehe* auf der Bühne, bestenfalls mit einer Gitarre um die Schulter und einem Mikrofonständer vor mir. Nicht mit einem Headset und einem Stuhl hinter mir, von dem ich alle paar Minuten aufspringe, um zu einer Up-Beat-Nummer zu tanzen.

»Wem sagst du das?« Owen neben mir verdreht die Augen, nimmt einen Schluck und lehnt den Kopf gegen den Spiegel.

Ich fürchte, das mit der Unlust steht mir ins Gesicht geschrieben, denn Paul kann es nicht lassen, mir immer wieder genervte Blicke zuzuwerfen, während er uns rumkommandiert, uns beobachtet, uns bewertet. Oder besser gesagt: mich. Die anderen finden's bestimmt ähnlich ungeil wie ich, aber wenigstens kommen die mit seinen Anweisungen klar und stellen sich nicht an wie der letzte Mensch.

Vor allem Colm tanzt beneidenswert gut. Keine Ahnung, wie oft Allie während der letzten halben Stunde von ihren Unterlagen aufgesehen und seine perfekt sitzenden Schritte verfolgt hat. Am liebsten hätte ich sie angebrüllt: *Starr ihn doch noch offensichtlicher an! Bald sind wir im Hotel, da könnt ihr ja wieder übereinander herfallen!* Lächerlich. Wahrscheinlich wird es ein reiner Colm-Blog. *Was hatte Colm heute zum Frühstück? Wie mag er sein Ei, wie seine Frauen? Welche Farbe haben seine Unterhosen? Trägt er überhaupt welche?* Fragen über Fragen, und Allie wird ihnen in den nächsten Wochen allesamt auf den Grund gehen.

Ich möchte erbrechen. Vor allen Dingen möchte ich, dass sie endlich von dieser Pole-Stange weggeht, an der sie schon die ganze Zeit so nonchalant lehnt. *Sei doch mal professionell, Schneewittchen. Setz dich mit deinem Papierkram an einen Tisch wie erwachsene Leute. Zieh die Jeansjacke drüber und mach die Haare wieder auf, damit ich nicht ständig deine bemalte Haut anstarren kann.*

»Machst du denn Sport?«, will Owen wissen, und ich nicke dankbar über die kurzzeitige Ablenkung.

»Mehr oder weniger schnelles und koordiniertes Voreinandersetzen meiner Füße.« Nicht zur Seite oder nach hinten oder wohin auch immer Paul meine Füße haben will.

»Hä?« Owen hat's nicht kapiert.

»Ich jogge.« Er lacht, und ich lache kurz mit ihm, ehe wir beide einen Schluck von dem isotonischen Gebräu nehmen, und ich ihn frage: »Und du?«

»Ich bin geritten.«

»Cool. So richtig mit Jockey-Ambitionen oder eher als Hobby?«

»Nee, dafür war ich schon immer zu groß und schwer. Mehr so …« Er wird leiser. »… Voltigieren.«

»Das sind die Leute, die auf den Pferden rumklettern und

dabei Kunststücke machen, oder?« Drei Schwestern zu haben, zahlt sich hin und wieder tatsächlich aus.

Er nickt.

»Wow!« Ich stoße einen anerkennenden Pfiff aus. »Also, wirklich! Ich traue mich nicht mal den Kram am Boden zu machen, den meine Schwester früher auf dem Rücken ihres Ungetüms vollführt hat.«

Er senkt lachend den Kopf, wird rot und ganz verlegen, als ob es ihm unangenehm wäre oder so.

»Fünf Minuten noch, dann geht's weiter!«, brüllt Paul durch den Spiegelsaal und verschwindet durch die einzige Tür.

Owen steht auf und zwinkert mir zu. »Ich bring mal das Wasser und dieses ekelhafte Gesöff weg.«

Ich sehe ihm nach, dann in die andere Richtung. Die Stange, an der Allie eben noch gelehnt hat, ist leer. Mein Blick schweift kurz durch den Raum, und als er Colm nicht findet, spüre ich wieder dieses fiese Kribbeln in meinem Bauch. Dasselbe, das ich hatte, als sie mich Samstagnacht geküsst hat, jetzt allerdings gemischt mit Wut, weil sie Colm ebenfalls geküsst hat – und offensichtlich noch viel mehr mit ihm getan hat.

Mit letzter Kraft rappele ich mich auf und schleiche zur Tür.

Auf dem Gang ist die Luft weniger schweißgetränkt. Ich spähe in beide Richtungen den Flur rauf und runter und entscheide mich dann gegen die Toilette und für die Glastür am Ende des Ganges zu meiner Linken. Ich stoße sie auf und sofort empfängt mich die Wärme der Nachmittagssonne, die schräg über mir am wolkenlosen Himmel steht. Ich schließe die Augen, atme tief durch, weil ich mir einbilde, dass man das knapp fünfzig Meter über der Londoner Innenstadt gefahrenlos tun kann. Als ich sie wieder öffne, ist es nicht länger der Feinstaub, der mir den Atem raubt.

Die charakteristischen Spitzen der Westminster Hall mit Big

Ben, keine fünfhundert Meter von mir entfernt auf der anderen Seite der Themse. Ein Stück weiter rechts, auf meiner Seite, das London Eye, das behäbig seine Runden dreht. Und dazwischen, tief im Dickicht der Stadt, die legendären Abbey Road Studios, in denen Mark, Danny, Leia, Maisie, Kian und ich uns immer gesehen haben.

Ich frage mich, wie so oft, was Danny gerade tut. Wo er ist, wie es ihm geht, was er denkt. Ich weiß, dass er in London ist, vielleicht sogar ganz in meiner Nähe. Und, o Gott, wie gern möchte ich ihn sehen. Aber ich weiß auch, dass er das nicht will, sonst hätte er auf wenigstens eine meiner zig Nachrichten geantwortet. Und weil Leia seine Adresse nicht rausgeben darf (Hat er ihr ernsthaft verboten!), kann ich absolut nichts tun, außer hier zu stehen und immer wieder auf mein Scheißhandy zu schielen und zu hoffen, dass er …

Hinter der Palme zu meiner Rechten steigt blauer Dunst auf. Gepaart mit dem leisen Lachen, das folgt, dauert es nur Sekundenbruchteile, bis ich kapiert habe, wer sich dort versteckt. Nicht zwingend vor mir, wahrscheinlich eher vor Paul, der das Inhalieren von Nikotin in der Pause sicherlich nicht gutheißt. Oder vor Tony, der ein Techtelmechtel zwischen Popstar und Journalistin noch viel weniger gutheißen würde. Zu Recht. Beides.

Ich habe keine Lust, dass sie mich entdeckt und denkt, ich würde ihr nachstellen, deshalb mache ich kehrt und steuere auf die Glastür zu, ziehe mit aller Kraft daran, aber sie lässt sich nicht öffnen. Ich gehe näher ran, spähe durch das getönte Glas hindurch, kann auf dem Flur aber niemanden erkennen. Was ich sehr wohl erkenne, sind die Buchstaben, die sich mir in Spiegelschrift aufdrängen, je mehr Abstand ich zu ihnen gewinne. EMERGENCY EXIT, steht dort von innen geschrieben. Groß und auf Augenhöhe, aber ziemlich unsichtbar, wenn man von drinnen gegen die Nachmittagssonne anblinzeln muss.

»Na, auch unter die Raucher gegangen, Breheny?«

Als ich mich umdrehe, ist Colm mir so nahe, dass ich den Rauch auf meiner Zunge schmecke. Widerlich. Meine Bronchien ziehen sich zusammen, als er ausatmet und mir lachend auf die Schulter klopft. »Spaß, ich weiß doch, dass du sonst direkt wieder im Sauerstoffzelt landest.«

»Lass das«, fauche ich und muss husten. Fast bin ich dankbar dafür, dass ich für den Moment Ablenkung habe. Genau so lange, bis … sie sich auf die Unterlippe beißt und kurz den verdammten Boden anlächelt. Weil sie an Samstagnacht denken muss, genau wie ich. Und, holy shit, der Ausdruck in ihrem Gesicht dabei ist so dermaßen fesselnd, dass ich meine Bronchien noch in derselben Sekunde vergessen habe, ich schwör's.

Die Glastür fliegt auf.

»Da steckt ihr«, schnauzt Tony uns an und sieht von Colm zu Allie und schließlich zu mir. Seine Nasenflügel werden weiter, als ihn die Nikotinreste aus Colms und Allies Kleidung erreichen.

»Pause ist seit drei Minuten vorbei.«

Ich halte die Tür auf, ehe sie hinter ihm ins Schloss knallen kann. Wie selbstverständlich rauscht Colm hindurch, dicht gefolgt von Allie, die mir bloß einen Seitenblick zuwirft.

Allie – People feel it everywhere

Ich war elf, als ich meine erste Preisverleihung besucht habe, und so dermaßen aufgeregt, dass ich mich im Auto fast auf das hübsche bordeauxfarbene Kleid übergeben hätte, das Dad damals extra für den Anlass gekauft hatte. Den ganzen Abend stand ich artig neben ihm und habe Hände geschüttelt, von denen ich erst Jahre später erfuhr, zu welchen Persönlichkeiten sie gehört haben.

Alex war schon ein paarmal dabei gewesen und schwärmte immer vom Essen, dabei gab es bloß Roastbeef und Kaviar, was mein elfjähriges Ich ziemlich furchtbar fand. Trotzdem habe ich den ganzen Abend über gelächelt, weil ich nicht wollte, dass Dad unglücklich ist.

Aus Sicht einer Elfjährigen war es – abgesehen vom Essen – ein aufregender Abend. Bis Dad mir auf dem Heimweg das Versprechen abgenommen hat, einmal in seine Fußstapfen zu treten. Damals dachte ich mir nicht viel dabei, außer dass es das letzte fehlende Puzzleteil ist, um den Abend auch für ihn zu einem vollen Erfolg zu machen. Um ihn vergessen zu lassen, dass er solche Preise sonst immer mit Mum als Begleitung entgegengenommen hat.

Was folgte, waren viele weitere solcher Veranstaltungen. Nicht auf jeder wurde mein Vater geehrt – manchmal war es auch Noah oder einer ihrer Kollegen. Manchmal sind wir auch nur hingegangen, um Hände zu schütteln. Ich glaube, Dad ist irgendwann nur noch hingegangen, damit *wir*, damit Alex und ich die wichtigen Hände schütteln konnten, denn er hatte sie ja längst alle geschüttelt.

Und ich habe viele Hände geschüttelt in den letzten Jahren. Viele davon faltig, übersät mit Altersflecken und grauen Haaren auf den Fingerrücken. Es waren Unzählige, die mich allesamt nach oben bringen sollten. An die Spitze der Nahrungskette, wie Dad das Innenleben der Journalismusbranche gern umschreibt.

Wobei er damit selbstverständlich nur die wichtigen Ressorts meint. Politik – Innen- (wo er aktuell sein Unwesen treibt) wie Außen- –, Wirtschaft, Technologie, weil das nun mal die Zukunft ist. Sport geht auch gerade noch so. Aber Kultur? Um Himmels willen. Nicht, dass mein Dad davon nichts verstehen würde, aber für ihn waren Berichte über Uraufführungen, Lesungen und Konzerte oder Künstler allgemein schon immer Journalismus zweiter Klasse.

Es hat mich zwei Ausflüge auf den Golfplatz, eine Flasche seines Lieblingsweins und viele, viele Worte gekostet, bis ich Noah davon überzeugt hatte, ein gutes Wort für mich bei Dad einzulegen.

Und nun seht her, hier stehe ich, Alison Rainsford, Musikjournalistin. An der Spitze angekommen. Oder womöglich doch eher auf dem Weg dorthin falsch abgebogen, wenn es nach Dad geht. Denn hier stehe ich zwar, sehe aber dabei zu, wie andere Menschen wichtige Hände schütteln. Wie Conor – Conan! – das tut.

Und er sieht dabei ähnlich unglücklich aus, wie ich einst als Elfjährige ausgesehen haben muss. Angespannt. Und furchtbar müde.

Ich fühle seine Müdigkeit, kann es kaum erwarten, dass der

Abend im *Core* vorbei ist und ich endlich in das weiche Bett krabbeln darf, das ich vorhin nur im Vorbeigehen gesehen habe, weil Con… Conan für die paar Tanzschritte eine halbe Ewigkeit gebraucht hat. So schwer waren sie echt nicht.

Die Menschen, die den Privatklub des *Core* an diesem Abend gut auslasten, tragen allesamt keine Anzüge, erst recht keine Kleider. Aber ich habe es dank Conans Unfähigkeit auf dem Tanzparkett nicht mal geschafft, unter die Dusche zu springen, geschweige denn den Koffer auszupacken und mir ein neues Shirt rauszusuchen.

Und deshalb stehen wir hier, Nirvana-Smiley-Face und ich, und fühlen uns ganz und gar nicht wohl, weil uns regelmäßig einer auf die Brüste glotzt. Oder besser gesagt, auf den Smiley. Außer Colm. Der starrt definitiv, als könnte er das Piercing unter dem dünnen Stoff sehen.

Notiz an mich selbst: Morgen *mit* BH, egal, wie warm es wird.

Ein kurzer Blick auf mein Handy verrät mir, dass ich noch genau zweieinhalb Stunden Zeit für meinen ersten Blogeintrag habe. Hashtag lovesuckerzrulez. Kannste dir nicht ausdenken. Ist grammatikalisch auch noch völlig Banane, weil Lovesuckerz in meiner Welt eine Mehrzahl beschreibt und rulez sich auf eine Einzahl bezieht. Steht aber alles genauso in dem Pamphlet, das ich mir während der nicht enden wollenden Tanzstunde reingezogen habe.

Zweitausendzweihundert Zeichen Minimum am Tag. An Freitagen gleich mehrfach, denn freitags werden die Jungs zum Einzelinterview gebeten.

Jeden. Verdammten. Freitag. Conan inklusive, versteht sich.

Dazu Konzertberichte. Hintergrundinfos. Interviews mit Fans. Songkritiken – ohne Kritik natürlich. Und ohne Skandale. Alles weichgespült und öffentlichkeitstauglich. Steht im NDA, der war nämlich auch Teil der Unterlagen, die Noah mir heute

Morgen noch schnell zugesteckt hat. Wer weiß, ob er den überhaupt gelesen hat, denn der Text deckt sich nicht mit dem, was er mir am Vormittag gesagt hat. Von wegen Geheimnisse entlocken und so.

Ein NDA für ein paar tägliche Zeilen über eine beliebige Boyband, die schneller wieder in den unendlichen Weiten der Musikindustrie verschwunden sein wird, als einer ihrer unmündigen Fans den Hashtag lovesuckerzrulez fehlerfrei bei Insta eingeben kann.

Wenigstens spielen sie deren seichte Popschnulzen hier nicht den ganzen Abend in Dauerschleife.

Auf der winzigen Tanzfläche tummeln sich längst große Teile der Pinkys. Aber auch die Crew der Lovesuckerz hat sich dort eingefunden und tanzt zu Bastilles *Of The Night*. Ivy und Colette vom Catering. Wendy, die Stylistin. Mickey und Jason.

Fynn und Eugene, die zwei bulligen Männer von der Security, hocken derweil mit Tony an der Bar und nippen lachend an ihren Pints. Wie sie da sitzen, so stocksteif. Was stimmt mit Leuten nicht, die bei so einem Song still sitzen können? Wo nicht wenigstens ein Fuß im Takt wippt. Oder der Kopf. Irgendwas. Und wenn es das Herz ist.

Ich schrecke hoch, als das Handy in meiner Gesäßtasche zu vibrieren anfängt. Aber es ist nur der Alarm, den ich mir heute Vormittag am Flughafen gestellt habe. *Alex anrufen!*

Keine Zeit, oder besser gesagt, keine ruhige Minute in Aussicht. Und bis ich auf dem Hotelzimmer bin, habe ich es sicher wieder vergessen, ich kenne mich doch.

Hey, Bruderherz, fange ich an zu tippen. *Long time no see. Bin Ende des Monats in der Stadt, gibt viel zu erzählen. Würde mich freuen, wenn wir uns sehen. Drück dich. A.*

Ich schiebe das Handy zurück in meine Jeans und sehe mich um. Mein Magen wäre begeistert, wenn ich endlich die Nische verlassen würde, in der ich mich vor einer gefühlten Ewigkeit mit meinem Notizbuch verschanzt habe. Weil ich die vielen neuen Namen und Ideen für den Blog möglichst direkt aufschreiben wollte, bevor sie in meinen wirren Gedanken verloren gehen. Und weil mich die Dunkelheit hier so perfekt verschluckt.

Es ist der Hunger, der mich am Ende doch aus meiner Sicherheit heraustreibt, mitten ins Haifischbecken. Und als hätte ich eine offene Wunde, ist direkt der erste Hai zur Stelle.

»Auch auf dem Weg zum Büfett?«

Ich betrachte Colms leeren Teller. Die Krümel und Dipreste darauf lassen vermuten, dass es nicht sein erster Gang ist. Das halb volle Pint und sein bierschwangerer Atem zeugen außerdem von einem äußerst feuchtfröhlichen Abend.

»Sieht so aus.« Ich verdrehe innerlich die Augen, als er mir prompt folgt. Der ist mir nicht geheuer. Ständig taucht er auf, grinst mich an, fragt, ob ich 'ne Kippe für ihn habe, und tut dann so, als würde er schon ewig rauchen, dabei sieht man ihm an, dass ihn jeder Lungenzug Überwindung kostet.

»Die Thunfischpastete kann ich wärmstens empfehlen«, erklärt er mir mit ausschweifender Geste.

»Danke, ich mag keinen Fisch.«

Ich nehme mir einen der wenigen frischen Teller und bestücke ihn mit ein paar Oliven, eingelegten Peperoni und gefüllten Champignons.

Colm, der immer noch neben mir steht, zeigt mit dem Finger auf etwas, das wie Thunfisch aussieht und riecht.

»Solltest du echt mal probieren. Schmeckt ausgezeichnet. Und die Würstchen.«

Als ich ihn ansehe, deutet er eine Platte weiter und zieht die Augenbraue hoch. Und ich stehe da und muss daran denken, wie heiß diese hochgezogene Augenbraue bei Conor aussah – bei Conan! – und wie affig es bei Colm aussieht. »Ein Gedicht.«

»Aha«, sage ich und lasse auch die angepriesenen Würstchen links liegen.

»Wenn du willst, kannst du gern mal bei mir probieren.«

Wieder drehe ich mich um, nicht aus Interesse, sondern weil ich so schockiert bin. Und tatsächlich: Da ist kein Würstchen auf seinem Teller, von dem ich probieren könnte. Bloß ein dreckiges Funkeln in seinen dunklen Augen.

»Ich …« Perplex wende ich mich ab, lade mir Brot und allerlei Dips auf den Teller, um mich von dem Ekel abzulenken, der mir in jede Pore kriecht.

»Oder bist du etwa so 'ne vegane Tante?«

»Ich glaube nicht, dass dich meine Essgewohnheiten etwas angehen.«

Seine Augenbraue zuckt schon wieder, diesmal nicht auf unanständige, sondern auf herablassende Art. »Na, na, du willst doch nicht, dass ich dir bei deinen Interviews auch so patzige Antworten gebe, oder?«

»Wenn du im Blog wie ein Arschloch dargestellt werden möchtest, nur zu.«

Allie, poltert Dervla in meinem Kopf. *Ein bisschen mehr Professionalität, Kleine.*

Er hat den Mund offen. Gleich kommt's. Ein Angriff. Eine Anzüglichkeit. Irgendwas. Doch stattdessen dreht er ab und verschwindet mit leerem Teller. Ich sehe ihm und seinen hochroten Ohren nach und frage mich, wie lange es dauert, bis ich einen Anruf von Noah erhalten werde. Und weil ich genau weiß, dass der kommen wird, weil Colm sicherlich einer von denen ist, die so etwas nicht auf sich sitzen lassen können, beschließe ich, das Büfett auszukosten. Ohne Würstchen und Thunfisch, dafür mit jeder Menge gegrilltem Gemüse und –

»Hast du was mit ihm?«

Erst bin ich mir gar nicht sicher, dass ich überhaupt gemeint bin, aber dann wiederholt er die Frage, diesmal ziemlich nah an meinem Ohr, und ich rieche Pinien und Cola und denke an seine warmen Lippen auf meinen und an die Schmetterlinge und –

»Wie bitte?«, frage ich und bringe mich damit in letzter Sekunde zur Besinnung, bevor ich hier am Büfett über ihn herfalle.

»Mit Colm.«

»Wie …« Ich bin so aus dem Konzept, dass mir die Worte aus dem Mund fallen. »Wie kommst du auf den Schwachsinn?«

»Weil ihr schon den ganzen Tag aufeinanderhängt. Und mir das aufgefallen ist. Weil es … ziemlich offensichtlich ist. Und ich dachte, ich frage dich und … weise dich darauf hin, dass das schon ziemlich auffällig ist und du … das vielleicht gar nicht willst. Also, dass es auffällig ist. Weil es unprofessionell ist oder so. Ziemlich unprofessionell. Deshalb dachte ich, ich frage dich einfach.«

Ich sehe ihn an. Eine ganze Weile, denn zwischendurch langt er nach einer Scheibe Baguette und schiebt sie sich zwischen die schönen Lippen. Nimmt einen Schluck Cola. So spektakulär unspektakulär. Und dann lächelt er, ganz unbeholfen, mit Grübchen und allem, und ich muss mit ihm grinsen, weil die Situation so absurd ist, dass man nur über sie lachen kann. »Spinnst du?«

»Vielleicht«, gibt er zu und nickt dabei auch noch ganz unverhohlen, und ich glaube, ich habe soeben ein winzig kleines Stück meines Herzens an ihn verloren.

»Also?«, fragt er noch einmal und sieht mich aus großen Augen an. »Hast du?«

»Nein.« Ich schüttele den Kopf. »Nein, habe ich nicht.«

Ein Lächeln erscheint auf seinem Gesicht. Mit Grübchen.

»Gut.«

Mehr sagt er nicht. Nur dieses *Gut*. Dann dreht auch er sich um und verschwindet. Und zurück bleiben ich und mein halb voller Teller. Und die Scheißschmetterlinge.

INSTAGRAM

Gefällt 203 Mal

irishtimeslive Wir schreiben den 29. Juli. Wie üblich herrscht geschäftiges Treiben in London. Die obligatorischen Schlangen vor den Hotspots: Touristen, die den Eros-Brunnen am Piccadilly Circus bevölkern und auf bunt flackernde Leuchtreklame starren oder vor den Toren des Buckingham Palace der Wachablöse entgegenfiebern. Alles back to normal, denn nachdem die Premiere League am Wochenende mit gleich drei Heimspielen für die Londoner Klubs losging, freut man sich auf einen sonnigen und ruhigen Montagnachmittag in Großbritanniens Hauptstadt.
Doch dann kommt alles anders. Denn um 2:36 p.m. landet die BA835 aus Dublin am Flughafen Heathrow. An Bord 124 Passagiere. Darunter zwei zahnende Babys. Ein Corgi-Welpe namens Tiffy. Und fünf junge, gut aussehende Männer.
Und wenn ihr den Weg auf diesen Blog gefunden habt, wisst ihr aller Wahrscheinlichkeit nach längst, von wem die Rede ist! Trommelwirbel bitte, denn, Ladies und Gentlemen, hier sind:

Jason Boland, Colm Hewson, Mickey Cardiff, Owen Power und Ryan Breheny!

Die Lovesuckerz sind da, und sie sind gekommen, um zu bleiben. Und Britain, ich kann euch sagen: You're in for a treat! Signierstunden, Radiointerviews, Fernsehauftritte, Meet and Greets, spontane Pop-up-Konzerte mitten in der Fußgängerzone – pssst, das habt ihr nicht von mir! All das und noch viel mehr erwartet euch in London und vielen weiteren Städten in ganz Großbritannien.
Also, lasst direkt mal ein Like da und abonniert den Kanal, um nichts zu verpassen! Wenn ihr Lust habt, postet eure eigene

Konzert-Experience auf Social Media unter dem Hashtag #lovesuckerzrulez und markiert die Jungs.

Kommt mit, seid hautnah dabei, wenn fünf irische Jungs Geschichte schreiben.

#lovesuckerzrulez
Band – @lovesuckerz_official
Colm – @hewsoncolmthatis
Jason – @jasbol2
Owen – @owenpowerzzz
Ryan – @ryan_breheny.LS
Mickey – @mickey.notfromcardiff

PS: Das Bild ist während der Feierlichkeiten zum Tourstart im Privatklub des @Core in London entstanden. Wie ihr unschwer erkennen könnt, hatten die Jungs zusammen mit den @pinkys.band die Zeit ihres Lebens.
29. Juli

Alle Kommentare (31)
theresaaa_lovesuckerz freu mich schon riesig aufs Konzert!
whataboutdexter ♡♡♡
dandelion_studio So exciteddd!
alexanderrainsford 😮‍💨

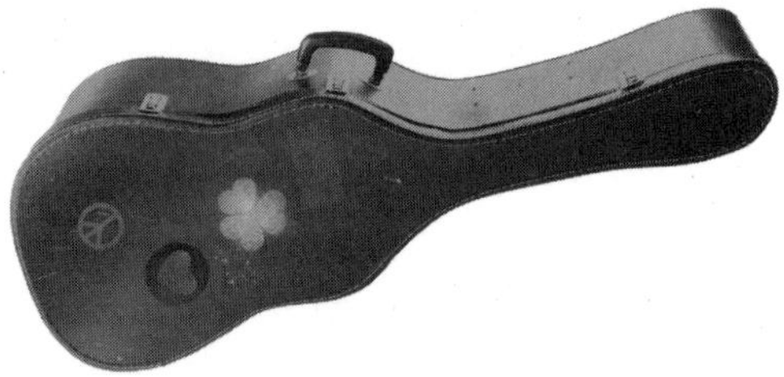

Dienstag, 30. Juli

Conor – Knew every line, now I can't remember

Gänsehaut krabbelt über meine Unterarme, als ich durch die Drehtür ins Innere des Gebäudes schlüpfe. Das Letzte, was ich sehe, sind drei mannshohe Würfel mit den Initialen der BBC vor dem halbrunden Empfangstresen, dann ist alles bloß noch hell. Heller Boden, helle Wände, helles Alles. Es erschlägt mich, das Weiß und das Licht und die vielen Spiegelungen im blank polierten Marmor. Ich setze die Sonnenbrille auf, mit der ich mir erst vor wenigen Sekunden die Frisur ruiniert habe, und nehme sie doch gleich wieder ab. Hänge sie diesmal mit dem Träger in den Kragen meines Shirts, denn ich mache ja nicht zwei Mal den gleichen Fehler. Manchmal schon, aber jetzt nicht. Jetzt habe ich die Haare wieder halbwegs gerichtet, und die Sonnenbrille steckt in meinem Shirt, alles gut. *Du kannst das. Alles cool. Ist nur die fucking BBC. Kein Problem. Cool, cool. Eiskalt quasi.*

Dabei ist es alles andere als das. Es ist heiß heute in London. So heiß, dass Allie die Haare wieder mit einem Haarband gebändigt und zum Knoten gezwirbelt hat und vorn wie hinten Ausschnitt trägt! Ein Pink-Floyd-Shirt (*THE DARK SIDE OF THE MOON*) mit Rückenausschnitt, sodass ich während der gesamten Fahrt zur BBC – quälend lange zwanzig Minuten durch die verstopfte Innenstadt – freie Sicht auf die Rose in ihrem Nacken hatte. Und mich nur ungefähr siebenhundertdreiundzwanzig Mal davon abhalten musste, ihre bemalte Haut berühren zu wollen. Talk about self control.

Tony eilt mal wieder im Stechschritt voraus, denn wir sind zu spät. Heute nicht wegen mir, *ich* war pünktlich in der Lobby. Jason war es, der zu spät kam, weil er noch mit Laura telefoniert hat.

Haben wir uns eigentlich darauf geeinigt, wer Laura sein wird, wenn die Presse sie in Sligo vor die Linse bekommt? Wenn ja, habe ich es vergessen. Aber Tony weiß es sicher – und Jason auch. Immerhin ist er derjenige, der sie verleugnen muss.

Keine Freundinnen! Und unter gar keinen Umständen eine Verlobte. Keine Versprechen auf ein gemeinsames Leben, weil schlecht für die Verkaufszahlen. Sagt Keith. Ich weiß ja nicht.

Aber Jason, Mann, der ist schon seit fünf Jahren mit seiner Laura zusammen. Fünf Jahre! Das ist länger als all meine Beziehungen zusammengenommen, und ich bin fast zwei Jahre älter als er. Fünf Jahre! Und was hat er nun davon? Er darf in der Öffentlichkeit nicht mal über sie reden, geschweige denn über die anstehende Hochzeit, die dank der Lovesuckerz bis auf Weiteres auf Eis liegt. Kein Witz.

Ich habe es geschafft, die Minuten in der imposanten Eingangshalle der BBC zu verpennen. Erst als wir auf die Aufzüge zulaufen, wird mir langsam bewusst, dass das hier passiert. Dass wir im legendären Broadcasting House am Portland Place stehen und im Begriff sind, der BBC das allererste Radiointerview in Großbritannien zu geben. *One small step for man, one giant leap for the* Lovesuckerz oder so ähnlich.

Erst als Jason sich zu mir umdreht und ich den Lanyard um seinen Hals sehe, realisiere ich, dass ich auch einen trage. Ich hebe ihn an, betrachte ihn, lese meinen Namen wieder und wieder und wieder, bis er sich in meinem Kopf ein bisschen besser anfühlt. Ryan Breheny. Ryan Breheny. Ryan …

Ryan Breheny (geboren am 14. März 2001 in Limerick, Irland) ist ein irischer Sänger. Bekannt wurde er, als er für die Pop-Band Lovesuckerz gecastet wurde. Er lernte bereits mit vier Jahren Klavier und hat sich darüber hinaus selbstständig das Gitarrespielen beigebracht. Sein Vater ist Lehrer, die Mutter Theaterschauspielerin und Sängerin. Breheny hat drei ältere Schwestern (Birdie, Suzanne und Poppy).

Den Text des Wikipedia-Eintrages kann ich mittlerweile auswendig – wer ihn verfasst hat, weiß ich bis heute nicht, tippe aber auf jemanden bei Virgin Records.

Ich konnte es selbst kaum glauben, als Keith vor ein paar Wochen anrief, um mir zu sagen, dass man Ryan Breheny googeln kann. So richtig mit Bild und Dutzenden Treffern, die binnen Tagen zu Hunderten und Tausenden wurden. Anderthalbtausend Klicks auf unser erstes YouTube-Video in zehn Minuten, eins Komma fünf Millionen innerhalb von vierundzwanzig Stunden. Davon haben wir als Band – Mark, Maisie, Kian, Leia, Danny und ich – jahrelang geträumt. Und auf einmal war es Realität, zumindest für mich.

Es ging alles so schnell, manchmal begreife ich noch immer nicht, was da in den letzten Wochen passiert ist. Freitags war ich noch arbeiten. Bin nachmittags nach Hause und habe meinem Kollegen gesagt, dass ich ihm nächste Woche was von Mums selbst gebackenem Kuchen mitbringe, weil er den so liebt. Ein Auftritt im Vorprogramm von Evergreen, ein Anruf von Keith und eine nervenaufreibende Autofahrt von Lahinch nach Dublin später hatte ich meinen ersten Plattenvertrag unterschrieben. Montags habe ich meinen Chef angerufen und ihm gesagt, dass ich frei brauche, weil ich da was am Laufen habe. Drei Wochen später hatte er meine Kündigung auf dem Tisch. Und dann, von heute auf morgen, tauchte mein Name nicht mehr zwischen dem semiprofessionellen Internetauftritt eines Gebrauchtwagenhändlers aus Kerry und der LinkedIn-Seite eines glatzköpfigen Wirtschaftsanalysten aus Sligo auf. Plötzlich war ich nicht länger der zwielichtige Kerl mit dem Aggressionsproblem. Ich war Ryan Breheny, Sänger der bald weltberühmt-

»Erde an Ryan.«

Colm schnipst mit den Fingern, und ich bin zurück. Zurück im Fahrstuhl. Zurück im Broadcasting House. Zurück in diesem bizarren Leben. Zurück bei meerblauen Augen, die mich an Tonys Schulter vorbei direkt ansehen.

Die Lippen sind heute nicht fuchsia, eher zartrosa. Zumindest glänzen sie. Ich will ja gar nicht hinsehen, aber dann denke ich wieder an ihr Piercing und wie es mit meiner Zunge getanzt hat, und dann kann ich doch wieder nicht anders. Ich versuche, mich auf Tony zu fokussieren, der zwischen uns steht. Auf sein Bierbäuchlein, das für einen zentimeterbreiten Spalt unter dem dunkelbraunen Shirt hervorlugt. *Konzentrier dich darauf. Nicht auf Allie, die hat bestimmt sowieso nur Augen für –*

Oh, halt, stimmt nicht, sie sieht *mich* an. Und das zu lange, um es als Versehen abtun zu können. Nein, im Gegenteil, sie sieht mich mit voller Absicht an. Und intensiv noch dazu. Als wären die anderen gar nicht da. Nur wir beide in diesem Aufzug. Da sind schon wieder Schmetterlinge in meinem Bauch, verdammt.

Okay, stimmt nicht, ich weiß, woher die Schmetterlinge kommen. Von dem Gedanken, wie sie auf den roten Knopf drückt und der Fahrstuhl anhält. Wie sie auf mich zukommt, dabei meine Lippen nicht aus den Augen lässt und direkt vor mir stehen bleibt. Ich sehe zu ihr hinunter, streiche ihr eine widerspenstige Ebenholzsträhne aus dem Gesicht und lasse meine Hand auf ihrer Wange liegen, weil sie sich da ziemlich gut macht. Ihre meerblauen Augen schauen zu mir hoch, während sie sich mit der Zunge quälend langsam über die Lippen leckt. Ich kann die wilden Rosen riechen. Den Zimtkaugummi. Reizüberflutung für alle Sinne.

Ich kneife die Augen zusammen. Bevor ich sie wieder öffnen kann, hat der Fahrstuhl gestoppt. Tony schiebt sich als Erster an mir vorbei. Wahrscheinlich hat er mich vorher mehrfach gebeten, auszusteigen oder zumindest zur Seite zu gehen, aber da war ich noch in Allie-Land. Fernab von Gut und Böse.

Ich sehe mich um, bin allein im Aufzug. Die Türen schließen sich bereits, als ich im letzten Moment herausspringe und auf den Gang falle. Mickeys Hände sind da und halten mich, sein perlweißes Lächeln fragt: Geht's dir gut?

Keine Ahnung, Mickey. Keine Ahnung.

»Okay, Jungs, denkt dran …« *Jungs*. Wenn ich das schon höre.

Tonys kräftige Statur inklusive Bierplautze verschwimmt vor dem grellen Hintergrund. Aber hier ist nichts mehr hell und blendend, sondern schrill. Orangefarbener Linoleumboden – ich glaube, es ist Linoleum. Ich könnte in die Knie gehen, um meine Vermutung zu bestätigen, tue ich aber nicht, weil, na ja, weil eben – und deckenhohe Wandbilder. Alles grauenvoll überzeichnet und aufdringlich. Aber es ist die BBC – und die ist heilig.

Ich habe Tonys Ansprache komplett verpasst, weil ich in Gedanken auf dem Fußboden rumgekrabbelt bin, um sicherzugehen, dass es sich tatsächlich um Linoleum handelt, und komme erst wieder zu mir, als er die Tür zu seiner Linken öffnet. Dann geht alles ganz schnell. Wir werden auf ein paar quietschgelbe Sitzgelegenheiten zitiert, die um einen halbrunden Schreibtisch arrangiert sind. Eine Frau mit Essstäbchen in ihrem Dutt reicht uns Gläser mit Wasser, richtet das Mikrofon, das zwischen unseren Köpfen von der Decke hängt, und drückt jedem ein Headset in die Hand, ehe sie wortlos aus dem Raum verschwindet. *Nur die BBC. Keine Panik.*

»Okay«, setzt Tony an, da schwingt die Tür auf und ein gut aussehender Mann Mitte dreißig kommt herein. Kurz habe ich das Gefühl, Tom Holland gegenüberzustehen, aber ich glaube, der arbeitet nicht beim Radio in London. Aber ich kenne den Mann. Von Plakaten und auch aus dem Fernsehen, meine ich. Er ist berühmt, so viel steht fest. Aber vielleicht ist das auch nur der Teil von ihm, der aussieht wie Peter Parker.

»Hallo, hallo, wen haben wir denn da?« Er lässt sich auf den Schreibtischstuhl auf der anderen Seite fallen und verschwindet kurz hinter den Monitoren, die vor ihm aufragen. »Die Lovesuckerz«, murmelt er, als hätte er für diese Erkenntnis ernsthaft seine digitalen Unterlagen befragen müssen.

Ich hoffe, das ist nicht wirklich Tom Holland, der sich heute mal als Radiomoderator versucht. Und ich hoffe, wer auch immer uns da gegenübersitzt, dass seine Vorbereitung über das kurze Überfliegen des Wikipedia-Eintrags hinausgeht, denn sonst …

»Viel Glück«, höre ich Tony flüstern und sehe mich nach ihm um, da fällt die Tür ins Schloss. Kein Tony. Keine Allie. Wobei ich nicht mal sicher sagen kann, ob sie je hier drin war. Oder wie ich hierhergekommen bin. Wie ich es gestern in mein Bett geschafft habe. Was ich heute Morgen zum Frühstück hatte. Wie so ein permanenter Filmriss. Hört das auch wieder auf?

»Wir sind live in dreizehn«, flüstert Spiderman, als könnte man uns auf der anderen Seite des Mikros schon hören. »Letzte Anmerkungen?«

Dreizehn was?

Ich fixiere die einrasierten Streifen in Owens Undercut neben mir, dann sein Gesicht. In seinen Augen sind genauso viele Fragezeichen wie in meinem Kopf.

»Ich dachte, wir gehen die Fragen vorher noch mal durch.« Mickey sieht zwischen Peter Parker und der Scheibe in dessen Nacken hin und her, hinter der ich Tony und Allie vermute.

»Hätten wir getan, wenn ihr pünktlich gewesen wärt.« Sein strenger Blick geht zur Uhr, dann deutet er uns mit einer Handbewegung an, die Kopfhörer über die Ohren zu schieben.

»Drei … zwei … eins.«

Live?

»Und da sind wir wieder, live bei *Radio One Breakfast*. Mein Name ist Greg James, und bei mir sind heute Morgen die Lovesuckerz! Willkommen auf der anderen Seite der Irischen See, Jungs. Wie war euer Flug?«

Für endlose zwei Sekunden sagt niemand etwas. Ich kann Tonys Herz durch die Wand hindurch pochen hören, während meine Gedanken Karussell fahren. Ich dachte, sie würden uns gewichtigere Fragen stellen. Was wir geplant haben. Wo die Fans uns treffen können. Wie wir unsere Zukunft sehen. Stattdessen will Spiderman wissen, wie mein Flug war?

»Ereignislos würde ich behaupten.« Es ist Colm, der uns rettet, und auch wenn ich es nicht gern zugebe, aber gerade bin ich ziemlich dankbar dafür, dass er *immer* was zu sagen hat.

»Es waren schreiende Babys an Bord, habe ich auf eurem Blog gelesen.« Er deutet auf das Tablet, das vor ihm auf dem Tisch liegt. Kein Plan, was er damit sagen will, aber Colm nickt.

»Besser als schreiende Fans, oder?!« Er hat sein arrogant-überhebliches Grinsen aufgesetzt, für das ihm die Frauen in Scharen hinterherrennen.

»Sag du es mir, Colm. Jetzt etwa schon keine Lust mehr auf eure Fans?«

Ich bin beeindruckt, dass er unsere Namen kennt. Wobei, wahrscheinlich hat er auf einem seiner Monitore einen Spickzettel mit Namen, Bild und den wichtigsten Daten. Name, Alter, etc.

»*Doch*, natürlich.« Wie er das sagt. Ich will mich schon wieder übergeben. »Aber die Leute im Flieger vermutlich eher weniger. Die verzeihen einem schreienden Baby viel eher als einem schreienden Fan, meinst du nicht auch, Greg?«

Wie er ihn einfach beim Vornamen nennt. Manchmal wünsche ich mir nur den Bruchteil seiner Selbstsicherheit, Mann. Dann hätte ich Allie am vergangenen Samstag auch nicht kampflos ziehen lassen.

Andererseits … war das rückblickend das einzig Richtige, oder?

»Wahrscheinlich hast du recht. Also, hier seid ihr nun. Bereit, von der irischen Provinz aus die Welt zu erobern. Ihr kommt aus …« Er schielt auf seinen Monitor. »Sligo, lese ich hier. Und Limerick. Dublin, Cork und … Glosh.« Er stockt. »Muss man das kennen?«

»Das ist so weit westlich, dass es quasi kurz vor Neufundland liegt.« Mickey grinst unbeholfen.

»Und wie habt ihr euch gefunden?«

»Ganz traditionell durch ein Casting.«

Wie das klingt. *Traditionell durch ein Casting.* Als wäre es abwegig, sich ganz oldschool über Schul-AGs oder Aushänge an Unis zusammenzutun. Oder einfach so, weil man sich kennt und mag und dieselbe Leidenschaft teilt, und nicht, weil irgendwer denkt, dass die Stimmen ganz okay miteinander harmonieren.

»Perfekt«, sagt Greg und nickt dabei. »Eure erste Single ist gerade eingeschlagen wie eine Bombe. *Don't Just Be My Friend*«, liest er Silbe für Silbe von seinem Tablet ab. »Habt ihr eine kleine Kostprobe für uns?«

Äh. Kostprobe? Im Sinne von Singen? Jetzt? Hier?

Ich sehe zur mattschwarzen Scheibe hinter Gregs erwartungsvollem Gesicht und frage mich, ob das Teil meines neverending Filmrisses ist und wir das vorher alles durchgegangen sind. Oder ob wir tatsächlich so krass naiv sind, völlig unvorbereitet in diese Sendung zu kommen.

»Na klar.« Owen ist es, der heftig zu nicken anfängt, die Hand hebt und uns mit einem sanften »One, two, three« einzählt.

I will never hurt you
Will never leave you, never bail
Never leave your side
Oh baby, never falter, never fail
For you are the one
I wanna be with for the rest of my life
So tell me, oh baby,
Tell me now or never
Don't just be my friend, be my everything
From now on until forever
Oh baby, yeah, oh baby, please

Ich vermassele es, meinen Einsatz, die Tonlage, ganz zu schweigen vom Text. Wenigstens meine *Hmmmhs* während Jasons Solo-Part bekomme ich hin. Aber zu mehr reicht es heute nicht. Dabei haben wir bis zum Erbrechen geübt. Die Ohs und die Hmmhs und die Babys. Alles. Ich kann das. Und doch nicht.

Ich kann ihn nicht sehen, aber ich weiß, dass Tony hinter der Scheibe steht und mich mit Argusaugen beobachtet. Ihm hat das hier gar nicht gefallen, das weiß ich.

Mir hat es auch nicht gefallen, mal ganz davon abgesehen. Ich weiß, dass ich mehr kann. Dass ich besser bin als diese Karikatur eines angehenden Popstars, als die ich seit knapp vierundzwanzig Stunden durch die Straßen Londons wanke. Das muss ein Ende haben. Hier und jetzt. Das hier habe ich mir immer gewünscht. Das ist mein *Traum*, verdammt. Die Charts und die BBC und, scheiße, am Ende auch Greg James, weil Mum schon immer ein Riesenfan ist. Und jetzt sitze ich hier, und der Kerl starrt mich an, als hätte ich sie nicht mehr alle. Völlig zu Recht.

»Das klang super«, lügt er uns mit breitem Grinsen im Gesicht an. »Dann lasst mal hören, was ihr so für die nächsten Wochen geplant habt.«

»Allerhand, Greg.« Ich sehe mich um, aber die Münder um mich herum sind allesamt zu. Wer hat das gesagt? »Gleich am Freitag signieren wir im Westfield-Einkaufszentrum mitten in Shepherd's Bush unsere EP, die am selben Tag erscheint.«

»Digital«, schiebt Colm ein, und ich sehe ihn an, weil ich nicht weiß, was er mir damit sagen will.

»Digital«, wiederholt er, weil's mein Kopf nicht hinkriegt. »Wir signieren also nicht wirklich die EP, da es die nur digital geben wird.«

»Richtig«, füge ich langsam hinzu, während meine Gehirnwindungen im Hintergrund fleißig rattern. »Aber wir signieren euch alles andere. Fahnen, Reiseführer, T-Shirts, BHs, Fahrkarten, Autogrammkarten, Konzertkarten, Kartenkarten. Was ihr wollt.«

Greg hustet leise, versteckt sein Grinsen geschickt hinter dem Mikrofon. »Klingt, als würden beide Seiten dabei voll auf ihre Kosten kommen.«

»Absolut.« *Was tue ich hier? Warum stoppt mich niemand?* Ich bin wie dieser Zug aus dem Film mit Denzel Washington und Chris Pine, den ich mit Trisha anschauen musste, weil sie so auf den Schauspieler abfährt und prinzipiell *jeden* Film mit ihm gesehen haben muss. Also, Chris Pine, nicht Denzel. Wobei … den mag sie, glaube ich, auch.

Ach, Herrgott, Conor. Kannst du dich nicht wenigstens mal für zwei Minuten konzentrieren?!

»Cool«, unterbricht Gregs wenig beeindruckt klingende Beteuerung meinen Gedankengang. Endlich. Stillstand da oben.

»Und sagt mal, ihr seid jetzt erst mal mit den Pinkys unterwegs …« – sein Finger fährt, Millimeter über dem Tablet schwebend, den Bildschirm nach unten, während er still vor sich hin zählt – »… aber Ende des Monats kehrt ihr nach Irland zurück und tretet dort als Headliner auf. Wie wollt ihr ein ganzes Konzert füllen?« Wieder ein Seitenblick auf das Tablet. »So viele Songs habt ihr ja noch gar nicht.«

»Wir haben noch einiges in petto, von dem die Fans nichts ahnen.« Jasons warme, klare Stimme passt zu seinem Babyface und seinen babyblauen Augen. »Ihr könnt also gespannt sein.«

Ich bin froh, dass er und sein Lachen mir den Arsch gerettet haben. Sonst hätte ich vermutlich noch angefangen, von ich weiß nicht was, vielleicht Denzel Washington oder Chris Pine, zu schwadronieren.

Meine Bronchien sind eng. Nicht, weil die Luft hier drin stickig wäre oder so. Nein, sondern weil sie sich für mich schämen. Ich zupfe am Kragen meines Shirts. Forrest Gump sitzt dort auf weißem Hintergrund, verloren auf seiner Bank und scannt mit aufmerksamem Blick den Raum. Bestimmt sucht er jemanden, dem er eine seiner Pralinen anbieten kann. Oder aber er sucht einen Ausweg für mich. *Lauf, Conor, lauf*, ruft er mir von meiner Brust aus zu, *um Himmels willen, lauf!*

Ich laufe nicht. Ich bleibe sitzen und warte, bis das alles vorbei ist. Bis ich erlöst werde aus dieser Endlosschleife.

Eine kalte Dusche wäre jetzt prima. Ob die hier bei der BBC Duschen für ihre Mitarbeiter haben? Oder für Möchtegernstars, die sich während ihres allerersten Radiointerviews bis auf die Knochen blamiert haben und jetzt in ihrem eigenen Schweiß stehen?

Aber man soll ja auch immer das Positive sehen: Wenigstens hat Allie in meinem Kopf zum ersten Mal seit gestern Nachmittag aufgehört, Kunststücke an dieser verdammten Pole-Stange zu vollführen.

Allie – Is that me, baby, or just a brilliant disguise?

»Allie!«

Mein Fuß hat den marmorierten Boden des Fahrstuhls noch nicht berührt, da ziehe ich ihn reflexartig zurück.

Es ist Tony, der ruft, aber das wusste ich auch, bevor ich seine rundliche Statur vor der imposant illuminierten Glaswand erblicke. Seine Stimme kenne ich mittlerweile.

»Hast du zwei Minuten?«

Here we go. »Sicher«, sage ich und folge ihm durch die Lobby bis in die Bar, die um diese Uhrzeit – wir haben kurz nach eins am Nachmittag – mehr oder weniger verwaist ist. Nur an zwei der vielen Tische sitzen Menschen, die sich an einem Glas Wasser oder einer Tasse Tee festhalten, während der Barkeeper sich mit dem Polieren der Gläser beschäftigt.

Tony sucht sich eine ruhige Nische fernab der Fensterfront, um mich auseinanderzunehmen. Keine Zeugen, schon klar. Aber ich lasse ihm kaum Zeit, Luft zu holen, geschweige denn seine Unterlagen aus der Ledertasche zu zerren, die er ständig mit sich herumträgt. Angriff ist die beste Verteidigung.

»Falls es um Colm geht. Also, das kann ich erklären«, fange ich an, noch bevor mein Hintern auf das kalte Leder der Sitzbank trifft. »Ich glaube, ich habe da wohl was falsch verstanden, weil …, also als er von dem Würstchen anfing, dachte ich, er wollte mir … was weiß ich. Wahrscheinlich klingt es absurd, aber ich dachte, er … will mich anmachen oder so. Und da wollte ich für klare Verhältnisse sorgen und …«

Ich bremse mich und meinen wasserfallartigen Versuch einer Rechtfertigung, als ich Tonys Gesichtsausdruck bemerke, der von irritiert zu skeptisch und dann zu wütend wechselt. Kopfschüttelnd zupft er am Eselsohr einer Klarsichtfolie, die mittlerweile zwischen uns auf dem sonst leeren Tisch liegt.

Er setzt an, etwas zu sagen, da kommt der Kellner auf uns zu. »Wissen Sie schon, was es sein darf?«, fragt er mit einem freundlichen Lächeln auf den Lippen und hält uns zwei Getränkekarten entgegen. Auf der oberen ist ein kleiner Flyer befestigt, auf dem die Snacks des Tages angepriesen werden. Als ich die Sandwiches entdecke, meldet sich augenblicklich mein Magen, der seit gestern Abend am Büfett nichts Essbares mehr gesehen hat. Frühstück ist nicht mein Ding – weil zu früh am Tag –, und irgendjemand hat vergessen, in den straffen Zeitplan der Lovesuckerz eine simple Essenspause einzukalkulieren. Ist ja auch nebensächlich.

Sieht Tony wohl genauso, denn er winkt ab. »Wir brauchen nicht lange.«

Der Kellner zieht die Hand zurück und verschwindet mit meiner einzigen Chance auf einen Mittagsimbiss. Als er außer Reich- und Hörweite ist, seufzt Tony leise. »Tut mir leid, falls Colm dir mit seiner Art zu nahe gekommen ist. Er ist sehr anstrengend, was dieses …« – er malt imaginäre Anführungszeichen in die Luft – »… Ich-kann-und-werde-sie-alle-haben-Gehabe angeht. Aber ich werde umgehend mit ihm reden und ihm klar machen, dass er dich in Ruhe zu lassen hat.« Er hebt den Blick, schiebt ein vorsichtiges »Das ist es, was du willst, richtig?« hinterher.

»Selbstverständlich«, presse ich hervor, weil ich zu wissen glaube, dass Tony diese Bestätigung definitiv braucht, um nicht doch noch einen falschen Eindruck von der Situation zu bekommen. »Das wäre ja auch … absolut unprofessionell.«

Er nickt.

»Aber ich glaube, er hat gestern Abend verstanden, dass ich nicht interessiert bin«, gebe ich kleinlaut zu. »Deshalb hatte ich auch ehrlicherweise Angst, dass …«

»… dass …?«, hakt er nach, als ich nicht weiterrede.

»… dass du sagst, dass sich das mit der Zusammenarbeit an dieser Stelle erledigt hat.«

Er sieht mich lange an. Für meinen Geschmack ein bisschen zu lange. Überlegt er ernsthaft, mich abzuschießen? »Willst du denn überhaupt hier sein?«

Ich habe sicherlich mit vielem gerechnet, aber nicht damit. »Wie meinst du das?«

»Na ja …« wieder lässt er seine Augen über mich gleiten. Von der Rose, deren Blätter sich über die Seite meines Halses erstrecken, über den goldenen Ring in meinem Nasenflügel und den Stein über meiner Oberlippe, das Herz auf meinem Mittelfinger. Alles nimmt er aufmerksam wahr, ehe seine Augen auf meiner Brust hängen bleiben. »Großartiges Album«, murmelt er, und ich folge seinen Augen kurz, weil ich gar nicht mehr weiß, welches Shirt ich heute Morgen in der Hektik aus dem Koffer gezerrt habe, während er fortfährt: »Ich habe deinen Blogeintrag von gestern gelesen.« Ein Grinsen erscheint auf seinen Lippen, als sich unsere Blicke treffen. »Auch wenn ich, ehrlich gesagt, im ersten Moment nicht sicher war, ob der Text von dir stammt.«

»Wieso?«

Er zuckt mit den Achseln. »Weil er nicht nach dir klingt.«

»Und wie klinge ich?« Jetzt bin ich gespannt.

»Kritischer?« Sein Lachen wirkt wie irgendwas zwischen hilflos und peinlich berührt. »Keine Ahnung. Ich habe bloß … was anderes erwartet als das.«

Ich studiere das Profil meines Gegenübers – die knubbelige Nase, die spröden Lippen, die leicht hervorstehenden Augen – und verschränke instinktiv die Arme, als mir klar wird, worum es hier geht. Ich schnaube. »Und genau das ist das Problem.«

»Problem?«

»Wir sehen jemanden und bilden uns direkt ein Urteil, weil wir glauben, ihn zu kennen. Dabei haben wir keinen Schimmer, wer hinter der Fassade steckt.« Jetzt bin ich diejenige, die mit den Achseln zuckt, weil ich mich daran erinnere, wie oft ich schon im *VIPer* gestanden und alle Gäste über einen Kamm geschert habe.

Sein Grinsen wird derweil breiter. »Das ist also alles Fassade?«

»Wer sagt denn, dass meine Wände zu Hause nicht mit Fanpostern von One Direction und BTS tapeziert sind?«

Jetzt lacht er. Laut und herzlich. Bis eben wusste ich gar nicht, dass er das kann.

»Lass dich davon nicht täuschen«, sage ich diesmal sanfter und deute an mir selbst hoch und runter. »Ich bin professionell genug, um meine persönliche Meinung, ganz egal, wie die aussieht, hinter die der Journalistin anzustellen. Und ich werde absolut objektiv und offen über die Lovesuckerz schreiben, versprochen.«

Für einen Augenblick scheint er zu überlegen, dann fängt er an zu nicken.

»Okay.« Er hört auf, am Eselsohr zu knibbeln und zieht ein paar Seiten bedrucktes Papier heraus. »Da du vorhast, uns weiterhin zu begleiten, gibt es noch ein paar Dinge zu klären. Den NDA hatten wir ja vorab zugeschickt. Hast du Anmerkungen?«

Die hätte ich, wenn ich ihn mehr als überflogen hätte. Aber zwischen Krampfattacken, Colms dämlichen Anmachversuchen und meinen Bemühungen, Conan und die Schmetterlinge, die er immer wieder auslöst, zu ignorieren, ist das untergegangen.

»Keine Anmerkungen.«

»Prima.« Er schiebt die Papiere in meine Richtung, zückt einen Kugelschreiber und hält ihn mir mit einem erwartungsvollen Gesichtsausdruck hin. »Und ich verspreche dir, Colm wird dich nicht mehr belästigen.«

»Bitte nicht«, entfährt es mir reflexartig und ein bisschen zu laut. »Ich bin durchaus in der Lage, das selbst zu regeln.«

Er nickt und wartet, bis ich unterschrieben habe, ehe er den Kugelschreiber zurück auf seine Seite des Tisches zieht.

»Brauchst du eine Kopie?«

»Schon okay, ich habe Noahs Ausdruck in meinen Unterlagen, das reicht mir.«

Er schiebt die Blätter zurück in die Klarsichtfolie mit dem Eselsohr und lässt sie samt Stift in seiner Tasche verschwinden. »Hast du sonst noch Fragen?«

Ich überlege einen Moment. »Irgendwelche Tipps?«

»In Bezug auf?«

»Die Lovesuckerz?« Ich zucke mit den Schultern. »Tricks und Kniffe, wie ich sie zähmen kann?«

Er lacht noch lauter und noch herzlicher als eben. Der Kellner und die Gäste, die verstreut in der Bar sitzen, sehen von ihren Gläsern, Handys und Zeitungen auf. »Wenn du da was gefunden hast, lass es mich wissen.« Er wird kurz nachdenklich, lehnt sich nach vorn über den Tisch und sieht sich um, ehe er sich noch ein Stück weiter zu mir beugt. »Jason ist das Küken der Band. Sehr traditionelles Elternhaus. Ihn wirst du in den Interviews ein bisschen bearbeiten müssen, bis er auftaut, dafür macht er den geringsten Ärger.«

Jason. Babyface mit den hellbraunen Beachwaves. Check.

»Colm ist …« Er seufzt. »Ihn hast du ja schon kennengelernt. Er ist … Colm eben. Wenn er dich weiterhin nicht in Ruhe lassen sollte, gib mir Bescheid, dann regele ich das.«

Ich nicke schweigend. Colm. Groß, dunkle Augen, dunkle Haare, dunkles Wesen.

»Mickey scheint prinzipiell die Sonne aus dem Hintern. Er hat so gut wie nie schlechte Laune, macht allerdings auch gern mal Quatsch.« Er sieht kurz in die Luft schräg über mir. »Seine Mum ist aus dem Senegal, der Vater kommt aus der tiefsten Provinz oben in Mayo. Du lachst dich kaputt, wenn der Junge sein Irisch auspackt!«

Jetzt lachen wir beide, während ich in meinem Rucksack nach dem Notizbuch angele. Das kann ich mir nie alles merken, bis ich auf meinem Zimmer bin. Wenn ich da überhaupt noch mal hinkomme, bevor wir zur Themse aufbrechen …

»Abgesehen davon, tolle Gene«, resümiert Tony mit einem Augenzwinkern. »Modelt hin und wieder.«

Sonnenschein Mickey, check.

»Dann Owen.« Er überlegt kurz, schüttelt den Kopf. »Der ist … einfach da. Unauffällig, freundlich, redet nicht viel. Mit ihm wirst du auch keine Probleme haben, denke ich. Red mit ihm über das irische Schulsystem, wenn er sonst nichts zu erzählen hat.« Er winkt ab. »Darüber referiert er stundenlang.«

»Angehender Lehrer?«

Wieder ein Nicken. »Hat abgebrochen, meine ich. Schreib aber lieber ›pausiert‹, falls seine Eltern mitlesen.«

Owen, schweigsamer Lehrer mit Undercut.

»Und Ryan.« Ryan. Conor. Conan. Wuschelige blonde Haare, graugrüne Augen, Grübchenlächeln. Etwa eins neunzig, wenig muskulös. Asthmatiker. Interessanter Klamottengeschmack. Schmeckt nach Cola und Pinien.

»Keine Ahnung, was mit dem aktuell los ist. Normalerweise ist er echt zuverlässig. Aber etwas scheint ihn zu beschäftigen.« Tony schüttelt den Kopf. »Ich glaube, den muss ich mir mal dringend zur Brust nehmen.«

O Gott, ich auch, Tony. Ich auch.

»Aber ich versichere dir, dass sie allesamt echt nette Kerle sind. Und durchaus kooperativ. Wenn du sie dazu kriegst, mal für fünf Minuten die Klappe zu halten und zuzuhören.«

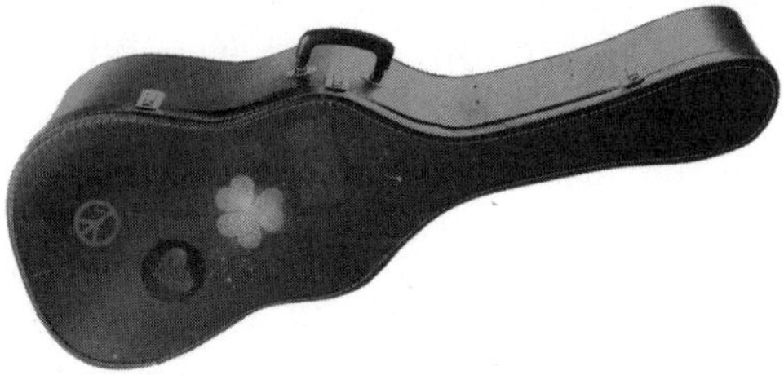

Conor – Hold on while the whole world's upside down

Nichts war's mit Ausruhen. Stattdessen habe ich die Dreiviertelstunde in meinem Zimmer damit verbracht, zu duschen, mich zu rasieren und Liz endlich auf ihre Nachricht zu antworten, die mich schon Sonntagmorgen erreicht hat. Und mir den Kopf darüber zu zerbrechen, was England von dem völlig verpeilten Kerl hält, der sich vorhin mit den Lovesuckerz in die BBC geschlichen und den halben Auftritt gesprengt hat.

Entsprechend finster ist meine Laune, als Wendy mich zum gefühlt hundertsten Mal zurück ins Zelt ruft. Um mir noch ein bisschen Make-up ins Gesicht zu klatschen, die Haare mit weiteren Tonnen Haarspray zu richten, die Falte mit ihrem Hightech-Teil aus dem Hemd zu zaubern. Irgendwas findet sie ständig.

»Kann ich jetzt …?« Ich deute gegen die weiße Zeltwand, hinter der die anderen längst lachen und Scherze machen. »Bitte?«

»Gleich«, mahnt sie mich und kommt mit ihrem monströsen Schminkpinsel näher. Beim ersten Mal bin ich knapp einem Asthmaanfall entgangen, als sie mir das Teil vor die Nase gehalten hat.

»Darf ich?«

Ich öffne die Augen, habe die Stimme erkannt, bevor ich Allie entdeckt habe. Sie steht in der Zeltöffnung, hält die Plane mit der einen Hand nach oben, die andere hält eine Kamera. Sie trägt die Haare noch immer zum Knoten, aus dem sich im Laufe des Vormittags diverse Strähnen gelöst haben, die sich nun über ihre nackte Schulter ergießen.

Ob ihre Haut klebrig ist? Bestimmt hat sie heute Morgen Sonnenmilch benutzt, und jetzt duftet sie –

Alter, stopp! Bis hierhin und nicht weiter!

Journalistin. Hübsche Journalistin, ja, aber eben Journalistin. Rotes Tuch. Feindliches Gebiet. No way, José.

»Nein«, brumme ich, ohne überhaupt nachzufragen, was sie will, und sehe noch ganz kurz, wie das Funkeln in ihren meerblauen Augen erlischt, ehe sie die Plane zurück in ihre Ausgangsposition fallen lässt und verschwindet.

Drei Minuten später ist Wendy endlich zufrieden und lässt mich gehen. Vielleicht denkt sie aber auch, dass ich es verdient habe, mit Augenringen und faltigem Hemd abgelichtet zu werden. Bin schließlich ein Arschloch, das weiß sie jetzt auch.

Ich hab mich selten so unwohl in meiner Haut gefühlt, was gleichermaßen am Arschloch und an der Leinenhose liegt, in die Wendy mich gezwungen hat. Dazu ein Hemd, beides in hellen Beigetönen. Gruselig und absolut nicht ich. Warum ich Forrest nicht anbehalten durfte, hat Wendy nicht verraten.

Ich trete aus dem Zelt heraus, freue mich über die fünf Grad, die es hier draußen weniger sind und halte den Kopf in Richtung Himmel. Ich muss die Augen zusammenkneifen, obwohl es sich über Mittag zugezogen hat und schon seit einer guten Stunde eine weißgraue Wolkendecke über uns hinwegzieht.

Ein Lächeln schleicht sich auf mein Gesicht. Das Erste heute, glaube ich. Aber der Anblick des monströsen Riesenrads direkt vor uns wird mir immer die Sprache verschlagen. So erhaben thront es da am Flussufer, dreht gemächlich seine Runden in der Hitze. So egal ist ihm all der Trubel um die Lovesuckerz und hässliche Leinenhosen und verbotene Journalistinnen und einen völlig verblendeten jungen Mann, der gerade nicht weiß, wo oben und wo unten ist.

Ich sehe mich um. Die anderen – ebenfalls in Leinen und Beige – stehen auf dem Rasen, um sie herum Scheinwerfer und vor ihnen wuchtige Aufsteller, die zusammen für das richtige Licht sorgen. Ich schiebe meine Hände vorsichtig in die Taschen der Höllenhose, um ja keine Falten zu produzieren, und trotte hinüber.

Allie sehe ich nicht. Zum Glück.

»Da ist er, dann kann es ja losgehen.« Piotr, der Fotograf, ganz in Weiß gekleidet, fängt sofort das Dirigieren an. »Ryan, du stellst dich zwischen Owen und Colm nach hinten, Mickey und Jason stehen davor. Den Arm um Colms Schulter legen, genau so. Prima, Kopf ein bisschen zur Seite. Jason, den linken Fuß ein Stück nach rechts. Perfekt. Genau so bleiben, Jungs.«

Ob sich die anderen auch wie Marionetten vorkommen? Bein ein wenig höher, Arm runter, Kopf gerade, nein, schief, nein, gerade, Augen nach vorn zur Kamera.

Als er die ersten gefühlt zweihundert Bilder im Kasten hat und diese gemeinsam mit Tony auf dem kleinen Kameradisplay inspiziert, nutze ich die Zeit, mich im Park umzusehen. Es sind kaum Leute unterwegs. Ich sehe zumindest niemanden, der nicht zur Crew gehört. Wendy sitzt auf einem Klappstuhl vor dem Zelt und sieht uns zu, neben ihr die beiden Damen vom Catering – die Namen habe ich gestern Abend nicht richtig mitbekommen, weil ich zu sehr damit beschäftigt war, Allie und Colm zu beobachten.

Moment, es gibt Catering? Wieso habe ich das noch nicht entdeckt? Ich sterbe vor Hunger.

Auf der Suche nach etwas Essbarem scanne ich den Bereich neben dem Zelt. Aber im Schatten der Esche sitzt lediglich Fynn, der bullige Typ von der Security, neben der Absperrung und sieht auf sein Handy.

Absperrung?

Mein Blick huscht einmal von links nach rechts durch die kleine Nische, in der wir uns hier zwischen Büschen und Bäumen befinden. Da sind echt Absperrungen um große Teile des Grüns in der Mitte des Parks. Absperrungen! So richtig aus Metall, wuchtig und schwer. Krasser Scheiß.

»Okay, neue Pose!«, ruft Piotr Augenblicke später. »Jetzt tut ihr alle so, als würde ein Monster von links kommen. Ein großes. Godzilla oder so. Wehrt es mit den Händen ab, reißt die Augen auf, schreit, wenn es sein muss.«

Dein Ernst?

»Super, ja, genau so, Colm! Ryan, du könntest noch ein bisschen panischer schauen.«

Alter.

Ich hebe die Hände gen Himmel, versuche mich von Colms völlig übertriebener Theatralik anstecken zu lassen, aber es nützt nichts. Ich habe Allie längst entdeckt. Sie steht neben Wendy, sieht zu uns rüber und versucht ihr Möglichstes, nicht zu lachen. Ich sehe es und scheiße, ausgerechnet *davon* lasse ich mich anstecken. Von ihrem Grinsen und der Tatsache, wie absurd das hier ist.

»Ryan! Du hast Angst vor Godzilla, Herrgott«, tönt es über den Rasen. »Du siehst aktuell eher aus, als wolltest du ihn zum Tango bitten.«

»Sorry«, bringe ich raus, dann ist alles zu spät. Ich versuche, mich noch abzufangen, bevor meine Knie den Rasen berühren, weil ich zusammenbreche vor Lachen. Ich höre Wendys Puls aus fünfzehn Metern Entfernung in die Höhe schießen, und mein Lachen wird noch lauter.

Bitte. Hör. Auf.

Ich sehe wieder rüber zu Allie, aber sie ist weg. Gott sei Dank. Gerade rechtzeitig, sonst hätte Tony mir womöglich wieder die gelbe Karte gezeigt. Schon meine zweite. Die erste habe ich kassiert, weil ich gestern Abend zu spät am Auto war, als wir ins *Core* aufgebrochen sind. Keine Ahnung, wie viele ich mir leisten kann, bevor es die rote gibt. Und was die dann bedeutet. Ob er mir Hausarrest verpasst oder die Süßigkeiten rationiert oder mir das Handy wegnimmt.

»Okay, stopp!«, brüllt Piotr genervt, obwohl ich schon gar nicht mehr lache. »Wir machen noch ein paar Bilder auf dem Karussell.«

»Karussell?« Wenigstens bin es diesmal nicht ich, der wie ein Papagei klingt, sondern Owen neben mir.

Als wir dort ankommen, wartet Allie schon auf uns, in der Hand noch immer die Kamera. Ihr Lächeln ist mittlerweile wieder schüchtern. Oh, und so verdammt hübsch.

»Er hält es uns für fünf Minuten frei«, ruft sie Piotr zu, der ihr daraufhin den erhobenen Daumen zeigt.

»Also, hopp, hopp. Colm, Ryan, ab in die Kutsche. Owen, Mickey, Jason, ihr schnappt euch die Pferde davor.« Er deutet auf einen hellblauen Wagen, der aussieht wie ein … chinesischer Drache oder so was in der Art. Die Pferde vornedran sind bunt und goldfarben und noch mehr bunt. Jetzt verstehe ich unsere einfarbige Aufmachung. Das wäre am Ende ein Suchbild geworden, wenn wir normale Klamotten angehabt hätten.

Wir tun wie angeordnet, finden unsere Plätze und lächeln freundlich in die Kamera, ganz ohne Grinsen diesmal. Allie steht genau hinter Tony und schießt ebenfalls Bilder. Kann sie das lassen, bitte? Ich bin hier bei der Arbeit, verdammt. Ich muss mich konzentrieren.

Es dauert keine fünf Minuten, bis im Kasten ist, was dort offensichtlich sein soll, und wir zurück zum Zelt laufen. Hin und wieder bleiben Leute stehen und sehen uns an, weil sie ahnen, dass wir jemand sind, den man kennen muss, weil uns ein Fotograf vorauseilt und ein bulliger, fies dreinschauender Typ mit Headset folgt. Manche bleiben neugierig an der Absperrung stehen und beobachten, wie wir uns ins Gras legen – ruhig bleiben, Wendy –, abgelichtet werden und wieder aufstehen. Anschließend folgen sie uns rüber zum Spielplatz, wo Fynn und Tony die armen Kinder in die eine Ecke scheuchen, damit wir in der anderen ein paar Bilder auf dem Klettergerüst machen können. Richtig erwachsen.

»So.«

Ich liebe ›So‹. Ein winziges Wörtchen, das jede Menge Glück transportiert, denn aus Piotrs Mund hat es was von Ende. Fertig. Aus. Ich sehe mich schon nach den Damen vom Catering um – Ivy und Colette, mir ist es wieder eingefallen. Die beiden werden hoffentlich nicht nur zum Spaß hier sein.

»Im Zelt gibt es Sandwiches«, lässt Tony uns wissen. »Ihr habt zehn Minuten, dann geht's weiter.«

Großartig. Endlich. Ich bin der Erste im Zelt, schnappe mir eine Serviette und überschlage im Kopf schnell die Anzahl der belegten Brote und die Menschen um mich herum, bevor ich mir drei Hälften erlaube. Mit meinem Handy und einer Coke unter dem Arm schlängele ich mich wieder nach draußen und überlege, ob ich Wendy um Erlaubnis bitten muss, mich ins Gras zu setzen, ehe ich es einfach tue. Der Boden zwischen dem Zelt und dem Gebüsch ist warm und weich. Die Sonne hat es wieder zwischen den Wolken hindurch geschafft und wärmt mir Kopf, Schultern und Beine, als ich genüsslich in die erste Hälfte meines Käsesandwichs beiße. Aber meine Freude währt nicht lang, denn schon nach dem ersten Bissen schmecke ich …

»Alles in Ordnung?«, will Mickey wissen, als er sich im selben Moment mit seinem immer gleichen Grinsen und drei Sandwichhälften neben mir ins Gras fallen lässt.

Nichts ist in Ordnung, Mickey.

Widerwillig spucke ich den Inhalt meines Munds in die

Serviette und lasse ihn unauffällig im Gebüsch hinter mir verschwinden. »Sorry«, murmele ich und öffne die Cola, um den Geschmack runterzuspülen, ehe ich ein angewidertes »Paprika« hinterherschiebe.

»Paprika?«

»Der Endgegner.« Ich weiß nicht, ob es ein Kindheitstrauma ist oder was genau, das mich so sehr an diesem unscheinbaren Gemüse stört, aber ich hasse es. Abgrundtief und in jeglicher Form – ob roh, gekocht, eingelegt, im Salat, in der Nudelsoße, auf meinem verdammten Sandwich. Ich. Hasse. Es.

Mickey grinst bloß kopfschüttelnd, ehe er todesmutig in sein eigenes Käsesandwich beißt. Ich selbst mache mich daran, die zweite Hälfte auf ähnliche Übeltäter zu inspizieren. Das Schinkensandwich ist nicht kontaminiert, zum Glück. Folglich überlebt es auch nicht länger als eine knappe Minute in meiner Hand.

Ich will gerade in die dritte Hälfte beißen – Avocado und Ei –, da höre ich ihre Stimme.

»Ist nicht schlimm, ich habe vorhin auf dem Zimmer die Minibar geplündert.« Sie macht einen Schritt und steht plötzlich vor uns, sieht uns aber nicht, weil wir sitzen, außerdem ist sie auf Tony oder wen auch immer fokussiert, der vor dem Zelt steht. Sie hebt ihre Hand – die keine Kamera mehr hält, dafür aber eine Packung Zigaretten – und lächelt ihr falsches Lächeln.

Als sie weg ist, kann ich mich für etwa zweieinhalb Sekunden beherrschen, dann entschuldige ich mich murmelnd bei Mickey und springe auf, um einen Blick ins Zelt zu werfen. Die Platte ist leer. Ich schiebe mich durch die Plane, greife mir das letzte Red Bull, ehe Colm es tun kann und gehe sie suchen. Muss ich aber gar nicht, denn sie steht direkt hinter der Absperrung an die Esche gelehnt und ist dabei, sich eine Zigarette anzuzünden, als ich sie erreiche.

»Kann ich dir was weniger gesundheitsschädliches anbieten?«

Sie wirbelt herum, Kippe im Mundwinkel, Hand samt Feuerzeug kurz davor und sieht mich einen Moment lang an. Das Avocadosandwich, das ich ihr entgegenhalte, die Dose in meiner anderen Hand und die unter meinem Arm. Dann mich. Meine Augen. Meine Wange. Meinen Mund.

»Gesundheitsschädlich für mich oder für dich?«, fragt sie mit einem Lächeln auf den Lippen. Einem ehrlichen diesmal, das mein Herz einen kleinen Hüpfer machen lässt.

»Für uns beide.«

Ihr Piercing blitzt zwischen all der Zurückhaltung hervor, als sie die Zigarette zurück in die Packung steckt und sie in der Tasche ihrer weiten Hose verschwinden lässt.

Sie nimmt mir das Sandwich ab, doch ihr »Danke« verliert sich in einem riesigen Biss. Da steht sie, kauend, Knoten im Ebenholz, geschlossene Augen und gibt Geräusche von sich, als wäre es das beste Avocado-Ei-Sandwich, das sie je essen durfte.

Und daneben ich. Ich stehe da und bin neidisch. Auf ein Sandwich.

Ich stelle das Red Bull auf den Boden und trinke einen Schluck von meiner Cola, um den Kloß in meinem Hals wegzuspülen.

»Bedien dich, wenn du magst«, biete ich ihr an und bin leicht irritiert, als sie mir, ohne zu zögern, die Dose aus der Hand nimmt und sich einen großen Schluck genehmigt.

Schau weg, Conor! Auf den Boden oder so, bloß weg von den Rosenblättern, die sich Stück für Stück offenbaren, je weiter sie den Kopf hebt. Wann geht's endlich weiter???

Erst ihr leises »Oh« bringt mich dazu, sie wieder anzusehen. Ihre Augen fixieren mittlerweile die Dose im lichten Gras zwischen uns, und ich glaube, sie realisiert gerade, dass ich die Coke gar nicht gemeint habe. »Sorry, aber …«, fängt sie an zu stammeln, und ihre Hand – die mit dem schwarzen Herz – zittert leicht, als sie mir die Dose zurückgibt, »... ich mag kein Red Bull.«

Ich nicke, ohne sie anzusehen, aber als sie fragt »Isst du das nicht?« folge ich ihrem Blick zu dem angebissenen Endgegnersandwich in meiner Hand.

»Nee.«

»Warum?« Ihr hängt ein Rest Mayo an der Unterlippe, aber noch bevor ich etwas sagen oder mich zu sehr darauf fokussieren kann, leckt sie es mit ihrer Zunge weg. Holy –

»Ist Paprika drauf«, presse ich hervor, bemüht um das letzte Quäntchen meiner stetig schwindenden Contenance.

Sie sieht mich an, als hätte ich den Verstand verloren, dann das halb gegessene Sandwich in ihrer Hand, und schließlich das angebissene in meiner. »Hier.« Sie hält mir ihr Avocadosandwich vor die Nase. »Da ist keine Paprika drauf.«

»Aber das ist deins.«

»Du kannst es gern haben.« Da, die Furche. Die hübscheste Furche in ganz London. »Gib mir das mit Paprika, kein Ding.«

»Da hab ich schon reingebissen.«

»Na und?«

So rosig waren ihre Wangen eben noch nicht. »Ist ja nicht so, als ...« Sie senkt den Kopf und schenkt der Red-Bull-Dose ihr schüchternes Lächeln.

Oh fuck. Herz in der Hose. Puls bei Siebzig. Hundertzehn. Hundertzwanzig. »Ich ... ähm ...« Widerstandslos lasse ich sie die Sandwichs tauschen und sehe dabei zu, wie sie die Reste meines Endgegners vertilgt.

Muss. An. Was. Anderes. Denken. Als. An. Diese. Lippen. Weil zu viel Platz im Kopf für wilde Gedanken. Zu viel Platz in meiner Leinenhose für ... oh well.

»Schon mal hier gewesen?«, frage ich, als würde mich das interessieren. Irgendwie tut's das und dann wieder nicht. Aber als ich einen Schluck Cola nehme, kostet es mich alles an Selbstbeherrschung, nicht daran zu denken, dass ihre Lippen eben dasselbe Stück Aluminium berührt haben wie meine.

»In London?«, will sie wissen, und ich nicke eifrig, weil – egal, welche – andere Gedanken gut sind.

»Mein Dad war eine ganze Weile beruflich hier«, erzählt sie, und ich hänge doch wieder an ihren Lippen. »Ein paarmal habe ich ihn besucht, wenn Ferien waren oder so. Und du?«

»Bänker?«

»Was?«

»Ob er Bänker ist, dein Dad.«

Sie schüttelt den Kopf. »Journalist.«

Eine Journalistendynastie. Wie schö-

Dann ist ihr … ihr Dad ist James Rainsford!, fällt es mir wie Schuppen von den Augen, während jegliche Regung in meiner Hose abrupt zum Erliegen kommt. Puls, zack, runter auf konstante fünfundsechzig Schläge die Minute. *Der* James Rainsford?

Wirtschaftsskandale, politische Verschwörungen und Versäumnisse, mafiöse Kartellstrukturen innerhalb des europäischen Wirtschaftsraums, was hat der in den letzten Jahren nicht alles aufgedeckt und journalistisch beleuchtet!

Willst du mir ernsthaft erklären, die Tochter des wichtigsten irischen Journalisten steht hier vor mir und macht Bilder davon, wie ich auf einem Kinderkarussell sitze?

»Es geht weiter!«, hallt Tonys Stimme durch den Park.

Weiter. Weiter. Weiter.

Weiter! Ein Glück. Ich schiebe mir die Reste des Avocadosandwichs in den Mund, kaue ausgiebig darauf herum, um mich vom Sprechen abzuhalten, und spüle erst alles mit dem letzten Schluck Coke herunter, als Allie längst den anderen gefolgt ist.

In Richtung Riesenrad.

What the actual fuck?

Allie – Sometimes you just don't know the answer

Die Treppe ist endlos – behaupten zumindest meine Füße. Im Schatten eines nach frittierten Nudeln riechenden Mannes und der penetrant süßlichen Duftwolke einer Frau stolpern meine Espadrilles und ich die Stufen hinauf, bis ich oben zusammen mit einem Dutzend weiterer Menschen auf die Oxford Street gespuckt werde. Ich weiche dem dahinter laufenden Rest der Bakerloo Line aus und rette mich an einen der blutroten Pfosten neben dem Aufgang. Als der nicht enden wollende Strom an Fahrgästen abebbt, hebe ich den Kopf und sehe mich um. Rote Doppeldeckerbusse säumen die Straße, dazwischen das ein oder andere einstöckige Modell in Grün und ein paar schwarze Taxis, allesamt aufgereiht wie an einer monströsen Perlenschnur. Es herrscht reges Treiben zu beiden Seiten. Menschen mit Einkaufstüten, größer als mein Trolley, eilen an mir vorbei.

London, du scheußliche Schönheit. Als Kind habe ich es hier geliebt, hatte ja keine Ahnung von Feinstaubbelastung und Gettobildung oder dem Brexit.

Ein, zwei Sekunden, dann bin ich wieder bei mir, habe mich orientiert und finde ein Stück weiter die Straße hinauf das Schild in der verheißungsvoll grellgrünen Farbe, nach der sich meine Füße sehnen, seit ich gestern Morgen das Haus verlassen habe.

»Schuh«, lese ich, als ich auf der anderen Straßenseite stehe, und falle in den Laden wie ein Verdurstender in die rettende Oase.

Die kleinen Stücke Himmel sind sonnengelbe Chucks. Außerdem lege ich mir für die ganz heißen Tage noch ein paar Sandalen zu.

Als ich wieder vor dem Laden stehe, sehe ich hinunter auf meine geschwollenen Füße und überlege, ob ich die Schuhe gleich wechseln oder warten soll, bis ich im Café sitze. Und ob meine Füße jetzt eher Luft oder Halt brau-

»Allie?«

Ich sehe auf. Grüngraue Augen, Strubbelfrisur. Auf seiner Brust nun wieder Forrest Gump, der mir stumm eine seiner Pralinen anbietet. Auch wenn ich es ungern zugebe, aber es steht ihm so viel besser als der beige Fummel von vorhin.

»Folgst du mir oder so?«, frage ich, weil es das Erste ist, das mir in den Sinn kommt. Gleich nach: ›Wie schön, dass du hier bist, ich habe dein Grübchen tatsächlich schon ein bisschen vermisst‹, aber das auszusprechen wäre definitiv eine schlechte Idee. Ganz schlecht.

»Nein?« Es ist mehr eine Frage als alles andere.

Und ich denke, dass es schon beinahe niedlich ist, wie er zu leugnen versucht, mir so was von absichtlich hinterhergekommen zu sein. Dabei will ich das gar nicht denken. Ich will böse sein und entsetzt wegen dieser dreisten und ziemlich offensichtlichen Lüge, schaffe es aber nicht. Bloß weil er sich so unbeholfen am Hinterkopf kratzt.

Nicht einlullen lassen, Allie. »Ich bin also nach dem Shooting aufs Hotelzimmer gegangen, um die Kamera wegzubringen und mein Portemonnaie zu holen, bin dann von Waterloo aus vier Stationen mit der Tube in eine von sechs möglichen Richtungen gefahren und hier ausgestiegen, um mir in einem von gefühlt dreihundert Läden ein Paar neue Schuhe zu kaufen«, – damit ich demnächst nicht wieder in deinem Arm hänge – »und du erklärst mir, es ist reiner Zufall, dass du genau jetzt genau hier auftauchst?«

Seine Wangen färben sich zartrosa. »Ja?«

Ernsthaft?

»Na, so was«, sage ich, weil es mir an dieser Stelle zu bunt wird. »Dann viel Spaß noch. Wir sehen uns später im Hotel.«

Ohne meine Schuhe zu wechseln, trotte ich unter dem Protest meiner Füße davon, in die nächste Seitenstraße hinein bis zu der kleinen dänischen Bäckerei, die ich mir auf der Fahrt hierher bereits für einen kurzen Zwischenstopp ausgesucht habe.

Ich bestelle mir einen Haselnuss-Macchiato und eine Zimtschnecke und bedanke mich bei der älteren Dame, die mir bereitwillig einen Platz an ihrem Tisch in der Nachmittagssonne anbietet, an dem sie die letzten Reste ihres Milchkaffees genießt.

Ich hoffe, sie beeilt sich mit dem Austrinken, denn ich möchte ungern die Schuhe wechseln, wenn sie noch bei mir sitzt. Keine Ahnung, wie es nach acht Stunden bei schwülwarmen fünfundzwanzig Grad riecht, wenn ich die Espadrilles ausziehe. Nicht, dass mir die gute Frau aus *ihren* schwitzigen Latschen kippt.

Glücklicherweise erhebt sie sich nur Augenblicke später, verabschiedet sich mit einem freundlichen, aber stummen Nicken und trägt ihr Tablett nach drinnen.

Endlich. Freiheit für meine Füße. Ich entscheide mich für die Sandalen, streife mir die ausgelatschten Treter von den Füßen und wackele mit den Zehen, die sich allesamt über die frische Luft freuen. Als ich mich wieder in meinem Stuhl zurücklehne, steht er vor mir. Tablett in der Hand, schüchternes Grinsen im Gesicht. »Ist hier noch frei?«

Ich nicke dem leeren Stuhl neben mir zu, sage aber nichts. Er lässt sich fallen, streckt die Beine seitlich am Tisch vorbei und schließt die Augen, als er den Kopf gen Sonne hebt.

»Okay, ja, ich bin dir gefolgt. Zufrieden?«, sagt er leise, ohne die Augen zu öffnen.

Ich nippe an meinem Kaffee, ehe ich frage: »Warum?«

»Keine Ahnung.« Er senkt den Kopf und sieht mich schließlich wieder an. Grinsend jetzt, inklusive Grübchen. »Ich wollte eine Runde joggen, hab aber schon auf dem Weg zurück ins Hotel gemerkt, dass meine Lunge das heute nicht mitmacht, also saß ich ein bisschen hilflos in der Lobby rum, nachdem alle weg waren, und hab gesehen, wie du so zielstrebig aus dem Aufzug gestiegen bist, und dachte mir …«

»… du folgst mir mal wieder ungefragt?«

Er sieht ein bisschen zerknirscht von seinem Kaffee auf und verzieht das Gesicht zu einem schiefen Grinsen. »Vielleicht wusste ich, dass du mich zum besten Muffin in ganz London führen würdest?« Immer noch grinsend, beugt er sich nach vorn über den Teller und köpft seinen Minikuchen mit einem Biss. Erdnuss-Karamell, glaube ich. Hervorragende Wahl.

Ich tue es ihm gleich, beiße von der weltbesten Zimtschnecke ab und genieße den kurzen Moment, in dem ich wieder Kind bin, weil ich diesen Geschmack das erste Mal auf der Zunge hatte, als Dad mit mir und Alex nach Dänemark geflogen ist, weil er dort zu einem Kongress eingeladen war.

Und sie schmecken heute noch genauso wie damals. Süß und klebrig, sehr zimtig und zwischendurch nach Vanille. Ich lecke mir ein Stück Frosting von der Unterlippe. Doch erst, als Conor in seiner Bewegung innehält, den Muffin ganz kurz vor seinem Mund, realisiere ich, dass ich gerade leise gestöhnt habe, weil das Teil so lecker ist. Die Zimtschnecke, Herrgott.

Ich sehe ihn an, schlucke, und etwas blitzt im Graugrün seiner Augen auf. Vielleicht ist es nur die Sonne, vielleicht ist es aber auch was anderes. Lust oder so. Und es macht mich … heiß. Wobei, auch hier: Am Ende ist das nur die Sonne, wer weiß?

Unsere Augen hängen aneinander fest. Nicht die geringste Chance, wegzusehen. Gefangen von Strubbelblond und Graugrün und Grübchen und allem dazwischen. Grundgütiger.

Wie es wohl wäre, ihn noch einmal zu küssen? Jetzt. Hier.

Würde er mich zurück küssen?

Seit wir uns am Flughafen begegnet sind, habe ich nicht das Gefühl, dass er Samstagnacht wiederholen möchte. Seine Blicke schwanken seither eher zwischen Unglaube und Mordlust. Aber jetzt nicht mehr. Jetzt sitzt er hier, direkt vor mir und sieht mich an, als wäre *er* gern derjenige, der mir das Frosting von der Lippe lecken möchte, aber gleichzeitig –

Ein Telefon.

Es klingelt.

Mein Telefon!

Halleluja, die Rettung, sie naht in Form meines Bruders, der sich keinen schlechteren besseren Zeitpunkt für seinen Rückruf hätte aussuchen können.

»Hey«, entgegne ich atemlos, als wäre ich bis eben gerannt oder so. Mein Herz rennt immer noch. »Schön, dass du anrufst.« Ich drehe mich ein Stück weg, weil es mir ein bisschen unangenehm ist, vor ihm zu telefonieren.

»Hey, Sis, alles klar bei dir?«

»So weit«, nuschele ich. »Geht das klar mit unserem Treffen? Ich glaube, wir …« Ich drehe mich zurück. Er sitzt immer noch mit halb offenem Mund da und starrt meinen Hinterkopf an. Also, jetzt wieder mein Gesicht. »Sag mal, wann sind wir in Belfast?«

»Freitag«, murmelt er wie auf Knopfdruck. »Neunter.«

Ich nicke ihm wortlos zu und drehe mich wieder weg. »Neunter August. Bist du da zu Hause?«

»Jetzt auf jeden Fall.« Er klingt aufgeregt. »Erzähl, wie läuft es bisher?«

»Lange Geschichte«, sage ich und wundere mich noch, dass er so handzahm ist, da fängt er auch schon infantil zu kichern an, wie er das früher immer getan hat, wenn er mich möglichst schnell und unkompliziert zur Weißglut treiben wollte.

»Bist du tatsächlich mit 'ner Boyband unterwegs, Schwesterherz?«

»Ja«, gebe ich zähneknirschend zu und schließe für einen Moment die Augen, während sich Alex hörbar in seiner Schadenfreude suhlt. »Sind wir dann fertig?«, frage ich, als das Gekicher am anderen Ende der Leitung endlich abebbt.

»Fürs Erste.«

»Schön. Dann sieh zu, dass du uns einen hübschen Tisch reservierst. Neunter August zum Lunch, irgendwo in der Nähe von …« Ich habe mich noch nicht richtig umgedreht, da bekomme ich ein »*Waterfront Hall*« von links souffliert.

»Kriege ich hin«, kommt es sogleich von Alex zurück, gefolgt von einem: »Ist das einer von deinen Jungs?«

Das sind nicht meine *Jungs*, will ich zischen, halte mich aber zurück. Stattdessen presse ich ein »Hm« heraus.

»Will er am Neunten mitgehen?«

»Auf keinen Fall.«

»Keinen Tisch für drei?« Ich kann sein dämliches Grinsen vor mir sehen. *Nein, keinen Tisch für drei, Bruderherz.*

»Wir hören uns.« Das dürfte ihm Antwort genug sein. »Bis dann.«

Und aufgelegt.

»Bekannter?«, werde ich gefragt, als ich das Telefon wegstecke und mich wieder meiner Zimtschnecke widme.

»Ja.« Ich weiß nicht, warum ich das sage, denn es ist idiotisch, dass ich ihn in dem Glauben lassen möchte, ich hätte mit einem Mann gesprochen, der nicht blutsverwandt ist. Und bedenklich. Ziemlich bedenklich sogar.

Ein Husten, und ich bin sofort hellwach, frage mich, ob er einen Inhalator hat, den er mit sich herumträgt, oder ob er sich doch nur an einem Krümel verschluckt hat. Und warum ich bis in die Fußspitzen angespannt auf der Kante meines Stuhls sitze, bereit zu springen, wann immer es nötig ist.

Am Ende ist es ein einzelner trockener Huster, nicht mehr, nicht weniger. Aber ich glaube, es gefällt ihm, dass ich so nervös bin. Und mir gefällt, dass seine Wangen wieder rosa anlaufen, als ihm klar wird, dass ich weiß, was er denkt.

Macht das Sinn?

Egal.

»Du weißt schon«, sage ich, und versuche damit, ihn – und nicht zuletzt mich selbst – abzulenken, nachdem Alex uns diesmal sicherlich nicht aus diesem Staring-Contest retten wird, der sich erneut zwischen uns anbahnt, »dass die Londoner Innenstadt lebensgefährlich für dich sein kann, oder?« Ich sehe mich um, als würde die Gefahr buchstäblich an der nächsten Straßenecke lauern.

»Inwiefern?«, fragt er irritiert und schiebt sich das letzte Stück Muffin in seinen hübschen Mund.

»Stichwort Feinstaub.« Ich lehne mich ein Stück in seine Richtung. »Wusstest du, dass die Oxford Street 2014 der am stärksten verschmutzte Ort der Welt gewesen sein soll?«

Er schmunzelt. »Wissen sie das in Neu-Delhi auch?«

Ich verdrehe die Augen, obwohl ich weiß, dass er recht hat. Dad hat die angebliche Studie damals in mehreren Artikeln auseinandergenommen, als im Schatten der daraus resultierenden Ergebnisse die Debatte aufkam, die O'Connell Street in Dublin zur reinen Fußgängerzone zu machen. »Trotzdem.« Ich bleibe beharrlich. »Gut ist das hier für deine Lunge nicht.«

Er zögert kurz, deutet dann unter dem Tisch auf meine frisch besohlten Füße, die sich nach wie vor der unverhofften Freiheit erfreuen und auf die beiden leeren Teller vor uns. »Wir könnten auch gehen.«

»Wohin?«

Er sieht die Straße rauf und runter, zuckt dann mit den Achseln. »Keine Ahnung, ich war noch nie in London.«

»Noch nie?«

»Noch nie.«

In meinem Kopf rattert es. Donnerstagvormittag, morgen und der Rest von heute, das reicht nicht mal ansatzweise, um ihm Londons coolste Ecken zu zeigen. Die Frage, ob er sich einen Plan gemacht hat, was er sehen möchte, erübrigt sich, sonst wäre er mir nicht zum Schuhekaufen in die Oxford Street gefolgt.

»Na dann.« Ich sammle seinen leeren Teller und die Tasse auf meinem Tablett und trage alles hinein.

Als ich wenige Minuten später wieder rauskomme, steht er mit meiner Einkaufstüte in der Hand da und sieht mich mit einer Mischung aus vielen Fragezeichen und ein bisschen freudiger Erwartung im Gesicht an. Kommentarlos drücke ich ihm die kleine braune Papiertüte in die Hand und nehme meinen Einkauf an mich. »Lektion eins: Kauf bei *Ole & Steen* auf keinen Fall etwas anderes als Zimtschnecken oder« – ich deute auf die Tüte in seiner Hand – »das teilbare Pendant, das Cinnamon Social.«

»Cinnamon was?«

»Wie eine Zimtschnecke nur länglich und zum Teilen. Wenn du denn jemanden findest, den du so gernhast, dass du diese Köstlichkeit ernsthaft mit ihm teilen möchtest.« Oder ihr.

Ich beobachte ihn, während er die Tüte öffnet, hineinspäht und sich vorsichtig ein Stück Zimtbrot abreißt. Und während er kaut – mit geschlossenen Augen – frage ich mich, ob es jemanden in seinem Leben gibt, mit dem er teilen möchte. (Worüber ich mir – sind wir mal ehrlich – schon damals im Hinterhof des *VIPer* Gedanken hätte machen müssen. Wenn ich denn dazu in der Lage gewesen wäre …) Und warum um alles in der Welt ich *mein* verdammtes Cinnamon Social mit *ihm* teile.

Ich laufe los, ganz egal, wohin, aber ich kann nicht da stehen bleiben und ihm dabei zusehen, wie er … genießt.

»Wohin gehen wir?«, höre ich es kurz darauf hinter mir nuscheln, drehe mich aber nicht um.

»Zum Hotel.«

»Warte kurz.« Er macht kehrt, läuft zurück und verschwindet um die Ecke, nur um buchstäblich fünf Sekunden später wieder vor mir zu stehen. Grübchen and all that.

»Was?«

»Nichts, musste nur was festhalten.«

Aha. Mehr kommt nicht von ihm, egal, wie sehr ich mich anstrenge, fragend zu schauen. Entweder ignoriert er es, oder er möchte nicht darüber sprechen. Oder beides.

»Also?«

»Also was?«

»Zurück zum Hotel oder wie?«

Er zuckt mit den Schultern. »Ich bin einfach … eingestiegen vorhin. Dachte, mal sehen, wo sie mich hinführt.«

Ich sehe ihn einen Moment lang an, schüttele dann den Kopf, kann allerdings das Lachen nicht verhindern, das sich aus meiner Kehle schleicht, als ich sage: »Du bist schon ein bisschen creepy, oder?«

Er erstarrt ganz kurz, ehe er fragt: »Wieso?«

»Folgst fremden Frauen nicht nur in den Hinterhof, sondern auch quer durch Großstädte?«

»Ich …« Seine Wangen sind diesmal nicht zartrosa, sie glühen feuerrot. Mit der Hand fährt er sich durch die Haare, macht sie noch wuscheliger, als sie ohnehin schon sind. Er sieht aus, als hätte er sich nach dem Shooting kurz hingelegt und danach nie wieder in einen Spiegel gesehen. Niedlich – leider.

»Tut mir leid, ich glaube, ich denke manchmal nicht nach, wenn ich … also, wenn … wenn ich jem-«

»Jetzt mal ganz ehrlich«, falle ich ihm ins Wort, weil ich Angst habe vor dem, was er da so verlegen vor sich hin stammelt. Angriff und so. »Wieso um alles in der Welt Ryan?«

»Wieso was?«, kommt es ihm beinahe vorsichtig über die Lippen.

»Wieso *Ryan*? Wieso der Name?« Ich will nicht glauben, dass er mir Samstagnacht einen falschen Namen genannt hat. Ich will glauben, dass da was zwischen uns war. Und dass er das auch gespürt hat. Aber am Ende … täusche ich mich, und er ist bloß ein Arschloch auf der Durchreise, who knows?

Sein Gesichtsausdruck wechselt von hilflos zu irritiert und zu bitter, aber als er den Mund zu einem schiefen Lächeln verzieht, kommt sein Grübchen zum Vorschein, nur ganz kurz, ehe es sich wieder verflüchtigt. »Es gab schon zu viele Os.«

Ich sehe zu ihm auf. »Bitte was?«

»Zu viele Os«, wiederholt er schnaubend und lässt sich mit dem Rücken gegen die Hauswand sinken. »Colm, Jason, Owen. Schon drei Mal O. Da war kein Platz für zwei mehr. Und dann auch noch die Ähnlichkeit zu Colm. Colm. Conor. Colm. Conor. Verwechslungsgefahr, weißt du?« Er klingt ein winziges bisschen traurig, ein kleines bisschen genervt und ein großes bisschen frustriert. »Deshalb haben sie meinen Zweitnamen genommen. Ta da, Ryan Breheny.«

Ich mustere die Bäckertüte in seiner Hand, dann ihn. »Das ist …« Willkürlich. Inhaltsleer. Austauschbar. Das sind nur drei der Attribute, die mir spontan einfallen. Alle anderen sind definitiv nicht jugendfrei.

Zu viele Os? Kein Ding, du heißt ab heute Kevin. Oder Andrew. Such dir was aus, wir sind da schmerzfrei. Aber bitte nichts mit C am Anfang, so einen haben wir auch schon.

»Wow«, ist alles, was mir über die Lippen kommt. Und mehr ist dazu auch nicht zu sagen. Sieht er ähnlich, denn statt dem etwas hinzuzufügen, holt er das angefangene Stück Zimtstange aus der Tüte, reißt es in zwei Teile und reicht mir eine Hälfte. Und so laufen wir schweigend zur Tube.

Conor – Screaming at the streetlights

Die Zimtschneckenstange ist aufgegessen, als wir in Waterloo aussteigen. Und Allie hatte recht, sie *ist* ein Traum.

»Stehst du auf Street-Art?«, fragt sie, und ich folge ihrem Blick nach links die Straße hinein, als wir diese überqueren.

Ich habe mir nie Gedanken darüber gemacht, ob ich auf Street-Art stehe. Aber Kunst ist Kunst, egal, ob gesungen, gemalt, getanzt oder geschrieben oder was auch immer, deshalb sage ich: »Ja.« Und ganz vielleicht auch, weil ich so noch ein paar Minuten allein mit ihr habe, bevor sich unsere Wege trennen und ich sie heute Abend beim Videodreh wieder mit den anderen teilen muss.

Sie führt mich kommentarlos in einen Tunnel, vorbei an Bierzeltgarnituren und einem unscheinbaren Café. Dahinter wird das Tageslicht schnell weniger, dafür schimmert es blassgelb von oben auf uns herab und auf die bemalten Wände der Unterführung. Sätze wie »Smile more often« oder »It's not easy to be me« stehen dort in mal geschwungenen, mal scharfkantigen, aber immer bunten Buchstaben geschrieben. Daneben Köpfe von Tieren, Menschen, Aliens. Selbst der fast fünf Meter hohe Rundbogen ist gepflastert mit Gemälden – wie auch immer die da hochgekommen sind. Frauengesichter, Songzitate, eine zum Geburtstag gratulierende Katze mit Bäckersmütze auf dem Kopf und Torte in der Pfote. Jedes einzelne Bild ein Kunstwerk, keines gleicht dem anderen. Dazwischen immer wieder einfarbige Abschnitte, auf denen sich viele Leute auf einmal verewigt haben, manche bloß mit einem Kugelschreiber.

Josh was here! Emma as well. 3/2/2019

Music for the ♡ and soul: Follow us on Insta @onlythepoets

Emily und Bobby, forever in love

Party hard with Amy Hart on 07 331 333 193!

»Hast du einen Stift?«

Als ich mich nach ihr umdrehe, ist Allie schon weitergegangen. Ich folge ihr ein paar Schritte, versuche es noch einmal: »Hast du einen Stift dabei?«

»Nein, wieso?«, fragt sie, ohne den kleinen Jungen aus den Augen zu lassen, der uns von der Wand aus beobachtet.

»Nur so.«

Der Junge ist anders. Nicht bunt wie der Rest des Tunnels, sondern weiß und schwarz und in allerlei Schattierungen dazwischen. Ich kann nicht sagen, ob er lächelt oder traurig aussieht. Eben, als ich noch bei Amy Hart gestanden habe, wirkte er auf mich betrübt, aber von da, wo ich jetzt stehe, macht sein nach hinten gezogener Mundwinkel einen beinahe fröhlichen Eindruck.

»Lacht er oder weint er?«, spricht Allie meine Gedanken aus.

»Ich weiß es nicht«, gebe ich zu und trete zwei Schritte zurück, betrachte das Kunstwerk an der Wand und das direkt vor mir. Ich wette, sie würde sich da gut machen. Schneewittchen mit ihren Ebenholzhaaren, den Fuchsialippen, den meerblauen Augen. Der Rücken gegen die zigfach be- und übermalte Wand gelehnt, ihr Kopf zwischen meinen Händen, ihre Lippen auf meinen.

Ein Bild für die Ewigkeit.

Sie dreht sich um, bemerkt meinen Blick und hält ihm stand, bis sie es nicht mehr aushält. »Sollen wir –« Ich glaube, das Herz auf ihrem Mittelfinger zittert leicht, als sie zurück in die Richtung deutet, aus der wir gekommen sind.

Ich nicke, folge ihr schweigend zurück ins Tageslicht. Die Sonne ist mittlerweile hinter den Häuserschluchten verschwunden, hat angefangen, den Himmel in zarte Pastelltöne zu tauchen. Als wir wenig später an die Themse kommen – komisch, auf dem Weg zur Tube ist Allie nicht am Fluss vorbeigelaufen –, empfängt sie uns mit ihren wärmenden Strahlen. Am Geländer bleibt Allie stehen, stellt ihre Tüte zwischen den Füßen ab und lehnt sich über die Brüstung, bis sie unter sich das Wasser sehen kann. Ich stelle mich neben sie, den Rücken gegen die schmiedeeisernen Stangen mit genügend Abstand zu ihren wilden Rosen, und lasse meine Augen über die grünen Flächen von Jubilee Gardens gleiten. Leise dringt Kinderlachen vom Spielplatz zu uns herüber. Dazwischen Hundegebell und Möwengeschrei – und das stetige Surren des stählernen Ungetüms neben uns.

Nichts deutet mehr darauf hin, dass hier vor ein paar Stunden noch ein Zelt und Absperrungen standen, dahinter fünf junge Männer in beigefarbenen Outfits. Jetzt haben Touristen den Park zurückerobert, liegen dort im noch warmen Gras und beobachten die Möwen.

Ich sehe zu Allie, die mit geschlossenen Augen in der Sonne steht. Als sie blinzelt, schiele ich an ihr vorbei den mächtigen Stahlkoloss hinauf.

»Du warst vorhin ziemlich unentspannt da oben, oder?«, höre ich sie fragen und sehe sie kurz an, aber sie sieht längst auch zur Spitze des London Eye, das neben uns seine Runden dreht.

»Hat man mir das angemerkt?« *Natürlich hat man das, du Spezialist. Immerhin bist du bei jedem winzigen Geräusch panisch durch die Gondel gerannt.*

»Ein bisschen.« Sie lacht leise. »Höhe ist also nicht so deins, hm?«

Ihre Feststellung klingt so viel lässiger als das »Um Himmels willen, ich hab mir fast in die beigefarbene Hose gemacht!«, das mir auf der Zunge liegt. »Nicht so, nein.«

»Was noch?«, fragt sie und dreht sich um, sodass sie wie ich mit dem Rücken am Geländer lehnt. »Außer Paprika.«

Ich muss kurz überlegen. »Interviews?«

Sie verzieht das Gesicht, ich lache.

»Okay, und ernsthaft?«

»Interviews«, wiederhole ich und zucke mit den Schultern. »Ich weiß dann nie, was ich sagen soll.«

»Wie man heute Morgen unschwer erkennen konnte.«

O Gott, erinnere mich doch bitte nicht daran!

»Ja, war keine Sternstunde, gebe ich zu.«

»Ich verspreche, ich denke mir Fragen für dich aus, auf die du bestimmt eine Antwort hast.«

»Wie zum Beispiel?«

Jetzt ist sie diejenige, die nachdenkt. »Hast du studiert?«

»Ja. Ingenieurwissenschaften mit Schwerpunkt Automatisierung und Robotik.«

»Wow. Klingt … spannend.«

»Nicht so spannend wie Journalismus, versteht sich.« Ich sehe sie an, kann nicht verhindern, dass die Worte aus meinem Mund fallen. »Ist dein Dad echt James Rainsford?«

Sie nickt wortlos. Kein weiterer Kommentar, ehe sie wieder zum Thema zurücklenkt. »Wenn es dir hilft, kann ich dir die Fragen vorab geben. Zur besseren Vorbereitung oder so.«

»Okay.« Klingt machbar.

Ihr Blick schweift einen Moment übers Wasser, verfolgt Ausflugsschiffe und Möwen und was immer dort seine Runden dreht. »Willst du wissen, wovor ich mich fürchte?«

Ich sehe sie nickend an, sie mich aber nicht, also sage ich: »Gern.«

»Davor.« Ich folge ihrem Fingerzeig, wo zwei weiße Schwäne um den Ponton treiben, auf dem der Anlegesteg schwimmt.

»Schwäne?«

»Vögel im Allgemeinen«, relativiert sie, und dann: »Eigentlich alles, was Federn hat.«

»Pinguine auch?«

Sie grinst. »Nein, die können nicht fliegen.«

»Also geht's darum, dass sie dir auf den Kopf machen können?«

»Nein, mehr darum, dass sie rumfliegen und mich erschrecken und auf mir landen oder so.«

Ich beäuge den zerzausten Dutt. »Aktuell hat dein Kopf schon Ähnlichkeit mit einem Nest, muss ich sagen.«

Sie lacht über meinen Kommentar, schlägt aber trotzdem mit der Hand nach mir. Ich weiche ihr aus, sie schlägt gleich noch einmal. Diesmal trifft sie mich am Oberarm, den ich mir mit theatralisch verzerrtem Gesicht halte.

»Also gut, keine Vögel außer Pinguine, die gehen.« Ich keuche lachend. »Sonst irgendwelche Abneigungen?«

»Hmh. Energy Drinks. Und Popcorn.«

»Du Monster.« Ich halte mir nicht länger den Oberarm, dafür die Brust. *Mon dieu, es wird immer schlimmer.* Mit jedem Satz, jedem Wort, das aus ihrem Mund kommt, falle ich tiefer in dieses Loch aus Fuchsiameerblauebenholz. Heute ohne Fuchsia, aber trotzdem wunderschön. Und definitiv verschlingend.

Ihr Grinsen wird breiter. »Ich hasse das Zeug. Es hängt in den Zähnen, bleibt überall kleben, man hat danach Durst ohne Ende.« Sie schüttelt sich. »Ekelhaft.«

»Und ich bin derjenige von uns beiden, der creepy ist? Alles klar.«

Wir lehnen uns wieder über die Brüstung, sehen den Schwänen zu und den Möwen und der Sonne, die sich Stück für Stück der anderen Flussseite nähert. Und ich denke, wie schön das alles ist und wie gern ich hier und jetzt einen Song darüber schreiben möchte. Über die Sonne und diese Stadt voller Dreck und Eleganz. Über die Graffiti an den Wänden unter der Waterloo Station und meine Hände an Allies Wangen und ihr dickes Haar und die Möwen, die darin ein Nest bauen, und über alles einfach.

Über Schneewittchen. Über Fuchsiameerblauebenholz. Der perfekte Song. Ich glaube, irgendwann werde ich ihn schreiben *müssen*, weil mich diese Kombination nie wieder loslassen wird.

Sie ist Journalistin, Conor. Die letzte ihrer Art hat dich so tief in die Scheiße geritten, dass du immer noch keine geeignete Schaufel gefunden hast, um dich wieder auszugraben, also, tue dir selbst einen Gefallen und lass die Finger von ihr.

Als ich den Ausweg aus meiner Gedankenspirale finde, steht Allie vor mir und sieht mich an. Haargenau so wie Samstagnacht, kurz bevor sie mich geküsst hat. Keinerlei Regung im Gesicht, der Mund leicht geöffnet. Meine Knie werden weich. So richtig wie Butter, kurz vor dem Zerlaufen. Meine Hand sucht die rettende Reling, klammert sich an ihr fest. Und dann sage ich das Erstbeste, das mir in den Sinn kommt, um mich davon abzuhalten, sie hier und jetzt zu küssen.

»Und wieso treibt sich James Rainsfords Tochter in der Musikwelt rum?« Die Arme um sich selbst zu schlingen, macht es quasi unmöglich, aus Versehen jemanden zu umarmen. Für euch getestet. »Du willst doch sicherlich mal in seine Fußstapfen treten, oder?«

Das Piercing linst zwischen ihren aufeinandergepressten Lippen hervor, während sie mich mustert. Einen Moment und noch einen weiteren. Viele dieser Momente vergehen, bis sie mir antwortet. »Weil ich Musik liebe.«

»So?« Sie sagt nichts, also hake ich nach. »Jede Art von Musik?«

Ein Kopfschütteln, schwach und kaum sichtbar, die Augen längst wieder draußen auf dem Wasser. »Ich versuche aus Prinzip, jeder Musikrichtung etwas abzugewinnen oder sie zumindest zu respektieren. Nur weil es mir nicht gefällt, heißt das ja nicht automatisch, dass es schlecht ist oder so. Einem anderen gefällt das Lied dafür umso besser. Dafür sind Geschmäcker ja da, um verschieden zu sein.«

»Aber?«, bohre ich weiter, weil ich das Gefühl habe, dass sie noch nicht fertig ist, obwohl sie aufgehört hat zu sprechen. Aber ich merke schon, dass wir uns auf dünnem Eis bewegen. Warum auch immer, aber das scheint nicht ihr Lieblingsthema zu sein.

Jetzt sieht sie mich wieder an, und es ist, als würde ein dunkler Schleier durch das Meerblau ihrer Augen ziehen. »Aber ich habe was gegen Lieder, die nur geschrieben wurden, um Geld damit zu verdienen.«

Ich lehne mich wieder gegen die Reling, die Arme immer noch verschränkt. »So wie die der Lovesuckerz?«

Sie dreht sich kopfschüttelnd weg und angelt nach der Tüte zwischen ihren Füßen. »Lass gut sein, Conor«, murmelt sie im Weggehen.

»Nein, nein.« Ich komme ihr hinterher, will es genauer wissen, weil sie mich verdammt neugierig gemacht hat. »Ich würde echt gern hören, was dein Problem ist.«

Ich komme abrupt zum Stillstand, als sie zu mir herumwirbelt. Einen kurzen Augenblick steht sie so da und sieht mich an, dann explodiert sie – völlig ohne Vorwarnung. »Mein Problem sind wahllos zusammengecastete Bands, die mit zig Schema-F-Songs und etlichen ›Oh Babys‹ und viel Süßholzgeraspel die Kassen zum Klingen bringen.« Ihre Stimme ist nüchtern und sachlich, und das bringt mich fast noch mehr auf die Palme als ihre Worte selbst. »Die Platten und Merchandise und Konzerttickets verkaufen, als wären sie geschnittenes Brot und Fotos in schwindelerregender Höhe von sich schießen lassen und dabei beige Einheitsklamotten tragen und sich am Ende des Tages sogar sagen lassen müssen, wie sie zu heißen haben.« Sie holt Luft, aber ich habe keine Chance, dazwischen zu grätschen, bevor sie weitermacht. »Und die geldgeilen Säcke, die hinter ihnen stehen und die Hand aufhalten. Oft beide Hände, weil eine gar nicht ausreicht.«

»Ist das so?«

»Natürlich, es läuft immer so.«

Ich baue mich vor ihr auf und sehe auf sie hinunter, was sich gleichzeitig gut und falsch anfühlt. »Willst du meine Meinung hören?« Ich warte ihre Reaktion gar nicht erst ab. »Ich glaube, du bist zu sehr damit beschäftigt, das Musikbusiness für das zu hassen, was es ist. Ein *Business*, mit dem Menschen Geld verdienen. Viel Geld teilweise, und ja, das nicht immer zu Recht.« Ich deute auf das Prisma auf ihrer Brust. Ein Klassiker, genau wie gestern. Alles, nur kein Kommerzpop, ich hab's verstanden. »Aber du bist ja Alison Rainsford, Musikjournalistin, und weißt, dass nicht jede Band so erfolgreich sein kann wie Pink Floyd oder Nirvana. Dass es sogar viel mehr Bands gibt, von denen es nie so ein beschissenes Shirt geben wird, weil sie sich für die breite Masse immer am Rand der musikalischen Bedeutungslosigkeit bewegen. Und wie viele Künstler es da draußen gibt, die täglich Klinken putzen, um am Ende des Tages etwas Essbares auf dem Tisch zu haben. Wie viele sich weit unter Wert verkaufen, weil sie sich sonst gar nicht verkaufen lassen. Und wie viele irgendwann aufgeben und zu ihren alten Jobs zurückkehren, weil der Erfolg und die Anerkennung – und ja, am Ende auch das Geld – ausbleiben. Und je länger ich darüber nachdenke, desto wütender werde ich auf dich, Alison Rainsford, Musikjournalistin, weil mein Traum in deinen Augen nicht gut genug ist. Oder zu beliebig. Zu kommerziell, zu was auch immer.« Ich komme ihr näher. »Aber soll ich dir was sagen? Es ist am Ende immer noch mein Traum! Und den lass ich mir von dir nicht schlechtreden.«

Wir stehen am Ufer der Themse, die Tüte mit Allies ausgelatschten Schuhen und tausend ungesagte Worte zwischen uns. Und von ihr kommt gar nichts, keine Rechtfertigung, keine Gegendarstellung, nichts. »Da draußen«, fahre ich deshalb ein bisschen weniger scharfzüngig fort, »sind so viele Menschen, denen diese Musik« – ich zeige auf mich selbst, und ich denke, sie weiß, was ich damit sagen will – »etwas gibt. Ich finde, das allein ist schon Anlass genug, genauer hinzuhören.«

Jetzt ist sie diejenige, die die Arme vor der Brust verschränkt, und mit jeder Sekunde, die verstreicht, distanziert sie sich weiter, auch wenn sie mir immer noch gegenübersteht. So nahe, dass der Wind mir in regelmäßigen Abständen ihre frisch geschnittenen Rosen um die Nase weht. »Du glaubst nicht im Ernst, dass eure substanzlose Darbietung von ein paar ›Oh Baby‹ am Musikmarkt auch nur den Hauch einer Chance gehabt hätte, wenn hinter euch nicht diese riesige Maschinerie aus Marketing und Vertrieb stehen würde?«

»Ich dachte, der Song wäre catchy?«

»Ja, im Sinne von ›Scheiße, wie werde ich den Kram wieder los?‹«, faucht sie, und ihre Nase kommt meiner dabei immer näher. »Wie ein Kaugummi, der sich in den Haaren verfangen hat und sich mit jedem Versuch, ihn rauszubekommen, mehr festhakt, bis man die Haare abschneiden muss.«

»Komisch, da ist halb Europa aber anderer Meinung.«

»Der weibliche, minderjährige Teil, den ihr mit eurem Liebesgeschwafel und euren hübschen Augen eingelullt habt.« Sie winkt ab. »Sieh es ein, dass du Glück hattest, zur richtigen Zeit am richtigen Ort zu sein. Sonst würde sich heute kein Arsch für dich interessieren.«

Ich muss lachen, es geht nicht anders. Allie lacht nicht mit.

Im Gegenteil, ihre Miene wird mit jeder Sekunde finsterer. Ich schaffe es, wieder ernst zu sein, kurz bevor mich ihr Blick erdolcht.

»Wie um alles in der Welt bist du an diesen Job gekommen?«, erkundige ich mich, als ich wieder zu Atem komme. »Hast du jemanden bestochen, oder hat Daddy dir mit seinem Namen den Weg freigeräumt?«

Ich sehe das schwarze Herz, als sie mir den erhobenen Mittelfinger zeigt. Quälend lange Sekunden vergehen, in denen sie mich ausdruckslos ansieht, dann dreht sie ab und rauscht davon. Kurz bevor sie um die nächste Straßenecke verschwindet, sehe ich, wie sie sich eine Zigarette anzündet. Kann aber auch sein, dass das ihr Kopf ist, der qualmt.

INSTAGRAM

30. Juli
liz_official Sorry, dass ich mich jetzt erst melde, aber mein Brotjob kostet mich gerade sämtliche Zeit (und Nerven).
liz_official Aber bevor ich gleich todmüde ins Bett falle, wollte ich sichergehen, dass es dir gut geht – und du mich nicht allzu sehr vermisst. 🤭
maybenotbob.dylan Heyyy, ich habe tatsächlich auch gerade an dich gedacht. Mir geht's ähnlich, ich bin ziemlich eingespannt im Moment. Umso schöner, mal kurz an was anderes denken zu können.
liz_official Immer noch das Projekt von neulich?
maybenotbob.dylan Ja. Nimmt gerade erst so richtig Fahrt auf. Bei dir?
liz_official Anstrengend und zeitweise bringt es mich echt an die Grenzen.
maybenotbob.dylan Positiv, hoffe ich?
liz_official Meistens.
maybenotbob.dylan Was mit Musik, wenn ich fragen darf?
liz_official Im weitesten Sinne, ja.
maybenotbob.dylan Ich hätte ja geschworen, du bist Vollzeitmusikerin.
liz_official Das wäre was, hmh?! Aber die Musik füllt leider nur in den seltensten Fällen zuverlässig den Kühlschrank.
liz_official Außerdem weiß ich nicht, ob ich sie noch auf die gleiche Art lieben könnte, wenn sie mich ernähren müsste. Weißt du, was ich meine?
maybenotbob.dylan Absolut. Liz?
liz_official Hmh?
maybenotbob.dylan Ich hab dich übrigens tatsächlich vermisst.
liz_official Dito. ♡

Mittwoch, 31. Juli

Allie – Moments we live for

Spätestens als ich die Zimmertür aufziehe, rutscht mir das Herz in die Hose. Tag drei, und ich bin schon bedient.

Ich würd's nie zugeben, aber die Art, wie Conor mich gestern beim Videoshooting links liegen gelassen hat, hat mir einen Stich versetzt.

Okay, vielleicht war ich auch diejenige, die ihn zuerst ignoriert hat, ich weiß es nicht mehr. Aber mal ehrlich, ich hatte allen Grund dazu. Was fällt dem Kerl ein, mir zu sagen, dass ich den Job nur habe, weil ich zufällig James Rainsfords Tochter bin? Als ob er auch nur die geringste Ahnung von mir oder meinem Leben hätte … Arschloch.

Ich stoße die Tür noch einmal auf, kurz bevor sie ins Schloss fällt, angle auf dem Schreibtisch nach dem Edding und stecke ihn in meinen Rucksack.

Sergiu wartet bereits mit dem Minibus auf dem kleinen Parkplatz hinter dem Hotel. Tony, Mickey, Owen und Colm ebenfalls. Von Jason und Conor keine Spur. Mal sehen, wer heute die gelbe Karte kassiert.

Ein bisschen affig finde ich die Art, wie Tony seine Aufpasser-Nummer durchzieht ja schon, aber er wird sich sicher was davon versprechen. Und die Lovesuckerz sind nicht die erste Band, die er betreut. Das hat er mir gestern kurz vor Drehschluss erzählt, als die Jungs wie aufgescheuchte Hühner durch den Tower of London gerannt sind, weil sie nach dem langen Tag total drüber waren. Wie die Kinder. Süß und anstrengend. Nicht nur für Tony.

»Guten Morgen, zusammen«, grüße ich in die Runde.

Von Sergiu gibt es ein freundliches »Guten Morgen« zurück, vom Rest kommt entweder nur ein Kopfnicken oder ein knappes »Morgen«.

Colm nimmt mir meine Abfuhr immer noch übel, das sehe ich ihm an. Er hat gestern kaum ein Wort mit mir gesprochen – ja, abgesehen von Tonys Erzählungen und einem kurzen Pausenplausch mit Mickey und Jason war es für mich ein sehr schweigsamer Abend im *White Tower*. Und wie es aussieht, macht er heute genauso weiter, denn er macht nicht mal Anstalten, vom Bildschirm seines Handys aufzusehen. Sei's drum. Wenn das die einzige Alternative zu seinen ständigen Anmachsprüchen ist, nehme ich die gern.

Owen ist generell ein bisschen schwierig. Wie hat Tony es genannt? Zurückhaltend. Egal, wie sehr ich es bisher versucht habe, mehr als ein paar einsilbige Antworten habe ich noch nicht aus ihm herausbekommen. Ich bin gespannt, wie er Freitag bei unserem Interview drauf sein wird.

Da fällt mir ein, dass ich endlich mein Konzept finalisieren muss. Stelle ich allen die gleichen Fragen, oder bekommt jeder seine ganz persönlichen? Schreibe ich hinterher alles im Fließtext zusammen, oder belasse ich es als Interview? Sollte ich zwischendurch eventuell zwei Jungs gemeinsam interviewen, um ein wenig Abwechslung reinzubringen?

Gott, ich bin so … planlos, dass es mich wahnsinnig macht. Normalerweise bin ich das nicht – will ich das nicht sein. Aber irgendwie kriege ich auch an Tag drei dieses verdammte Lovesuckerz-Ding nicht in meinen Kopf. Oder auch einfach … ihn nicht.

Guten Morgen, Strubbelfrisur. Gut schaust du aus. Vielleicht ein bisschen grumpy um die Mundwinkel. Genau wie Bud Spencer – ja, ernsthaft –, der mich im Che-Guevara-Style von Conors Brust aus fixiert, als er auf uns zu geschlendert kommt, die Hände tief in den Taschen seiner abgeschnittenen Jeans.

Hat der Kerl auch normale Shirts in seinem Schrank? Unifarben, ohne Aufdruck oder so? *Normal* eben.

Seine Miene verfinstert sich zusehends, als er mich sieht. Nicht mal ein Nicken hat er für mich übrig. Gar nichts. Danke auch.

»Gab's Reaktionen auf deine Ankündigung gestern Abend?«, fragt Tony auf dem Weg zum Trafalgar Square.

»Ja, ein paar Fans haben sich verabredet, wollen sich vorher treffen und Plakate malen«, berichte ich. »Andere haben gesagt, dass sie tagsüber beschäftigt und dann erst heute Abend fürs Konzert da sind. Ansonsten nur Herzchen und Re-Posts des Fotos oder Fans, die andere Fans markiert haben. Alles in allem eintausendvierhundert Konten, die wir über den Blog und die Hashtags erreicht haben.« Was für den Blog der *Times* ein passabler Wert ist. Sie rechnen in der Redaktion damit, dass die Followerzahlen und damit auch die Interaktionen im Laufe der Tour signifikant steigen werden, spätestens wenn die Jungs zurück in Irland sind. Denn natürlich verspricht sich auch die *Irish Times* etwas von der Kollaboration mit den Lovesuckerz – und das ist nicht zuletzt Reichweite, die immer noch angesagteste Währung in den sozialen Netzwerken, die sich nach wie vor großer Beliebtheit erfreuen. Veldons Verjüngungskur sei Dank auch bei der *Irish Times*.

»Klingt gut.«

Seine angespannte Mundpartie passt nicht ganz zu seiner Aussage. Ich glaube, er hat riesige Angst, dass das nachher ein Reinfall wird, will es aber nicht zugeben. Warum ist er sonst so nervös? Aber wer kommt bitte auch auf die Idee, ein kostenloses Konzert in einer Stadt anzubieten, in der man noch am selben Abend vor eintausendachthundert Menschen als Vorband spielen wird? Kann kaum der geldgeile Sack im Hintergrund sein, denn abzugreifen gibt es bei einem *kostenlosen* Konzert ja nichts. Dann wohl eher aus Marketing-Gründen.

Sergiu hält den Wagen am Straßenrand, und Tony springt raus. Einmal durch die Taubenschwärme hindurch – spätestens jetzt bin auch ich nervös! –, quer über den Platz bis zur Treppe, wo zwei Jungs von der Technik oberhalb des ersten Absatzes mittig zwischen den beiden Brunnen warten. Ein guter Platz, wie ich finde, aber was weiß ich schon? Tony scheint zufrieden, das ist die Hauptsache.

»Okay, hier sieht so weit alles gut aus«, bestätigt er und hüpft wieder ins Auto. »Es standen sogar schon ein paar Leute rum, die sich permanent umgesehen haben.«

Kaum auszumalen, dass das Touristen gewesen sein könnten, aber hey, wie gehabt: Was weiß ich schon?

Die Fahrt ins *Roundhouse* dauert weitere dreißig Minuten. Gepaart mit der *ausgelassenen* Stimmung im Wagen und den Gedanken an todbringende Taubenschwärme auf dem Trafalgar Square, fühlt es sich an wie eine halbe Ewigkeit. Und immer wieder spüre ich Conors Atem in meinem Nacken, weil er sich nach vorn lehnt, um sich am Knöchel zu kratzen oder um mich zu nerven. *Hast du geschafft, herzlichen Glückwunsch.*

Vor Ort angekommen, folge ich ihm schweigend in die Location, die mich von Moment eins an in ihrem Bann hat.

Das *Roundhouse* ist rund, wer hätte es gedacht? Vorn ein breiter Empfang, an dem wir den Weg gewiesen bekommen, nach links hin ein Studio, nach rechts ein Gang, eingefasst mit hellbraunem Sandstein und gespickt mit Sitzgelegenheiten in Rot und Orange, am Ende eine Bar. Im inneren Kreis, durch eine Doppelflügelglastür hindurch, nackter Beton bis unter die Decke, kahle Wände, Toiletten, Garderobe, Treppen in den Oberrang.

Und dann stehen wir in der Halle. Ein rundumlaufender Balkon über uns, darüber zwei kranzförmige Oberlichter, durch die fahles Sonnenlicht dringt. Vorn die Bühne, viel zu groß für fünf Kerle, möchte man meinen. Aber bestimmt nicht für die Lovesuckerz.

Ich muss schmunzeln, als ich die Barhocker in der Ecke entdecke und an die nervenzehrende Session bei Paul denke. Ein bisschen bin ich ja schon gespannt, wie sie sich da oben heute Abend machen werden. So richtig wie kleine Stars. Oder eben große.

»Ist das geil!« Mickey rennt mit ausgestreckten Armen durch das Halbdunkel der einstigen Lokhalle, verschwindet hinter den Stahlträgern, die die gesamte Konstruktion ringsum halten, und taucht Sekundenbruchteile später wieder auf, kichernd wie ein Kind, dasselbe Strahlen in den Augen, das er gestern hatte, als wir ins London Eye gestiegen sind.

»Ist es ausverkauft?«, will Owen wissen, während wir langsam durch die leere Halle streifen.

Tonys Grinsen ist breit. »Bis auf den letzten Platz.«

»Alter Schwede.« Jason berührt einen der Stahlträger, als müsste er sich davon überzeugen, dass das hier echt ist. Dass sie im Begriff sind, direkt als erstes Mal eben diese historische Location ins Portfolio aufzunehmen, wenn auch nur als Vorband.

Und das ist krass, denke ich, weil ich in der Vorbereitung gelesen habe, dass Musikgrößen wie Pink Floyd und David Bowie im Laufe der Jahre hier gespielt haben. The Doors. Status Quo.

Ed Sheeran. Oasis. Lady Gaga. Und jetzt die Lovesuckerz. Wenn ich bei dem Gedanken schon Gänsehaut bekomme, wie muss es dann erst den Jungs gehen?

»Eintausendachthundert Menschen jubeln euch nachher zu«, fährt Tony fort, und ich glaube, er macht es – die Aufregung, die Gänsehaut, die Angst – damit nicht besser. Zumindest Conors Miene verhärtet sich zusehends, je näher wir dem Herzstück des Raumes kommen.

»Die meisten kommen bestimmt erst pünktlich zu den Pinkys.«

»Und selbst wenn …« Mickey hat sich uns wieder angeschlossen, steht auf einmal neben mir in der Front Row, die Hände am kalten Eisen der Wellenbrecher, gegen die sich in wenigen Stunden die Massen pressen werden.

Jason stößt einen spitzen Schrei aus, der auch den Rest aus ihren Gedanken reißt. Plötzlich sind sie alle da, versammelt in der ersten Reihe, die Augen ehrfürchtig nach oben gerichtet. »Wir starten die Tour direkt mit einem fucking Feuerwerk.«

In der Folge erklärt Tony en détail, wie der Abend ablaufen wird. Ich trete von den anderen weg, suche mir eine Stelle, an der ich die Jungs und die Bühne im Hintergrund im Fokus habe, und mache ein paar Schnappschüsse für den Blog. Während ich auf das Display schaue, um die Belichtung zu überprüfen, höre ich, wie sich eine weitere Kameralinse schließt. Es ist nicht das klassische Geräusch, das meine Spiegelreflexkamera macht, mehr diese digitale Nachahmung, die man von Handys kennt. Und als ich aufsehe, steht Conor am Rand der Gruppe und schießt ebenfalls Fotos von der Bühne. Ich erwische ihn für eine Aufnahme, bevor er das Handy wieder in seiner Hosentasche verschwinden lässt.

Das ist es, was die Fans wollen. Echtes Behind-the-scene-Feeling, sowohl schriftlich als auch per Bild. Für meinen Post gestern habe ich mich am Ende auch für ein Foto auf dem Karussell entschieden, auf dem sie noch nicht in Position sitzen. Jasons herzliches, offenes Lachen ist das Zentrum, Owen hat seine Arme um ihn geschlungen, versucht, ihn gemeinsam mit Mickey wieder vom Pferd zu holen, während Conor und Colm im Hintergrund umständlich in die Kutsche klettern. Ich fand es schöner als eines der gestellten Bilder, die die Fans später sowieso bei jeder Gelegenheit gezeigt bekommen. Ich bin hier für die Dinge, die sonst keiner zu sehen bekommt – so hat Noah es zumindest verkauft. *Gib ihnen das Gefühl, als wären sie live dabei!*

Und verdammt, eintausendachthundert von ihnen werden nachher tatsächlich live dabei sein!

* * *

Eine knappe Stunde später steht der schwarze Minibus in einer Seitenstraße unweit des Trafalgar Square. An ihm lehnend ein Fahrer und eine Beifahrerin, davor, auf dem Bordstein sitzend, ein kribbeliger Tony und fünf unter Strom stehende Lovesuckerz, die wie eingepferchte Raubtiere um den Wagen herumschleichen. Alle tragen mittlerweile frische Shirts – Owen und Conor in Hellgrün, Colm in Weiß, Jason und Mickey in grellem Orange. Sieht bestimmt super aus, wenn sie nachher wie die irische Trikolore aufgereiht auf dem Treppenabsatz stehen und von links nach rechts schwingen. Nicht. Aber mich hat ja wie immer niemand gefragt.

Ständig sieht einer von ihnen auf die Uhr, versucht, die Zeiger mit hypnotisierenden Blicken voranzutreiben.

»Ich gehe schon mal vor, die Lage checken, ein paar Bilder schießen«, sage ich und stoße mich vom aufgeheizten Metallic-Lack ab, weil ich die Anspannung nicht mehr aushalte. »Und um eine gute Position zu suchen, um gleich live zu gehen.«

»Okay«, Tony hebt die Hand, sieht aber nicht von seinen Unterlagen auf, der Rest schickt mir entweder ein »Bis gleich« hinterher oder ignoriert mich komplett – dreimal dürft ihr raten, wer.

Wie ein Spion auf geheimer Mission, so fühlt es sich an, als ich durch die Gasse neben der gregorianischen Kirche schleiche. Mit jedem Schritt, den ich mich dem Platz nähere, erhöht sich mein Puls. Wie cool muss das sein, sich da jetzt hinzustellen und zu singen?

Fynn und seine Leute haben den Bereich weiträumig abgesperrt, nur ein schmaler Weg am Gebäude entlang wurde freigelassen, um den Zugang zur Nationalgalerie zu gewährleisten. Schade, dass die Tauben sich einen Scheiß für Absperrungen interessieren. Wenigstens sind sie nicht mehr in Hundertschaften unterwegs, sondern wackeln nur noch vereinzelt über den Platz. Mit einer werde ich fertig. Hoffentlich.

Keine Ahnung, wofür Tony die AAA-Pässe ausgeteilt hat, aber ich halte meinen brav hoch, als ich zur Absperrung komme. Wahrscheinlich alles Teil des Konzepts, das er vorab mit den Verantwortlichen bei der Stadt in etlichen Runden abgestimmt hat, damit die diesen Aufmarsch überhaupt genehmigen. Mit einem Zwinkern zieht Eugene den Metallzaun ein Stück zur Seite.

Das Hintergrundgemurmel wird lauter, als ich auf die Brüstung zusteuere, zwischen riesigen Bodenbildern aus Kreide hindurch, die der kurze Sommerschauer am Morgen nur zum Teil weggespült hat. Ich hänge mit den Augen noch an der Madonna fest, die zu meinen Füßen ihr Neugeborenes hält, da erstirbt das Gemurmel und wird von wildem Gekreische abgelöst. Ich drehe mich um, will sehen, was die Schreierei auslöst und ob ich tatsächlich zu spät bin, um den Einmarsch der Lovesuckerz festzuhalten, aber da ist niemand. Niemand außer … mir. Fuck. Mit einem Hechtsprung rette ich mich hinter den Glaskasten zu meiner Linken und werfe Eugene einen Hilfe suchenden Blick zu.

»Hätte dich warnen sollen«, ruft er mir von seinem Platz aus zu, das Grinsen jetzt frech.

Ja, hättest du echt tun können, Eugene.

Vorsichtig linse ich seitlich am Glas vorbei und halte den Atem an, als ich das ganze Ausmaß realisiere. Fans, junge Frauen, Hunderte von ihnen, wenn nicht Tausende. Der halbe Trafalgar Square ist ein Meer aus Köpfen, dazwischen Plakate, Irlandfahnen, vereinzelt auch ein paar Männer.

Polizisten patrouillieren zwischen den beiden Brunnen, holen Fans vom Rand herunter, regeln den Verkehr, indem sie Schaulustige bitten, weiterzufahren. Es ist … angsteinflößend.

Ich überlege noch, von wo aus ich den besten Überblick habe, da schlägt die Uhr der St-Martin-in-the-Fields hinter mir zwölf. Chaos bricht aus, in meinem Kopf und auf dem Platz. Ich springe aus meinem Versteck, zücke Handy und Kamera und postiere mich an der Laterne direkt neben dem Treppenaufgang. Versuche, weder auf die Taube neben mir noch auf die Masse unter mir zu achten, während ich die Technik in Gang bringe. Gerade rechtzeitig, da höre ich die Absperrung über den Boden schleifen, als Eugene sie erneut zur Seite zieht. Dann wird das Gekreische ohrenbetäubend.

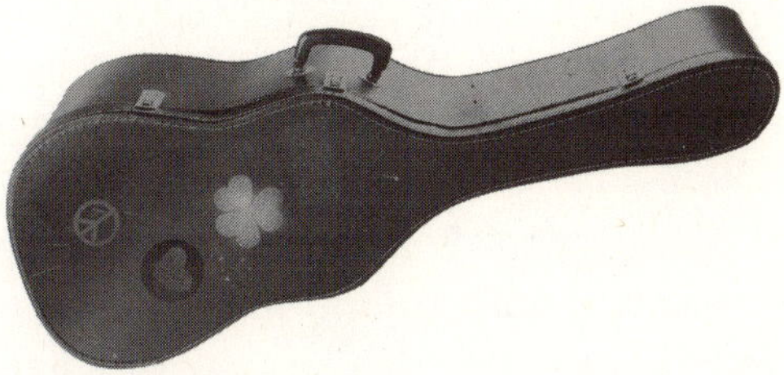

Conor – Follow that dream wherever that dream may lead

Wackelpudding und Ameisen.

So fühlt es sich in meinem Körper an. Ameisen im Kopf, und überall sonst – außer in den Beinen, da ist Wackelpudding.

Auf einer Seite hänge ich in Colms Arm – oder er in meinem –, auf der anderen werde ich von Owen flankiert. Wie eine Einheit aus Endorphinen und Serotonin laufen wir auf die Absperrung zu, im Gesicht ein Grinsen, so breit, dass es wehtut.

»Signierstunde im HMV! Morgen früh, zehn Uhr, Westfield«, höre ich Tony immer wieder durch das Mikro rufen. Er wird erst leiser, als wir über die Straße laufen, hinter mir Fynn, der uns folgt, bis wir am Wagen sind.

Keine Ahnung, wie ich morgen noch mehr Autogramme schreiben soll, aber ich werde es tun, und wenn mir danach der Arm abfällt. Alter, war das geil! Die Massen. Die Schreie. Die tausend Stimmen, die mit uns gesungen haben. Der beste Chor ever.

»Und heute Abend geht es direkt so weiter«, ergänzt Mickey meine Gedanken und springt auf Colms Rücken, der ihn mühelos die letzten Schritte zum Auto trägt. Aber wir werden alle getragen. Vom Rauschen in unseren Ohren und dem Beben in unseren Herzen.

Erst als die Dosen Red Bull und Cola längst leer im Fußraum des Minibusses liegen und wir die schrecklichen Shirts gegen unsere normalen Klamotten getauscht haben, kommen auch Tony und Allie. Sie habe ich die ganze Zeit über nicht gesehen, aber jetzt ist sie hier, und sie strahlt genauso wie wir. Ich mag ihr Strahlen, auch wenn ich *sie* im Moment nicht so sehr mag. Wahrscheinlich sagt sie uns gleich, wie toll wir waren, denkt sich aber insgeheim, dass der Andrang nicht gerechtfertigt ist, weil wir sowieso nichts draufhaben und die Fans das nur noch nicht erkannt haben.

Soll sie denken, was sie will, ich fand uns großartig.

»Das war mega, Jungs!«, bekommen wir von Tony attestiert, aber von dem habe ich auch nichts anderes erwartet. Allie hingegen verharrt stumm, das Lächeln aber bleibt, auch wenn es jetzt wieder ein bisschen schüchtern wirkt, wo sie mir gegenübersteht. Kann aber auch Einbildung sein.

»Die Zuschauerzahlen waren zwischenzeitlich sogar hoch vierstellig«, berichtet sie doch noch, und ich habe sofort wieder Gänsehaut. Nicht von den Zahlen, sondern weil sie mich aus ihren meerblauen Augen heraus ansieht. Mitten in den Ameisenhaufen in meinem Herzen.

»Okay, ab ins Auto, bevor die Heerscharen uns noch hierher verfolgen.«

»Wo geht's jetzt hin?«, will Mickey beim Einsteigen wissen und fährt sich durch die dichten schwarzen Löckchen. Alles an ihm schreit: »Weiter, weiter, weiter so! Keine Pause. Schlafen kann ich, wenn ich tot bin.«

»Ins Hotel.«

Nicht die Antwort, die er hören wollte.

»Ihr müsst euch ausruhen für die Show heute Abend.«

Als wären wir die Rolling Stones, ey. In unseren Siebzigern und Achtzigern, der Zenit lange überschritten, die Pausen zwischen den Auftritten für die Regeneration wichtiger als die Auftritte an sich. Ich bitte dich.

»Aber ich habe noch so viel Energie!« Colm hüpft auf und ab. »Ich könnte Bäume ausreißen.«

»Ja, deine Stimme aber nicht.« Tony hebt den linken Fuß in den Bus, stützt sich auf seinem Oberschenkel ab und sieht uns reihum an, die wir bereits im Wagen sitzen. »Habt ihr eine Vorstellung, wie anstrengend die kommenden Wochen für eure Stimmbänder werden?« Okay, Zeit für den Nanny-Modus de luxe. »Also gönnt ihnen ein bisschen Tee mit Honig oder einen Schal. Und vor allen Dingen Ruhe.«

Einen Schal bei sechsundzwanzig Grad und strahlendem Sonnenschein? Will er mich verarschen?

Owen und Mickey sind genauso wenig amused, nicken aber gehorsam. Feiglinge. Und dann spricht sie.

»Ich wollte …« Allie steht da auf dem Bürgersteig, noch immer Handy und Kamera in den Händen, und beißt sich auf ihre Lippen – heute wieder fuchsiafarben. Das Piercing blitzt auf, als sie schwach lächelt. »Ist es in Ordnung, wenn ich nachher direkt ins *Roundhouse* komme?«, fragt sie und deutet mit einem Kopfnicken von uns weg. »Ich wollte noch … was erledigen.«

Tony hat sich zu ihr umgedreht, ich sehe also sein Gesicht nicht, aber es dauert einen ganzen Moment, bis er ihr antwortet. »Klar, wenn du meinst. Aber wir können -«

»Oh, wenn das eine Option ist, würde ich auch hier aussteigen und -« Jason will an Tony vorbei aus dem Wagen steigen, doch der hält ihn mit festem Griff am Arm zurück.

»Stopp.«

Nicht länger die Nanny, eher Löwenbändiger.

»Also, ich würde auch …«, setze ich an, doch Tonys wild entschlossener Gesichtsausdruck bringt mich abrupt zum Schweigen.

»Ihr wollt allen Ernstes nach dem Aufmarsch eben« – er deutet hinter sich zum Trafalgar Square, wo sich die Massen zwischenzeitlich vermutlich gelichtet haben – »durch London wandern?«

Keine Ahnung, warum ich das überhaupt gesagt habe. Ich hatte bis vor zwei Sekunden nicht vor, etwas anderes zu tun, als zurück ins Hotelzimmer zu gehen und meine Stimme zu schonen. Aber jetzt … steht da Allie und sieht mich an. Als würde sie auf *meine* Erlaubnis warten, gehen zu dürfen. Und ich kann das nicht – sie gehen lassen. Weil ein völlig irrationaler Teil von mir glaubt, dass sie das auch nicht will. Dass sie darauf spekuliert, dass ich ihr folge. Was absurd ist. Und dann wieder nicht, denn als ich ihren Blick festhalte, erwidert sie meinen mit einem kaum sichtbaren Lächeln.

»Ich kann auf mich aufpassen«, höre ich mich selbst sagen, ohne meine Augen von ihr zu nehmen.

Fragt sich, wer auf wen aufpasst.

Tony seufzt. Als ich mich von Allies Anblick löse, sehe ich ihn an und bemerke, dass er mich sehr aufmerksam studiert. Dann fängt er an, ganz sachte den Kopf zu schütteln. »Keinen Unsinn anstellen, verstanden?«

»Nie«, kommt es von Jason und mir wie aus einem Mund.

»Achtzehn Uhr dreißig in der Halle. Keine Sekunde später.« Er hebt den Finger, die andere Hand nestelt an seiner Gesäßtasche, in der wir die Rote Karte wähnen. Gesehen hat sie noch niemand, aber sie ist bestimmt da.

»Aye«, bestätigt Jason ihm mit seinem breiten Babyfacegrinsen und schlägt ihm auf die Schulter. Ich nicke und schiebe mich hinter ihm aus dem Wagen.

»Und lasst die Handys an!«, ruft er uns noch hinterher, kurz bevor sich die elektrische Schiebetür hinter ihm schließt und Sergiu den Wagen zurücksetzt.

»Saustark.« Jason strahlt wie die Sommersonne über der Stadt. »Dann bis später, ne?« Und schon verschwindet er. Direkt zurück in Richtung Trafalgar Square. Was zur Hölle?

»Ich … also …« Allie steht immer noch auf dem Bürgersteig, dann packt sie die Kamera in ihren Rucksack, schiebt das Telefon in ihre Hosentasche und sieht mich anschließend wieder mit großen Augen an. Die Wangen rosig, das Lächeln scheu. »Willst du mich begleiten?« Sie versucht sich an einem Lächeln. »Oder soll ich vorgehen, und wir treffen uns dann ganz zufällig vor Ort?«

Sosehr ich mich auch anstrenge, ich kann das Schmunzeln nicht verhindern, bin chancenlos gegen das Fuchsiameerblauebenholzgemisch vor mir.

Sie führt mich zielsicher über etliche Seitenstraßen zum Piccadilly Circus, wo ich erst mal tourimäßig stehen bleiben und ein paar Bilder machen muss. Allie lächelt, bevor sie mich zur Tube führt und wir eine gute Viertelstunde schweigend durch die dunklen Tunnel des Londoner Undergroundsystems fahren. Ich weiß nicht, wo wir hin wollen, was sie vorhat oder was sie denkt. Ob sie mich nicht doch aus London rausführt, um mich in einem abgelegenen Waldstück mit einem Stein zu erschlagen und anschließend zu verscharren. Ob das mit Tony so abgesprochen ist, weil er jetzt schon genug von mir hat. Oder gar mit Colm. Am Ende stecken die beiden unter einer Decke und … planen mein zeitiges Ableben schon seit dem Moment, als sie sich Samstagnacht im *VIPer* über den Weg gelaufen sind. Vielleicht hat sie doch gelogen, und sie hatten die ganze Zeit was miteinander. Und jetzt wollen sie mich loswerden, weil ich ihn nerve und sie ständig angaffe, weil sie so un-fucking-fassbar hübsch ist, dass ich nicht anders kann.

Da, ich tue es schon wieder. Ich starre sie an.

Und sie mich.

Ist das Mordlust, die in ihren Augen aufblitzt?

»Sorry wegen gestern.«

»Hä?« Ihre Stimme reißt mich aus meinem Gedankenkarussell.

»Tut mir leid, dass ich so … gemein war. Und dass ich dir den Mittelfinger gezeigt habe.«

»O-okay.«

Sie steht auf, wartet, bis ich es ihr gleichtue, dann steigen wir aus. *Maida Vale*, lese ich von der Wand ab und folge Allie zur Rolltreppe. Keinen Schimmer, wo wir sind. Wenn oben ein Wald auf uns wartet, breche ich zusammen.

Es ist grün, ja, aber kein Wald. Baumgesäumte Straßen zu allen Seiten der Station. Allie läuft nach rechts, langsam, aber zielstrebig. Ich folge ihr, schiebe die Hände in die Taschen meiner Hose, weiß nicht, was ich sonst mit ihnen machen soll, weil ich nach wie vor nervös bin. Nicht, weil ich Angst vor ihr habe, *come on*. Sondern weil sie mich ständig von der Seite ansieht.

Und plötzlich: »Ihr wart echt gut.«

Ich bleibe stehen, weil, mal ehrlich, ich kann nicht gleichzeitig laufen und ihre Worte verarbeiten, das geht nicht. Dafür sind sie zu … krass. »Findest du?«, frage ich, und sie nickt stumm.

Da stehen wir am Rande des Bürgersteigs, weil ich es eben so auf die andere Straßenseite geschafft habe. Sie mit dem Rucksack auf den schmalen Schultern, Blick zu Boden, ich mit den Händen in den Hosentaschen, damit ich nicht in Versuchung komme, ihr die Ebenholzsträhne hinters Ohr zu streichen.

»Freut mich.« Freut mich wirklich.

Sie schenkt mir ein Lächeln und läuft langsam weiter. »Ich hätte nie gedacht, dass so viele kommen würden.«

»Ich auch nicht«, gebe ich zu und stimme verlegen in ihr Lachen ein, weil es schon echt absurd viele Menschen waren.

»Aber gehofft.«

»Hmh?«

Jetzt ist sie diejenige, die stehen bleibt. »Aber gehofft hattest du es.« Sie zwinkert mir zu und, holy shit, wenn sie es nicht sowieso schon in ihrer Hand halten würde, hätte sie spätestens jetzt mein Herz erobert. »Dass so viele kommen würden, meine ich.«

»Ja.« Ich ziehe die Hand aus der Tasche oder besser gesagt: Sie macht sich selbstständig. Fährt hoch, höher. Noch höher. Die Versuchung ist groß, ihr die widerspenstige Strähne aus dem Gesicht zu streichen, aber ich kriege die Kurve, fahre mir stattdessen in einer betont lässigen Geste durch die eigenen Haare. »Ja, gehofft hatte ich es schon«, gebe ich zu und folge ihr weiter die Straße hinunter. Ich habe immer noch keinen Plan, wo wir sind oder hinwollen, aber eigentlich ist es mir längst egal. War es mir von Anfang an, glaube ich. Hauptsache, ich bin bei ihr.

»Mir tut es übrigens auch leid.«

»Was genau?«, fragt sie, ohne dabei stehen zu bleiben, geschweige denn mich anzusehen.

»Dass ich behauptet habe, du hättest den Job nur, weil du die Tochter von James Rainsford bist.«

Sie schnaubt, sagt aber nichts weiter. Selbst wenn, wäre ich nicht in der Lage, ihr zuzuhören, denn wir haben das Ende der Straße erreicht. Mein Herz macht einen Satz und fällt lautlos vor mir auf den Asphalt.

»Abbey Road?«, lese ich Silbe für Silbe von dem Schild ab, das auf der anderen Straßenseite steht und sehe Allie an. »Wie in *die* Abbey Road?«

Sie nickt, ein Strahlen auf dem Gesicht, das meine Knie weich macht. »Ein paar Meter die Straße runter haben die Beatles Geschichte geschrieben.«

»Können … können wir mal hingehen?«

»Natürlich gehen wir da jetzt hin.« Sie fängt wieder an, zu

laufen, zieht sich den Rucksack vom Rücken und kramt darin herum.

»Hier!« Sie hält mir einen Edding entgegen, den ich ihr zögerlich abnehme, während sie sich die Kamera um den Hals hängt.

»Den werden wir brauchen.«

»Wofür?«

»Wirst du gleich sehen.«

Keine drei Minuten, dann stehen wir vor den Toren der legendären Abbey Road Studios. Ich hab sie mir … eindrucksvoller vorgestellt. Es ist ein unscheinbarer Gebäudekomplex, zweistöckig mit großen Fenstern, Flachdach und zig schmalen Schornsteinen darauf. Lediglich ein illuminiertes Schild oberhalb der doppelflügligen Holztür lässt darauf schließen, was sich dahinter verbirgt.

»Das Gebäude ist ultralang«, versichert sie mir und deutet am Haus vorbei in die Tiefe des Grundstücks, die sich von hier aus nur erahnen lässt. »Bestimmt an die fünfzig Meter.«

»Warst du mal drin?«, frage ich, ohne sie anzusehen, weil mein Blick immer noch an dem weißen Gebäude hängt, das schon so viele Legenden hat ein- und ausgehen sehen.

»Nein.«

»Darf man denn einfach so rein?«

»Das war das Erste, was ich am Montag auf dem Weg zum Flughafen gecheckt habe. Führungen bieten sie leider keine an, aber jetzt am Wochenende findet erstmalig eine Art Live-Session mit Musik und Behind-the-Scenes-Storytelling statt.«

»Und gehst du da hin?«, frage ich, weil mir sonst nichts besseres einfallen will.

Erst sieht sie mich ein bisschen irritiert an, dann lächelt sie. »Am Wochenende bin ich mit irgendeiner Band in Birmingham unterwegs, schon vergessen?« Sie grinst. »Außerdem verlangen sie für die Tickets ein halbes Vermögen.«

Ich übergehe das Bauchkribbeln, das ihr kurzes Augenzwinkern auslöst, mit einem knappen »Schade«.

Jetzt nickt sie und fotografiert das Gebäude durch die Stäbe des schmiedeeisernen Zauns hindurch. Ich tue es ihr gleich, stecke den Edding weg und hole das Handy aus der Gesäßtasche, um ein paar Bilder zu schießen. Besser als das wird es heute definitiv nicht!

Ich nutze den Moment, während Allie damit beschäftigt ist, den richtigen Kamerawinkel zu finden, und schieße auch von ihr ein Foto. So wie vorhin, als ich dachte, dass ich heute kein besseres Motiv mehr vor die Linse bekommen würde als sie mitten im *Roundhouse*. Und dann bringt sie mich hierher. An den Ort der Orte.

Nicht nur wegen der Beatles. Oasis. Pink Floyd. Ella Fitzgerald. Ed Sheeran. Sam Smith. Florence + The Machine. Lady Gaga. Die Liste der Größen, die hier ihre Platten aufgenommen haben, ist endlos. Und Gott, was würde ich dafür geben, auch irgendwann auf dieser Liste zu stehen. Als kleines Licht, sicherlich, aber ich stünde drauf. Mit Kian und Danny und den anderen. Vielleicht, vielleicht.

Kurzentschlossen öffne ich unseren brachliegenden Gruppenchat und schicke ein Bild mit den Worten *Wish you were here* in die Runde.

Das Geräusch des Auslösers neben mir reißt mich aus meinen Gedanken. Ich sehe auf sie hinunter, auf Allie, und frage mich, was genau sie mit diesem Ort verbindet. Ob es doch mehr ist als berufliche Obliegenheit und ich ihr Unrecht getan habe. »Warst du schon oft hier?«

»Noch nie«, antwortet sie in ihren Apparat hinein.

»Ehrlich? Ich dachte, du warst schon so oft in London?«

Sie lässt die Kamera sinken und sieht einen Moment lang schweigend zu mir auf, ehe sie antwortet. »Mein Dad ist kein großer Musikfan. Wenn wir hier waren, dann meistens bei irgendwelchen sterbenslangweiligen Kongressen oder Preisverleihungen. Höchstens mal am West End im Theater. Aber reine Musik hält er für … Zeitverschwendung.«

O wow, sympathischer Mann. »Aber du nicht?«

»Für mich ist sie alles.« Sie seufzt, sieht zum Gebäude, dann wieder zu mir. »Und es tut mir wirklich leid, was ich gestern über deinen Traum gesagt habe. Natürlich ist er nicht beliebig. Es ist … ein schöner Traum. Ein guter. Und ich möchte, dass du weißt, dass ich euch jeden einzelnen Fan von Herzen gönne, weil jede Form der Musik in meinen Augen ihr Publikum verdient hat. Jede Art der Kunst, wenn wir schon dabei sind.« Ihre Atmung kommt schwer und unregelmäßig. Als würde sie einen inneren Kampf ausfechten, von dem ich rein gar nichts mitbekomme. Bloß ihre Augen verraten sie. »Und am Ende ist das doch das einzig Wichtige.«

»Was?«

»Die Verbindung zwischen Künstler und Zuhörer, Zuschauer, Betrachter. Den Fans, wenn du so willst. Und die Kunst, die uns alle überdauert. Die Lieder und Filme und Gemälde und Skulpturen und Bücher und Gebäude und Gedichte und Kleider, die noch hier sein werden, wenn wir es längst nicht mehr sind.«

Ich sehe in ihre wässrigen Augen, sehe das Meer und die Liebe zur Musik und irgendeine Art Hoffnung, die unter all diesen Worten begraben liegt, und dabei brennt mir die Sicherung durch. Ich schaffe es, das Handy wegzupacken, bevor mein Verstand gänzlich abschaltet und mein Herz die Kontrolle übernimmt. Einfach so, ohne zu fragen.

Ihre Lippen sind nur noch eine Handbreit von meinen entfernt. Ihr Mund öffnet sich leicht, und im nächsten Moment streift ihr warmer Atem meine Wange. Nach dem Vormittag hätte ich nie zu träumen gewagt, dass dieser Tag noch auf irgendeine mögliche Art und Weise besser werden könnte. Bis jetzt.

Sie kommt mir entgegen, Zehenspitzen, was weiß ich, oder sie ist auf die Mauer geklettert, keine Ahnung, aber sie ist da. Ich rieche wilde Rosen und sonst nichts, habe die Hände an ihren Oberarmen und ziehe sie noch näher, streiche über ihre nackte Haut, den Stoff ihres Shirts, wandere weiter hoch zu ihren Schultern und zu den Rosenblättern in ihrem Nacken, um mich davon abzuhalten, hier und jetzt zu überprüfen, ob da tatsächlich ein Piercing in ihrer Brustwarze ist.

Das Objektiv ihrer Kamera klemmt vor meinem Hosenstall, hinter dem es direkt wieder eng wird, als sie wiederum ihre Hände hebt und mir damit vom Hosenbund über den Bauch bis hoch zur Brust fährt. Höher und höher, bis … sie mich wegdrückt. Ganz sanft nur, aber sie drückt mich weg, sinkt gleichzeitig auf die Fußballen zurück und senkt den Kopf.

»Sorry«, murmle ich leicht verwirrt, dabei ist das gelogen. Nichts tut mir leid. Eigentlich möchte ich auch gar nicht, dass es hier aufhört. Und etwas sagt mir, dass sie das auch nicht will. Trotzdem machen wir beide einen symbolischen Schritt voneinander weg.

»Wir sollten das …«

»… lieber nicht tun«, beende ich ihren Satz und mache noch einen Schritt zurück. Vollkommen richtig. Wir sollten das nicht tun. Schlechte Sache, auf keinen Fall. Ich hebe die Hände, verschränke sie hinterm Rücken, damit ich nicht noch mal auf schräge Gedanken komme.

»Vielleicht, ja«, sagt sie, wischt sich die Reste unseres Nicht-Kusses von den Lippen und geht. Zwei Schritte bloß, dann bleibt sie stehen und streckt mir erwartungsvoll die Hand entgegen. Ich folge ihrem Blick, der starr auf die Mauer gerichtet ist, und verstehe, was sie von mir will. Sie nimmt mir den Edding ab, geht in die Hocke und verewigt sich auf der schmutzigweißen Mauer.

Ein großes schwarzes Herz, darunter in geschwungenen Lettern:

Be a voice, not an echo.

Als sie wieder neben mir steht, sind ihre Augen noch feuchter als eben. Sie reicht mir kommentarlos den Stift und geht ein Stück, während ich in die Knie gehe, weil ich glaube, dass sie das von mir erwartet. Aber ey, keinen Plan, was ich schreiben soll. Ich hätte das gern vorher gewusst, damit ich mir Gedanken darüber machen kann, was ich der Nachfolgegeneration hinterlassen möchte, aber jetzt ist es zu spät. Jetzt sind da eh nur noch sie und wilde Rosen.

»Die streichen die Mauer eh alle paar Monate weiß.«

Als ich mich auf ihren Kommentar hin zu ihr umdrehe, sieht Allie mich ungeduldig an. So als hätte es die vergangenen Minuten zwischen uns nie gegeben.

Verstehe einer diese Frau …

»Gib mir eine Minute, ja?«

Die gibt sie mir, dreht sich demonstrativ weg und sieht dem Treiben auf dem Zebrastreifen ein paar Meter weiter zu, während ich meine Gedanken für die Nachwelt festhalte. Oder wenigstens für den Teil, der diesen Ort in den nächsten Wochen besuchen wird.

Follow that dream wherever that dream may lead

GOSSIP IRELAND

So you're somebody now Die Lovesuckerz sind aktuell als Supportband der Pinkys in London unterwegs und beweisen einmal mehr, dass sie das nächste große Ding von der grünen Insel sind!

NEWS von Dervla McQuaid
3:23 p.m., 1. August

Die Lovesuckerz sind los! Seit Montag tummeln sie sich in London, machen Radiostationen unsicher, geben Autogramme, singen auf öffentlichen Plätzen und rühren auch sonst ganz allgemein fleißig die Werbetrommel für ihre EP, die morgen erscheint.
Beim herbeigesehnten Tourauftakt der Pinkys gestern im ausverkauften Londoner *Roundhouse* mussten die Jungs unlängst beweisen, dass sie kein One-hit-Wonder sind und ihr aktueller Erfolgssong *Don't Just Be My Friend* kein Glückstreffer ist, was ihnen durchaus gelungen ist. Und dass die Jungs Substanz haben, davon konnten sich bereits am Mittag rund 2.500 Fans (laut Schätzung der London City Police) bei einem spontanen Pop-up-Konzert auf dem Trafalgar Square überzeugen. Dabei spielten sie Kracher wie *Epiphany* und *Crying With a Smile*, stimmten aber auch die sanften Töne an, siehe *Red Roses* oder *Tale of a Broken Heart*.
Wir sind schon gespannt, was die Jungs noch alles auf Lager haben.

Kommentare:
Theresa Jason ist einfach sooo sweet!
Anonym Ne Boyband? Welches Jahr haben wir??

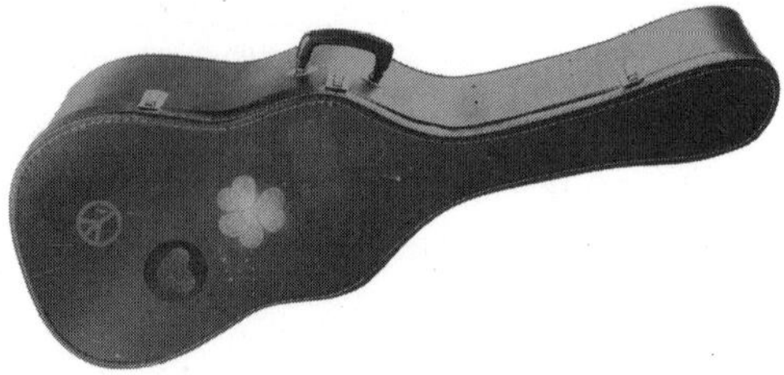

Freitag, 2. August

Conor – Reminiscing will get you nowhere

Die Luft in Cardiff ist wesentlich besser als in London, sowohl für meine Bronchien als auch für meinen Kopf. Der viele Sauerstoff und die frische Brise lüften meine Sinne, tragen mich zusammen mit Liz' Stimme, die aus den Earpods zu mir singt, wie von selbst die Strandpromenade entlang. Immer dem Wind entgegen, der vom offenen Meer in den Bristolkanal weht. Der Asphalt unter meinen Füßen riecht noch nach Regen – es hatte erst ein paar Minuten zuvor aufgehört, als ich am Hotel losgelaufen bin –, und am Horizont ziehen schon die nächsten dunklen Wolken auf die Küste zu.

Auf der anderen Seite der Schleuse endet die Straße und mündet in einen Kreisverkehr. Ich bleibe stehen, als Liz' Version von *Hungry Heart* vorbei ist und lasse den Oberkörper nach vorn fallen, stütze mich auf meinen wackeligen Knien ab. Nur langsam komme ich zu Atem, spähe auf die Uhr an meinem Handgelenk, die um fünfzehn Uhr zwei einen Puls von einhundertdreiundzwanzig anzeigt. Drei Komma sechs Kilometer bis hierher. Sechsundzwanzig Minuten und zweiundfünfzig Sekunden. Passt.

Spaziergänger, die ich eben auf der Brücke noch überholt

habe, laufen nun an mir vorbei, setzen ihren Weg auf dem Bürgersteig fort, der unmittelbar vor mir beginnt, während Liz in meinen Ohren *Heaven for Everyone* singt. Ich könnte ihnen folgen, den Leuten, aber ich habe Angst, falsch abzubiegen und den Rückweg nicht mehr rechtzeitig zu finden und zu spät zu kommen. Allie würde mir nie abkaufen, wenn ich ihr sage, dass ich mich verirrt habe. Oder aber sie würde mich auslachen.

Wobei, ich glaube, verirrt habe ich mich längst. Zumindest in meinen Gedanken, die nicht stillstehen wollen, obwohl ich sie letzte Nacht darum angefleht habe – und heute Morgen gleich wieder. Beim Frühstück. Bei der Promo im Bute Park und anschließend auf dem Weg in die St David's Hall und wieder zurück. Acht Minuten können sich anfühlen wie eine halbe Ewigkeit, wenn man dabei unentwegt auf Ebenholzhaare schauen muss, die nach wilden Rosen riechen.

Deshalb laufe ich. Nicht nur, weil Joggen gesund ist. Auch weil ein winziger Teil von mir tatsächlich glaubt, er könnte davonlaufen. Funktioniert nur leider nicht so gut, denn die Gedanken sind auf der anderen Seite der Cardiff Bay noch genauso laut wie eben in der Stadt. Nicht mal Liz hilft, und sie hilft normalerweise *immer*. Nichts schafft es so zuverlässig wie ihre Stimme, mich nach einem nervenaufreibenden Tag runterzuholen, aber von denen hatte ich in der letzten Woche wohl ein paar zu viele, und jetzt ist es zu spät. Jetzt hat sich der Gedanke schon eingenistet und dort Wurzeln geschlagen. Keine Chance mehr, ihn loszuwerden, den Gedanken. Und sie.

Als hätte ich jemals ernsthaft geglaubt, ich könnte mich ihr entziehen. Dass ich nicht lache. Sie wartet auf mich – in ihrem fucking Hotelzimmer! Wie zur Hölle soll ich nicht darüber nachdenken, wie sie mir gleich die Tür aufmacht? Ob in dem abgeschnittenen Shirt der Stones, das heute früh ihren Bauch entblößt hat, als sie beim Frühstücksbüfett im Regal nach einer

Tasse für ihren Kaffee geangelt hat. Am Ende könnte sie mir die Tür auch im weißen Malerkittel öffnen, und ich wäre geflasht von Meerblau und dem Fast-Kuss und der Frage, warum sie mich seitdem meidet wie der Teufel das verdammte Weihwasser.

Drei Stunden zusammen in dem Scheißbus gestern Abend, und sie hat nicht ein Wort gesagt. Weder zu mir noch zu den anderen. Hatte die ganze Zeit ihre Kopfhörer auf den Ohren – was würde ich dafür geben, einmal in ihre Playlist reinhören zu dürfen!

Ich stemme die Hände in die Hüften, laufe links am wenig besuchten Parkplatz auf die Schleuse zu und mache ein paar Dehnübungen an der Reling, weil man das so macht, wenn man joggt. Hat mein Doc gesagt, und ich tue, was er sagt, weil er der Doc ist und ich nur ein Automatisierungstechniker / Popstar mit Asthma.

Der Wind bläst die Wolken weiter in Richtung Bucht, und wenn ich nicht umkehre, werde ich klatschnass sein, bis ich wieder am Hotel ankomme. Ich könnte mich erkälten, könnte meine Stimme verlieren. Ich müsste das Bett hüten, hätte keine Gelegenheit mehr, Allie über den Weg zu laufen und mir immer wieder die gleichen Fragen über sie zu stellen. Was sie von mir denkt. Wer sie ist. Welche Musik aus ihren Kopfhörern läuft. Ob sie auch daran denkt, mich zu küssen.

Was rede ich da. Im Bett wäre jede Menge Zeit, wären noch mehr Gedanken. Gedanken an Fuchsia und Meerblau und Ebenholz, dabei kann ich es jetzt schon nicht mehr hören. Sehen schon gar nicht. Furchtbar. Aufdringlich und nervtötend und so … schön.

Ich brauche dringend Ablenkung. Mehr als eine Runde joggen und eine Dosis Liz. Ich meine eine *echte* Ablenkung, denn mittlerweile nerve ich mich selbst. Ehrlich, ich bin von mir selbst so sehr genervt, dass ich mich gern nehmen und mein weinerliches Ich in der Bristol Bay ertränken möchte, aber ich glaube, das geht nicht, oder? Kann man sich selbst ertränken? Vermutlich nicht. Ich bräuchte Hilfe. Allie hilft mir bestimmt. Die kann es gar nicht erwarten, mich loszuwerden, zumindest hat mir das ihr Blick gestern Abend gesagt, als wir uns im Fahrstuhl voneinander verabschiedet haben. Jason stand noch drin, als ich ausgestiegen bin, und ich schwöre, wären wir allein gewesen, ich hätte auf diesen Knopf gedrückt. Nicht, um sie zu küssen, sondern um sie zu fragen, was ihr fucking Problem ist. Okay, ja. Vielleicht auch, um sie zu küssen.

Meine Lende bebt gleich schon wieder bei dem Gedanken an sie und unseren Kuss. Wenn es sich nur nicht so gut anfühlen würde. Das tun Gedanken an Allie immer. Also, meistens, wenn sie mich nicht verunsichern oder fertigmachen. Aber gerade sind sie angenehm.

Es dauert besorgniserregend lange, bis ich kapiert habe, dass das nicht meine Lende ist, sondern das Handy, das in meiner Hüfttasche vibriert. Mit zittrigen Fingern fummele ich es zwischen meinem Asthmaspray und den Taschentüchern hervor und werfe einen kurzen Blick auf das Display. »Hey«, rufe ich euphorisch, noch bevor ich das Telefon am Ohr habe. »Hörst du mich?«

»Ja.« Kians Stimme ist so klar, als stünde er direkt neben mir. Und Gott, wäre das schön, wenn er jetzt hier sein könnte.

Wahrscheinlich habe ich mich nie mehr über ein simples Emoji gefreut wie über das Herz, das er vorgestern als Reaktion auf mein Bild der Abbey Road Studios in die Gruppe geschickt hat. Ein Scheißherz einfach. Kommentarlos zwar, aber ich hätte trotzdem heulen können vor Freude. Jetzt auch noch seine Stimme zu hören, gibt mir den Rest – in a good way.

Ich finde einen Poller am Uferrand, auf dem ich mich mit wackeligen Beinen niederlasse und hinaus aufs Meer schaue. Sage nichts, weil ich nicht weiß, was, und ich glaube, ihm geht es genauso. Aber nach ungefähr zwanzig unbeantworteten Anrufen und mindestens doppelt so vielen Nachrichten meinerseits, hat *er* diesmal angerufen, also würde ich erwarten, dass er mir etwas zu sagen hat. Hoffentlich etwas Gutes. Aber er schweigt.

Und vielleicht ist es genau das. Vielleicht muss ich den ersten Schritt auf ihn zu machen, nachdem ich so viele von ihm weggemacht habe, deshalb: »Schön, dass du -«

»Hab deinen Auftritt bei YouTube gesehen«, fällt er mir ins Wort und räuspert sich. »Den auf dem Trafalgar Square.«

»Echt?«

»Hm.«

»Und?« Ich halte die Luft an, ziehe die Unterlippe ein und kaue nervös auf ihr herum, weil ich mir gleich in die Hosen mache vor Aufregung. Vergessen sind Liz und Allie und schwierige Entscheidungen, die in der Vergangenheit getroffen werden mussten und so lebensverändernde Sachen wie zweitausend Menschen, die sich gestern noch vor den Glastüren des *HMV Shops* in London in Zweierreihe die Füße in den Bauch gestanden haben, weil sie auf uns gewartet haben. In diesem Moment zählen nur Conor und Kian, genau wie früher. Und ich habe nur noch Ohren für meinen besten Freund, dem ich hoch anrechne, dass er meine Nummer nicht längst gelöscht und meinen Hintern gedanklich von Lahinch bis London gekickt hat. Wobei, bestimmt hat er das.

»Es war … ziemlich grandios.«

Ziemlich grandios, wiederhole ich in Gedanken und grinse stumm vor mich hin. Das ist aus seinem Mund einem Ritterschlag gleichzusetzen.

»Das … Danke.«

»Du kannst echt stolz auf dich sein.« Ich kann sein Lächeln durch die Leitung hören. »Ich bin's auf jeden Fall!«

Und in dem Moment kann ich die Erleichterung nicht mehr aufhalten. Sie fällt zu beiden Seiten aus meinen Augen, hinterlässt feuchte Spuren auf meinen Wangen und verendet im Funktionsstoff meines Shirts.

Du kannst dir nicht vorstellen, was mir das bedeutet, will ich ihm sagen, aber ich finde nicht den Mut, die Worte laut auszusprechen. Ich glaube, es hat ihn große Überwindung gekostet, mich anzurufen und mir das zu sagen. Es jetzt noch schlimmer und ihm ein schlechtes Gewissen zu machen, indem ich ihm zu verstehen gebe, wie sehr mich das alles mitgenommen hat, ist nicht fair, also belasse ich es bei einem simplen, aber herzlichen »Danke«.

»Und jetzt?«

Ich weiß nicht, ob er den Tourplan erfragt oder doch eher meint, was jetzt mit uns, mit DeeOhThree passiert, aber da ich das selbst nicht weiß, bete ich ihm die Stationen der kommenden Wochen runter. »Gerade sind wir in Cardiff, danach noch in Liverpool, Birmingham bis hoch nach Glasgow, dann rüber nach Belfast, und nächstes Wochenende sind wir schon in Sligo.«

»Und Limerick dann ...«

»Das Wochenende drauf.« Jetzt bin ich derjenige, der sich räuspert. »Ich hoffe, wir ...«

»Klar. Karaoke bei Will, wie immer?«

Und wieder bröckelt ein winziges Stück von dem zentnerschweren Stein ab, der auf mir lastet, seit ich meinen Freunden die Neuigkeiten überbracht habe, dass unsere Band erst mal auf Eis liegt, weil sich da eine Möglichkeit für mich aufgetan hat.

»Was heißt das, *nur für dich*?«, hat Danny damals gefragt. Wir saßen in seinem Zimmer, wie jeden Samstag, Bier in der Hand. Ich habe extra bis zum Ende von Liz' Livevideo gewartet. Zum einen, weil ich die Stimmung nicht versauen wollte, zum anderen, weil ich echt Schiss vor der Reaktion hatte. Zu Recht, wie sich hinterher rausgestellt hat, denn Danny ist ausgeflippt. Hat seine Drumsticks durch die Gegend geschleudert, einen davon so unglücklich – oder aber gezielt, keine Ahnung –, dass er an der Kante des Schreibtischs zerbrochen ist.

»Du willst die Band einfach aufgeben? Ist das dein verdammter Ernst?«, hat er gefragt, Tränen in den Augen, die er mit aller Kraft zurückzuhalten versucht hat, weil er vor uns noch nie gern geheult hat. »Und was wird aus uns?«

»Vielleicht wird das ja bloß eine kurze Sache«, habe ich gesagt, und wer weiß, es hätte durchaus eine werden können. Niemand hat damals geahnt, wie steil es für uns nach oben gehen würde.

»Und wenn nicht?«, war Dannys nächste Frage.

Dann würde ich wie ein geprügelter Hund zu ihm zurückkehren und um Vergebung winseln. Das wussten wir beide. »Dann hoffe ich, dass du dich für mich freuen kannst«, war meine Antwort gewesen, sein »Verräter!« das Letzte, was ich von ihm gehört habe. Es hat mich die Treppenstufen hinuntergetrieben, zur Tür hinaus und nie wieder zurück. Und ich spüre heute noch das Brennen in meiner Brust, weil es mich fertigmacht, meine Freunde im Stich gelassen zu haben.

Ich war ein Verräter, absolut. Ich bin immer noch einer. Weil ich dastehe, so wie gestern im *HMV Shop* in London, und meinen falschen Namen zigtausendfach schreibe, weil mein echter mit einem Menschen verbunden ist, den es so nicht mehr geben darf, weil die Lovesuckerz-Blase sonst schneller platzen könnte, als mir lieb ist.

»Ich weiß nicht, ob ich es rechtzeitig aus Limerick rüber schaffe«, gestehe ich Kian schließlich zähneknirschend.

»Wo tretet ihr auf?«

»Im *Nancy Blakes.*« *Komm schon, trau dich.* »Vielleicht … hast du ja Lust, vorbeizukommen?«

»Klar komm ich vorbei. Aber glaub nicht …«

… dass dann alles vergeben und vergessen ist. … glaub nicht, dass ich dich direkt wieder in die Arme schließen werde, so wie früher. … glaub nicht, dass du bei mir jemals wieder den gleichen Stellenwert haben wirst.

»… dass du um die Karaokenummer rumkommst. Zur Not bleiben wir in der Stadt.«

Ich lasse all die Luft entweichen, die ich bis eben angehalten habe und breche, auf dem Poller sitzend, zusammen. »Unbedingt«, bringe ich noch raus, ehe all die wundervollen Erinnerungen mich überrennen. Kian und ich, wie wir Elton John und George Michaels *Don't Let the Sun Go Down on Me* neu vertonen. Mark und Maisie, die zusammen die Spice Girls schmettern. Danny und Leia mit ihrer herzzerreißenden Neuinterpretation von *The A Team*.

»Hast du was von Danny gehört?«, sagt er in meine Tränen hinein. Auch seine Stimme klingt belegt.

»Keinen Ton. Du?«

»Er schreibt hin und wieder, ja.«

»Hin und wieder?«

Kian seufzt leise. »Täglich, eigentlich.«

Ich nicke, weil der Kloß mittlerweile zu groß ist, um noch zu antworten. Natürlich meldet er sich täglich bei ihm. Das hat er früher bei mir auch getan – wenn wir nicht sowieso permanent aufeinander gehockt haben. Aber aktuell … aktuell verbringen wir fast zweiundsiebzig Stunden in derselben Stadt, und er schafft es, auf keine meiner zig Nachrichten zu reagieren. Dreiundzwanzig, um genau zu sein. Dreiundzwanzig Nachrichten – und keine einzige Antwort.

»Wie geht's den anderen?«, frage ich, als der Knoten es wieder zulässt. »Was macht die Prinzessin?«

»Mich in den Wahnsinn treiben, wie immer.« Er wirkt genervt, dabei weiß ich, dass er die Zeit mit Leia insgeheim genießt, während ihr Bruder auf der anderen Seite der Irischen See weilt. Er war halt schon immer ein Masochist, was sie angeht.

»Ich soll dir Grüße ausrichten. Auch von Maisie und Mark.«

»Danke«, murmele ich gegen den Wind und blinzle die Tränen weg, die sich erneut bilden.

»Du fehlst uns, Con. Uns allen. Und ihm sicherlich auch.« Er seufzt noch einmal. »Er braucht einfach noch ein bisschen Zeit. Du kennst ihn ja.«

Die kriegt er. Danny kann alle Zeit der Welt haben, wenn das bedeutet, dass er mir irgendwann wieder ins Gesicht sehen kann, ohne mir eine reinhauen zu wollen oder …

Meine Uhr piept. Ich weiß erst gar nicht, was sie von mir will, bis mir einfällt, dass ich noch genau eine Stunde habe, bevor ich bei Allie zum Appell antreten muss.

»Shit!«

»Musst du los?«

»Leider, ja, aber ich … ich hab mich echt tierisch über deinen Anruf gefreut«, gebe ich zu, während ich mich langsam erhebe und auf die Brücke zusteuere. »Und ich kann's kaum erwarten, dich in Limerick zu sehen.«

»Ich mich auch, Mann. Halt die Ohren steif.«

»Du auch«, murmle ich ins Telefon, dann lege ich auf, schiebe das Handy in meine Hüfttasche und lasse mich von der Mischung aus Euphorie über Kians Anruf und meiner grenzenlosen Angst vor der Begegnung mit Allie über die Brücke zurück zum Hotel tragen.

Allie – Kinda scared as fuck

Ich weiß nicht, wann ich das letzte Mal so nervös war. Wahrscheinlich am Montag, als ich aus der Gepäckhalle gekommen bin und Conor da hab stehen sehen.

Ein Blick auf die Uhr verrät mir, dass er schon dreizehn Minuten überfällig ist. Wahrscheinlich hat er es vergessen und liefert mir nachher eine seiner abstrusen Ausreden. Das wäre auch okay. Ich kann ihn ja später auf dem Weg zur *St David's Hall* kurz ein paar Sachen fragen. Unter Zeugen.

Du kannst das. Er ist einer der Lovesuckerz, genau wie die anderen vier, und bei denen hattest du eben auch keinerlei Probleme. Du schaffst das. Er wird dich nicht fressen. Höchstens küssen, aber ich glaube, das wäre okay.

Nein, wäre es nicht, verdammt! Es ist NICHT okay. Er ist mein Arbeitgeber, und es ist so was von NICHT okay, den zu küssen. Wobei theoretisch … ist die *Times* mein Arbeitgeber und Conor nur der Klient, für den ich zuständig bin. Er ist also …

Es klopft. Ich schließe die Augen, murmele mir beruhigende Worte zu und laufe auf wackeligen Beinen zur Tür, um Conor hereinzulassen. Ihn und Han Solo, den er auf seiner Brust spazieren trägt. Unglaublich … niedlich. Dachte ich gestern schon, als er David Bowies Alter Ego Ziggy Stardust auf dem Shirt hatte, aber … *O weh, raus aus meinem Kopf, ihr Gedanken. Raus!*

»Hey, ich hoffe, ich bin nicht … zu früh oder so?« Er kratzt sich am Hinterkopf. Seine Haare sind noch leicht feucht, vielleicht vom Regen, der draußen gegen die Scheibe prasselt, oder von der Dusche. Ich würde zu gern meine Finger darin vergraben.

»Du warst um vier dran.«

Er wird kreidebleich. »Scheiße, echt?«

»Scheiße, ja.« Ich verschränke die Arme, löse sie aber direkt wieder, weil er echt zerknirscht aussieht.

»Tut … tut mir leid. Ich hätte schwören können, du hättest …« Er schluckt, fährt sich wieder durch die feuchten Wuschelhaare. »Okay, jetzt, wo ich drüber nachdenke, habe ich mir das mit dem Viertel vielleicht auch nur eingebildet?«

»Ich hatte gesagt, dass ich eine Viertelstunde Puffer zwischen den Terminen lasse.«

Gleich klappt er mir zusammen. Man könnte fast meinen, er hätte Angst vor mir. *Ich fang dich auf, Conor. Lass dich fallen.*

Professionalität, Allie! Du musst professionell auftreten, wenn du als Journalistin ernst genommen werden möchtest.

»Komm einfach rein«, murmele ich und winke ihn durch die Tür. Dusche, definitiv Dusche, denn ich rieche Pinien und Jasmin, als er an mir vorbei ins Zimmer schleicht. *Fuck.*

»Wie … Wo willst du mich … haben?«

O Gott, gleich hier auf dem Bett.

»Da … da drüben.« Ich nicke den beiden Sesseln zu, die ich in die Nähe des Fensters geschoben habe. Bisher haben alle Jungs im linken Sessel Platz genommen, mit Blick auf das Hafengelände auf der anderen Straßenseite. Conor entscheidet sich natürlich für den rechten Sessel. Der, der so steht, dass er halb in den Raum hineinschaut, weil am Fenster zwischen Bett und Tisch nicht genug Platz für beide nebeneinander ist. Als gäbe es nichts Wichtigeres zu sehen, als … mich.

Ich setze mich, ziehe die Füße auf das Polster und meine Unterlagen vom Tisch zu mir heran und lege sie auf meinen Schoß.

Du kannst das. Du kannst das.

»Con- Ryan, wie möchtest -«

»Kannst du Conor sagen?«, unterbricht er mich und fügt leise hinzu: »Bitte.«

Ich nicke. »Wie möchtest du starten, Conor?«

Er sieht mich ausdruckslos an, also führe ich meine Frage ein bisschen weiter aus. »Du hattest mir gesagt, dass Interviews nicht so dein Ding sind. Deshalb dachte ich, du willst dir vorab vielleicht ein paar Minuten Zeit nehmen, um dir die Fragen durchzulesen, oder wir starten direkt, ganz wie du willst. Oder brauchst du sonst was, um dich wohlzufühlen?«

»Alles gut«, sagt er nach einem Moment, reibt seine Handflächen am Stoff seiner Bermudas und nickt mir schließlich zu. »Ich fühle mich … wohl. Schieß los.«

»Okay.« Ich schenke den Unterlagen auf meinem Schoß ein Lächeln, angele nach meinem Handy und starte die Sprachaufnahme. »Dann, Conor, kommt hier meine erste Frage für dich: Wolltest du immer ein Lovesucker sein?«

Ein Blinzeln. Und noch eines, dann: »Wie meinst du das?«

»Na ja … wolltest du … Also, hattest du immer schon den Wunsch, Mitglied einer Boygroup zu sein?«

»Du meinst, ob ich mit sechs schon wusste, dass ich mal in einer Boyband singen will?«

»Ich meine ja nicht … als Kind oder so. Sondern …«

»Ach so, dann …« – er fährt sich mit der Hand durch die Wuschelhaare und nickt – »… dann musst du das auch sagen.«

»Ähm … okay, sorry. Dann anders. Wie fühlt es sich an, ein Lovesucker zu sein?«

Er starrt einen Moment lang auf das Handy auf der Armlehne neben mir, dann wieder in meine Augen – oder zumindest in die Nähe. »Wie ich mich jetzt im Moment fühle oder wenn ich auf der Bühne stehe, oder wie?« Ich komme gar nicht dazu, ihm zu antworten, ehe er weiterspricht. »Ich meine, … man kann sich ja nicht immer nur gut fühlen, oder? Außer Mickey vielleicht. Aber … wenn du morgens aufstehst, bist du doch auch nicht immer gleich drauf. Mal bist du müde, weil du scheiße geschlafen hast, mal bist du voller Energie, weil du weißt, dass der Tag großartig wird. Das …« Er atmet schwer. Seine Finger reiben dabei unentwegt über die Innenfläche seiner Hand, und ich muss echt an mich halten, ihn nicht mal ordentlich zu schütteln. Selbst Colm hat es geschafft, meine Einstiegsfrage ohne jegliche Gegenfrage und mit ein paar klaren Sätzen zu beantworten. ›Nein, ich hatte nie viel mit Musik am Hut, bis mich dieser Kerl in der Bar angesprochen hat. Wir haben Karaoke auf dem Junggesellenabschied meines Schwagers gesungen. Ich war sternhagelvoll,‹ – man stelle sich hier sein arrogantes Grinsen vor – ›aber scheinbar immer noch gut genug für die Lovesuckerz.‹

»Das ist doch immer unterschiedlich und …« – Conor plappert immer noch sinnloses Zeug! – »Wie soll ich denn da sagen können, wie es mir pauschal als Lovesucker geht?«

Ich möchte ihn schubsen. Ein bisschen nur, sodass er vom Sessel fällt und wach wird und aufhört, diesen Mist von sich zu geben. »Versuchst du meine Frage mit Absicht falsch zu verstehen?«

»Es ist eine sinnfreie Frage, sorry.«

Jetzt bin ich diejenige, die schnauft. »Okay, dann fangen wir mit was anderem an und heben uns die Frage für später auf.«

»Ich werde sie später immer noch seltsam finden.«

Ist angekommen, Conor. »Möchtest du sonst irgendwas loswerden? Etwas, das dich beschäftigt oder das du unbedingt an deine Fans weitergeben möchtest?« Offene Frage, offene Antwort. Hoffentlich.

»Findest du nicht, dass Filmen oft der Bezug zur Realität fehlt?«

»Wie bitte?« Jetzt hab ich ihn komplett verloren.

»Gestern Abend, als ich ins Hotelzimmer kam, da konnte ich nicht einschlafen, also habe ich den Fernseher angemacht, und da lief irgendein Film. Der Charakter war schon Mitte dreißig oder so und kam zurück nach Hause, weil er seinen kranken Vater pflegen musste. Und sein Kinderzimmer sah noch haargenau so aus wie an dem Tag, als er ins College aufgebrochen ist. Das ärgert mich.« Er lehnt sich zurück, verschränkt die Arme vor der Brust und sieht mich an. »Weil's in der Realität doch nie so läuft, oder?«

Das hier ist so absurd.

»Also, mein Zimmer war fünf Minuten nach meinem Auszug ein Nähzimmer. Und deins?«

»Existiert tatsächlich noch so wie damals«, gebe ich irritiert zu Protokoll und sehe auf meine Unterlagen, dann wieder in seine Augen, die mich herausfordernd anblitzen. »Wirst du mir jetzt nur so schräge Antworten geben?«

»Wenn du mir nur so schräge Fragen stellst.«

»Du hast gesagt, du willst einfache Fragen.«

Sein Grinsen ist ungewohnt frech. »Die sind nicht einfach, die sind totaler Quatsch.«

»Was wäre denn in deinen Augen eine einfache Frage?«

»Was ist dein Lieblingslied?«

»Okay, Conor.« Ich schlucke den Groll hinunter, weil der an dieser Stelle zu nichts führen würde, und füge mich meinem Schicksal als Journalistin, denn mein Interviewpartner sitzt, das wissen wir beide, am längeren Hebel. »Was ist denn dein Lieblingslied?«

»Ich habe zuerst gefragt.«

»Aber …« Er will mich verarschen, oder? »Ernsthaft jetzt?«

Ich erhalte ein Nicken und ein nüchternes »Ernsthaft«.

Kurz verliert sich mein Blick in den Regenschlieren am Glas hinter ihm. Und während in meinem Kopf Bowie und Springsteen und noch so viele mehr um den Titel ringen, überlege ich, wie weit sich das Fenster öffnen lässt – und ob Conor durch den Spalt passen würde. »Da gibt es Dutzende«, sage ich schließlich, nachdem ich zu dem Schluss komme, dass er nicht durchpasst.

»Das ist keine Antwort.«

»Das ist ja auch keine leichte Frage, Conor. Zumindest für mich.«

»Wieso nicht?«

»Weil ich …« Ich brodele, tue aber mein Möglichstes, ihn das nicht spüren zu lassen. Professionalität und so. »Weil es eine echt komplizierte Sache ist, eine Musikredakteurin nach ihrem Lieblingssong zu fragen.«

»Und wenn dir jemand ein Gewehr auf die Brust setzen und dich zwingen würde, dich zu entscheiden …«

Aber *ich* bin diejenige, die Quatsch redet, ja!?

Ich beuge mich nach vorn, so weit, dass meine Haarspitzen beinahe Conors Knie berühren, und funkele ihn an. Ein, zwei Sekunden lang kleben unsere Augen aneinander fest, dann sage ich leise: »Wenn einer so versessen darauf wäre, eine Antwort von mir zu bekommen, dann wäre *Long Live* von Taylor Swift ganz vorn mit dabei.«

Ich sehe, wie er schluckt, ansonsten kommt keinerlei Reaktion.

Ich lehne mich wieder zurück, zufrieden damit, ihn für einen Moment sprachlos zu erleben. »Und jetzt du. Lieblingslied?«

Es dauert ewig, ehe ich eine Antwort erhalte. »Q-Queen. Freddy.«

Ich muss über seine Verunsicherung schmunzeln. »Das sind keine Lieder, Conor.«

»*Bohemian Rhapsody*?« Er klingt ein bisschen wie ferngesteuert.

Gute Wahl. Unerwartet, aber gut. »Und würdest du Freddy Mercury als Inspiration für dich bezeichnen?«

»Inspiration, ja.« Wie ein Roboter.

Ich notiere mir seufzend die Worte *Freddy* und *Inspiration* – einfach, damit ich was zu tun habe, als: »Das hier ist echt anstrengend.«

Shit. Erst denken, dann sprechen, Allie. Ich hebe langsam den Kopf, spähe vorsichtig zu ihm hinüber. »Sorry, das … Ich habe nicht gemeint, dass *du* anstrengend bist oder so.«

»Sondern?« Jetzt ist er wieder ganz bei sich, hat sich ebenfalls nach vorn gebeugt, die Ellenbogen auf der Lehne abgestützt, die Hände vor dem Körper gefaltet. »Wie hast du es dann gemeint?«

»Ich wollte sagen, dass … also, dass ich mir die Interviewnummer einfacher vorgestellt habe.«

Vielleicht habe ich es mir aber auch nur einfacher vorgestellt, mit dir in einem Raum sein zu müssen. Allein. Während du mich so ansiehst.

Als könnte er meine Gedanken lesen, gleitet sein Blick meinen Körper entlang. Ich spüre ihn auf jedem Quadratzentimeter entblößter Haut. Auf meinen Knien, die ich ihm auf dem übergroßen Sessel entgegenstrecke. Auf meinen Unterarmen, ein kurzer Stopp an den Musiknoten, die mein rechtes Handgelenk zieren, dann weiter die Oberarme hinauf über die BH-lose Brust bis zu den Schultern. Am Hals, an meinem Oberlippenpiercing, an meinem Wangenknochen, selbst an den Ohrläppchen fühle ich dieses Kribbeln.

Nicht gut. Gar nicht gut. »Ich glaube, wir sollten …«

»Wir sollten was?«, fragt er, als ich nicht weiterspreche.

»Du solltest jetzt gehen.«

»Sind wir denn schon fertig?«

Ich nicke, denn für mehr reicht es nicht, und schaffe es, den Blickkontakt zu unterbrechen, sehe wieder den Regentropfen dabei zu, wie sie sich finden und gemeinsam als Einheit das Glas in dicken Schlieren hinunterrinnen. So ein friedlicher Anblick, dazu das stete Trommeln, ganz leise und unaufdringlich. Nicht so wie das Pochen meines verräterischen Herzens, das mich langsam, aber sicher in den Wahnsinn treibt, weil es nicht aufhören kann, üb-

Meine Gedanken enden abrupt, als Conor sich erhebt.

Wieso steht er auf? Wir waren doch noch gar nicht fertig?

Ach doch, waren wir. Stimmt ja.

Ich stoppe die Aufnahme und hieve mich hoch, folge ihm, leicht schwankend, zur Tür.

»Ist alles in Ordnung?«, will er wissen, und ich nicke benommen.

»Sicher?«

»Ja, ist nur … Du …« Ich falle mit dem Rücken gegen die Schranktür hinter mir, weil sie weiter weg ist, als ich dachte. Dafür ist Conor mir näher, als er sein sollte.

»Ich?«, fragt er heiser.

»Du …«

Er kommt noch näher. »Ich?«

»Conor.«

Noch näher.

Sein Adamsapfel macht einen Satz, als sein Blick zu meinen Lippen wandert. »Ich sollte …«

Ich schaffe es, zu nicken, versuche, mich auf seine Augen zu konzentrieren, statt auf seinen Mund.

»Ich sollte echt …«

Ja, solltest du!

Ich schließe die Augen, kann ihm nicht ins Gesicht schauen, während ich mir ausmale, was er alles sollen wollen könnte. Mit mir. Jetzt, hier, in meinem Hotelzimmer. Auf meinem Bett oder direkt hier an der Schrankwand.

»… gehen«, presst er hervor.

»Schade.« *Alter, Alison, geht's noch?*

Ihm entfährt ein ersticktes Stöhnen und nur einen Moment später spüre ich seine Hüften an meinen, seinen Atem an meinem Hals.

Lass die Augen zu! Wenn du sie jetzt aufmachst, ist alles zu spät.

»Du machst mich fertig«, sagt er leise, nur um im nächsten Moment mit den Fingerspitzen über meine Haut zu streichen – zack, Gänsehaut, überall. Über meinen Unterarm, den Ellenbogen und den Oberarm hinauf, über die Schulter und die Kuhle an meinem Schlüsselbein, über den Hals und den Kiefer, die Wangen, die Lippen zu meinem Kinn, wo sie sanft liegen bleiben.

»Allie.« Er klingt genauso verzweifelt, wie ich mich fühle. Denn egal, was ich jetzt mache – was wir jetzt machen –, es kann und wird später vor Gericht gegen mich verwendet werden. Aber mal ehrlich. Wir reden hier von Grübchen-Conor. Scheiße, ich will das hier. Seine Lippen auf meinen. Jetzt.

Ich öffne die Augen, hebe das Kinn.

Einatmen, ausatmen.

Ruhig bleiben, versuche ich mir selbst einzureden, habe aber nicht die geringste Chance, denn meine Hand hat längst ein Eigenleben entwickelt, fährt hoch und noch höher, bis sie die wirren Strähnen erreicht, die ihm in die Stirn hängen. Ich streiche sie zur Seite, muss lächeln, weil sie sich genauso weich anfühlen, wie ich es mir vorgestellt habe. Dann lächelt er auch – inklusive Grübchen –, und ich nicke ihm zu, und er nickt ganz schwach zurück, weil wir beide wissen, dass wir uns jetzt küssen werden. Und dass das schon okay ist. Mehr als das. Es –

Klopft.

An der Zimmertür direkt neben uns. Ziemlich laut und

so energisch, dass wir beide ruckartig auseinanderfahren. Die Schranktür hinter mir knarrt, als ich erneut dagegen falle. Conors Blick ist von jetzt auf gleich nicht mehr lüstern, sondern panisch.

Ich komme zu mir, gebe eine Sekunde lang vor, zu überlegen (als ob ich dazu in der Lage wäre …), dann greife ich mit verräterisch zitternder Hand nach der Türklinke und ziehe daran.

»Hey, ist …« Tony atmet hörbar aus, als er Conor direkt hinter mir erblickt. »Da bist du ja! Du solltest längst bei Wendy sein.«

»Wieso?« Ich hoffe, Tony bemerkt das Beben in seiner Stimme nicht. Ich höre es sehr wohl, aber ich weiß auch, was wir vor wenigen Sekunden noch im Begriff waren, zu tun.

»Wegen des Fittings.« Wie ein Kameltreiber zerrt Tony ihn auf den Flur. »Sorry, ich hoffe, ich hab hier jetzt nichts Wichtiges unterbrochen.«

»Gar nicht, wir waren eh fertig.« Fehlerfrei und ohne zu stottern. Ich bin stolz auf mich.

Conor nicht so, der sieht mich mit gequältem Gesichtsausdruck an, ehe er von Tony wegeskortiert wird.

INSTAGRAM

Gefällt 358 Mal
irishtimeslive EP-Release!
Heute war es endlich so weit: Die lang herbeigesehnte EP der Lovesuckerz *Much More Than Love* ist erschienen, und die Pressestimmen sind bisher durchweg positiv. Auch die rund 800 Fans, die an diesem Nachmittag zum kostenlosen Pop-up-Konzert in den Bute Park in Cardiff kamen, waren hin und weg von den neuen Songs. Besonders die A-cappella-Version von *Epiphany* bescherte so manchem Fan einen waschechten Gänsehautmoment.
Und wenn wir gerade dabei sind: Ganz eventuell gibt es schon morgen das nächste Pop-up-Konzert. Wann und wo? Darf ich nicht verraten. Nur so viel: Die Jungs werden in Birmingham Station machen. *Ich* an eurer Stelle würde um die Mittagszeit definitiv mal im Sunset Park vorbeischauen.

Achtung: Fragerunde!
Ich dachte mir, wir schließen den Post heute mal wieder mit einer Frage ab: Was genau ist es, das euch an den Lovesuckerz fasziniert? Sind es die Texte? Die Stimmen? Oder doch eher die Männer hinter den Stimmen?
Don't get me wrong, ganz egal, was es ist: Jeder einzelne Grund ist berechtigt und macht keinen zum größeren Fan als den anderen. Vielmehr ist es großartig, dass die Musik der Jungs es schafft, jedem genau das zu geben, was er oder sie braucht. Hoffnung und Trost in einer schwierigen Zeit. Eine Community der Gleichgesinnten, die sich gegenseitig stützt und stärkt. Oder einfach ein neues Lieblingslied.
PS: Habt ihr schon das Video zu *Don't Just Be My Friend* gesehen, das heute ebenfalls Premiere feiert? Geshootet wurde es Anfang

der Woche im legendären *White Tower* in London! Und ich glaube, ich verrate nicht zu viel, wenn ich sage, dass ihr euch auf ein spektakuläres Video freuen könnt! We're talking about rote Rosen und Lichtinstallationen und fünf Herren im Smoking! Muss ich noch mehr sagen, außer: Es lohnt sich, dem YouTube-Kanal der Lovesuckerz einen Besuch abzustatten!

#lovesuckerzrulez
2. August

Alle 167 Kommentare ansehen
ginny_and_harry22 Ich finde Ryans Stimme toll!!!
dandelion_studio Ich liebe einfach ALLES an den Lovesuckerz!
deedee_bee_2001 Ich find die Musik der LS echt mega, leider bin ich da in meinem Freundeskreis weitestgehend allein. 😕
alexanderrainsford 😎

Samstag, 3. August

Allie – Spend the rest of my life with what could have been

Another day, another city. Heute mal wieder die BBC, diesmal in Birmingham.

Es klingt absurd, aber nachdem wir erst tief in der Nacht im Hotel angekommen sind, bin ich heute Morgen tatsächlich aufgewacht und habe mich gefragt, in welcher Stadt wir uns befinden. Und das nach drei lausigen Stopps! Wie muss es den ganz Großen gehen, die über Wochen und Monate alle paar Tage in anderen Städten – in unterschiedlichen Ländern, auf verschiedenen Kontinenten – aufwachen? Das muss … richtig krass sein! Da brauchst du definitiv jemanden, der dir vorm Betreten der Bühne souffliert, welche Crowd dir gleich zujubelt. Imagine …

»Gestern kam eure EP raus«, erzählt der Moderator, Cliff, auf der anderen Seite des Fensters, vor dem ich mit Tony und Eugene stehe und angespannt dem Interview lausche, das die Jungs gerade geben. »Und euer Video zu *Don't Just Be My Friend* hatte binnen drei Stunden siebzigtausend Klicks! Macht euch das stolz?« Sein Blick bleibt an Conor hängen.

»Total!«, ist die Antwort, die Tony ihm in Vorbereitung auf das Interview aufgeschrieben hat, und es ist genau die Antwort, die Cliff erhält. Als ob er sich das nicht noch selbst aus den Fingern hätte saugen können, aber gut, auch bei den Lovesuckerz lernt man scheinbar aus Fehlern. »Aber auch demütig«, schiebt er hinterher, und neben mir zuckt jemand merklich zusammen. Nicht abgesprochen, oh boy. Gleich verlässt Tony seinen Platz und stürmt das Studio, um Conor die Rote Karte zu zeigen.

»Inwiefern?«, hakt Cliff derweil nach.

»Na ja, wir wissen alle, dass dieser Erfolg nicht selbstverständlich ist und dass es viele Bands gibt, die tagein, tagaus echt kämpfen müssen, um über die Runden zu kommen.«

»Das mag sein, aber jetzt geht es ja erst mal um euch und euren Wahnsinnserfolg.« Er deutet mit dem Stift in seiner Hand abwechselnd auf die Jungs. »Owen, Colm, ihr beiden singt auf der EP keine eigenen Parts, richtig?«

»Richtig«, bestätigt Colm nickend.

»Könnt ihr uns denn schon sagen, ob ihr auf der nächsten solo zu hören sein werdet?«

»Das wissen wir noch nicht«, antwortet Owen wie abgesprochen. »Wir hören uns die Songs gemeinsam an, singen alle Parts ein und entscheiden hinterher, wie es sich am besten anhört.«

Er meint, dass die Bosse bei Virgin entscheiden, wie es sich am besten anhört. Was bisher immer auf das Gleiche hinauslief, wenn ich mir die EP anhöre: Jason übernimmt die erste Strophe, Mickey oder Conor die zweite, beziehungsweise die Bridge, je nachdem. Und ich glaube, Owen und Colm wissen, dass sie keine Chance gegen deren Stimmen haben. Dafür sind sie zu präsent, zu markant, und – sorry – schlichtweg zu gut.

»Erzähl mal, Mickey, wie war das, sich zum ersten Mal im Radio zu hören?«

»Es war ein bisschen spooky, um ehrlich zu sein. Ich wusste erst gar nicht, welcher von denen ich bin, bis mein Solopart kam. Es ist echt schwierig, sich selbst aus einem Chor rauszuhören.«

»Stimmt es, dass du eigentlich Model werden wolltest?«

Er nickt. »Ja, ich hatte schon den ein oder anderen Job, aber so richtig ernst genommen habe ich das, ehrlich gesagt, nicht.«

»Wieso?«

»Weil ich nur Mickey Cardiff aus Glosh bin und nicht Tyson Beckford aus New York.« Er hebt die Arme, deutet mit den Händen auf sich selbst. »Außerdem: Meine Eltern züchten oben in Mayo Rinder und Schafe. Ich bin mit diesen Tieren aufgewachsen und könnte nie was aus Leder tragen oder so, das geht gar nicht.«

»Ihr habt fast alle einen Uniabschluss. Du, Mickey, hast deinen Bachelor in Agrarwissenschaften gemacht, lese ich hier. Owen, du warst auf dem Weg, Lehrer zu werden, Jason, du bist Wirtschaftsökonom und standest schon mit einem Bein im Logistik-Betrieb deines Vaters. Wieso habt ihr euch damals trotzdem auf den Instagram-Aufruf gemeldet und für die Lovesuckerz vorgesungen?« Oh, Tony ist nicht erfreut darüber, dass Cliff seiner journalistisch-neugierigen Natur nachgibt und nicht abgesprochene Fragen stellt. Gar nicht gut. Eieiei.

Owen ist seine Unsicherheit deutlich anzumerken. Er sieht von Mickey zu Jason und dann zu Tony, der neben mir steht und mit den Achseln zuckt. Was soll er auch tun? Das Interview crashen und Cliff an den Ohren aus dem Studio ziehen, um ihm die Leviten zu lesen?

»Meine Mum hat gesagt, dass ich das jetzt tun muss, bevor ich mein Leben lang in meinem Büro in Sligo sitze und dort versauere«, gibt Jason schließlich zu, weil die anderen beiden keinen Ton sagen. »Den Bachelor habe ich in der Tasche, den kann mir keiner nehmen. Aber das hier,« – er hebt wieder die Arme, deutet auf das Mikro – »diese Erfahrung hier, die ist einmalig und die nimmt mir auch niemand mehr weg. Und deshalb bin ich superfroh, dass sie mir das ermöglicht haben.«

»Und wenn es vorbei ist?«, fragt Cliff weiter. Als wäre es total naheliegend, einen aufstrebenden Popstar danach zu fragen, was er tun möchte, wenn sein Zenit überschritten ist. »Ich meine … Wenn die Lovesuckerz mal nicht mehr sind, was dann? Gehst du dann zurück nach … Sligo und wirst dort als Wirtschaftsökonom glücklich?«

Jason sieht ihn an, als hätte sein Kopf einen Kurzschluss, weil er sich diese Frage noch nie ernsthaft gestellt hat. Ein Leben nach den Lovesuckerz. Was soll das sein?

»Klar.« Er sagt das, als wäre es das Einfachste auf der Welt, all den Ruhm und den Glamour, den er mit sich bringt, hinter sich zu lassen, um … Exceltabellen zu pflegen. »Irgendwann will ich Familie haben, und ja, ich kann mir gut vorstellen, mit der in Sligo zu leben.«

»Mal ernsthaft, könnte dieser Kerl ein noch größerer Schwiegermutterliebling sein?« Cliff blättert kopfschüttelnd zur nächsten Seite, stellt noch ein paar Minuten lang die vorab besprochenen Fragen nach Vorlieben und Zukunftsplänen, dann entlässt er die Jungs mit dem Intro ihres eigenen Songs.

Okay, streng genommen ist es nicht *ihr* Song, sondern sind es lediglich ihre Stimmen. Zum Song selbst – zur Melodie, zur Textfindung, zum Instrumenteneinsatz – haben sie rein gar nichts beigetragen. Aber sag ihnen – sag Conor – das mal, dann bist du gleich wieder der Arsch.

Dabei würde ich das echt gern. Ihm sagen: Ihr seid eine Retortenband. Ihr singt Songs, die ihr nicht geschrieben habt, tanzt zu Musik, die nicht von euch stammt, und hüpft im Zweifel in Klamotten rum, die euch von der Stylistin rausgelegt werden. Und wenn die Industrie mit euch fertig ist, werden sie euch mit einem warmen Händedruck raus komplimentieren und die nächste Sau durchs Dorf jagen. Weil man, und ich glaube, das weiß selbst Conor, eben nur eine gewisse Zeit das nächste große Ding sein kann.

Tony stürmt das Studio, während ich zurückbleibe und die Szene beobachte. »Geht doch, Jungs!«, ruft er, als Cliff zur Tür draußen ist, und grinst dabei breit. Er mag im Plural reden, aber auf die Schulter klopft er dabei ausschließlich Conor. Ob das bedeutet, dass er es an der Stelle besonders gut gemacht hat, oder aber, dass er bei ihm im Vorfeld die höchsten Ausfallrisiken gesehen hat, kann ich nicht sagen. Aber als Conor die Hände aneinanderlegt und sichtlich erleichtert seine Nase darin vergräbt, fährt ein kalter Schauer über meinen Rücken. Weil ich nur seine Finger ansehen muss und mir sofort wieder vorstelle, wie sie sich auf meiner nackten Haut angefühlt haben. Mir wird heiß und gleich darauf wieder kalt, als sich die nächste Gänsehaut ausbreitet, weil er so schief grinst, als Tony ihn lobt.

Muss. Aufhören. Ihn. Anzuschmachten.

Wie die professionelle Journalistin, die sich irgendwo in dem hyperventilierenden Teenager versteckt, schreite ich zur Tür, strecke den Kopf, straffe die Schultern. Ich kann das. Ich kann und werde professionell sein. *Wirst schon sehen, Conor Breheny, mit deinem dämlich süßen Grübchen, wie professionell ich sein kann.*

Und trotzdem krieg ich's nicht hin, mich an dieser Stelle *nicht* zu fragen, was Conor auf Cliffs Frage geantwortet hätte. Was sein Plan für die Zeit nach den Lovesuckerz ist. Und warum um Himmels willen ich darüber nachdenke, ob ich nicht Teil davon sein könnte.

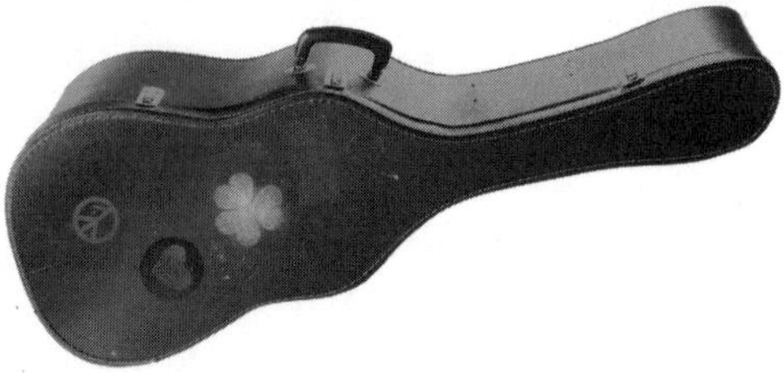

Conor – Well it's Saturday night

Ich wische mit dem Daumen über das Display, bevor es schwarz wird. Die Nachricht an Danny ist noch da – wohin soll sie auch gehen?

Hey, Mann, ich hoffe, es geht dir gut. Sind mittlerweile in Birmingham. Schade, dass das mit dem Treffen nicht geklappt hat. Weiß, ehrlich gesagt, gar nicht, wieso ich dir schreibe, du antwortest ja sowieso nicht.

Ich überfliege die Zeilen, lösche seufzend alles bis auf *Hey, Mann,* und ersetze es durch ein knappes *du fehlst mir*, dann drücke ich auf *Senden*, auch wenn ich mir nach etwa dreißig unbeantworteten Nachrichten keine große Hoffnung mehr mache.

Es ist schön hier. Also, nicht *hier*, in dem lichtlosen Nebenraum, in dem ich auf dem kalten Fußboden sitze, sondern nebenan. Im Secret Room, mit seinen hohen Wänden und floralen Tapeten und Stuckdecken, Ledersofas, mit seinem edlen Geschirr und den grünlich schimmernden Wassergläsern, die aussehen, als wären sie der Renaissance entsprungen. Dazu stimmungsvolles Licht aus filigranen Kronleuchtern und leise Hintergrundbeschallung – unsere EP, wer hätte es gedacht? Mickey hat recht, wenn man nicht richtig hinhört, vergisst man fast, dass man es selbst ist, der da singt. Dabei hat man die Lieder schon so oft gesungen. Im Studio, live auf der Bühne, unter der Dusche, vor Publikum oder in ein zufällig rumstehendes Mikrofon hinein.

Aber seit sich Allie vor einer Stunde mit Bauchkrämpfen ins Hotel hat zurückbringen lassen, weiß ich nicht mehr wirklich, was ich hier soll. Nach Feiern ist mir nicht zumute. Weil ich müde bin und weil Samstagabend ist, und ich jetzt insgeheim lieber in einem muffigen Zimmer in Lahinch sitzen würde statt im feudalen Secret Room, irgendwo in Birmingham, mit Leuten, die mich Ryan nennen.

Ich schiele auf mein Handy. Keine neue Nachricht. Aber gleich acht Uhr. Ich öffne die App, lege das Handy neben mich auf den Fußboden und schiebe mir die Earpods in die Ohren, ehe ich die Augen schließe. Zu sehen gibt's sowieso nichts. Zu hören dafür umso mehr.

Und während ich so dasitze, in der Dunkelheit, wer hätte es gedacht, fängt sie an, durch meine Gedanken zu tanzen. Ihre Haare sind offen, mit einem Schleifenhaarband zusammengerafft, das das Meerblau ihrer Augen aufgreift und noch intensiviert. Die dunklen Wellen liegen seitlich über ihrer nackten Schulter, nackt, weil sie heute ein Shirt getragen hat, das ihr mindestens drei Nummern zu groß war und ihren halben Rücken freigelegt hat. Freddy Mercury in seiner Signature-Pose, Mikrofon in der Hand, ein Bein nach hinten weggestreckt, das andere angewinkelt, Oberkörper zurückgeworfen, Blick gen Himmel.

Den ganzen Tag lang habe ich mir Gedanken über dieses Scheißshirt gemacht. Darüber, was zum Teufel sie mir damit sagen will. ›Ja, ich mag Freddy auch, Conor‹? Oder gar ›Ich mag *dich* auch, Conor‹? Oder ist es am Ende einfach ein Shirt, das sie im Halbschlaf aus dem Koffer gezerrt hat? Ich glaube nämlich, sie ist kein Morgenmensch. Zumindest habe ich sie vor dem zweiten Kaffee – immer und ausschließlich ein Latte macchiato, Sirup je nach Verfügbarkeit, am liebsten Vanille oder Haselnuss –

noch nie mehr als das Nötigste reden hören, geschweige denn lächeln sehen. Und ganz bestimmt ist sie niemand, der für eine Nacht auspackt, nur um am nächsten Tag alles wieder einpacken zu müssen. Gestern in ihrem Zimmer habe ich einen flüchtigen Blick riskiert, und da lag der Koffer an der Wand. Zwar zugeklappt, aber ich gehe trotzdem davon aus, dass sie sich vorhin direkt daraus bedient hat.

Ich sehe den Koffer da liegen, genau an der Wand, an der sie auch gelehnt hat. An der meine Hand über ihre nackte Haut gefahren ist. Spüre ihre Haare zwischen meinen Fingern und ihren warmen Atem auf meiner Haut. Auch jetzt, hier auf dem Fußboden. Und vorhin auf der Fahrt hierher. Nachher auf der Rückfahrt ins Hotel bestimmt auch noch und heute Nacht und morgen und vermutlich an jedem anderen Tag danach. Wo das hinführen soll? Ich habe nicht die geringste Ahnung. Denn wenn wir uns nicht heimlich anschmachten – auch das tut sie, ich habe sie schon mehrfach dabei erwischt, und ich ja sowieso –, ignorieren wir uns gegenseitig. Und bisher funktioniert das irgendwie. Aber wir wissen beide, dass dieses fiese Kribbeln zwischen uns nicht weggehen wird. Im Gegenteil. Wahrscheinlich wird es sich immer weiter aufbauen, zuspitzen, intensivieren. Selbst meine Hand ist kein geeignetes Ventil mehr, kann den Druck, der sich über die letzten Tage in mir aufgebaut hat, nur temporär mindern, ehe er sich von Neuem bildet.

Fuck.

Fuck, fuck, fuck.

»Ihr Lieben!«, Liz in meinem Ohr reißt mich von jetzt auf gleich aus meiner Allie-Blase, und ich glaube, ich war ihr nie dankbarer als gerade in diesem Moment. »Es ist Samstagabend, acht Uhr, und ihr wisst, was das heißt.« Ihre Stimme strahlt, ohne Mist. »Ich kann euch gar nicht sagen, wie sehr ich mich freue, heute bei euch sein zu dürfen. Es ist …« – sie hält inne, und ich höre ihren Atem – »… es ist manchmal erschreckend, wie schnell die Welt sich dreht, oder? Wie schnelllebig alles ist und wie wenig Einfluss wir auf unser eigenes Leben haben!«

Ich nicke stumm in mich hinein. *Wie wahr, Liz, wie wahr.*

»Jedenfalls bin ich heilfroh, dass ich heute hier bei euch sein kann, um für euch zu singen. Sorry, wenn ich noch nicht dazu gekommen bin, jedem zu antworten, aber ich habe all eure Nachrichten von letzter Woche gelesen! Und jede einzelne davon hat mir den Tag versüßt. Das war in der vergangenen Woche manchmal gar nicht so leicht, kann ich euch sagen! Aber jetzt bin ich hier, gewillt, den Stress der letzten Tage abzulegen und ein bisschen mit euch abzuschalten.« Sie schweigt einen Moment, und mir fällt sofort auf, dass es im Hintergrund ungewöhnlich still ist. Keine Gitarre. Kein Klavier. Nichts, nur ihr leiser Atem. »Habt ihr euch auch schon mal gefragt, wie es wäre, musikalisch in einer anderen Ära aufzuwachsen?«, fragt sie weiter. »Den Siebzigern zum Beispiel. Der Zeit von Bowies *Heroes* oder Blondies *Heart of Glass*. Oder bei Live Aid '85 in der Front Row zu stehen. Mit Queen in den Rockfield Studios, als sie ihre legendäre *Bohemian Rhapsody* einsingen, oder mit U2, als sie oben in den Wicklow Mountains *The Joshua Tree* aufgenommen haben. Mit Joni Mitchell vor dem Fernseher, als '69 Woodstock übertragen wird, hautnah dabei, wie sie mit ihrem eigenen *Woodstock* Geschichte schreibt. Ich mache mir da tatsächlich sehr oft Gedanken drüber, frage mich, ob ich nicht zu spät geboren wurde für meinen Musikgeschmack. Versteht mich nicht falsch, es gibt superviele großartige Künstler da draußen – und damit meine ich nicht nur Ed und Harry und Taylor, die Musikpoeten unserer Generation. Aber es gibt auch echt so viel willkürlich zusammengemixtes, austauschbares Gedudel.« Sie seufzt leise, etwas raschelt im Hintergrund, dann herrscht erneut Stille.

»Na, habt ihr's erraten?«

Ich öffne die Augen, sehe auf mein Handy, aber da ist nichts außer Schwarz. Und Dutzende Herzchen und züngelnde Flammen, die seitlich am Schwarz vorbeifliegen. Die Beiträge kommen so schnell und so zahlreich rein, dass ich sie kaum lesen kann, bevor sie schon wieder von neuen Kommentaren und Emojis verdrängt werden.

itsme.dermotokeefe Lizzzzyyyy, wir wollen kein verwackeltes Video von deinem Shirt, wir wollen dein Gesicht sehen!

Er schickt etwa zwanzig rote Ausrufezeichen hinterher.

PatsyBanksUK Wir wollen mehr von dir hören, Liz!
feeeeelin_good ALTER! Warst du das?
lizzysno1fan Zeig uns alles!
feeeeelin_good Du Hottie!
kerryfromclare OMG. War das Dylan?!!!?
oriley_d03 Es war ein Shirt, ihr notgeilen Affen!

Mein Magen zieht sich zusammen, als Dannys Nickname aufpoppt.

Ich muss schmunzeln, weil ich ihn vor mir sehe, irgendwo in London in einem Sessel oder Stuhl oder auf dem Boden, die Kopfhörer auf, Augen stur auf den winzigen Bildschirm gerichtet, ähnlich wie ich.

Kurz überlege ich, auch was zu schreiben, nur, damit er meinen Nicknamen auf dem Screen hat, aber dann lasse ich es, weil ich nicht weiß, was ich schreiben soll, außer irgendwas im Sinne von *Du hast so recht, @oriley_d03!* Und das wäre echt erbärmlich.

druidfluid Mehr Liz! Gib uns mehr!

her.name.was.lola.2004 Deine Stimme ist so wunderschön!
dressingupwithnisha Tolles Shirt!
mineisbigger_thanyours Ja, zeig uns deine Titten, Baby!

Ich habe direkt wieder das dringende Bedürfnis, mit der Faust auf die Wand einzuprügeln. Nicht bloß, weil ich ganz offensichtlich was Wichtiges verpasst habe – obwohl mich das auch tierisch ärgert –, sondern weil es genau solche Arschgeigen sind, die Liz davon abhalten, sich zu zeigen.

»Der ein oder andere hatte schon den richtigen Riecher.« Sie kichert, und ich bewundere, wie sie über die ekelhaften Kommentare hinwegsehen kann, als gäbe es sie gar nicht. »Denn ich habe mir diese Woche tatsächlich was Besonderes überlegt. Ihr wisst genauso gut wie ich, dass ihr – und ganz speziell Dermot – seit Wochen und Monaten um ein ganz bestimmtes Cover bettelt, richtig? Und seit Wochen und Monaten sträube ich mich dagegen, sage immer wieder, dass das nicht geht, weil er eine absolute fucking Legende für mich ist und das nur in die Hose gehen *kann*, korrekt?« Sie wartet kurz, gibt uns Zeit, aber ich weiß längst, wovon sie spricht. Und zack, Gänsehaut. Sie wird ihn singen. Sie wird Dylan singen. Und ich werde sterben. Ganz sicher.

Sofort fliegt eine weitere Herzchenarmada über den Bildschirm. »Aber ich werde mich vorsichtig rantasten. Wollte mit einer A-cappella-Version von *Things Have Changed* anfangen, bevor ich mich in den nächsten Wochen gedanklich mit *The Times They Are A-Changin'* oder *Blowin' in the Wind* auseinandersetze, versprochen. Klingt das nach einem Deal?«

PatsyBanksUK Versuch dich unbedingt mal an *Like A Rolling Stone*!
feeeeelin_good Ich nehm lieber die Titten!
oriley_d03 Yesssss! Dylan ist der Größte!

itsme.dermotokeefe O Gott, Liz, du bist die Beste ...
kerryfromclare Was @oriley_d03 sagt!!

»Dachte ich mir!« Sie lacht, und ihr Lachen klingt so vertraut, dass sich mein Magen wieder meldet. »Okay, let's try this! Seid ihr bereit? Ich bin es nicht.«

Sie räuspert sich, rückt etwas zurecht, ich nehme an, das Mikro oder ihren Stuhl. Dann lächelt sie hörbar. »Bitte verzeih mir, Bob!«

Und dann singt sie. Und ich sterbe. Auf dem kalten Fußboden irgendwo in Birmingham, im dunklen Nebenraum eines bunten Nebenraums, mit geschlossenen Augen und offenem Herzen.

Minutenlang bin ich im Himmel. In *ihrem* Himmel, den sie allein mit ihrer Stimme erschafft.

Und dann realisiere ich etwas.

Dieser Ort, dieser Himmel, ist mein Safe Room. Mein einziger Platz auf dieser Welt, an dem ich nicht an das Fuchsiameerblauebenholzgemisch denken muss, das mich sonst den ganzen Tag über an den Rand der Verzweiflung treibt. Und das macht mich verdammt glücklich. So sehr, dass ich es direkt mit ihr teilen will.

maybenotbob.dylan Hey, Liz. Heute ging es mir so richtig beschissen. Ätzende Woche, komische Gedanken, nervige Termine. Aber weißt du, was? Egal, wie beschissen es mir geht, du schaffst es mit deiner Stimme, dass die Welt sofort ein bisschen besser ist. Hör bitte nie, nie, niemals auf, Musik zu machen!

INSTAGRAM

3. August

liz_official Danke für deine Nachricht! Um ehrlich zu sein, hat sie meinen Abend auch besser gemacht – nicht nur ein bisschen.

maybenotbob.dylan Der echte Dylan kann sich geehrt fühlen, dass du seinen Song coverst!

Liz_official Jetzt übertreibst du!

maybenotbob.dylan Ernsthaft: Es war grandios!

Liz_official Danke! 💞

maybenotbob.dylan Was ist mit deinen Songs? Wann bekommen wir die endlich zu hören?

Liz_official Glaubst du echt, die Welt braucht noch eine weitere Singersongwriterin, die sie mit gefühlsduseligen Texten bombardiert?

maybenotbob.dylan Natürlich braucht die Welt dich!

maybenotbob.dylan Apropos: Bist du weitergekommen?

Liz_official Womit?

maybenotbob.dylan Deinem Song.

Liz_official Mit welchem von den vielen? 🙈

maybenotbob.dylan Mit dem Nicht-break-up-Song. Soviel ich weiß der einzige, den du bisher mit deiner Community geteilt hast, oder?!

liz_official Meine Community. Wie das klingt. 🤩

maybenotbob.dylan Knapp 13.000 Abonnenten würde ich schon als Community bezeichnen.

maybenotbob.dylan Oder sollte ich lieber sagen: Fans?! 😉

liz_official Ha, nee, dann lieber Community.

maybenotbob.dylan Also? Weitergekommen?

liz_official Keine Zeit. Stichwort Brotjob.

liz_official Wie läuft's bei dir?

maybenotbob.dylan Ähnlich. Wobei ich letztens eine von deinen Eingebungen hatte, glaube ich.
liz_official Ernsthaft? Lass hören!
maybenotbob.dylan Nee, ist noch lange nicht fertig.
liz_official Und wenn ich ganz lieb BITTE sage?
maybenotbob.dylan Liz ...
liz_official Ach, komm schon! DU wolltest doch einen Song zusammen schreiben!
maybenotbob.dylan Okay, aber ich meine es ernst: Es ist work in progress, also erwarte nicht zu viel, ja?!
liz_official Ich erwarte alles und nichts. 😉
liz_official Du hast keine Vorstellung, wie aufgeregt ich bin! Ernsthaft!
maybenotbob.dylan Mit der Melodie bin ich mir noch unsicher. Ich hatte anfangs Swift als Grundlage, aber dann hat sich das Ganze verselbstständigt, und jetzt passt es nicht mehr so wirklich.
liz_official O Gott, wieso bin ich auf einmal so nervös?
maybenotbob.dylan DU bist nervös? Frag mich mal.
liz_official Mach jetzt, verdammt! 🤐
maybenotbob.dylan Okay, here we go.
maybenotbob.dylan Lying awake in the dark of night, with nothing but your smile on my mind, hoping for a laugh, a glance, even a touch, cause, dammit, the screen's just not enough, holding on tight so nobody knows, that no one ever came this close.
liz_official Das ist ...
maybenotbob.dylan Scheiße?
maybenotbob.dylan Liz?
maybenotbob.dylan Keine Antwort ist auch eine Antwort.
liz_official Nein, nein, nein! Das ist ... das ist wundervoll! Ich bin nur ein bisschen sprachlos (und das bin ich echt nicht oft!).
maybenotbob.dylan In a good way?
liz_official In the best possible way, Ehrenwort! Mann, als

du anfangs gemeint hast, dass du auch hin und wieder schreibst, dachte ich, du machst Witze oder versuchst, meine Aufmerksamkeit zu bekommen, aber das ...

maybenotbob.dylan Irgendwie gefällt mir das. 🤭🙃

liz_official Gehts denn um jemand bestimmten?

maybenotbob.dylan Ist die Frage ernst gemeint?

liz_official ???

maybenotbob.dylan Es geht um dich!

liz_official Vielleicht hatte ich gehofft, dass du das jetzt schreiben würdest (und vielleicht habe ich die Frage nur deshalb gestellt). Und vielleicht werde ich gerade rot und bin SEHR froh, dass du mich nicht sehen kannst.

maybenotbob.dylan Schade, hätte ich tatsächlich gern gesehen. 😇

liz_official Wie heißt sie noch gleich?

maybenotbob.dylan Wer?

liz_official Deine Band.

liz_official Ich MUSS mir endlich deine Lieder anhören!

liz_official Dylan?

liz_official ?

Montag, 5. August

Allie – What the hell am I doin' here?

Es weht ein böiger Wind in die Flussmündung des Mersey, die den Strand an dieser Stelle von der Irischen See trennt. Ich trage meine pinken Lieblingsshorts, darüber ein quietschgelbes Trägershirt und zum ersten Mal seit Tagen wieder meine Jeansjacke, weil sich die Luft mit ein bisschen Gischt auf der Haut gleich viel frischer anfühlt. Angenehm auf jeden Fall.

Taylor singt aus meinen Kopfhörern zu mir, während ich am Geländer lehne, das den schmalen Fußweg vom Sand abtrennt. Am Strand laufen ein paar Spaziergänger oder stehen im Schlick herum und spähen wie ich sehnsüchtig aufs Wasser hinaus. Es ist friedlich hier, das mag ich. Ein bisschen Ruhe inmitten der Hektik, die mich seit einer Woche konstant umgibt.

Normalerweise würde ich mir jetzt 'ne Zigarette anzünden und den Rauch hinauf zu den reinweißen Quellwolken schicken, die dort vorüberziehen wie die Containerschiffe am Horizont. Aber ich tu's nicht. Weil er recht hat, wenn er sagt, dass es schlecht ist, und weil ich nicht will, dass er meinetwegen noch mal einen Anfall hat. Und könnte ja sein, dass ich ihm zufällig begegne, also, dass er mir wieder aus Versehen hinterherläuft oder so. Und dann will ich nicht nach Rauch riechen.

Ja, so schlimm ist es schon!

Taylors Gesang wird von meinem Klingelton unterbrochen. Ich angele mein Handy aus der Hosentasche und seufze beim Blick auf das Display. Als ob er meine Gedanken einmal quer über die Irische See gehört hat und weiß, dass ich *so* kurz davor bin, all meine sorgsam zusammengeklaubte journalistische Professionalität über Bord zu werfen und meinen Gefühlen für Conor nachzugeben.

Nicht *Gefühle*. Ich habe keine *Gefühle* für ihn, ich … fühle mich von ihm angezogen. Von seinem Grübchen und den graugrünen Augen und … Das hat mit Gefühlen rein gar nichts zu tun!

»Hey, Dad.«

»Hey, Äffchen!«

Ich lasse seinen Kosenamen kommentarlos über mich ergehen und setze mich oben auf das Geländer.

»Wie geht es dir? Kommst du zurecht?«, fragt er, und ich nicke und schicke ein »Es ist okay« hinterher.

»Ich lese jeden Morgen deinen Blog.«

»Ehrlich?« Ich richte mich ein Stück auf. »Und? Was sagst du?«

»Es liest sich … gut. Wirklich gut. Aber du könntest meiner Meinung nach noch ein bisschen energischer sein, ein bisschen forscher in deiner Berichterstattung. Bisher kratzt du nur an der Oberfläche, habe ich das Gefühl. Wenn du die richtig guten Storys haben willst, musst du tiefer graben.«

Wir sprechen hier von Menschen, Dad. Was soll ich tun? Sie aufschneiden und in sie hineinschauen? Das funktioniert nicht, das weißt du besser als ich. Man kann den Menschen nicht hinter die Stirn sehen. Man muss das nehmen, was sie einem anbieten.

»Ich werde es versuchen«, sage ich trotzdem.

»Und wie sind die Jungs so? Ich hoffe, sie sind nett zu dir?«

Comme ci, comme ça, würde ich sagen.

Ein simples »Ja« ist meine Antwort, dabei könnte ich ihm natürlich viel erzählen. Von Colm, der immer mehr zum Chamäleon mutiert, das heute so und morgen ganz anders drauf ist. Bei dem man nie so genau weiß, woran man ist, weshalb ich mich, so gut es geht, von ihm fernhalte – und er sich mittlerweile auch von mir. Einem wie ihm will ich gar nicht hinter die Stirn sehen.

Oder von Jason und Mickey, die beide supernett zu mir sind. Owen ebenfalls, auch wenn er oft sehr verschlossen und in sich gekehrt wirkt. Ihm möchte ich am kommenden Freitag definitiv mehr Zeit widmen. Nachbohren, würde Dad jetzt sagen. Oder ihm einfach signalisieren, dass ich mich für das interessiere, was er zu sagen hat.

Und natürlich The Man Himself mit seinem Scheißgrübchen, an das ich pausenlos denke, wenn ich mich nicht gerade anderweitig ablenken kann.

Alles Infos, die Dad nicht zwingend braucht – geschweige denn haben möchte, da bin ich mir sicher –, schon gar nicht die letzte.

»Und wie geht es weiter? Wo seid ihr aktuell?«

»Liverpool«, erkläre ich und drehe meinen Oberkörper, auf dem Geländer sitzend, um neunzig Grad, sodass ich wieder raus aufs Wasser sehen kann. »Morgen dann Manchester, ab Mittwoch Glasgow, Freitag Belfast.«

»Triffst du dich dort mit Alex?«

»Natürlich.«

»Wie schön, dass er sich die Zeit für dich nimmt. Richte ihm Grüße aus, ja?«

Ich bereise um die zwanzig Städte in fünf Wochen, darunter zufällig auch die Stadt, in der mein Bruder seit vier Jahren als freier Journalist mehr lebt als arbeitet, und habe genau anderthalb Stunden an diesem Tag so etwas wie Freizeit. Aber *mein* Bruder nimmt sich Zeit für *mich*? Ist klar, Dad.

»Das mache ich«, sage ich dennoch artig.

»Wann ist dein nächstes Interview?«

»Freitag«, murmele ich, abgelenkt durch den Jogger, der weiter unten am Wasser durch den Sand läuft.

»Versuch, sie bis dahin näher kennenzulernen, um herauszufinden, womit du sie catchen kannst. Gewinne ihr Vertrauen, wickele sie um den Finger, wenn nötig, nur so kommst du an die wirklich guten Geschichten.«

Vom Chirurgen zum Angler und dann zur Schlange in unter einer Minute.

»Wobei …« Er schnaubt. »Sind wir mal ehrlich, das ist schon ein verdammt harter Brocken, den Noah dir da aufgebrummt hat.«

»Inwiefern?«

»Erwartet er von fünf jungen Popstars ernsthaft tiefgründige Storys?« Wieder ein abfälliges Schnauben. »Du kannst sie höchstens mit an die Bar nehmen. Alkohol lockert die Zunge, da springt vielleicht wenigstens noch der ein oder andere Skandal raus …«

»Ernsthaft?«

»Da sitzen die doch eh die meiste Zeit«, höre ich ihn murren.

Ich versuche, mich zu konzentrieren, bin irritiert von den Worten meines Dads und dem Jogger, der plötzlich abdreht und auf mich zukommt. »Wie meinst du das?«

»Wenn ich keine Perspektive im Leben hätte, würde ich meinen Kummer vermutlich auch im Alkohol ertränken.«

»Aber, Dad.« Ich fasse es nicht, dass er so einen Unsinn redet. Und dass der Jogger Strubbelfrisur trägt. »Ich habe dir doch eben erzählt, dass wir jeden Tag woanders sind und dass die Jungs …«

»Früher hat man solche Leute *Tinker* genannt«, grunzt er.

Ich sage nichts, weil ich nichts zu sagen habe, das Dad nicht fuchsteufelswild machen würde. Aber ich könnte … ich könnte ihm sagen, dass er früher auch mehr auf Reisen war als zu Hause. Dass ich ihn oft wochen- und monatelang nicht gesehen habe, weil er mal wieder sonst wo unterwegs war, während Mum zu Hause mit uns eingegangen war.

Aber ich sage nichts, weil ich *artig* bin und es kaum etwas gibt, das er mehr hasst als Widerworte. Außer vielleicht, an seine Frau erinnert zu werden.

Sekunden später sind alle Gedanken da oben wie verpufft, denn – scheiße – es ist tatsächlich Conor, der auf mich zugelaufen kommt. Langsamer jetzt, während er auf seiner Uhr herumdrückt.

»Du kannst froh sein, Äffchen, dass du einen anständigen Job hast, der dich-«

»Bin ich«, unterbreche ich meinen Dad und räuspere mich. »Und der ruft, sorry. Wir hören uns.« Damit lege ich auf und schiebe mir die Kopfhörer in den Nacken.

»Wer ruft?«, will Conor mit einem schelmischen Grinsen wissen, als er sich wiederum einen seiner Earpods aus dem Ohr zieht.

»Mein Job«, entgegne ich knapp, und dann: »Was machst du hier?«

»Na, die Kombi kann man ja nicht übersehen.«

Ich sehe an mir herunter. Pinkfarben Hose, quietschgelbes Shirt. Zugegeben, Tarnkleidung ist was anderes.

Ich weiß nicht, ob ich mich nur so freue, ihn zu sehen, weil er das Gespräch mit meinem Dad zwangsweise beendet hat, oder auch deshalb, weil er mit leicht verschwitzten Strubbelhaaren noch niedlicher aussieht als sonst. Und außer Atem ist er auch. Ein bisschen wie nach dem …

O Gott, Allie! Hör sofort auf! Das ist so was von unprofessionell! Wobei …

Sex mit ihm sicherlich schön ist. Ich wette, seine Hände sind zärtlich, ähnlich wie vergangenen Freitag, als sie …

Stopp! Bis hierhin und nicht weiter!

Ich sehe vorsichtig zu ihm auf, aber er kriegt gar nicht mit, wie ich rot anlaufe, sieht mich nicht mal an, stattdessen schaut er in der Gegend rum und quatscht dabei atemlos weiter. »Ob du's mir glaubst … oder nicht, aber ich bin dir diesmal nicht hintergekommen.« Ich folge seinem Blick. »Hab von … den Statuen gelesen und wollte sie mir … unbedingt anschauen.«

Er bemerkt meinen fragenden Gesichtsausdruck und kommt ein Stück näher, stellt sich direkt vor mich und deutet nach schräg vorn, ich glaube, auf einen der Spaziergänger, der im Watt steht und aufs Wasser hinausschaut. »Siehst du, da.«

»Der Mann?«

Er schmunzelt. »Das ist kein Mann.«

»Sondern?«

Wortlos löst er sich von der Eisenstange und stapft davon. Das kann er gut, weglaufen. Ich bleibe sitzen, bis er sich umdreht und mich zu sich winkt. Augenrollend schwinge ich die Beine über das Geländer und springe in den warmen Sand.

Bis ich zu Conor aufschließe, ist daraus feuchter, kühler Schlick geworden. Und als wir näher kommen, nach fünfzig oder hundert Metern oder noch mehr, erkenne ich, dass es sich tatsächlich um keinen Menschen, sondern um eine massive, mannshohe Statue handelt. Sie steht da, nackt und kalt und rostbraun, die Beine überzogen mit grünweißen Meeresflechten, das Gesicht zum Horizont gerichtet.

»Wow«, entfährt es mir ehrfürchtig.

»Cool, nicht?« Er hebt die Hand und deutet kreuz und quer in alle Himmelsrichtungen, und erst da bemerke ich, dass wir von ihnen umgeben sind. Über den ganzen Strand verteilt stehen sie, mal so frei, wie das Exemplar vor uns, mal tiefer im Sand vergraben. Alle mit dem gleichen sehnsuchtsvollen Blick gen Freiheit. »Hundert Stück davon stehen hier am Crosby Beach. Hab auf Instagram gesehen, dass einer davon aktuell einen gehäkelten Bikini tragen soll, aber den habe ich leider noch nicht gefunden.«

»Wirklich cool«, wiederhole ich und inspiziere den ungefähr ein Meter achtzig großen Eisenmann näher. Seine »Haut« ist wulstig vom Rost und dem Salz und den Gezeiten. Ein faszinierendes Gefühl unter meinen Fingern, kalt und warm gleichzeitig. Beinahe unheimlich. »Wer ist der Künstler?«

»Hab den Namen vergessen. Crumley? Crowley?«

Wahrscheinlich auch so ein armer Kerl, der sich sein Leben abends am Tresen schön trinken muss, nicht wahr, Dad? Ich verdrehe die Augen und ernte einen verwirrten Blick von Conor.

»Ich kann's nachschauen, wenn du willst.«

Ich winke ab. »Sorry, war nicht wegen dir. Ich bin …« Ich schüttele den Kopf und die Gedanken damit von mir ab, was mir nur semi-gut gelingt. »Das eben war mein Dad.«

»Der Mann, der Musik für Zeitverschwendung hält?«

Ausgerechnet das hat er sich gemerkt. »Ja.«

»Und?«

»Sagen wir, es war ein ernüchterndes Gespräch.«

»Ich weiß, dass unsere letzte Unterhaltung darüber dezent ausgeartet ist, aber …« Er zögert, sieht mich an. Und ja, *dezent ausgeartet* ist durchaus treffend.

»Aber?«, frage ich trotzdem, einfach, weil es mich interessiert.

»Aber wie kommt es, dass du ausgerechnet in der Kultursparte gelandet bist? Also, ich meine …« Ich glaube, er will seine Aussage selbst relativieren, weiß aber nicht, wie, also helfe ich ihm.

»Du meinst, wie man so musikaffin sein kann, wenn der eigene Vater so …«

»… wenig davon hält«, ergänzt er, und ganz kurz kribbelt es in meinem Bauch, weil sein Grübchen sich zeigt, als er unbeholfen grinst.

»Meine Mum.«

»Ist sie die Musikliebhaberin in der Familie?«

Ich nicke und folge gedankenverloren dem Blick meines neu gefundenen Eisenfreundes. »Kunst generell. Sie hat gemalt und die wundervollsten Dinge mit ihren Händen hergestellt. Aus Ton, aus Stoff, aus Wolle, aus Papier. Vasen, Tassen, Jacken, Tiere. Und sie hatte immer Musik an, egal, wo sie war. Die unterschiedlichste noch dazu, je nachdem in welchem Land wir uns befanden. Und wenn mal keine Musik lief, dann hat sie selbst gesungen. Sie konnte echt wundervoll singen.« Meine Finger fahren unterhalb des leichten Jeansstoffs wie von selbst über die schwarzen Noten auf der Innenseite meines Unterarms.

»Ist sie … also …« Er kratzt sich am Kopf, als ich ihn ansehe. »Sie ist hoffentlich nicht tot oder so?«

Eigentlich nicht und irgendwie doch. »Ich denke nicht.«

»Du denkst?«

»Sie ist fortgegangen.« Ich zucke mit den Schultern, wie ich das schon seit dreizehn Jahren tue. »Passiert in den besten Familien.« Meine Augen streifen ihn kurz, ehe sie sich unter mir im nassen Sand festbeißen, während wir langsam zurück zur Düne laufen. »Das mit ihr und Dad war so ein ›Liebe auf den ersten Blick‹-Ding. Sie war Fotografin. Für die Zeitung, versteht sich. Sie haben sich bei der *Irish Times* kennen- und lieben gelernt, haben gemeinsam die Welt bereist, irgendwann geheiratet, und anderthalb Jahre danach kam mein Bruder, vier Jahre später ich.« Ich sehe kurz zu Conor rüber, und er nickt. »Nachdem wir Kinder da waren, hat sie sehr zurückgesteckt, ist Dad zuliebe zu Hause geblieben, um sich um uns zu kümmern. Und nach außen hin hatte sie ein gutes Leben, nie Geldsorgen, ein großes Haus mit weißem Gartenzaun drumherum und ihre zig Hobbys, denen sie mit großem Eifer nachging. Aber etwas muss ihr gefehlt haben, denn nach ein paar Jahren hat sie uns mit wechselnden Au-pair-

Mädchen zurückgelassen und die Welt fortan wieder mit ihrer Kamera erkundet. 2011 ist sie nach dem großen Beben für eine Fotoreportage nach Haiti gegangen und nie zurückgekommen. Hin und wieder kamen Postkarten, Briefe zu Weihnachten mit Bildern, anfangs auch Geschenke. Aber gesehen habe ich sie nie wieder.« Ich sehe auf die Sandalen in meiner Hand hinab, die ich so fest halte, dass meine Fingerknöchel weiß hervortreten. »Ich weiß nicht mal, ob sie immer noch in Haiti lebt oder ob sie mittlerweile irgendwo anders hingezogen ist. Oder ob sie überhaupt noch …« Der zweite Teil meines Satzes bleibt mir in der Kehle stecken, die mit jedem Wort enger wird, als wäre *ich* diejenige mit Asthma.

Wir haben längst den schmalen Fußgängerweg erreicht, als er endlich Worte findet. »Tut mir leid, dass deine Mum …«

Mein Mund verzieht sich zu einer Grimasse.

»Ja, mir auch.«

»Das muss verdammt hart gewesen sein.«

Ich wette, das hat Dad nicht gemeint mit »Gewinne ihr Vertrauen«. Ich sollte nicht diejenige sein, die ihr Herz ausschüttet, da muss ich was falsch verstanden haben. Oder am Ende doch genau richtig, wer weiß das schon?

»Wann müssen wir im Hotel sein?« Conor sieht auf die Uhr.

»'ne Stunde haben wir noch.«

»Was sagst du?«, fragt er und nickt in Richtung Strand. »Sollen wir den Kerl im gehäkelten Bikini suchen?« Ein Grinsen zeichnet sich auf seinem Gesicht ab. Ein hübsches, mit Grübchen, glänzenden Augen und rot gefärbten Wangen. Ob vom Sport, meiner Offenbarung oder gar von mir selbst, weiß ich nicht. Was ich weiß, ist, dass ihm dieser leicht fertige Post-Sport-Look steht. Und dass ich mich jetzt gern mit schönen Gedanken an ihn und seine Strubbelfrisur von den Themen in meinem Kopf ablenken möchte.

INSTAGRAM

Gefällt 1.213 Mal

irishtimeslive Wir sprachen an dieser Stelle letzte Woche schon mal davon, dass Kunst im Auge des Betrachters liegt, erinnert ihr euch? Sie gibt den Menschen etwas. Jedem etwas anderes, aber jedem genau das, was er braucht. Kunst ist aber vor allen Dingen eines: Leidenschaft.
Und die äußert sich auf viele verschiedene Arten. Durch gesungene Poesie (looking at you @lovesuckerz_official) , aber auch durch Farben, durch Lichtinstallationen, einfache Wörter. Selbst auf dem Teller zaubert der ein oder andere Sternekoch wahre Kunstwerke.
Und jede Form von Kunst ist es wert, gesehen und gehört zu werden.
Believe it or not, aber selbst euren Lovesuckerz hat man schon unterstellt, dass ihre Form der Kunst weniger wert ist als andere. Und das können und wollen wir an dieser Stelle so nicht stehen lassen! Denn wenn ihr eine Leidenschaft habt, wenn ihr etwas liebt – ganz egal, was es ist – dann lasst euch das von niemandem schlechtreden, hört ihr? Nicht von euren vermeintlichen Freunden, nicht von euren Eltern, nicht von euren Lehrern, die euch weismachen wollen, dass ihr etwas nicht machen oder werden könnt. Die haben alle keine Ahnung. Die Einzigen, die wissen können, was euch glücklich macht, seid ihr selbst. Und deshalb seid auch ihr die Einzigen, die euch glücklich machen können! Also, lebt eure Leidenschaft!

Oh, and by the way: Die Lovesuckerz haben heute vor 1.750 begeisterten Musikfans in der O2 Academy gespielt. Und es freut mich, euch mitteilen zu dürfen, dass Ryans Tanzschritte dabei tatsächlich immer ansehnlicher werden. 🤪 Das sagt zum

Beispiel Sarah Devons aus Warrington. Sie behauptet sogar, er wäre mittlerweile besser als so manch anderer Lovesucker. (Diese Aussage wurde von umstehenden Fans allerdings vehement dementiert.) Wer da jetzt wie recht hat, davon müsst ihr euch selbst ein Bild machen. Übermorgen in Glasgow und am Freitag in Belfast haben die Jungs noch einmal die Möglichkeit, ihr Können auf dem Tanzparkett vor jeweils ausverkauftem Haus unter Beweis zu stellen, bevor es anschließend als Headliner ihrer eigenen Tour in den heimischen Gefilden weitergeht. Dann in eher kleinen Locations, die weniger dazu einladen, das Tanzbein zu schwingen. Auf ihre Kosten werden die Fans trotzdem weiterhin kommen, denn was den Jungs in Sachen Beweglichkeit fehlt, das machen sie in Leidenschaft wett. Versprochen!

Was ist eure Leidenschaft? Erzählt uns davon.

#lovesuckerzrulez
5. August

Alle 192 Kommentare ansehen
whataboutdexter Was interessiert mich der Quatsch? Ich will was über die Lovesuckerz lesen und nicht irgendein Zeug über Leidenschaft?!!
dandelion_studio Das Foto von Ryan und der Statue im Bikini ist der Knaller! Danke dafür!
dervla.mcquaid Hi Allie, versuche dich schon seit Tagen zu erreichen! Melde dich doch mal. xoxo Derv
alexanderrainsford Ich sammele die Blog-Beiträge und Artikel meiner berühmten Schwester 😜

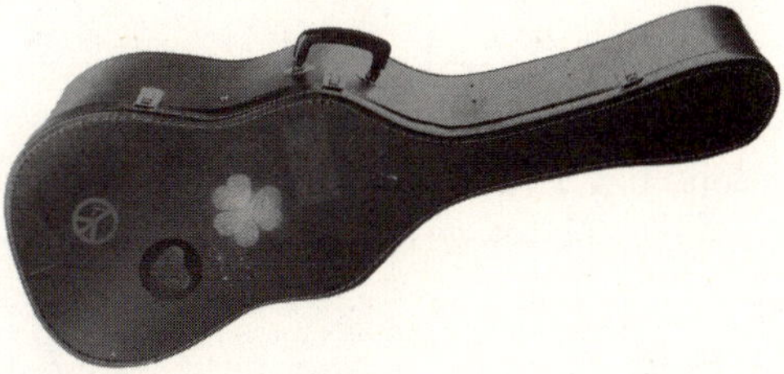

Mittwoch, 7. August

Conor – It's overwhelming, but what else can we do?

Die Tür ist noch nicht richtig hinter mir ins Schloss gefallen, da lasse ich mich rücklings auf die Tagesdecke fallen und schließe die Augen. Ich habe es nicht mal aus meinen Schuhen rausgeschafft, geschweige denn ins Bad, um wenigstens die Zähne zu putzen. Die Zimmerdecke dreht sich, als ich die Augen wieder öffne. Nicht, weil ich Alkohol getrunken habe, sondern einfach so. Ein Karussell der Erschöpfung.

Die Luft im Zimmer ist stickig und warm. Ich spähe zum offenen Fenster und beglückwünsche Vergangenheits-Conor für die glorreiche Idee, dieses zu kippen, damit sich die Luft hier drin nach dem Regen am Vormittag ein bisschen abkühlen kann. Nichts hat sie getan, zumindest nicht abgekühlt. Im Gegenteil, es fühlt sich an wie nach einem Aufguss.

Ich hieve mich hoch, um das Karussell zu stoppen und sehe mich in meinem Zimmer um. Nicht mal den Koffer habe ich ausgepackt, dabei sind wir schon die zweite Nacht in Glasgow. Aber gestern kamen wir so spät in Manchester los, dass die Nacht kurz und der Tag entsprechend anstrengend waren. Gleich morgens um acht ging es – mal wieder – zur BBC. Was Gott sei Dank nur über die Straße rüber ist, aber Tony musste sich trotzdem mit dem Concierge Zutritt zu meinem Zimmer verschaffen, nachdem ich auch auf seinen dritten Weckruf nicht reagiert hatte.

Anschließend hat Sergiu uns zur *Royal Concert Hall* gefahren, definitiv die eindrucksvollste Location seit dem *Roundhouse* in London, und von dort ging es direkt weiter zum Meet and Greet mit ein paar Fans. Viereinhalb Minuten Freizeit pro Tag sind auch absolut ausreichend, um nicht durchzudrehen. Ha.

Schwerfällig erhebe ich mich vom Bett, streife mir im Laufen die Schuhe von den Füßen und begebe mich ins Badezimmer.

Morgen, geht das Gedankenkarussell weiter, während ich die Zähne putze. Was ist morgen? Edinburgh? Oder schon Belfast? Spielen wir überhaupt in Edinburgh oder geben die Pinkys nur ein Konzert in Schottland, bevor es rüber nach Nordirland geht? Oder waren es zwei Konzerte hintereinander in der Royal Concert Hall?

Ich verliere langsam aber sicher den Überblick. Lieber den, als den Verstand. Aber auch da bin ich nur kurz davor, glaube ich.

Auf dem Weg zurück zum Bett hole ich mein Handy aus der Hosentasche und werfe es auf das Kopfkissen, ehe ich Hose und Shirt loswerde, neue Boxershorts aus dem Koffer zerre und die alten in die Tüte stopfe, aus der es mittlerweile muffig riecht. Ich muss Wendy dringend bitten, meine Laufklamotten und den Rest der Schmutzwäsche waschen zu lassen. Aber gefühlt sind wir nie lange genug an einem Ort für einmal Waschen und Trocknen.

Wenn mir das vor einem halben Jahr jemand gesagt hätte …

Ich setze mich auf den Rand der Matratze, angele nach meinem Handy und überfliege die Benachrichtigungen, die mir auf dem grell erleuchteten Display entgegenspringen. Eine davon zaubert mir sofort ein Lächeln in mein müdes Gesicht und bringt mich dazu, das Handy doch noch mal zu entsperren.

leia_D03 Ich hätte nie geglaubt, dass ich das mal schreibe, aber dein Auftritt war echt gut! Ein bisschen seeehr gewöhnungsbedürftig im Boyband-Kontext 😊, aber du kannst echt stolz auf dich sein. 😊

Ich denke nicht lange drüber nach und rufe sie an. Es klingelt nur ein einziges Mal, ehe: »O mein Gott, hiii!«

»Hey, Sis.« Ich habe drei leibliche Schwestern. Leia ist keine davon, und trotzdem steht sie mir manchmal näher als Poppy, Birdie oder Suzanne. Vielleicht, weil wir immer schon dieselbe Leidenschaft teilen – die Musik. Vielleicht aber auch einfach nur, weil sie der tollste Mensch ist, den ich kenne.

»Du warst grandios!«, brüllt sie. »Ehrlich!«

»Du warst da?«

»Klar, dritte Reihe. Hab dir immer wieder gewunken, aber du hast mich weder gesehen noch gehört.«

»Wieso hast du vorher nicht Bescheid gesagt? Ich hätte dich doch backstage holen können.«

Ein Lachen platzt aus ihr heraus. »Natürlich war ich nicht da, du Vogel, das Konzert wurde doch auf eurem Insta-Kanal übertragen.«

»Ach so.« Richtig. O Gott, aber wäre das schön gewesen, sie in den Arm zu nehmen. Sie zu drücken, stellvertretend für all die Menschen, die ich aktuell so sehr vermisse.

»Schon vergessen, ich hocke hier in Limerick, wo ihr mich allesamt zurückgelassen habt.« Sie wird plötzlich ganz ruhig. Beinahe schüchtern, und das ist sie mir gegenüber sonst nie. »Aber die Karten für das *Olympia* hängen schon am Kühlschrank, und wir können's kaum erwarten, dich endlich live zu sehen.«

»Kommt Danny auch?«

Kurz bleibt sie still, dann folgt ein mattes: »Nee, der ist nach wie vor in London.«

Klar. »Ich weiß«, krächze ich, ehe meine Stimme bricht.

»Hat er sich denn bei dir gemeldet?«

Ich schlucke gegen den Kloß in meinem Hals an, bringe irgendwann ein schwaches »Nein« hervor.

»Gar nicht?«

»Kein Wort.«

Sie seufzt leise. »Tut mir leid.«

Ja, mir auch.

»Also«, frage ich, um mich von dem stetig wachsenden Knoten in meiner Brust abzulenken, »wer ist *wir*?«

Es ist kurz still in der Leitung, dann: »Ich und … Kian.«

Klar, Kian. Der hatte ja schon gesagt, dass er kommen wollte und … *Hold on.*

»Kian wie unser Kian?«

Ihr »Ja« kommt nur zögerlich.

»Ihr beide kommt zusammen?«

»Wir … haben es vor.«

»Gibt's da was, das ich wissen sollte?«

»Wie meinst du das?«

»Versteh mich nicht falsch, aber … du und Kian freiwillig zusammen in einem Raum, das … grenzt schon an ein Wunder.«

»Jetzt übertreib mal nicht. Wir proben seit Jahren mehrmals wöchentlich, und das hat immer super funktioniert.«

Ja, superanstrengend. Supernervenaufreibend. Superätzend. Manchmal auch super-, superätzend, wenn Kian mal wieder mit einer neuen Flamme zu den Proben aufgekreuzt ist. Oder angetrunken/genervt/lustlos. Oder einfach gar nicht.

Mir fehlen die Sessions mit meinen Freunden wirklich sehr. Aber das permanente Angezicke der beiden – und ich meine wirklich per-ma-nent – vermisse ich tatsächlich nicht.

»Du fehlst uns, Conor«, höre ich sie in meine Gedanken hineinflüstern. Punkt. Keine Vorwürfe. Nichts. Nur Bedauern.

»Ihr fehlt mir auch.« Ich schlucke. »Jede einzelne Minute!«

»Dann sehen wir uns …«

»… am 31. im fucking *Olympia*!«

Ich sehe ihr breites Grinsen vor mir. »Ich freu mich, Mister Boyband!«

»Ich mich auch!«

Als wir auflegen, lacht sie leise. Und ich mit ihr.

Ich schlüpfe unter die Decke, will das Handy endlich beiseitelegen, als eine Nachricht über Instagram eingeht. **liz_official** leuchtet mir auf dem Display entgegen. Ich öffne sie nicht, sehe sie mir lediglich in der Vorschau an, soweit es möglich ist.

liz_official Habe ich was falsch
liz_official Bist du böse auf mi

Schnaubend lehne ich mich gegen das gepolsterte Kopfteil des Bettes und schließe die Augen.

Ich möchte ihr antworten. Ehrlich. Aber ich habe keinen blassen Schimmer, was ich schreiben soll. Sage ich ihr die Wahrheit, könnte das ziemlich übel ausgehen – je nachdem, was sie mit der Info macht. Für mich, die Lovesuckerz. Alle.

Mäßige Idee also.

Am Ende habe ich keine Ahnung, wer sich hinter dem schwarzen Vorhang verbirgt. Stimmen hören sich über Handy oder PC aufgenommen immer ganz anders an, es könnte also genauso gut Leia sein, die da jeden Samstag singt. Oder Mum oder Birdie. Okay, das eher weniger. Aber es könnte sehr wohl Esther-fucking-Bishop sein, for all I know. Und das ist recht wenig. Also, was ich weiß. Weniger als wenig. So gut wie gar nichts, wenn ich ehrlich bin.

Ich weiß, dass Ebenholz und Meerblau ’ne echt ungewöhnliche Kombi ist. Ungewöhnlich, aber schön. Die beste, to be honest.

Und fuck, jetzt denke ich schon wieder an sie, obwohl ich das gar nicht wollte. Ich wollte heute mal ins Bett gehen und nicht an sie denken, hatte es mir geschworen, Mann, nachdem sie mir heute Mittag wieder über den Mund gefahren ist, mit ihrer schnippischen Art. Aber da liege ich halt, machtlos wie immer, halbdunkles Zimmer, Vorhänge offen, der Mond fällt auf mein Gesicht wie in so einem scheiß Chick-Flick-Film, in dem sich alle erst lieb haben und dann nicht mehr und am Ende doch wieder.

Ich frage mich, an welchem Punkt unseres Filmes *wir* sind. Allie und ich. Haben wir uns lieb? Oder sind wir schon auf dem Weg zum Desaster? Happy End ist nicht, glaube ich. Jedenfalls nicht für die Journalistin und mich. Und das ist okay, denn ich glaube, das will ich lieber mit Liz. Die ist cool. Mit der kann man reden. Die singt wie eine kleine Göttin. Die hat einen Humor, dass ich mir regelmäßig, vorm Handy sitzend, vor Lachen fast in die Hosen mache.

Und trotzdem ... trotzdem kann ich mich nicht fallen lassen. In meine Fantasie der heißen Sydney Sweeney, als die Liz seit Monaten immer wieder durch meine Gedanken geistert. Weil Allie. Weil diese Lippen, diese Augen. Weil quietschgelbes Trägertop ohne BH drunter, so wie Montag am Strand.

Fuck.

Aber wenigstens ... wenigstens denke ich zum ersten Mal seit anderthalb Wochen nicht ausschließlich an Ebenholz und Meerblau, sondern auch an Liz und ihre vielleicht blonden Haare und das perlweiße Lächeln, das ich mir vorstelle, wenn ich den schwarzen Vorhang anstiere. Und je weiter südlich meine Hand wandert, desto mehr verschwimmt das Bild vor meinem inneren Auge. Mal Blond, mal Ebenholz. Mal Meerblau, mal Rauchblau. Schneewittchen und Sydney Sweeney verschmelzen in der Dunkelheit des Hotelzimmers zu einer Person, bis ich nicht mehr weiß, von wem ich angeturnt bin. Von einer Stimme und einem schwarzen Vorhang oder einem bezaubernden Fuchsialächeln und der Tatsache, dass sie verboten ist.

Aber meiner Hand ist das egal. Und viereinhalb Minuten Freizeit reichen völlig aus, um das meinem Kopf auch klarzumachen. Wenigstens für den Moment.

OUTLOOK

Von: d.mcquaid[at]gossip-online.ie
An: alison.rainsford[at]irishtimes.ie
Datum: 1. August, 3:02 p.m.
Betreff: Heyyy!

Hey, Lieblings-Ex-Kollegin!

Hab gehört, du hast die Ehre, meinen Job zu übernehmen. Sorry, dass ich dir noch nicht auf deine Mails geantwortet habe, aber bei mir war echt die Hölle los, sag ich dir. Aber wie ich sehe, brauchst du meine Infos ja gar nicht mehr, oder?!

Fand es übrigens sehr schade, dass Noah mich direkt all meiner Aufgaben entbunden hat. Hätte die Lovesuckerz-Story echt gern noch gemacht, aber gut ... So spielt das Leben: Des einen Leid ist des anderen Freud. Und zum Glück haben die mir bei *GOSSIP ONLINE* für den August direkt einen Freelancer-Vertrag angeboten. Und wo wir bei Glück sind ... Was für ein Glück, dass ausgerechnet DU als meine absolute Lieblings-Ex-Kollegin den Job an Land gezogen hast! Wir könnten 'ne richtige Win-win-Situation draus machen! Wenn du mir hin und wieder ein paar Brotkrumen zuwerfen könntest, wäre ich dir unendlich dankbar, und für dich springt auch definitiv was bei raus, versprochen. Kann jetzt nicht direkt bei meiner Chefin mit der Tür ins Haus fallen, aber wenn ich mich hier eingelebt habe, könnte ich mir gut vorstellen, dich ins Boot zu holen! Du mit deinem Job im *VIPer* wärst eine Goldgrube für den Laden hier! Lass es dir mal durch den Kopf gehen.

Chin Chin

Derv

Von: dervderv99[at]gmail.com
An: Allierain[at]gmail.com
Datum: 5. August, 9:13 a.m.
Betreff: Hi!
Hey, Allie!
Ich habe dir vor ein paar Tagen auf deine Dienstmail geschrieben. Keine Ahnung, ob du die unterwegs liest (solltest du!), deshalb an dieser Stelle ein kurzer Hinweis: Bitte melde dich bei mir. 😊 Ich hab super Neuigkeiten! xoxo Dervla (McQuaid)

Neuer Kommentar von
dervla.mcquaid Hi, Allie, versuche dich schon seit Tagen zu erreichen! Melde dich doch mal. xoxo Derv
5. August

Neue Nachricht von
dervla.mcquaid Hey, Allie, es ist echt dringend. Melde dich doch mal bei mir. xxx Derv
6. August

dervla.mcquaid Du weißt schon, dass man sieht, wenn die Nachricht gelesen wurde, oder?
7. August

Von: alison.rainsford[at]irishtimes.ie
An: d.mcquaid[at]gossip-online.ie
Datum: 7. August, 11:13 p.m.
Betreff: Re: Heyyy!
Hi, Derv, sorry, bin ziemlich busy im Moment. Habe kein Interesse, weder an einer Zusammenarbeit noch daran, bei *GOSSIP* zu arbeiten. Dir eine gute Zeit! Greets A

Freitag, 9. August

Allie – Ten thousand craters where it all should be

»Und du bist sicher, dass ich das so schreiben soll?«

Owen sieht mich mit großen Augen an. »Warum nicht?«

»Na ja, weil es …« Ich lasse mein Notizbuch sinken und folge einen Moment lang der Strömung des Lagan, der gemächlich vor dem Fenster der *Belfast Waterfront Hall* unter einer schweren Wolkendecke fließt. Vorbei an Brücken und Gebäuden, kleinen und großen, die den Fluss linksseitig säumen. Weiter durch den Staudamm, langsam, Tropfen für Tropfen, ehe er sich weit hinter den Toren der Stadt, nachdem er sich für Meilen durch die Meerenge und sanften Hügel der grünen Landschaft geschlängelt hat, ins offene Meer ergießt.

Ich sehe Owen wieder an, neige den Kopf zur Seite und schenke ihm einen mitfühlenden Blick. »Weil es sich durchaus auch negativ auswirken könnte. Auf alles …«

»Ich schlafe seit …« Er sieht zur Decke des Konferenzraums, in dem wir sitzen. Ein klobiger Tisch in dessen Mitte, den wir nur für die Gläser nutzen, weil wir die Stühle längst ans Fenster gerückt haben, einander zugewandt, weil er es so wollte. »… keine Ahnung, jedenfalls schon sehr lange nicht mehr«, fährt er fort und sieht kurz nach draußen, als seine Augen wieder wässrig werden. »Und ich möchte das nicht mehr. Tony weiß es. Keith weiß es. Ich hab den Jungs gestern erzählt, worüber ich heute mit dir sprechen werde. Und die Fans sollen es auch endlich erfahren.« Ein schmales Lächeln umspielt seine sonst angespannte Mundpartie, als er sich mir wieder zuwendet. »Ich kann und will nicht weiter diese Lüge leben.«

Ich sehe hinunter auf meine Notizen, aber viel ist nicht dabei rumgekommen, weil ich, statt zu schreiben, für die letzte Dreiviertelstunde an seinen Lippen gehangen habe. »Dann … schreibe ich das auch so, wenn es für dich okay ist?« Ich denke kurz nach. »Im Sinne von ›Owen Power heißt eigentlich Eoghan. Aber das ist nicht der einzige Punkt, bei dem er bisher gelogen hat‹?« Ich verziehe das Gesicht. »Klingt nach Clickbait, oder?«

Er grinst, wischt sich nicht vorhandene Tränenspuren von den Wangen, bevor sie entstehen können. »Ein bisschen, ja.«

»Okay.« Ich schließe die Augen, will mit einem neuen Versuch ansetzen, da geht die Tür hinter mir auf.

»Störe ich?« Ich drehe mich um, sehe nichts außer einem verwuschelten Blondschopf. Erst als er den Kopf ein Stück weiter in den Raum streckt, erkenne ich sein Gesicht – als hätte ich vorher nicht genau gewusst, wer vor der Tür steht.

Ich sehe Owen an, überlasse ihm die Entscheidung, ob wir fertig sind oder nicht. Als er mir zunickt, rufe ich Conor zu: »Kannst reinkommen, wir sind durch.«

Owen steht auf, und ich tue es ihm gleich, sehe noch einmal auf meine Notizen, die mir keine große Hilfe sein werden. Meine ganze Hoffnung ruht auf den Tonaufzeichnungen. »Okay«, sage ich trotzdem und lächele ihn aufmunternd an, »ich habe den Text bis nach der Show fertig, und dann schauen wir noch mal gemeinsam drüber, einverstanden?«

Und plötzlich finde ich mich – ganz ohne Vorwarnung – in Owens zittriger Umarmung wieder. »Danke«, nuschelt er in meine Haare hinein. Als er mich loslässt, glänzen seine Augen erneut.

»Nicht dafür.«

Und dann überrollt es mich. Etwas, von dem ich gar nicht wusste, dass ich es empfinden kann. Ich glaube, es ist journalistischer Stolz – falls es so was überhaupt gibt. Darauf, dass Owen sich *mir* anvertraut hat. Nicht als Freundin, denn das bin ich nicht, ich kenne ihn ja kaum. Aber in meiner Funktion als Journalistin. Er hat mir seine Geschichte anvertraut. Das ist es wohl, wovon Dad gesprochen hat. Und auch wenn er mir die Informationen heute komplett bereitwillig und ohne mein Zutun gegeben hat, fühlt es sich gut an.

Ich kann nur hoffen, dass ich die richtigen Worte finde, um all das auszudrücken, was bisher nur in meinem Kopf existiert.

Meine kleine Euphorie-Blase platzt mit dem Schlagen der Tür. Ich sehe mich um, sehe die Strubbelfrisur und das Grübchen, weil er lächelt, als er auf mich zukommt.

Hey, du hinreißendes Desaster auf zwei Beinen.

Ein weiterer Blick durch den Raum bestätigt mir, dass wir allein sind. Nur Conor und ich.

»Was war das denn eben?«, will er wissen und setzt sich mit verschränkten Armen auf den Stuhl, auf dem Owen eben noch gesessen und mir sein Herz ausgeschüttet hat.

»Keine Ahnung, was du meinst.«

»Umarmen wir uns jetzt neuerdings zum Abschied?«

Er zieht die Augenbraue hoch – nicht sexy, eher genervt. Oder gar, I don't know, eifersüchtig? Und wie, als könnte er meine Gedanken lesen und wollte sie mit seiner Aussage noch unterstreichen, fragt er: »Wer war das? Vorhin in dem Café?«

»Wie bitte?« Ich stehe immer noch, trete von hinten an den leeren Stuhl heran und stütze mich auf dessen Lehne ab, ein betont lässiges Schmunzeln auf den Lippen, als mir klar wird, wovon er spricht. »Bist du mir etwa mal wieder aus Versehen hinterhergelaufen?«

Er deutet zum Fenster und darüber hinaus auf den Vorplatz der *Waterfront Hall*, auf dem ich vor ein paar Stunden noch mit Alex ein schnelles Mittagessen in der Sonne genossen und ihn gebeten habe, damit aufzuhören, infantile Emoji-Kommentare unter meine Blogbeiträge zu posten. »Ihr habt auf der Terrasse gesessen, Schneewittchen. Kaum möglich, euch nicht zu sehen.«

Ich reiße die Augen auf. Hat er mich gerade ernsthaft *Schneewittchen* genannt?

»Ich meine … Sorry, ich …« Ein beherzter Griff in seine Haare, dann hat er sich wieder gefangen. »Das war keine … Ich wollte nicht …« Er seufzt. »Komm schon.« Seine Hand zittert, als er an meinem Körper auf und ab deutet. »Ebenholzhaare und so krass meerblaue Augen.«

Ich will wütend werden, stattdessen werde ich bloß rot. Ich setze mich, weil ich nicht weiß, was ich sonst tun soll, rücke aber den Stuhl ein Stück zurück, weil ich jetzt nicht so nahe an Conor sitzen kann wie eben an Owen, das … das geht echt nicht.

»Schneewittchen hat braune Augen«, nuschele ich dem dunklen Teppich zu. »Und das vorhin war mein Bruder.«

Er räuspert sich, sichtlich peinlich berührt, dann ein Nicken in Richtung meines Notizbuchs, das ich in meinem Schoß aufgeschlagen habe. »Ich hoffe, heute hast du bessere Fragen dabei.«

Back to business also. Kein Problem.

Ich blättere ein bisschen in den Seiten, tue, als würde ich etwas suchen, um mir Zeit zu verschaffen, die Schneewittchen-Nummer zu verdauen. Und immer, wenn ich kurz aufschaue, erwische ich ihn dabei, wie er mich ansieht. Jedes verdammte Mal. Meine Tattoos, meine nackten Knie, mein Shirt.

Heute wieder Nirvana, wie passend, weil Dad es früher immer gern als mein Rebellen-Shirt bezeichnet hat. So war ich.

Rebellisch in jeglicher Form, die er zugelassen hat – also nicht sehr. Aber genug, um dem Käfig aus Anforderungen, in den er mich gesetzt hat, dann und wann zu entfliehen, wenn auch nur in Gedanken. Und irgendwann wurde es so was wie ein Ritual. Wenn sich seine hohen Erwartungen wie ein Zwangskorsett um mich geschnürt haben, habe ich die Ketten auf meine Weise zu sprengen versucht. Nicht mit Worten, denn mit denen kommt man bei James Rainsford nicht weit, es sei denn, man beantwortet eine seiner journalistisch ausgeklügelten Fragen. Ich jedoch habe es nie geschafft, auf mich aufmerksam zu machen. Wenigstens nicht verbal. Also habe ich mir stattdessen die Haarspitzen blau gefärbt oder bin mit den Jungs aus der Zwölften auf dem Motorrad mitgefahren oder habe noch viel dümmere Dinge angestellt. So kamen die diversen Piercings und Tattoos zusammen, die heute meinen Körper schmücken – oder entstellen, je nach Perspektive. Aber mit zunehmendem Alter und der damit einhergehenden schwindenden Gegenwehr meines Dads verlor das Ganze seinen Reiz. Vermutlich ist nur deshalb aus meinem Körper bisher kein Wimmelbild geworden.

Rebellisch also. Das bin ich. Besonders, wenn ich mich eingeengt fühle. So wie jetzt. Nicht etwa von Erwartungen, sondern von Conor und den zwiespältigen Gefühlen, die ich für ihn empfinde.

Die mir die Luft zum Atmen nehmen – was für eine beschissene Metapher für einen Asthmatiker, aber es stimmt. Seit ich die Gepäckhalle verlassen und ihn gesehen habe, meine ich, nicht frei atmen zu können. Nicht mit ihm in meiner Nähe, aber auch nicht ohne ihn. Ein Paradoxon. Das Schönste, das ich mir vorstellen kann. Und das Schlimmste zugleich.

Ich schlucke gegen die Gedanken an, schlage eine leere Seite auf und sammele mich kurz, ehe ich all meine übrig gebliebene Professionalität zusammenkratze und ihm in die Augen schaue.

»Bist du glücklich?«, frage ich und ernte bloß einen leeren Blick, der sich ein, zwei lange Momente hält, ehe ich ihn mit einem Schnipsen direkt vor seinem Gesicht aus seiner Schockstarre reiße.

»Bist du noch da?«, frage ich, unsicher, was hier gerade passiert.

»Ich träume hiervon, seit ich dreizehn bin. Wieso sollte ich das also nicht sein?« Seine Antwort ist leise. »Glücklich, meine ich.«

Here we go again. »Beantwortest du jetzt wieder alle Fragen mit Gegenfragen?«

»Also …« Wieder ein nervöser Griff in seine Haare. »Ich …«

»Okay, anders.« Ich richte mich auf, schlage die Beine übereinander, obwohl ich das heute nicht mehr machen wollte, weil meine Shorts so kurz sind, dass meine Oberschenkel bei dem ekligen Wetter aneinanderkleben. Aber das habe ich mittlerweile schon wieder vergessen, weil ich öfter mal was vergesse, wenn ich in Conors Augen sehe. Hat er eben ernsthaft von Ebenholzhaaren gesprochen? »Was macht dich glücklich?«

Es dauert eine Weile, bis er antwortet. »Was mich glücklich macht?« Mit einer Gegenfrage, wer hätte es gedacht?

»Ja, was macht dich glücklich, Conor?« Ryan. Conan. Wie auch immer.

»Ich … weiß es nicht, glaube ich«, ist seine Antwort, und sie schwirrt matt und traurig durch den riesigen Konferenzraum, ehe sie sich bei mir absetzt.

»Musik?«, biete ich ihm an. »Was ist mit Musik?«

»Ja.« Als wäre er just erst wieder aufgewacht, sieht er mich an und beginnt heftig zu nicken. »Ja, das klingt gut.«

»Klingt gut?«

»Ich meine … ja, Musik macht mich glücklich.«

»Und was genau daran?«

»Na ja, das …«

»Das?«, hake ich nach, als er nicht weiterspricht. O weh. Das hier könnte sich etwas ziehen. Noch mehr als letzte Woche, wobei sich das ja … Ach, egal. Nicht an letzte Woche denken. Wir sind nicht mehr in meinem Hotelzimmer in … Wo waren wir? Cardiff, richtig?

»Na ja, also … das klingt vielleicht komisch, aber …«

»O Herrgott, Conor«, fahre ich ihn in seiner nächsten bedeutungsschwangeren Pause an, weil auch der längste Geduldsfaden reißt.

Einatmen, ausatmen. »Jetzt mach es doch bitte nicht so spannend. Reiß dich zusammen und sag mir, was du sagen möchtest.«

»Ich glaube, das Schönste an der Musik ist, etwas zu erschaffen und dann zu hören, wie Tausende oder Hunderte oder auch nur ein paar Dutzend Menschen vor der Bühne stehen und jedes einzelne Wort aus tiefster Seele mitsingen. Ich glaube, das ist für mich das Schönste an der Musik. Die Connection, die dadurch entsteht.«

Mein Stift schwebt über der weißen Seite, als ich den Kopf hebe und ihn ansehe. *Soll ich oder soll ich nicht?*, fechten das Engelchen und das Teufelchen ihren stummen Kampf in meinem Kopf aus, bis: »Dir ist schon klar, dass die Texte, die du singst …«

»… nicht von mir sind«, vervollständigt er den Satz nickend. »Ja, ist mir klar.« Er wirkt abwesend. Und traurig. Unfassbar traurig, dafür, dass wir gerade darüber sprechen, was ihn glücklich macht.

»Schreibst du manchmal eigene Texte?«, frage ich, einer inneren Eingebung folgend, und warte gespannt auf seine Antwort, aber er nickt bloß, ohne mich dabei anzusehen.

»Und hast du die auch schon mal jemandem gezeigt?«

Er sieht zum Fenster hinaus, nickt. »Wir haben sie sogar schon auf der Bühne gesungen.«

»Die Lovesuckerz?«

»Meine Freunde und ich.«

Ich warte ab, ob er noch weiterspricht, was er tatsächlich irgendwann tut. »Wir hatten eine Band zu Hause in Lahinch. Wir waren mäßig erfolgreich, hatten mit unseren Songs nur ein paar hundert Klicks erzielt. Aber es waren unsere Songs. Unsere Worte, unsere Melodien. Unser Herzblut, was wir da reingekippt haben.«

Okay, irgendwas muss heute Morgen in den Frühstücksflocken gewesen sein, oder wieso sind auf einmal alle so mitteilungsbedürftig?

»Aber?«, hake ich nach.

»Nichts aber«, fährt er fort, ohne den Kopf vom Fenster abzuwenden. »Wir haben uns halt so durchgeschlagen. Hatten regelmäßig einen Slot bei Will im Pub um die Ecke oder hin und wieder auch mal einen größeren Auftritt in Ennis oder bei einer Hochzeit oder so was. Aber wir waren … am Ende wahrscheinlich einfach nicht gut genug für die große Bühne.«

»Wer sagt das?«

»Keith hat das gesagt. Er war im Publikum, hat uns gesehen, als wir kurzfristig bei einem Festival in Galway eingesprungen sind. Er wollte sich den Sänger der anderen Band ansehen, hat sich dann bei dem Kumpel, dem wir den Auftritt zu verdanken hatten, meine Nummer besorgt und mich noch in derselben Nacht angerufen. Er wollte, dass ich nach Dublin komme, für ein Vorsingen, weil er Potenzial in mir und meiner Stimme gesehen hat. Ich habe noch versucht, ihn davon zu überzeugen, dass er uns als Band eine Chance geben sollte, aber er hat darauf bestanden, dass er keine Musiker sucht, sondern einen Sänger. Der Rest ist Geschichte.«

Der Stift ruht mittlerweile flach auf dem immer noch leeren Blatt. »Und was habt ihr so für Musik gemacht?«

»Indie-Pop, Rock, ein bisschen Alternative.« Als sein Blick mich findet, sind seine Augen gerötet. »Wir sind jahrelang durch die Pubs getingelt, haben es sogar mal in Dublin versucht, aber der große Erfolg blieb aus.«

»Und der ist dir so viel mehr wert als das, was hier drin ist?« Ich deute auf mein Herz, das in meiner Brust verdächtig schnell schlägt. »Als die Liebe zur Musik?«

»Aber ich …«

Ich lasse ihn nicht zu Wort kommen. »Das, was du da jeden Abend singst, ist doch bedeutungslos. Das sind Songs, die in Masse produziert werden. Von irgendwem für irgendwen. Wenn du ihn nicht singst, singt ihn morgen eine andere Retortenband. Ein paar ›Babys‹, ein bisschen ›Love‹, ein paar ›Yeahs‹ und eine kuschelige Botschaft und schon klingeln die Kassen.«

Er lacht bitter, steht auf und fängt an, im Raum auf und ab zu laufen. Immer an der Fensterfront entlang, als bräuchte er ein Sicherheitsnetz. Etwas, an dem er sich festhalten kann. Eine ganze Weile lang tut er das schweigend, dann kommt ganz leise: »Im Leben muss man eben manchmal Kompromisse eingehen.«

Ich stehe auf, stelle mich ihm in den Weg, weil ich es nicht aushalte, ihm dabei zuzusehen, wie er Spurrillen in den Industrieteppich läuft. »Man kann Kompromisse eingehen, und man kann sich selbst verleugnen.«

Er bleibt vor mir stehen, sieht mich an. »Ich verleugne mich nicht selbst.«

Jetzt bin ich diejenige, die die Augenbraue hochzieht. Sagen muss ich nichts, es ist alles gesagt, und das weiß er auch. Er lässt sich mit dem Hintern gegen die Scheibe fallen und rutscht am milchigen Teil des Fensters zu Boden. »Ich wollte doch nur Musik machen.«

Ich hadere mit mir, komme dann aber doch auf ihn zu, setze mich mit ein bisschen Abstand neben ihn und sehe ihn mitfühlend an. »Wieso bist du dann nicht bei deinen Freunden geblieben? Ihr *habt* doch Musik gemacht.«

»Weil Keith mit der goldenen Schallplatte gewunken hat.« Er senkt den Kopf, schüttelt ihn schwach. »Weil er mir gesagt hat, dass es die Lovesuckerz bis nach ganz oben schaffen können.«

Als er aufsieht, löst sich klammheimlich eine Träne aus seinem Auge und versinkt im dunklen Blau seiner kurzen Hose. Keinen Schimmer, welche Synapsen sich da in meinem Hirn fälschlicherweise Hallo sagen, aber im nächsten Moment strecke ich meine Hand aus, ziehe ihn im Nacken zu mir und presse meine Lippen auf seine. Wegen der Strubbelfrisur und auch ein bisschen wegen seines süß-naiven Schneewittchen-Gequatsches. Und weil Musik viel mehr für ihn ist, als ich bis eben angenommen habe. Weil er *er* ist. Conan mit dem hübschesten Grübchen ever.

Er schmeckt nach Cola und Pinien.

IRISH TIMES

Story of My Life von unserer Mitarbeiterin Alison Rainsford

Belfast, 9. August

Ich sitze in meinem Sessel in der nordirischen Hauptstadt, meinen Notizblock auf dem Schoß, und sehe hinaus auf den Lagan, der gemächlich vor dem Fenster dahinzieht. Mir gegenüber braune Augen, die mich erwartungsvoll ansehen. Ich habe mir tagelang Fragen überlegt, mit denen ich das Interview einleite, weil ich weiß, wie wichtig der Einstieg ist. Heute starte ich mit der Frage: »Bist du glücklich?« Einfache Frage, einfache Antwort. Denke ich. Immerhin sitze ich einem der aktuell begehrtesten Junggesellen Irlands gegenüber und erwarte keine andere Antwort als ein eindeutiges Ja.

So kann man sich täuschen.

Eoghan »Owen« Pádraig Power wurde 2003 als jüngstes von fünf Kindern im beschaulichen Kells, etwa 20 Minuten nordwestlich von Navan in County Meath geboren. Während seine Geschwister – allesamt Jungs – im nahe gelegenen GAA-Club ein und aus gingen, zog es Eoghan schon früh auf den Hof seiner Tante Rita Sheridan, Leiterin des Kells Equestrian Center. Bereits mit neun stand er auf dem Rücken eines irischen Sportpferdes und hat beim Voltigieren auf knapp 1,70 Meter Höhe Kunststücke vollführt, die andere sich nicht mal auf dem Boden trauen.

Auf dem Rücken seines Schimmels Casper, da sei er zum letzten Mal glücklich gewesen, verrät Power auf meine Einstiegsfrage hin und hat direkt Tränen in den Augen. Warum er weint, ob er lieber anders anfangen möchte, frage ich ihn, aber er schüttelt den Kopf.

[Achtung, es folgen jede Menge Klischees, die dem ein oder anderen aufgeklärten Menschen durchaus fragwürdig erscheinen könnten. Sie werden in diesem Artikel ausschließlich wiedergegeben, um die Umstände zu beschreiben, unter denen Owen Power aufwuchs.]

Seine braunen Augen sind wachsam, als er sich nach vorn beugt, ein Stückchen näher, weil er nicht so laut sprechen möchte. Immer noch nicht, weil er es gewohnt ist, leise zu sein, wenn es um ihn geht. Und er erzählt. Von seinen Eltern, die ihn jedes Wochenende mit zu den Spielen seiner Geschwister geschleift haben, statt sich in die Reithalle zu stellen. Von seinen Brüdern, die ihm zu verstehen gegeben haben, dass sie in ihm mehr eine Schwester sehen als einen Bruder, weil er »komisch« ist und lieber auf Pferden herumkrabbelt, statt mit ihnen Gaelic zu spielen. Von seinen Klassenkameraden an der katholischen Jungenschule, mit denen er genauso wenig anfangen konnte wie sie mit ihm, weil sie andere Interessen hatten und sich den ganzen Tag über Sport und Mädchen unterhielten. Und von seinem Mitschüler Jack, der im im Alter von 17 Jahren mit seinen Eltern nach Navan und in seine Klasse kam. Jack, der genauso *anders* war wie er. Jack, der ihm seinen ersten richtigen Kuss gegeben hat. Hinter der Reithalle

an einem Sonntagnachmittag, sie waren beide gerade volljährig, erzählt er und lächelt zum Fenster hinaus.
Ich glaube, zwischenzeitlich vergisst er sogar, dass ich ihm gegenübersitze. Und für einen kurzen Moment scheint er tatsächlich glücklich zu sein. Doch dann kehren seine Augen zu mir zurück und seine Gedanken auch. Er fällt ein Stück in sich zusammen, weil er realisiert, dass er nicht in Kells auf dem Rücken seines Lieblingspferdes Casper steht und Jack ihm dabei zusieht, sondern dass er in Belfast sitzt und sich alles von der Seele redet, was ihn seit Jahren auffrisst. Dass er sich nach dem Kuss von Jack zurückgezogen hat, weil er seine eigenen Gefühle nicht wahrhaben wollte. Dass er auch davor und danach Mädchen geküsst hat, aber kein Kuss sich so gut angefühlt hat wie der mit Jack.
Ob ich das alles so schreiben werde, fragt er mich mitten im Satz, und ich sage ihm, dass das ganz darauf ankommt, ob er das möchte. Und er will, bestätigt er mir nach kurzer Bedenkzeit. Er will die Menschen nicht länger anlügen. Die Fans. Seine Familie. Und Jack, den er seit dem Schulabschluss nicht mehr gesehen hat, obwohl er nur zwei Orte weiter gewohnt hat.
Ob ich das so schreiben soll, frage ich Eoghan noch einmal, um mich rückzuversichern, zeige ihm sogar den Text, bevor ich ihn an die Redaktion schicke.
Ja, das soll ich. Und ich soll Jack darum bitten, sich bei ihm zu melden, wenn er das denn noch möchte. Er würde damit jemanden sehr glücklich machen. Und nichts anderes hat Eoghan Power verdient.

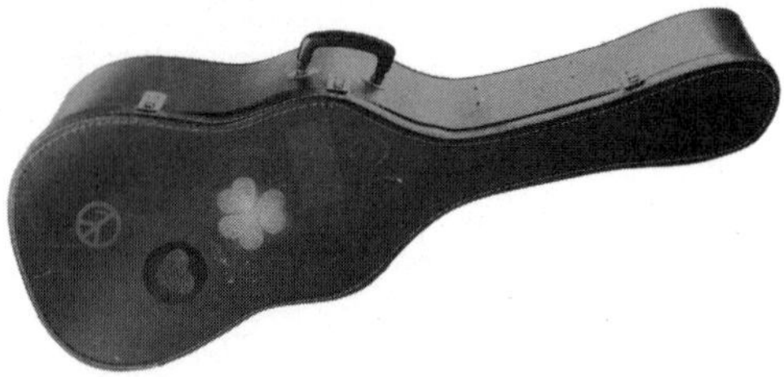

Samstag, 10. August

Conor – My shirt looks so good when it's just hanging off your back

Für unsere allererste Headliner-Tour waren von Anfang an intime Pub-Gigs geplant. Kleine Locations, wenige Fans, Abendkasse, so Keiths Worte. Nicht, weil er oder die Leute bei Virgin nicht glauben, dass wir auch größere Hallen füllen können, sondern um den Markt neugierig zu machen. Um das Interesse anzuheizen für die UK-Tour im kommenden Frühjahr, die das Management im Hintergrund schon fleißig plant.

Während die Pinkys also gestern Abend in die USA aufgebrochen sind, sind wir auf dem Weg nach Sligo und bereiten uns darauf vor, dass die Fans, die wir künftig treffen werden, nur unseretwegen kommen. Und was soll ich sagen, auf diesen Part der Tour – auf unsere eigene – freue ich mich seit dem Start. Weil sie mich an die guten Zeiten mit Kian und den anderen erinnert. Und nicht zuletzt wegen der dämlichen Choreo, die wir nach sieben schweißtreibenden Auftritten endlich abhaken können. Ich hatte sie schon vergessen, als ich gestern in Belfast von der Bühne gestolpert bin. Wie bei *Men in Black.* Blitzdings, weg ist sie. Wieder mehr Platz für die wichtigen Dinge im Leben. Ebenholz zum Beispiel, das sich über die Rückenlehne des Vordersitzes ergießt und durch das ich jetzt gern mit meinen Fingern fahren würde, nur fürs Gefühl. Nur um mich daran zu erinnern, wie es gestern war, als ich ihr die Haare aus dem Zopf gerissen habe, weil ich sie gar nicht nahe genug bei mir haben konnte, als sie so unverhofft über mich hergefallen ist. Daran könnte ich mich durchaus gewöhnen.

Nicht gut, Conor. Du sitzt in einem fahrenden Bus, neben dir Tony, und der findet es sicher überhaupt nicht witzig, wenn du –

Meine Gedanken werden vom Vibrieren in meiner Tasche unterbrochen. Ich ziehe das Handy heraus und starre auf das Display.

Eine Nachricht von *Trisha <3*

Ihren Kontakt hat sie damals genau so, samt Herzchen, nach der Party reingeschrieben, auf der wir das erste Mal geknutscht haben. Den Namen habe ich nie geändert. Keine Ahnung, warum. Wahrscheinlich, weil ein Teil meines Herzens noch immer an ihr hängt. Oder an meiner Jugend, das kann auch sein. Die erste große Liebe und so, scheißkompliziert alles.

Wir sollten uns treffen und endlich reden, nachdem du mich jetzt schon seit … überfliege ich die Vorschau und schnaube leise.

Tony sieht von seinen Unterlagen auf, direkt in mein Gesicht. »Alles gut bei dir?«

»Ja, … wieso?«, presse ich hervor.

»Du siehst blass aus.«

»Alles fein. Alles bestens«, murmle ich und schiebe das Handy zurück in die Dunkelheit meiner Hosentasche.

Ein Nicken von der Seite, dann klopft er mit dem Stift gegen die Scheibe, sein Zeichen dafür, dass er gern die Aufmerksamkeit aller hätte. Kriegt er dann auch – meistens zumindest. Meine hat er jedenfalls. Besser als die WhatsApp, die in meinem Posteingang ungelesen lungert und darauf wartet, zubeißen zu können.

»Hört mal zu«, fängt er an und sieht uns reihum an. »Wir sind heute in einem kleinen familiengeführten Hotel, das direkt an die Scheune angeschlossen ist, in der ihr heute Abend spielt. Das heißt, wir fahren da jetzt hin, sehen uns die Location an und treffen uns mit Vinnie, Andrew und John, die euch für den Rest der Tour begleiten werden. Wenn wir fertig sind, habt ihr den Nachmittag zur freien Verfügung. Aber!« Sein Blick geht eindeutig in Jasons Richtung. »Ich würde euch raten, mit eurem Hintern auf euren Zimmern zu bleiben. Und wenn es doch unvermeidbar ist, dass ihr das Hotel verlasst …« Er hebt die Hand mit dem Stift, der die Verlängerung seines mahnenden Zeigefingers bildet. »… keine Küsse in der Öffentlichkeit, verstanden?«

»Ich dachte, Laura sei seine Cousine«, feixt Mickey und kassiert direkt einen Schlag gegen den Hinterkopf von Lauras *Cousin*.

»Im Ernst, Jungs. Die rechnen mit jeder Menge Zulauf. Wir könnten sicherlich das Doppelte und Dreifache an Karten für heute Abend verkaufen, also tut euch selbst und nicht zuletzt mir und meinen Nerven einen Gefallen und bleibt im Hotel.« Ein Seufzen, resignierend und längst wissend, dass sein Flehen sowieso auf taube Ohren stößt, entfährt ihm, ehe er hinterher schiebt: »Wenn es Probleme gibt, ruft Eugene oder Fynn an, die kommen euch holen, wo immer ihr seid.«

Ich beobachte die Ebenholzhaare vor mir, aber sie rühren sich nicht. Keine Ahnung, ob sie schläft oder zugehört hat und was sie zu tun plant, wenn wir im Hotel sind. Seit wir gestern von Colm unterbrochen wurden, der viel zu früh zu seinem Interview erschienen ist, haben wir nicht mehr in Ruhe gesprochen. Aber ich glaube, das müssen wir, denn es kann nicht sein, dass wir alle paar Tage übereinander herfallen und den Rest der Zeit so tun, als würden wir uns hassen.

Eine Viertelstunde später haben wir das kleine Hotel erreicht.

Es liegt am Ortsrand von Sligo, ein lang gezogenes, zweigeschossiges Haus aus grauem Kalkstein, jeder Stein einzigartig in Form und Farbgebung, dazu rot lackierte Türen und Fenster mit hübschen Blumenarrangements. Am hinteren Ende des Komplexes ein großes, doppelflügeliges Hoftor, ebenfalls in Rot, darüber ein halbrunder Schriftzug, der die Worte *The Cave* zeigt. Davor sitzen ein paar Menschen im Schatten der Mauern und sehen auf, als wir in unserem Kleinbus vorbeifahren. Zwei Frauen springen ruckartig hoch, aber erst als sie anfangen, hinter dem Bus herzurennen, kapiere ich, dass sie tatsächlich wegen uns da sind. Während der Bus vorsichtig um die Kurve auf den Parkplatz einbiegt, sehe ich auf die Uhr. Halb vier. Noch fast fünf Stunden bis zum Konzertbeginn.

Tony hat die Tür noch nicht richtig offen, da fangen sie zu schreien an.

»Colm!«, in ohrenbetäubender Lautstärke.

»Jason!!«

»Ladys, Ladys!« Tony steigt mit zu beiden Seiten von sich gestreckten Armen aus dem Auto. »Bitte, tretet mal einen Schritt zurück.« Keine Chance, von hinten kommen noch mehr angerannt. Zehn, zwölf an der Zahl. Allesamt in knappen Outfits und top gestylt, die Haare glatt wie Schnittlauch, die meisten blond, höchstens eine oder zwei Brünette, eine mit fuchsroten Locken. Sie und ihr Lächeln stechen aus dem Pulk heraus, der sich um uns gebildet hat. Sie habe ich definitiv schon mal gesehen. In London oder Liverpool, meine ich. Vielleicht auch beide Male.

Ich lächle sie alle an, als ich aus dem Wagen steige, genieße das Bad in ihren bewundernden Blicken. Dafür mache ich das, sage ich zu mir selbst und überlege, ob Allie recht hat. Ob es das wert ist, für die zwei Minuten des Hochgefühls meine besten Freunde verraten zu haben. Und meine Träume. Und nicht zuletzt mich selbst. Aber wer zählt schon mit?

»Ein Autogramm, Ryan!«, kreischt eine von links und reißt an meinem Arm, weil Fynn und Eugene noch nicht zur Stelle sind.

Ich nehme ihr den Stift aus der Hand. Ein großartiges Gefühl, aber dass ich ihr einen falschen Namen auf den Rücken kritzele, daran werde ich mich nie gewöhnen.

Fünfzehn Minuten, ein paar mahnende Worte von Eugene, der dann doch noch aufgetaucht ist, etliche Unterschriften und einen Hörsturz später, stehen wir mit unseren drei Musikern in der Scheune, in der wir heute Abend auftreten werden. Hübsch, keine Frage. Mit Girlanden vor den Fenstern und üppigen Arrangements aus Trockenblumen – Schilfgras oder so was, ich kenn mich da nicht aus – neben den Türen und der winzigen Bühne. Auf der ist man zwar Auge in Auge mit den Fans, hat aber definitiv keinen Platz für eine Choreo. Einmal weniger, weil die Instrumente (und Vinnie, Andrew und John, die selbige spielen) auch noch darauf passen müssen. Wirklich zu schade.

Ich sehe mich nach Allie um, finde sie neben der Durchgangstür zum Hotel an der Wand, die Nase in ihrem Notizbuch, in das sie schon starrt, seit wir in Belfast losgefahren sind.

Was da über mich drinsteht? Wissen würde ich es schon gern … Wobei ich mir nicht sicher bin, ob das alles immer positiv ist. Wahrscheinlich eher nicht. Und dann verzichte ich lieber drauf, es zu lesen.

Sie bemerkt, dass ich sie ansehe, oder vielleicht sieht sie auch zufällig in dem Moment auf, aber als sich unsere Blicke treffen, ich schwöre, sie läuft rot an. Womöglich, weil sie auch daran denkt, dass wir die Zeit bis zum Konzert heute Abend wunderbar nutzen könnten, um über unser … Verhältnis zu sprechen. Also nicht, dass wir ein Verhältnis hätten, aber … da ist definitiv was. Und sie spürt das auch, sonst hätte sie mich nicht geküsst. Mehrfach. Aber sie ist … immer noch Alison Rainsford, Musikjournalistin. Und ich habe immer noch diese Stimme in meinem

Hinterkopf, die mir verzweifelt zuruft, dass ich die Finger von ihr lassen sollte, weil ich sonst sehenden Auges in mein Verderben renne.

Wenn sie rausfindet, wer du bist, ist es vorbei, Conor! Dann ist dein Traum geplatzt, und du musst wieder zurück nach Lahinch und dich mit Robotik und Automatisierungskram rumplagen und wieder bei Will im Pub auftreten.

Und dann ist da noch die zweite Stimme. Die, die fragt, ob es denn so schlimm wäre, wenn das passieren würde? Wenn ich zurückmüsste, wäre es überhaupt ein *Müssen*? Oder gar ein *Dürfen*? Aktuell weiß ich nichts mehr. Außer, dass wir reden sollten.

Oder auch gern andere Dinge tun.

* * *

Alle anderen haben die Zeit bis zum Auftritt sinnvoll genutzt. Jason, um sich mit seiner Verlobten / Cousine zu treffen. Owen und Colm, um eine Runde zu joggen – mit einem wenig erfreuten Eugene im Schlepptau. Mickey, um ausgiebig mit seinen Eltern zu skypen, die es leider nicht zum Auftritt heute Abend geschafft haben.

Und ich … ich hatte kurz überlegt, Colm und Owen zu begleiten, mich dann aber dagegen entschieden, weil ich … also, offiziell, weil ich Schmerzen im Fuß habe. Inoffiziell, weil ich an Allies Tür klopfen wollte, nachdem sie vorhin so schnell verschwunden war. Was ich getan habe – also, geklopft, an ihre Tür. Nur leider gab's keine Antwort. Und, ehrlich gesagt, weiß ich immer noch nicht, was ich überhaupt gesagt, geschweige denn getan hätte, hätte sie mir die Tür aufgemacht. Aber zum Glück war sie ja nicht da – oder hat nicht aufgemacht, was weiß ich?

Ich hatte kurz überlegt, ein bisschen mit Vinnie an der Gitarre zu jammen, aber das hätte zu Fragen geführt, die ich nicht im

Stande gewesen wäre, zu beantworten. Also habe ich die Zeit anderweitig genutzt, nämlich um mich für den Abend zu rasieren und die mir fehlenden plus/minus zehn Stunden Schlaf nachzuholen. Folglich bin ich im Gegensatz zu sonst nicht müde, als ich weit nach elf an diesem Abend aus der Dusche komme.

Ich hätte nach dem Konzert gern noch einen Absacker mit den Jungs getrunken, aber da der Pub mit Fans gerammelt voll war, die sich nach dem Auftritt noch ein inoffizielles Meet and Greet erhofften, habe ich Colm das Feld überlassen und bin freiwillig nach oben gegangen. Und, um mir Liz' Aufzeichnung anzusehen, die ich mir heute zum ersten Mal seit … Monaten nicht live ansehen konnte.

Seit einer Woche liegen ihre Nachrichten ungelesen in meinem Posteingang, aber in der Vorschau habe ich mir jede einzelne angesehen.

Habe ich was falsch…
Bist du böse auf mi…
Dylan?
Bitte melde dich be…
Ich bin kein Psycho…
Ghostest du mich?

»Sag ihr die Wahrheit, du Feigling.«

Ich öffne Instagram und werde enttäuscht, denn eine aktuelle Liveaufzeichnung finde ich nicht. Ich scrolle durch ihren Feed – allesamt schwarze Kacheln, für's Auge nicht sehr abwechslungsreich, dafür umso mehr fürs Ohr. Ich wische das Display nach unten, um nachzusehen, ob wir Samstag haben. Tatsache. Samstag, zehnter August, kurz vor dreiundzwanzig Uhr dreißig. Um sicherzugehen, dass ich nichts übersehen habe, tippe ich das erste Video an.

»Hi, ihr Lieben. Ihr wundert euch wahrscheinlich, wieso ich nicht live gehe, aber dafür habe ich euch eine Überraschung mitgebracht! Kurzer Disclaimer dazu: Der Text, den ihr gleich hören werdet, stammt nicht ausschließlich aus meiner Feder. Ich muss aber erst mal mit dem Co-Autor sprechen, ob ich seinen Namen preisgeben darf.« Sie schlägt ein paar Saiten an, und ich habe sofort Gänsehaut. »Derjenige weiß schon, dass er gemeint ist. Also, bitte … bitte, melde dich. Ich würde mich freuen.«

Krass, sie macht es. Sie singt meinen Song! Also, ihren Song. Also, … unseren Song. Fuck.

»Ladies and gentlemen, das ist *All Your Secret Songs.*«

Gitarrenriff, E-Dur. D-Moll. C-Dur. Und ihre engelsgleiche Stimme.

The voice behind the curtain
The soul between the lines
The key to all emotions
That I keep buried deep inside

Lying awake in the dark of night
With nothing but your smile on my mind
Holding on tight so nobody knows
That no one ever came this close

Es. Ist. Der. Wahnsinn. Und wenn sie mir noch ein einziges Mal schreibt, dass die Welt keine weitere Singersongwriterin wie sie braucht, dann werde ich sie aufsuchen und höchstpersönlich hinter ihrem schwarzen Vorhang hervorziehen.

Ich habe unseren Chat schon geöffnet und die ersten Buchstaben getippt (*Liz!!! Der Song ist der absol-*), da klopft es leise. Ich sehe vom Display meines Handys zur Tür. Ein dünner Lichtstreifen fällt vom Flur ins dunkle Zimmer, zweimal unterbrochen. Mit angehaltenem Atem lausche ich der Stille, dann: ein erneutes Klopfen. Noch leiser als eben, aber definitiv ein Klopfen.

Ich krabbele aus dem Bett und tapse über den kratzigen Teppichboden. Es gibt keinen Türspion. *Und wenn da jetzt ein Fan vor der Tür steht, der sich auf gut Glück durch alle Zimmer durchprobiert?* Auf keinen Fall, wir haben das kleine Hotel mit seinen elf Zimmern komplett ausgebucht. Niemand kommt an Eugene und Fynn vorbei, die an der Rezeption ihr Lager aufgeschlagen haben, bis sich die Meute im Pub aufgelöst hat. Hundertpro. Es kann nur …

Und dann wird mir endgültig schlecht. Also, so richtig flau, weil ich glaube, dass es nur *eine* sein kann, die da vor der Tür steht. Und das auch nur aus *einem* Grund. Weil die Spannung zwischen uns mittlerweile Ausmaße angenommen hat, die jeden Vergleich entbehren. Ich hatte noch nie, *noch nie* in meinem ganzen Leben, körperlich solche Lust auf jemanden wie auf diese Frau. Scheiße, Mann, ich wünschte, ich könnte das ein für alle Mal aus dem System kriegen. Und wer weiß, vielleicht ist sie genau aus diesem Grund hier? Um das zwischen uns aus der Welt zu schaffen. Am Ende will sie nur zusammen Musik hören oder darüber sprechen oder … eben doch ein bisschen knutschen.

Meine Hand ist definitiv neugierig – mein ganzer Körper –, denn ich greife nach der Klinke und drücke sie herunter.

»Du bist ja noch wach.«

Sie wirkt überrascht, die Augen groß, der Mund offen, das Piercing zwischen den zartrosa glänzenden Lippen. Und ein bisschen entsetzt auch. Vielleicht, weil sie nicht damit gerechnet hat, dass ich ihr öffne. Weil ich schon schlafe oder ihr nicht öffnen möchte, so wie sie heute Mittag. Aber da stehen wir nun, sie im Licht, ich im Halbdunkel.

Sie presst die Lippen aufeinander, sieht mich mit hochgezogenen Augenbrauen an und dann wieder zu Boden, und ich glaube, sie erwartet, dass ich was sage. Dabei hat sie doch geklopft, hallo?!

»Ich … wolltest … du reinkommen oder so?« Ich trete einen Schritt zur Seite, doch sie zögert, und weil mich das verunsichert, fahre ich mir durch die Haare. Möglichst coole Geste und so, aber es bringt nichts. Sie zögert immer noch.

Du Idiot. Sie wollte nicht reinkommen. Sie wollte was Unverfängliches fragen, und du fällst direkt mit der Tür ins Haus wie so ein lüsterner Bock.

Ich lasse die Hand sinken, bis sie auf meinem Bauch liegt, der schon wieder ordentlich flau ist –, weil er das immer ist, wenn sie in meiner Nähe ist. In a damn good way. Flau und … nackt!

Ich sehe an mir herunter, reiße die Augen auf. Ich bin nackt! Also, plus Boxershorts, aber nach der Dusche eben … nackt …

»Sorry!«, murmele ich, löse mich von der Tür und stürze zum Schrank, ziehe das nächstbeste Shirt heraus und streife es mir über. Als ich zurückkomme, steht Allie noch immer regungslos da, die Augen groß, auf den Wangen ein Hauch von Rosé.

»Kann ich … dir … helfen?«

»Nein. Also, ja.« Sie nickt, inspiziert den Teppich nach Steinen oder Stolperfallen oder irgendwas und tritt schließlich ein. Kurz bevor die sich schließende Tür uns in kompletter Dunkelheit zurücklässt, knipse ich das Licht an.

Wir blinzeln beide gegen das grelle Deckenlicht an. Wortlos gehe ich an ihr vorbei zum Nachttisch, schalte die kleine Lampe darauf an und lösche das große Licht wieder.

Da steht sie, live und in Farbe. Zusammengebundene Haare, nackte Füße, Smiley auf der Brust – heute nicht Nirvana, sondern Mando Diao. Mitten in meinem Hotelzimmer. Und sie steht da eine halbe Ewigkeit – vielleicht sind es auch nur zehn Sekunden –, ehe sie ihre Sprache wiederfindet.

»Ich wollte mit dir reden.«

Schade. »Weshalb?«

»Wegen deiner Songs.«

»Songs?«

»Also, … ich hatte euch ja gestern gesagt, dass ich der Sache mit Owen den nötigen Raum geben will und deshalb keine Details aus den anderen Interviews mit in den Blogbeitrag nehme.«

Richtig, deshalb ging es gestern, wie abgesprochen, auch nur um Owens längst überfälliges Outing. So weit bin ich noch bei dir.

»Aber als ich mir heute Nachmittag die Audioaufzeichnungen noch mal angehört habe, war ich mir nicht mehr sicher, ob du …« – ihre Hände reden mit, gestikulieren wild durch die Gegend – »… das mit den Songs und dass du selbst welche schreibst, mir, Allie, gesagt hast, oder der Journalistin Allie. Und ich wollte sichergehen, dass das für die Öffentlichkeit bestimmt war, was du …«

»Auf keinen Fall!«, fahre ich ihr über den Mund. Ich mache einen Schritt zurück, weil ich nicht glauben kann, dass ich ihr das ernsthaft erzählt habe.

Hab ich mich in ihrer Nähe denn gar nicht mehr unter Kontrolle?
»Eigentlich weiß das niemand«, schicke ich kleinlaut hinterher.

»Oh.« Sie nickt, sieht mich wieder an. »Niemand?«

»Keith natürlich. Aber sonst …« Ich schüttele den Kopf. »Sonst niemand, weil … weil nicht alles so gelaufen ist, wie …« Meine Stimme versagt.

»Schade, aber … das respektiere ich natürlich.« Ihr Daumen reibt nervös über die Innenseite der anderen Hand, wieder und wieder, während sie den Boden zwischen uns nach etwas absucht, das nie da gewesen ist. »Dann … gehe ich mal wieder und sauge mir was aus den Fingern.« Sie lächelt meiner Brust zu. »Vielleicht schreibe ich über deinen seltsamen Klamottengeschmack, mal sehen.«

Sie steht schon wieder an der Tür, als sie sich noch einmal

umdreht und mich mit einem schwachen Lächeln auf den Lippen ansieht. »Weißt du, vielleicht sollte am Ende ja alles genau so laufen, wie es gelaufen ist.«

Ich weiß nicht genau, was sie mir damit sagen will –, oder ich will es nicht verstehen, weil da dieser Restfunke Zweifel bleibt.

Was ich verstehe, ist ihren Blick. Wie sie dasteht und mich ansieht, als warte sie auf etwas. Dass ich was sage, zum Beispiel. Oder darauf, dass ich sie küsse.

Allie – Time to go down in flames

Ich weiß nicht, was es ist, das ihn zögern lässt, aber: Es. Macht. Mich. Wahnsinnig.

Wie er dasteht, Commander Spock auf der sich schnell hebenden und senkenden Brust, und nichts tut. So gar nichts, während seine Augen immer wieder von meinem Gesicht zu meinem Shirt wandern.

»Was meinst du damit?«, fragt er in meine Gedanken hinein. Ich brauche einen Moment, bis ich seine Frage verarbeitet habe, weil ich noch immer seinen bis eben nackten Oberkörper vor Augen habe.

Keine Ahnung, Conor. Aber etwas in mir – mein Herz oder einfach nur mein Körper, ich weiß es selbst nicht so genau – glaubt, dass ich genau hierher gehöre. In dieses Hotelzimmer, hier in Sligo. Und im besten Fall in deine Arme.

Das Knistern, die körperliche Anziehung, die vom ersten Tag an da war, als er an die Bar kam und eine Scheißcoke bestellt hat. Als er später im Hinterhof stand und mir fast erstickt wäre, erst an meiner Zigarette und dann an meinem Kuss und zuletzt an meinen bösen Worten. All das läuft auf eine einzige Sache hinaus:

»Das hier, das soll passieren. Genau hier, genau jetzt. Du und ich.«

Es sind genau drei Schritte von ihm bis zu mir. Ich weiß das, weil er sie geht. Schnell und ruckartig und so plötzlich, dass ich ein bisschen erschrocken zurückweiche, bis ich die Türklinke in meinem Rücken spüre.

Keine Ahnung, wie lange wir so dastehen, höchstens zwei Handbreit zwischen uns, und uns in die Augen sehen. Sein Blick wird dabei mit jedem Atemzug intensiver.

»Conor«, sage ich leise, weil ich meine Stimme hören muss, um zu begreifen, dass das hier wirklich passiert.

»Wenn du gehen willst, dann tu es *jetzt*«, raunt er, den Mund nahe an meinem Ohr, weil er sich zu mir gebeugt hat. Da sind Pinien und Jasmin.

»Das hier …« Ich kann nicht klar denken, geschweige denn einen kompletten Satz formulieren, schließe die Augen, aber es hilft nichts. »Das …«

»Alison!« Seine Stimme ist bemerkenswert laut und orientiert. Als hätte er noch einen Hauch von Kontrolle, aber das glaube ich ihm nicht. Da ist nichts mehr zu machen, wir sind rettungslos verloren, wir beide. Wenn jetzt niemand klopft, um Conor – Ryan – mitten in der Nacht zum Appell zu rufen, ist das hier erledigt. Er und ich. So was von durch. »Bleiben oder gehen?«

Ich öffne die Augen wieder, sehe ihn an, aber er ist so nahe, dass ich ihn kaum fokussiert kriege.

»Bleiben«, wispere ich. »Immer blei-«

Seine Lippen pressen sich auf meine. Binnen Sekundenbruchteilen ist seine Hand in meinem Nacken, reißt an meinen Haaren, bis ich den Kopf zurückwerfe und leise in seinen Mund stöhne. Die andere Hand legt sich um meinen Hals, erst so, als wollte sie zudrücken, mich erwürgen, wegdrücken, in die Tür hinein, und dann doch wieder ganz anders. Verlangend. Besitzergreifend. Ungestüm wandert sie weiter, zieht mich zu ihm, der

Daumen zwischen unseren Lippen, mitten in unserem Kuss. Er fordert Zutritt zu meinem Mund, gewährt ihn sich selbst und verschwindet dann wieder, hinterlässt eine feuchte Spur auf meiner Wange.

Ich recke mich ihm entgegen, weil ich nicht anders kann. Weil das hier jetzt sein muss. Ob ich will oder nicht.

Und ich will. So sehr, dass ich es bis in die Fußspitzen hinein fühle. Dieses Kribbeln, das Ziehen, das Verlangen. Damals im *VIPer*, an den Abbey Road Studios, in meinem Hotelzimmer in Cardiff, gestern im Konferenzraum in Belfast und jede wache Sekunde dazwischen.

Ich habe versucht, dagegen anzukämpfen. Oh boy, und wie ich das versucht habe. Umso mächtiger fühlt sie sich an, die Welle der schieren Erleichterung, die mich im nächsten Augenblick überrollt, als seine Zunge mit meinem Piercing zu tanzen beginnt. Vorsichtig erst. Langsam, erkundend, dann immer forscher, wilder, bis die Flut mich und alles um mich herum mitreißt – unaufhaltsam und gewaltig.

Ein leises Wimmern entfährt mir, weil er mich mit seinem Gewicht gegen die Türklinke drückt. Ich versuche, ihn ein Stück wegzuschieben, bin aber chancenlos. Zu viel Erregung zwischen uns, als dass er meine nonverbalen Signale kapieren würde.

»Con-« Mehr bringe ich nicht heraus, und doch versteht er, lässt von mir ab, und ich schnappe nach Luft, öffne die Augen, sehe nichts, weil er so nahe ist und doch nicht nahe genug.

Letzte Chance, Allie. Noch kannst du dich umdrehen und gehen. So sieht er mich an, schwerer Atem, das Herz pocht wild unter Commander Spock und meiner Hand.

Und dann vergesse ich beim Blick in seine graugrünen Augen jegliche Zweifel, die da je gewesen sein mögen, lege auch die zweite Hand auf seine Brust und dränge ihn sanft, aber bestimmt nach hinten. Immer weiter und weiter, die Blicke untrennbar ineinander verhakt. Seine Augen sind dunkler als sonst, vom schummrigen Licht oder der vielen Leidenschaft, die seine Pupillen groß macht. Es sind so schöne Augen. Wach und freundlich und …, ich möchte darin versinken.

Nicht jetzt, jetzt will ich andere Dinge. Jetzt will ich *ihn*. An mir und in mir und überall, wo er nur sein kann.

Ein überraschter Laut kommt ihm über die leicht geöffneten Lippen, als er mit dem Unterschenkel gegen die Bettkante stößt. Es braucht nur einen Windhauch, einen winzigen Schubser meinerseits, und er fällt. Das Bett federt unter seinem Gewicht nach. Er lächelt, schüchtern und schmal, aber er lächelt, und ich glaube, ich habe nie ein schöneres gesehen als dieses Prä-Sex-Lächeln.

Ja, genau. Sex. Das ist es nämlich, was du hier gleich tun wirst, Allie. Bist du dir sicher, dass du auch das letzte bisschen Verstand an diesen Mann verlieren willst? Denn du weißt, was das be-

»Wenn du …« Er hievt sich auf seine Ellenbogen und sieht mich an. »Wenn du das hier doch nicht willst, dann …«

»Halt den Mund, Conan«, fahre ich ihn an, wische die Bedenken beiseite und bin so schnell zu ihm aufs Bett gekrabbelt, dass er verdutzt zu mir aufschaut, als ich meine Oberschenkel links und rechts seiner Rippen auf der zurückgeschlagenen Decke platziere.

Ein irritiertes Schmunzeln formt sich über dem Prä-Sex-Lächeln. »Conan?«

Ich senke den Oberkörper so weit, bis meine Lippen fast an seinem Ohr liegen. »Denkst du, du bist der Einzige, der sich dämliche Kosenamen für andere ausdenken darf?«

»Aber Conan?« Sein Schmunzeln bröckelt, als ich mich wieder aufrichte. »Ernsthaft?«

»Conor, Ryan, wer soll da den Überblick behalten?«, säusele ich, ein bisschen benebelt von Graugrün und Grübchen.

»Das ist …«

»Sei still, *Conor*«, raune ich ihm zu. »Und ja, ich will.«

Sein Mundwinkel zuckt, als sich seine Hände um meinen Po legen und mich ganz langsam, Zentimeter für Zentimeter nach unten ziehen. Immer tiefer, bis ich seine Erregung zwischen meinen Schenkeln spüre. Ich sauge scharf die Luft ein und weiß für einen kurzen Moment nicht, wie mir geschieht, als er mich mit einem beinahe überheblichen Grinsen rücklings auf die Matratze wirft.

Sein Grübchen kommt näher. Und näher. Und näher.

Seine Hand findet den Weg unter mein Shirt. Sein Lächeln macht meine Knie weich, aber die müssen mich ja Gott sei Dank nicht halten, weil ich längst liege. In seinem Bett.

Ob ich dafür in die Journalisten-Hölle komme?

Ganz bestimmt sogar.

»Wir sollten …«, nuschele ich, werde aber direkt unterbrochen.

»Nein.« Seine Stimme ist ungewohnt herrisch. »Wir sollten gar nichts, Schneewittchen. Das hier …« Er lässt seine Hand langsam weiter unter mein Shirt fahren, an meinem Bauchnabel vorbei bis zum Rand meines BHs, nur dass ich wie so oft gar keinen trage. Der Ausdruck in seinem Gesicht ist eindeutig, als er anfängt, mit den Fingerspitzen die Rundung nachzufahren. »Das hier sollten wir, sonst nichts.«

»Sonst nichts«, wiederhole ich leise, und er nickt, dasselbe schelmische Grinsen im Gesicht wie schon die letzten Minuten. Eigentlich, seit sich die Zimmertür hinter mir geschlossen hat.

Dann schließe ich die Augen, kralle die Finger in sein dichtes Haar, während seine weiter über meine erhitzte Haut fahren, haarscharf an meiner Brustwarze vorbei, die sich unter seinen Berührungen aufrichtet.

Sein Gesicht ist nahe an meinem. Ich spüre seinen warmen

Atem auf meiner Wange, als er sagt: »Du hast keine Vorstellung davon, wie sehr ich das hier …«

»Doch«, murmle ich und richte mich auf, ringe mit ihm, bis er sich ergibt und auf die Matratze zurücksinkt. »Doch«, wiederhole ich, als ich wieder rittlings auf seinem Unterbauch sitze, die Hände links und rechts von seinem Kopf auf dem Bett abgestützt, »eine ungefähre Vorstellung habe ich.«

Das Grinsen verschwindet endgültig, kurz bevor seine Lippen mit meinen kollidieren. Das mit dem Tanzen haben seine Zunge und mein Piercing raus. Als hätten die beiden nie etwas anderes gemacht, nie etwas anderes gesehen, nie etwas anderes geschmeckt.

Ich löse meine Hände vom Bett, lege sie über seine und dirigiere sie vorsichtig vom Kiefer über den Hals, das Dekolleté hinunter zu meinen Brüsten. Fast schüchtern umschließt er sie, beginnt sie langsam durch den dünnen Stoff meines Shirts zu kneten. Doch als sein Daumen meine linke Brustwarze streift, ist der Kuss plötzlich vorbei. Sein Blick, eben noch schlafzimmermäßig benebelt, ist mit einem Mal wieder ganz wach und fokussiert, ein scheues Lächeln, das er nicht zulassen kann oder will, bevor meine Lippen wieder auf seine niedergehen. Sein Griff wird fester, der Daumen reibt über die immer gleiche Stelle, bis ich leise in seinen Mund stöhne, weil ich es nicht mehr aushalte, was er da mit mir macht.

Er richtet sich auf und ich automatisch mit ihm, rutsche tiefer auf seinem Unterbauch, bis ich auf seiner Erregung lande. Seine Hände wandern über meine Flanken nach hinten, und ich glaube, ich weiß, was er zu tun versucht, doch statt ihn gewähren zu lassen, zupfe ich hinter seinem Rücken am Stoff, warte geduldig, bis er den Wink versteht, die Arme hebt und sich das eigene Shirt über den Kopf zieht. Commander Spock landet neben dem Bett auf dem Teppich. Mit einem Grinsen drücke ich Conor zurück auf das Bettlaken und halte einen Moment inne, um den Mann vor mir in all seiner Schönheit genießen zu können.

Kräftige Oberarme, kein Sixpack, aber muskulöser als gedacht, auf der Brust, direkt oberhalb des Herzens, ein Notenschlüssel mit schwarzer Tinte in die Haut geritzt. Ich strecke die Hand aus, streiche die Konturen mit den Fingerspitzen nach und bewundere die feine Gänsehaut, die sich in alle Himmelsrichtungen ausbreitet. Fahre weiter über den Solarplexus, den harten, weichen Bauch, einmal rund um den Bauchnabel und über die hellen Härchen, die sich bis zum Bund seiner Boxershorts erstrecken.

Als meine Augen wieder in seinem Gesicht ankommen, ist sein Ausdruck hungrig. Ich spüre seine Hände an meinen Hüften und wie er das Becken leicht anhebt – nur Millimeter, kaum wahrnehmbar, und doch drückt sich seine Erregung mit einer Intensität gegen meine Mitte, dass ich kurz die Augen schließen und die Lippen aufeinanderpressen muss, um nicht laut aufzustöhnen.

»Ist alles in Ordnung?«, höre ich ihn wie durch Watte hindurch fragen, und wieder formt sich ein Schmunzeln auf seinen Lippen, als ich ihn ansehe.

»Mickey?«, bringe ich heraus.

Seine Hände hören abrupt damit auf, meine Hüften zu massieren, genau wie seine Beckenbewegungen.

»Nebenan.« Einwortsätze. Heiser gekeucht, mehr kriege ich nicht hin.

Er versteht meine Bedenken, wischt sie aber mit einem harschen »Scheiß drauf« beiseite und setzt sich erneut auf, um meine Lippen mit seinen zu verschließen. Sein Kuss ist nur von kurzer Dauer, dann sinkt er zurück auf die Matratze und zieht mir in einer fließenden Bewegung das Shirt über den Kopf. Im ersten Moment bin ich überrascht, dann beeindruckt, dann schon fast peinlich berührt von seinem Blick, der genauso gierig jedes kleinste Detail meines Körpers aufsaugt, wie ich es noch vor einer Minute getan habe. Keine Tattoos an nicht sichtbaren Stellen – weil zu langweilig, um Dad damit ärgern zu können. Dafür das Piercing in der linken Brustwarze, das er eben schon ertasten konnte und jetzt voller Ehrfurcht anstiert.

Als ich meine, ihm genug Zeit gelassen zu haben, lasse ich den Oberkörper nach vorn fallen, küsse erst seine Lippen, und als das nicht mehr reicht, seine Wange, die Stelle unterhalb seines Ohrläppchens, seinen Hals, den Notenschlüssel, seinen Bauchnabel. Gerade will ich am Saum seiner Boxershorts ziehen, da packt er mich an den Schultern und zieht mich zu sich nach oben, nur um mich wieder auf seine Erregung zu drücken, die sich mir durch den dünnen Stoff seiner Unterwäsche und den Hauch von nichts meiner eigenen Shorts aufdrängt. Ich habe kaum Zeit, mich meiner Fantasie hinzugeben, denn im nächsten Moment finde ich mich mit dem Rücken auf der Matratze wieder. Conor taucht nur Sekundenbruchteile später über mir auf, schwer atmend und mit wund geküssten roten Lippen, dabei haben wir noch gar nicht richtig angefangen.

Er erwidert mein Lächeln, und ich ziehe die Unterlippe zwischen die Zähne, kaue verzweifelt darauf herum, während seine Finger über meinen Kiefer, den Hals, das Schlüsselbein tiefer wandern. Über die linke Brust – Piercing inklusive – und tiefer. Und noch tiefer. Am lockeren Bund meiner Shorts vorbei, wo sie über die feuchte Stelle meines Slips streichen. Erst langsam und dann immer schneller, während ich den Verstand im Graugrün seiner Augen verliere, die mich mit einer Intensität durchbohren, die ich bis in die Haarspitzen hinein fühle.

»Conor«, flehe ich ihn an und werfe den Kopf in den Nacken, weil ich das Grinsen in seinem Gesicht nicht länger ertrage. »Bitte.«

Als hätte er diesen letzten Willensbeweis von mir gebraucht, ist er auf einmal überall. Seine Lippen umschließen das Piercing in meiner linken Brustwarze, spielen damit auf ähnlich Art wie mit dem in meiner Zunge, während seine Hand ihren Weg in meinen Slip findet und dort über meine empfindlichste Stelle reibt. Hart und fest, nicht so scheu und zurückhaltend wie eben, als uns das Stück Stoff getrennt hat. Genau das Stück, das er mir im nächsten Moment zusammen mit den Shorts von den Beinen streift und neben Commander Spock auf den Boden wirft. Kaum einen Atemzug später ist er wieder über mir, der Blick irgendwas zwischen liebestrunken und aufgekratzt.

Drei Sekunden lang verharrt er regungslos, atmet, studiert jeden meiner Gesichtszüge, dann küsst er mich erneut, heftig und leidenschaftlich und dringt gleichzeitig mit zwei Fingern in mich ein.

Ich werfe jeden Gedanken an Mickey auf der anderen Seite der Wand über Bord – muss ich, sonst explodiere ich – und lasse ein kehliges Stöhnen entweichen, das Conors Bewegungen nur noch ungezügelter werden lässt. Noch tiefer. Er nimmt den Daumen zu Hilfe, reibt wieder und wieder und wieder über meine empfindlichste Stelle, und ich glaube, ich muss sterben. Hier und jetzt, in seinem Hotelbett. In seinen Armen.

Ich drücke mein Becken gegen seine Hand. Tiefer. Treibe meine Fingernägel in die reinweiße Bettdecke unter mir, halte mich daran fest, weil ich sonst falle. Ich weiß nicht, wohin, weil ich gerade nichts weiß, aber festhalten scheint mir eine gute Idee.

Das hier ist so … verboten. Und so un-fucking-fassbar gut.

Er zieht die Zunge aus meinem Mund und die Finger aus mir heraus. Ich will protestieren, komme aber nicht mehr dazu, bevor er nur einen Atemzug später wieder in mich eindringt, als ich das Becken erneut hebe. Meine Hand löst sich von der Bettdecke und legt sich an seinen Hinterkopf. Fährt ihm durch die dicken Haare, dirigiert ihn sanft nach unten, bis er kapiert, worauf ich hinauswill und mit einem heiseren Lachen mein Piercing zwischen die Lippen nimmt.

Wir finden einen gemeinsamen Rhythmus, mein Becken und seine Hand, meine Atmung und seine Lippen, und es dauert nicht lange, bis ich fallende Sterne vor meinen geschlossenen Augen sehe, als ich mich aufbäume und mit einem letzten lauten Stöhnen, das sich in der Nähe meines Herzens gelöst hat, schließlich völlig erschöpft in das Laken sinke.

Mann, ich kann nur hoffen, dass Mickey noch unten im Pub an seinem Pint nippt …

Conor hat ein schmales Grinsen im Gesicht, als er sich über mich beugt, mir einen Kuss auf die Lippen drückt und sich neben mich auf die Matratze legt, Augen gen Decke, Hand auf meinem Unterbauch ruhend, der sich heftig hebt und senkt, weil mir die Luft zum Atmen fehlt. Er hat sie mir genommen.

Ich stehe noch ein bisschen neben mir, da setzt Conor schon an, etwas zu sagen, aber bevor er die Gelegenheit hat, den Moment mit irgendeinem gefühlsduseligen Kram – oder noch schlimmer, seinem üblichen Sinnlos-Conor-Gequatsche – zu zerstören, krabbele ich mit letzter Kraft auf ihn drauf und verschließe seinen Mund mit meinem.

Nicht reden, Conor. Nicht mal denken sollst du. Nur fühlen, okay? Das kriegst selbst du hin.

»Kondom?«, frage ich zwischen zwei Küssen, während ich mich am Bund seiner Boxerbriefs zu schaffen mache.

»D-d-da.« Seine Hand zittert – wie süß –, als er zum Schreibtisch deutet.

Hätte er keins gehabt, ich schwöre, ich wäre höchstpersönlich zu Colm gegangen und hätte mir eins geborgt. Ja, *so* verzweifelt bin ich.

Mein ganzer Körper pocht noch, ist noch gar nicht wirklich bereit für eine zweite Runde, aber das ist egal, denn ich habe Angst, dass mein Hirn die Arbeit wieder aufnimmt, bevor das hier vorbei ist, und das wäre … echt schade. Also klettere ich erst von ihm herunter und dann aus dem Bett, tapse auf Wackelpudding-Beinen zum Tisch, schiebe die tausend unwichtigen Sachen beiseite, die er dort deponiert hat. Taschentücher, Portemonnaie, Hüfttasche, Earpods, Notfallspray – okay, nicht ganz unwichtig. Als ich endlich gefunden habe, was ich suche, hole ich ein Kondom aus der verschlossenen Packung und reiße es noch im Gehen auf. Die drei Schritte zurück zum Bett beobachtet Conor ganz genau. Jeden Tritt, jede Bewegung, jeden Blick. Und Gott, er sieht so gut aus, mit seinem Scheißwuschelhaar und dem Grübchen, weil er mich anlächelt, breit und glücklich und echt. Das Lächeln verrutscht ihm kurz, als ich ihm wortlos das Kondom überstreife und wieder auf ihn drauf klettere.

»Fuck«, höre ich ihn unter mir keuchen, als ich ihn vorsichtig in mich einführe. »Das geht nicht lange gut, Schneewittchen.«

Er braucht einen Moment, ehe er zögerlich in meinen Rhythmus einsteigt. Seine Hände liegen an meinen Hüften, drücken mich nach unten, bis ich erfüllt aufstöhne, weil ich ihn überall in mir spüre. Nicht bloß *ihn*. Alles von ihm. Ich fühle, wie er mit jedem Stoß bis in mein Innerstes vordringt, das offen vor ihm liegt wie ein Buch. Wie er mit den Händen die Inschrift meines Körpers liest, als er mit ihnen seitlich meine Taille entlangfährt, hinauf zum Brustansatz, die Daumenkuppen ein paarmal über meine steifen Nippel streifen lässt. Dann setzt er sich auf, nimmt den Mund zu Hilfe, umschließt das Piercing, die Brustwarze, alles von mir, mit seinen wund geküssten Lippen. Ich schlinge die Arme um seinen Hals, drücke ihn an mich, während ich auf seinem Becken auf und ab federe, heftig und schnell, weil für langsam keine Zeit ist. Er kann sich kaum bremsen, kommt mit einem gedehnten Stöhnen, krallt die Finger dabei so fest in meine Haare, dass ich den Kopf vor Schmerz und Lust zurückwerfe.

Ich breche auf ihm zusammen, weil meine Arme mich nicht mehr halten können, bleibe liegen auf dem harten Weichen. Sein Herz klopft wild in seiner Brust. Post-Sex-Herzklopfen. Ein schönes Geräusch.

Keine Ahnung, wie lange ich dort liege. Wie lange es dauert, bis der Nebelschleier sich lichtet und ich verstehe, was hier gerade passiert ist. Dass das hier immer noch Conor ist und ich ich bin. Und dass es die absolut beste und gleichzeitig beschissenste Idee *ever* war, an diese Tür zu klopfen.

Ich hebe das Becken und rutsche von ihm herunter, traue mich nicht mal, ihm ins Gesicht zu sehen, während ich Shirt und Hose zusammenklaube, mich anziehe und mir durch die wilden Haare fahre.

»Ich ... sollte jetzt gehen«, murmele ich, und als sich die Zimmertür wenig später hinter mir schließt, weiß ich immer noch nicht, ob er nicht doch noch etwas hätte sagen wollen, wenn ich ihm die Chance gelassen hätte. Aber wäre ich nur eine Sekunde länger dortgeblieben, ich schwöre, ich hätte mich in seinen Arm gekuschelt und wäre dort eingeschlafen.

GOSSIP IRELAND

A beautiful lie it never gets old Jason Boland, bis gestern offiziell Single, wurde am Wochenende in seiner Heimatstadt Sligo gesehen, wie er eng umschlungen am Flussufer entlangspazierte.

NEWS von Dervla McQuaid
10:47 p.m., 12. August

Offensichtlich ist nicht nur Owen Power nicht mehr zu haben (zumindest nicht für die weiblichen Fans der Lovesuckerz). Auf Nachfrage beim Management hieß es zwar, die blondhaarige Schönheit, mit der Boland Samstagnachmittag in Sligo gesichtet wurde, sei angeblich seine Cousine, aber aus gut unterrichteten Quellen haben wir längst erfahren, dass es sich dabei um seine Verlobte handelt.

Und nun fragt sich alle Welt zu Recht, was für ein Spiel die Lovesuckerz mit ihren Fans treiben. Fest steht, dass sie nicht so unschuldig sind, wie uns das Management immer weismachen wollte. Owen Power, erst seit wenigen Tagen offen schwul, hat seine Fans monatelang belogen, genauso wohl Jason Boland. Und dass Colm Hewson nichts anbrennen lässt, davon können sicherlich einige Damen um die bisher besuchten Städte herum ein Lied singen. Bestimmt haben auch Mickey Cardiff und Ryan Breheny noch die ein oder andere Leiche im Keller, die nur noch nicht entdeckt worden ist.
Aber keine Angst, dafür sind wir von *GOSSIP IRELAND* ONLINE ja da. Wir bringen jedes dunkle Geheimnis ans Licht, darauf habt ihr unser Wort!

Kommentare:

Anonym War doch klar, dass mindestens einer von denen schwul ist. I smell publicity bullshit.

Theo Wahrscheinlich sind die alle schwul, und das mit der Verlobten ist nur ein billiges Täuschungsmanöver. Widerlich.

Trisha Ich find's toll, dass er endlich dazu steht! Wünsche ihm alles Glück der Welt.

MarlaME @Anonym @Theo Die 60er-Jahre haben angerufen und gefragt, wann ihr wieder zurückkommt. Gott, selten so viel Blödsinn gelesen.

Dienstag, 13. August

Allie – Take me back to the light

Ich lasse den Kopf müde auf meine aufgestützte Hand sinken, spähe zum Fenster hinaus. Es ist kurz vor neun am Morgen, die Sonne steht schräg am Himmel und lässt das Wasser in der Bucht glitzern. Auf meinen Ohren schmettern die Beatles *Lucy in The Sky With Diamonds* und für einen Moment erwarte ich, dass das Mädchen mit den Kaleidoskopaugen gleich an die Fensterscheibe klopft und mich auf eine der Schäfchenwolken mitnimmt, die über die Stadt hinwegziehen.

Wir sind in … Galway. Davor Athlone, Cavan, Sligo. Wir kommen rum, würde Dad jetzt sagen. Wie die *Tinker*.

Es ist ein spannendes, aber auch ein ziemlich ermüdendes Leben. Auf Dauer nichts für mich. Schon allein deshalb, weil ich mich nicht entscheiden kann, ob ich es mehr hasse, aus dem Koffer zu leben oder aber jeden Tag ein- und ein paar Stunden später an einem anderen Ort wieder auspacken zu müssen. Beides ist auf seine Art nervig und treibt mich zu Beginn von Woche drei langsam, aber sicher in den Wahnsinn. Wahrscheinlich würde ich es anders sehen, wenn ich diejenige wäre, die jeden Abend auf der Bühne stehen und ihre Songtexte vortragen dürfte, um sie von hunderten Menschen zurückgesungen zu bekommen.

Aber das bin ich nicht.

Vielleicht ist es aber auch die Strubbelfrisur mit dem Grübchenlächeln, die just in diesem Moment zur Tür hereinkommt, die mich in den Wahnsinn treibt, wer weiß?

Zweieinhalb Wochen noch. Die Hälfte ist bereits geschafft.

Er kommt knapp vor mir und dem Tisch, an dem ich sitze, zum Stehen, fängt an, auf mich einzureden. Dabei sieht er doch, dass ich die Kopfhörer aufhabe. Seine Lippenbewegungen passen zu Johns Gesang. Es sieht so witzig aus, dass ich lachen muss. Komisch, Conor lacht gar nicht mit. Dabei ist sein Lachen so schön. Und seine Lippen so … weich, wenn sie sich um meine Brustwarze legen und sanft daran saugen.

Ich schlucke, schiebe mir die Kopfhörer von den Ohren und senke den Kopf, um ihm nicht länger in die Augen, geschweige denn durch sein dämliches Schwarzenegger-*I'll-be-back*-Shirt (Ja, ernsthaft …) hindurch mitten auf den Notenschlüssel auf seiner Brust sehen zu müssen. Ich glaube nämlich, er kann Gedanken lesen, wenn man ihn ansieht. Er guckt dann immer so … wissend – Conor natürlich, nicht Arnie. Das macht mir Angst.

»Hat er dir irgendwas gesagt?«, fragt er und lässt sich mir gegenüber auf die Bank fallen. Aus dem Augenwinkel sehe ich, dass auch er es vermeidet, mich anzusehen.

Das werden lange zweieinhalb Wochen.

»Nicht das Geringste«, sage ich, beende den Gesang der Beatles per Knopfdruck und lege die Kopfhörer neben mein aufgeschlagenes Notizbuch auf den Tisch. Es ist ein schöner Tisch für einen Konferenzraum. Nussbaum, glaube ich, wahrscheinlich Furnier, denn Nussbaum wäre viel zu teuer. Die Maserung gefällt mir.

Als ich aufsehe, starrt er mich an. Mund offen, Herz auch.

»Was?«, frage ich, weil ich hoffe, dass er dann damit aufhört, und wickele mir meine Jeansjacke enger um den Körper.

»Nichts.« Wenigstens betrachtet er jetzt auch die Tischplatte. Wahnsinn, wie viel Anziehungskraft so eine Holzmaserung auf zwei Menschen haben kann.

»Das …«, höre ich ihn sagen, belasse die Augen aber auf dem Tisch. »Das am Samstag war … einmalig.«

Ich glaube, mein Blick, als ich aufsehe, ist so irritiert, dass er eine einzige Frage transportiert: What. The. Actual. Fuck?

»Einmalig im Sinne von ›Es wird sich nicht wiederholen‹!«, schiebt er schnell hinterher. »Richtig?«

»Richtig.« Klar. Absolut. Auf keinen Fall werden wir das noch einmal tun. Auch wenn ich seit Samstag pausenlos daran denke, wie sich seine Finger in mir angefühlt haben. Oder seine Lippen auf meinen. Um mein Piercing herum – das auf meiner Zunge und das an meiner Brustwarze.

Fuck. Ich sitze in einem Konferenzraum, die Tür steht sperrangelweit offen, weil wir jeden Moment den Rest der Meute erwarten, und ich kann an nichts anderes denken als an ihn und mich auf diesem wunderschön gemaserten Tisch.

Das werden endlose zweieinhalb Wochen.

»Du kannst mich ja nicht mal leiden, also … was soll das Ganze? Das ist … rein körperlich. Und wir sind erwachsen genug, um das … auszublenden. Richtig?«

Richtig???

»Aber ich …« Die rechte Augenbraue wandert in Richtung Strubbelfrisur, Grübchen kurz an, dann wieder aus, an und wieder aus. »Ich *kann* dich leiden.«

»Kannst du nicht«, beharre ich. Wir können uns nicht leiden! *Ich* kann *ihn* nicht leiden! Ich *will* ihn nicht leiden können, weil ich andere viel lieber mögen will als ihn. Und das … auch das macht mich wahnsinnig, ganz ehrlich!

»Hey, Freunde der Sonne!« Mickey, wer sonst? »Was geht?«

»Sag du es mir«, murmelt Conor sichtlich genervt und lehnt

sich zurück, weil es plötzlich komisch aussieht, wie er da so halb über dem Tisch hängt, während er mir weismachen will, dass wir uns sehr wohl leiden können. *Können wir nicht, Ende der Durchsage.*

»Guckt mich nicht an, mir hat Tony auch nichts gesagt.« Er hebt abwehrend die Hände, lässt sich neben Conor auf die Bank sinken und lehnt sich zurück.

Innerhalb der nächsten drei Minuten folgen Owen, Jason und Colm, allesamt nicht gerade bester Laune im Gegensatz zu Mickey, der noch immer breit grinst.

Doch spätestens als Tony kurz darauf die Grabesstimmung auf seinem Gesicht in den Raum trägt, ist es auch mit Mickeys ewig guter Laune vorbei. Der Mann mit der Bierplautze schmeißt ein paar Unterlagen auf den Tisch – so richtig mit Schmackes, damit es ordentlich Krach gibt und auch die letzten wach werden, falls sie es nicht längst sind –, zieht sich einen Stuhl heran und lässt sich verkehrt herum darauf nieder.

»Wie oft habe ich dir gesagt, dass du dich in Sligo nicht mit Laura blicken lassen sollst?«, fragt er an Jason gewandt.

»Ein paarmal?«, entgegnet dieser kleinlaut.

»Ungefähr *hundert Mal.*«

»Das ist ein bisschen übertrieben, meinst du ni-« Jason presst die Lippen aufeinander, als der Todesblick ihn trifft. »Okay, du hast es oft gesagt.«

Tony fährt sich mit einer nervösen Handbewegung durch das lichte Haar. »Und hast du drauf gehört?«

»Nein?«

»Warum nicht?«

»Weil ich Laura sehen wollte?«

»Und hättest du sie in deinem Hotelzimmer sehen können?«

»Schon, aber wir woll-«

»Es ist mir scheißegal, was ihr wolltet«, fährt Tony ihn an, greift nach den Unterlagen, zieht ein paar Blätter aus einem schmalen Ordner und knallt sie in ähnlicher Art und Weise auf den Tisch wie eben die ganze Mappe, nur ohne flankierenden Knall.

Ich überfliege den Ausdruck, die Überschrift, die Amateurbilder, die den Artikel begleiten.

»Ich …« Ich nehme eines der Blätter in die Hand, lese die Überschrift noch mal und dann den ganzen Header.

Dervla McQuaid. Willst du mich verarschen?

»Die … Die kenne ich«, murmele ich.

»Das ist Laura, Jasons angebliche Cousine«, will Tony mir erklären, aber ich schüttele den Kopf.

»Nein, die Journalistin, die das geschrieben hat. Sie … sie ist meine Kollegin bei der *Times*. *War* meine Kollegin.« Ich hebe eins der bedruckten Blätter hoch. »*Sie* sollte jetzt mit euch hier sitzen, weil das ihr Projekt war.«

»Dervla?«

Ich sehe Colm an und nicke. Woher zum Geier …

»Und warum ist sie nicht hier, sondern schreibt stattdessen so einen Scheiß über uns?« Jason hält mir einen weiteren Ausdruck vors Gesicht. »Was soll das?«

»Sie hat gekündigt. Wegen eines neuen Jobs. Diesem Job, scheinbar.« Und jetzt macht auf einmal alles Sinn. »Sie hat mir ein paarmal geschrieben, wollte, dass ich ihr Infos liefere, aber ich bin nicht darauf eingegangen. Hab ihr nur gesagt, dass ich an keiner Zusammenarbeit mit ihrem Haus interessiert bin. Seither … habe ich nichts mehr von ihr gehört.« Die hätte sich trauen sollen, mir noch mal zu schreiben, nachdem sie sich erst tagelang nicht meldet, um dann dreist Insiderinfos von mir zu erbetteln.

»Shit, Mann.«

Ich lese die Überschrift noch mal, als würde sie jetzt mehr Sinn ergeben, dann sehe ich in die Runde. »Wieso denn Spiel?«, frage ich niemanden im Speziellen, bekomme aber trotzdem direkt eine Antwort.

»Das Spiel, das die Jungs mit ihren Fans treiben, weil sie sie an der Nase herumführen.« Tonys speckiges Gesicht glüht vor Wut. Vielleicht hat er auch ein bisschen zu viel Sonne in den letzten Tagen abbekommen.

Ich schlucke, als seine flache Hand auf die hübsch gemaserte Tischplatte donnert – so fest, dass mein Stift vom Notizblock rollt und zu Boden fällt.

Nein, sorry. Definitiv Wut!

»Im Sinne von?«, will Jason wissen. Mutig, mutig.

»Im Sinne von Freundinnen. Verlobten, von denen die Fans nichts wissen.«

»Aber war das nicht Ansage des Labels?«, frage ich und sehe, wie Conors Mundwinkel auf der anderen Seite des Tisches zuckt.

Was?, fragt Tonys herausfordernder Blick erst mich, dann in die Runde.

»Allie hat recht.« Jetzt kommt Leben in Conor. Er wird größer, strafft die Schultern, hebt das frisch rasierte Kinn. Aber er hat auch leicht Reden, er sitzt mit mir am weitesten von Tony entfernt. Erst mal muss der sich seinen Weg zu ihm durchkauen, bis er ihn erreicht.

»Es war nicht unsere Idee, so zu tun, als wären wir allesamt Single und willig.«

Colm prustet leise. »Also …«

»Du bist besser mal ganz still, mein Freund!«, fährt Tony ihm über den Mund und klaubt die Blätter zusammen, die noch auf dem Tisch liegen.

»Ihr habt euch an das zu halten, was das Management euch vorgibt, okay? Und ich bin dafür da, um darauf aufzupassen, dass das auch genauso passiert. Es ist mein Job. Und wenn ihr rumlauft und in jeder Stadt einen anderen Fan mit aufs Hotelzimmer nehmt« – seine Augen schießen zu Colm – »oder euch nicht an Abmachungen haltet und in aller Öffentlichkeit mit euren Freundinnen rummacht« – jetzt ist Jason dran – »oder auf die glorreiche Idee kommt, eure Interviews dafür zu nutzen, eurem Jugendschwarm eine Nachricht zu schicken« – Owen sinkt auf der anderen Seite des Tisches in sich zusammen – »dann ist das auch mein Scheißproblem, okay?«

»Alter, ihr habt es doch erst zu eurem Scheißproblem gemacht, indem ihr Jason dazu gezwungen habt, Laura zu verleugnen.«

Tonys Kinnlade fällt auf den dunklen Fußboden. So kenne ich Conor gar nicht. So aufbrausend und … entschlossen. Es ist beeindruckend und, scheiße, ziemlich heiß.

»Das ist …« Die Wut, sie brodelt. Als Tony sich ruckartig erhebt, rechne ich mit allem. Damit, dass er sie alle fünf einen nach dem anderen verprügelt, angefangen bei Owen, der ihm am nächsten sitzt, und aufgehört bei Conor, damit er sich das Beste bis zum Schluss aufheben kann. Oder damit, dass er all seine Kraft zusammennimmt und hulkmäßig den Konferenztisch umwirft. Vielleicht schmeißt er auch den Stuhl, von dem er eben aufgesprungen ist, durch das Fenster zu unserer Rechten. Oder aber … Er nimmt seine Unterlagen und verschwindet wortlos aus dem Raum.

Als die Tür hinter ihm ins Schloss fällt, sehen wir uns einen Moment lang sprachlos an. Colm ist der Erste, der verhalten zu lachen anfängt, dann stimmt Mickey mit ein und schließlich sogar Jason und Owen. Nur Conor sitzt weiterhin wie erstarrt an seinem Platz und rührt sich nicht.

»Das war …« Ich schlucke, klappe das Notizbuch zu, in das ich kein einziges Wort geschrieben habe, weil ich erstens keinen Stift hatte und zweitens nichts von dem, was eben hier gesagt wurde, seinen Weg in den Blog finden sollte. (Ich heiße ja nicht Dervla.)

»… 'ne Show«, murmelt Owen und steht auf. »Ich glaube, er war fertig, oder?«

Mickey schiebt sich hinter Owen aus der Bank. »Nachher, halb drei, richtig?«

Colm nickt. »Ihr solltet es heute mal ruhig angehen lassen. Bleibt auf dem Zimmer, lest ein Buch oder so.«

»Das sagt der Richtige.« Jason folgt ihm auf dem Fuße, tätschelt ihm die Schulter, dann verschwinden auch die beiden.

Ich sehe noch einmal zu Conor, der immer noch nicht reagiert. Der muss wahrscheinlich erst mal verarbeiten, was er gesagt hat. Wobei er recht hat. Absolut recht. Die können doch nicht einfach über das Privatleben der Jungs bestimmen, oder? Und Dervla sollte definitiv nicht so darüber schreiben. Aber wahrscheinlich gehört das zum guten Ton bei *GOSSIP IRELAND*. Das würde meinem Dad gefallen. Angel auswerfen und sich dann der Beute an den Hals werfen, um auch noch das letzte bisschen aus ihr rauszuquetschen. Widerlich.

Ich hieve mich ebenfalls von der Bank, bücke mich, um den Stift unter dem Tisch hervorzuangeln. Als ich wieder nach oben komme, steht Conor auf, langsam, und kommt auf mich zu, bis sich unsere Schuhspitzen beinahe berühren. Ein, zwei Atemzüge lang steht er so vor mir, nur das bisschen Größenunterschied zwischen unseren Lippen. Und das ist verdammt wenig, auch wenn er mir sonst immer wie ein Riese vorkommt.

»Conor, ich -«

»Ich kann dich leiden, Allie«, übergeht er meinen Einwurf leise und fixiert dabei meinen Mund. »Und du mich auch. Und ich glaube, genau das ist unser Problem.«

INSTAGRAM

13. August

maybenotbob.dylan Liz!!! Der Song ist der absolute Hammer, ehrlich!

maybenotbob.dylan Und es tut mir echt leid, dass ich mich nicht mehr gemeldet habe. Das hat nichts mit dir zu tun, versprochen. Ich ... bin aktuell nur ziemlich durch den Wind, muss ich gestehen.

liz_official Du hast keine Vorstellung davon, wie sehr es mich freut, von dir zu hören!

liz_official Und es ist auch dein Verdienst, nicht nur meiner. Ich verlinke dich gern in der Caption, wenn das für dich okay ist.

maybenotbob.dylan Nee, schon gut. Lass. Wenn du mit dem Song die Charts stürmst, kannst du ja drüber nachdenken, mir mal einen *Tesco*-Gutschein oder so als Tantiemenersatz zu schicken.

liz_official Ich möchte dir nur den Tribut zollen, den du verdient hast.

liz_official Und ich würde wirklich – wirklich – gern die Songs hören, die du für deine Band geschrieben hast!

maybenotbob.dylan Sorry, aber ...

liz_official Aber?

maybenotbob.dylan Das ist nicht so leicht, Liz.

liz_official Wieso nicht? Ein Link zu eurem YouTube-Kanal oder was auch immer, und ich gebe Ruhe. 😉

liz_official Dylan?

maybenotbob.dylan Heute ist mir nicht nach 😉, tut mir leid.

liz_official Sorry! Ich nerve dich nicht weiter, versprochen.

maybenotbob.dylan Nein, du verstehst nicht. Da hängt zu viel dran.

liz_official Das tue ich tatsächlich nicht, aber ich respektiere es natürlich.

liz_official Kann ich dir denn ... helfen oder so?

liz_official ?

liz_official ...

maybenotbob.dylan Ich glaube nicht.

liz_official Du glaubst?

maybenotbob.dylan Eher nicht, oder kannst du machen, dass die Presse aufhört, Lügen zu verbreiten?

liz_official Was hast du mit der Presse am Hut?

liz_official Du bist nicht etwa doch Bob Dylan?

maybenotbob.dylan Kann ich dir eine Frage stellen?

liz_official Jede.

maybenotbob.dylan Nicht lachen, okay?!

liz_official Bestimmt nicht.

maybenotbob.dylan Glaubst du, man kann Gefühle für zwei Personen gleichzeitig haben?

liz_official Es gibt weiß Gott genug Beispiele dafür, dass das geht, ja.

maybenotbob.dylan Und glaubst du, dass man Gefühle für jemanden entwickeln kann, den man nie gesehen hat?

liz_official Definitiv.

maybenotbob.dylan Aber ist das nicht ... völlig absurd?

liz_official Wieso? Sämtliche Dating-Plattformen basieren darauf.

liz_official Und Romance-Scams auch, mal davon abgesehen.

liz_official Aber ich glaube, darauf wolltest du nicht hinaus, oder?

maybenotbob.dylan Ich meine, wenn man sich zu jemandem hingezogen fühlt, dann doch zu Augen oder Lippen oder einem Gesicht eben.

maybenotbob.dylan Brüsten meinetwegen. Einem Hintern.

liz_official Schon, ja. Aber man kann sich doch auch zu, ich sage mal, einem Intellekt hingezogen fühlen. Oder zu einer Persönlichkeit. Und ich glaube, die lässt sich ausschließlich anders vermitteln als über das reine Aussehen, weil das Äußere ja oft auch ablenkt.

maybenotbob.dylan Im Sinne von?
liz_official Na ja, man findet jemanden süß oder meinetwegen heiß, Augen, Beine, Hintern, was auch immer, übersieht dabei aber den Charakter und dass man doch gar nicht so gut zueinander passt, wie man sich das einzureden versucht.
maybenotbob.dylan Also würdest du sagen, dass es sogar besser ist, sich kennenzulernen, ohne störende Faktoren wie die eventuelle körperliche Anziehungskraft?
liz_official Ich würde sagen, dass ... es für derartige Gespräche definitiv zu spät am Tag ist. 🙃
maybenotbob.dylan Liz?
liz_official Ja?
maybenotbob.dylan Kann ich dir ein Geheimnis anvertrauen?
liz_official Immer.
maybenotbob.dylan Ich führe so was wie ein ... Tagebuch.
liz_official Okay?
maybenotbob.dylan Kein richtiges Tagebuch, mehr so ein ... Kalender / Notizbuch?
liz_official Was auch immer das ist ...
maybenotbob.dylan Manchmal erlebe ich Sachen, die ich unbedingt festhalten will. Mit Bildern und Worten. Es ist wie ein Taschenkalender, in den ich dann zum Beispiel ein Bild einklebe oder Textschnipsel schreibe oder ein paar Gedanken zum Tag.
liz_official Und wieso ist das geheim?
maybenotbob.dylan Das war noch nicht das Geheimnis.
liz_official Sondern?
maybenotbob.dylan In dem Buch steht sehr viel über dich.
liz_official Nur Gutes, hoffe ich? 🙈
maybenotbob.dylan Die Fragmente von *All Your Secret Songs* habe ich da reingekritzelt. Oder samstags schreibe ich oft rein, was du gesungen hast und wie es sich angehört hat. Und einmal, da ...
liz_official Da??

liz_official Dylan?

maybenotbob.dylan Willst du wissen, wen ich mir vorstelle, wenn ich an dich denke?

liz_official Ich weiß es, ehrlich gesagt, nicht?!? Will ich???

maybenotbob.dylan Sydney Sweeney.

liz_official Nice. Aber ich bin alles andere als blond.

maybenotbob.dylan Dann muss ich das Bild wohl wieder rausreißen.

liz_official Du hast ein Bild von Sydney Sweeney eingeklebt?

maybenotbob.dylan Ich hab doch sonst keinen Anhaltspunkt ...

liz_official Das ist ... süß. Und ein bisschen creepy, ehrlich gesagt.

maybenotbob.dylan Stellst du dir denn niemanden vor, wenn du an mich denkst?

liz_official Wer sagt, dass ich an dich denke?

liz_official 🤪

liz_official Thimothée Chalamet 😇

maybenotbob.dylan Ernsthaft?

maybenotbob.dylan Jetzt will ich mir spontan eine von diesen braunen Papiertüten über den Kopf ziehen und nur noch damit das Haus verlassen.

liz_official 😂 SORRY. Sydney Sweeney ist aber auch ein ziemliches Brett.

maybenotbob.dylan Du bist bestimmt viel hübscher als sie.

liz_official Und wenn ich eher eine Beth Ditto wäre?

maybenotbob.dylan Dann würde ich dich immer noch unfassbar gern kennenlernen. 😉

liz_official Heyyy, ein Lächeln!

maybenotbob.dylan Ich muss dir noch was sagen.

liz_official Bin ganz Ohr.

maybenotbob.dylan In meinem Kalendernotizdings ...

liz_official Ja?

maybenotbob.dylan Da gibt es auch Bilder von einer anderen Frau. Richtige Bilder.
liz_official Oh.
liz_official Ist sie deine Freundin?
maybenotbob.dylan Nein. Eher das Gegenteil. Schwer zu beschreiben, fürchte ich.
liz_official Aber sie ist dir wichtig?
maybenotbob.dylan Ich habe mit ihr geschlafen.
liz_official Das beantwortet meine Frage nicht.
maybenotbob.dylan Und ich war mir so so sicher, dass das zwischen ihr und mir was rein Körperliches ist, was dann schon irgendwie weggeht.
maybenotbob.dylan Okay, sorry, das klingt absolut furchtbar und falsch, und so war es auch nicht. Ich habe mit ihr geschlafen, weil sie mich auf jede erdenkliche Art und Weise um den Verstand bringt. Und weil es mein Körper in ihrer Nähe nicht mehr ausgehalten hat, ohne zu wissen, wie sie schmeckt. (Ich bin nur ehrlich, tut mir leid.)
maybenotbob.dylan Aber, Scheiße, Liz, trotzdem wache ich morgens auf und denke zuerst an dich. Und wenn ich abends schlafen gehe, bist du ganz oft mein letzter Gedanke. Weil du aktuell gefühlt der einzige Mensch auf der Welt bist, bei dem ich mich nicht verstellen muss. Bei dem ich sein kann, wer ich bin, und keine Rolle spielen muss. Dabei KENNST du mich nicht mal. Und das bringt mich mindestens genauso um den Verstand wie die andere Frau. (Auch das ist Teil der Wahrheit!)
maybenotbob.dylan Was ich damit sagen will: Sie ist mir anders wichtig als du, aber – ja, auch wichtig.
maybenotbob.dylan Liz?
liz_official Erinnerst du dich daran, als du mich gefragt hast, ob ich Single bin?
maybenotbob.dylan Ja?

liz_official So ganz stimmt das auch nicht, fürchte ich.
maybenotbob.dylan O-kay.
liz_official Was nicht heißt, dass ich einen Freund habe oder so, aber es ist ... wie hast du so schön gesagt? Es ist kompliziert.
maybenotbob.dylan Schwer zu beschreiben?
liz_official Schwer zu beschreiben.
liz_official Aber fürs Protokoll: Ich denke auch sehr oft an dich.
maybenotbob.dylan Und jetzt?
liz_official Nichts, und jetzt!
liz_official Bitte, bitte, bitte, lass uns nichts überstürzen im Sinne von Entscheidungen treffen für oder gegen jemanden oder irgendwelche Konfrontationen, ich ... Das schaffe ich im Moment nicht, Dylan. Ich bin froh und dankbar dafür, dass ich dich in meinem chaotischen Alltag habe und dass wir uns, wann immer wir wollen, auf unsere einsame Insel zurückziehen können, auf der es niemanden sonst außer uns gibt. Lass uns das nicht kaputtmachen durch Erwartungen aneinander, die wir nicht erfüllen können. Bitte.
maybenotbob.dylan Und wenn uns die Insel nicht mehr reicht?
liz_official Darüber machen wir uns Gedanken, wenn es so weit ist, okay?
liz_official Okay?
liz_official ???
maybenotbob.dylan Okay ...

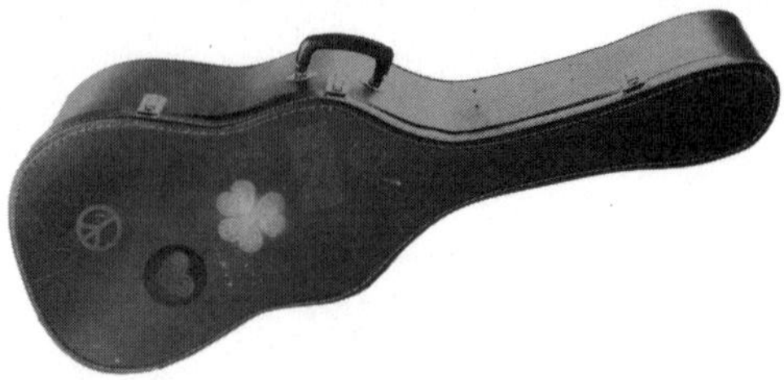

Donnerstag, 15. August

Conor – Find a dream, make it real

Der Personalraum neben der Küche ist viel zu klein für uns fünf. Die Tür hat sich kaum hinter mir geschlossen, da wird sie wieder aufgerissen und noch mehr Leute strömen herein. Tony, Eugene … und Allie.

Alter, was hat sie hier zu suchen? Wir sind verschwitzt und aufgekratzt von unserem Auftritt, der keine drei Minuten her ist, und jetzt konfrontiert ihr mich direkt wieder mit … ihr? Mit ihrem dämlichen Shirt, das ihr drei Nummern zu groß ist, und mit ihren riesigen Ohrringen, die ihr fast bis zur nackten Schulter reichen, und ihrer Rose und den Piercings überall – in der Brustwarze! – und ihrem Blick, der mir sagt »Ich will dich mindestens genauso sehr wie du mich«.

Newsflash, Alison Rainsford, Musikjournalistin, ich will dich nicht mehr wollen! Und es soll mir egal sein, wie sehr mein Körper auf dich reagiert. Ich will das nicht mehr. Ich werde die nächsten gut zwei Wochen wie der Profi, der ich bin – oder sein sollte – hinter mich bringen, und dann werde ich dich nie wieder sehen müssen. Gott, was freue ich mich darauf.

»Alle mal herhören! Wir haben ein Problem.«

Noch eins? Tony hat das letzte noch nicht richtig verdaut und behandelt uns in der Folge weiter wie pubertierende Teenager, denen man die Leinen nicht zu lang lassen darf. Wenn jetzt noch ein Problem dazukommt, lässt er uns gar nicht mehr aus unseren Hotelzimmern raus, fürchte ich.

Erst dann bemerke ich seine Augen, die immer wieder zwischen Allie und mir hin- und herschießen. Sie steht da wie ein Häufchen Elend, und ich frage mich, ob sie schon weiß, was jetzt kommt.

Ich sehe sie an, schlucke. Habe Angst, dass unser Geheimnis keines mehr ist und sie jetzt gefeuert wird und ich mich an Ort und Stelle von ihr verabschieden muss. Denn, Scheiße, Mann, das will ich auch nicht.

Dafür wird er doch hoffentlich nicht den großen Rahmen wählen? So was macht man im Stillen, nur mit Allie und mir. Nicht vor versammelter Mannschaft. Mann, Tony.

Mir wird schlecht. Definitiv not in a good way.

»Was ist denn jetzt schon wieder los?«, will Owen wissen. Er ist kreidebleich.

»Wir müssen die Show in Waterford am Samstag canceln.«

»Was?« Jason klingt entsetzt, Colm hingegen wirkt genervt, wie er so dasteht, lässig gegen die Wand gelehnt, die Arme verschränkt, und mit der Zunge schnalzt.

»Und warum?«, fragt er, als ginge ihn das alles nichts an.

»Weil es sonst zeitlich ziemlich eng werden könnte.«

Muss man ihm denn alles aus der Nase ziehen?

»Das war Keith.« Tony hält sein Handy wie etwas Kostbares in die Runde, damit wir es alle sehen können. Als ob es uns die Neuigkeit gleich höchstpersönlich verrät. Und zum ersten Mal, seit er den Raum betreten hat – wenn ich genau darüber nachdenke, seit seiner Standpauke vom Dienstag –, hellt sich seine Miene auf.

Colm springt immer noch nicht darauf an. Sein »Und?« klingt

so betont desinteressiert, dass ich ihm in Tonys Namen gern eine überziehen möchte.

»Er hat erzählt, dass sich Steve Garrigan, der Sänger von Kodaline, 'ne fiese Stimmbandentzündung eingefangen und striktes Sing- und Sprechverbot für die nächsten zwei Wochen hat.« Tonys Augen leuchten. »Und da hat Keith direkt an uns gedacht.«

Ich mag es, wie er *uns* sagt, obwohl er *uns* meint. Also, nicht sich selbst, denn er gehört ja nicht dazu, und dann doch. Weil er *uns* tief in seinem Nanny-Herzen echt gernhat und *uns* diesen Erfolg gönnt. Weil es Stolz ist, der bei seinen Worten mitschwingt, und das wiederum macht mich stolz.

»Und was hat das mit uns zu tun?« Erst Jasons Nachfrage macht mir bewusst, dass Tony noch immer nicht mit der Sprache rausgerückt ist.

»Kodaline waren als eine der Headliner eingeplant.«

»Hä?« Owen spricht mir – uns allen, glaube ich – aus der Seele. Lediglich Colms Mund steht offen, als wüsste er etwas, das keiner außer ihm weiß.

Ja und?, will ich schreien, tue es aber nicht, weil Tony mir zuvorkommt.

»Das heißt, ihr tretet am Samstag beim Electric Picnic in Stradbally auf!«

Es dringt zu viel Pubgemurmel durch die alten Holztüren für diesen *Plötzlich wurde es mucksmäuschenstill*-Klischee-Bullshit. Aber das mit den Kinnladen, das passiert reihum.

»Wir tun *was*?« Jason ist der Erste, der seine Stimme wiederfindet.

»Electric Picnic«, wiederholt Tony und wackelt mit den Augenbrauen. »Stradbally. Einundzwanzig Uhr, Mainstage.«

Meine Kehle ist staubtrocken. Als hätte ich seit Tagen nichts getrunken.

Electric Picnic. Tonys Worte hallen in meinem Kopf wider.

Atemberaubende siebzigtausend Menschen waren letztes Jahr da – einer davon ich, zusammen mit Danny, Kian, Leia, Maisie, Mark und ein paar anderen aus Lahinch –, die Headliner Musikgrößen wie Billie Eilish, Fred Again und The Killers. Und dieses Jahr zappeln dazwischen ernsthaft die Lovesuckerz über die Bühne?! And we're talking about Mainstage! AL-TER.

»Aber sind wir nicht …« Alle Aufmerksamkeit konzentriert sich binnen Sekunden auf Mickey, dem man schon anhört, dass jetzt ein großes Aber kommt. »Wir passen doch gar nicht ins Line-up, oder?«

»Wieso?« Colm ist jetzt die Ruhe selbst. »Kodaline singen auch nichts anderes, nur dass sie nicht annähernd so gut aussehen wie wir.«

Mein Blick huscht kurz zu Allie, die den Boden anstarrt. Ich sehe sie schon am Bühnenrand stehen. In einem ihrer ausgewaschenen Grunge-Band-Shirts und Shorts, mit ihrem Schleifenhaarband und dem seitlichen Ebenholzvogelnest auf dem Kopf und ihrem wunderschönen Lächeln auf den Lippen, zartrosa oder fuchsiafarben, ganz egal.

Schlagartig wird mir wieder schlecht. Flau – not in a good way, und dann doch. Weil siebzigtausend Menschen. Weil Mainstage. Weil Fuck-ist-das-geil.

Und weil ich keinen Schimmer habe, wie ich die Dinge, die in meiner Hose – und in meinem Herzen – passieren, wenn ich sie ansehe, abstellen soll.

Freitag, 16. August

INSTAGRAM

16. August
maybenotbob.dylan Du findest uns auf Spotify unter DeeOhThree.
liz_official Woher der plötzliche Sinneswandel?
maybenotbob.dylan Du bist noch wach??
maybenotbob.dylan Vielleicht, weil es an der Zeit ist, komplett ehrlich zu dir zu sein.
liz_official Und ich werde erst schlafen können, wenn ich all eure Songs gehört habe. Alter, ihr habt ja richtig viel Zeug!
maybenotbob.dylan Es ist mitten in der Nacht.
liz_official Prioritäten!
maybenotbob.dylan Dann lass ich dich besser mal in Ruhe.
liz_official Hat das eine tiefere Bedeutung?
maybenotbob.dylan Was genau?
liz_official DeeOhThree?
maybenotbob.dylan Dublin 3.
liz_official Wie der Postcode?
maybenotbob.dylan Lach nicht, okay?
liz_official Wieso willst du mir immer das Lachen verbieten? 😉
liz_official Okay, ich versuche es!
maybenotbob.dylan Croke Park steht in Dublin 3.
liz_official Ihr habt euch nach einem Stadion benannt?
maybenotbob.dylan Nee. Aber das war immer unser Ziel. Dort einmal ein ausverkauftes Konzert vor 80.000 Menschen zu geben.
liz_official Uuuuh ... das klingt nach dem Traum eines Musikers.
maybenotbob.dylan Also nicht lächerlich?
liz_official Absolut nicht!
liz_official Und warum die Null? 🤔

maybenotbob.dylan Haben wir dazu genommen, weil's schon zig Bands mit ähnlich klingendem Namen gab. Und damit es sich besser anhört.
liz_official ???
maybenotbob.dylan DeeThree. DeeThree. DeeThree. Sperrig auf der Zunge, oder?
liz_official Hm?!
maybenotbob.dylan DeeOhThree kommt einem viel leichter über die Lippen, findest du nicht?!
liz_official Okay, hab versagt.
maybenotbob.dylan Womit?
liz_official Hab doch gelacht. Herzhaft und sehr laut. Sorry.
maybenotbob.dylan Schon okay.
maybenotbob.dylan Danke.
liz_official Wofür?
maybenotbob.dylan Für alles. Träum was Schönes, Liz.
liz_official Du auch.
maybenotbob.dylan Ich glaube, das werde ich. 😇
...
maybenotbob.dylan Hörst du noch oder schläfst du schon?
maybenotbob.dylan Scheinbar schläfst du schon. Bei mir war's nix mit Träumen. Ich liege seit anderthalb Stunden im Bett und wälze mich von links nach rechts. 😕
maybenotbob.dylan Ich hab ein bisschen Angst vor dem, was alles aufpoppt, wenn du dich weiter nach der Band erkundigst, deshalb möchte ich dir ein paar Sachen erklären, okay?
maybenotbob.dylan Erinnerst du dich, als du mir mal geschrieben hast, dass du glaubst, nicht damit zurechtzukommen, wenn du im Rampenlicht stündest und keine Privatsphäre mehr hättest? Ich habe dir zugestimmt, dass das bestimmt schwierig sein kann. Allerdings ohne zu erwähnen, dass ich selbst schon am eigenen Leib erfahren musste, was es bedeutet, wenn das scheißfragile

Kartenhaus, auf dem diese Branche errichtet ist, von einem Tag auf den anderen unter einem zusammenbricht.

maybenotbob.dylan Ich hatte eine Freundin (nicht die Frau aus dem Kalenderdings). Wir waren ein paar Jahre während der Schule zusammen. Sie war ziemlich bestimmend, und rückblickend würde ich sagen, dass sie definitiv diejenige war, die in unserer Beziehung die Hosen anhatte. Sie hat entschieden, welchen Film wir uns im Kino ansehen, in welches Restaurant wir zum Jahrestag essen gehen, wann wir uns mit welchen Freunden (meistens ihre) treffen und solche Sachen. Ich habe sie machen lassen, es war ja bequem, sich um nichts kümmern zu müssen. Als ich endlich kapiert habe, in was für einer verqueren Beziehung ich stecke, waren wir beide schon auf dem College. Eine Kommilitonin fragte mich, ob wir zusammen für die Prüfung lernen wollen. Weißt du, was ich ihr gesagt habe? (Das ist jetzt wieder so eine Stelle, an der du nicht lachen darfst, promise!)

maybenotbob.dylan Ich habe ihr gesagt, dass ich erst meine Freundin fragen müsse. Sie hat gelacht, bis zu dem Moment, als sie verstanden hat, dass ich es ernst meine. Und dann hat sie mir eine sehr aufschlussreiche Standpauke über gesunde Beziehungen gehalten. Als Trisha (meine Freundin) das nächste Mal auf Heimatbesuch war, habe ich sie zur Seite genommen und ihr gesagt, dass ich mir manchmal mein Leben ohne sie vorstelle. Und dass ich dann glücklich bin.

maybenotbob.dylan Sie hat erst gar nicht verstanden, was ich ihr damit sagen wollte, aber irgendwann hat es auch bei ihr Klick gemacht. Sie hat geweint, hat aber eingesehen, dass wir in einer Sackgasse waren, aus der wir als Paar nicht mehr rauskommen können. Sie hat mir noch ein paarmal aus Dublin geschrieben, aber für mich war die Sache erledigt. An dem Tag, an dem wir einen unserer ersten größeren Auftritte in Ennis hatten, stand sie wieder auf der Matte, wollte, dass wir es noch mal miteinander probieren. Ich habe ihr gesagt, dass ich kein Interesse habe, aber sie hat nicht locker gelassen. An dem Abend habe ich aus Protest, Frust – nenn es, wie du willst – eine Frau (Esther) mit aufs Zimmer genommen.

maybenotbob.dylan Trisha hat mir später gestanden, dass sie uns beobachtet und Esther später vor dem Hotel abgefangen hat. Sie war wütend und frustriert und keine Ahnung, jedenfalls hat sie ihr erzählt, dass sie vorsichtig sein soll, denn ich hätte parallel auch was mit ihr (Trisha) am Laufen und hätte sie auch schon zu Sachen gezwungen, die sie gar nicht wollte und so weiter und so fort.

Was wir beide nicht wussten: Esther war Journalistin und hat sich daraus ein paar hübsche Storys zurechtgezimmert und fleißig über ihren Blog verbreitet. Unter einem ihrer reißerischen Artikel stand der Hashtag #metoo und ab dem Moment war es vorbei.

maybenotbob.dylan Trisha entschuldigt sich heute noch bei jeder sich bietenden Gelegenheit dafür, aber rückgängig machen lässt es sich nicht mehr. Es war wie eine Lawine. Ich konnte nur dastehen und zusehen, wie sie ins Tal rauscht, und hoffen, dass sie auf ihrem Weg nicht alles verschlingt.

maybenotbob.dylan Mein Glück war, dass DeeOhThree immer noch relativ unbekannt waren, sonst hätte das Ganze vermutlich noch viel größere Ausmaße angenommen. Schlimm genug, dass Mum mitten im Dorf angesprochen wurde. Und die Band war natürlich am Arsch, denn nach und nach brachen uns sämtliche Aufträge weg, weil niemand mehr eine Zusammenarbeit mit uns riskieren wollte. Alles, was uns blieb, waren die Auftritte bei Will im Pub, aber auf die fragenden Gesichter hatten wir nach dem zweiten Donnerstag auch nicht mehr so viel Lust.

maybenotbob.dylan Trisha hat die Sache öffentlich richtiggestellt, aber da hatten sich die Hashtags längst verselbstständigt. Mein Name war im Arsch. Daran hat auch die einstweilige Verfügung nichts geändert, die wir später gegen Esther erwirkt haben.

maybenotbob.dylan So, jetzt weißt du alles. Wenn du trotzdem meinst, das tun zu müssen, dann lies den Kram, den du im Netz über mich findest. Aber bitte, bitte, BITTE, glaub davon kein Wort. Ich bin nicht der Arsch, als der ich dargestellt werde. Ja, ich habe mich sicherlich ausprobiert nach der Trennung von Trisha. Aber ich hatte weder mehrere Beziehungen gleichzeitig, noch habe ich Trisha jemals gegen ihren Willen angerührt – und die Journalistin auch nicht.

maybenotbob.dylan Okay, nein, sorry, du weißt noch nicht alles.

maybenotbob.dylan Unsere Insel reicht mir nicht, Liz. Ich möchte dich kennenlernen.

maybenotbob.dylan Nicht nur über den Bildschirm.

maybenotbob.dylan Jetzt weißt du alles.

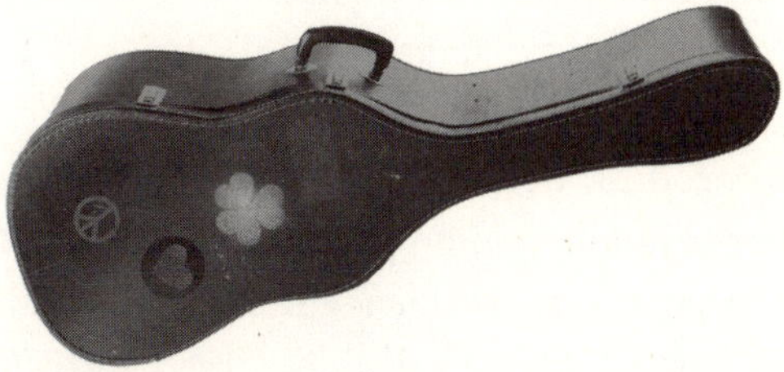

Conor – Don't know where my heart stops and where your heart begins

Es war nach vier, als ich endlich eingeschlafen bin und genau so fühle ich mich, als ich nach dem fünften Snooze aus dem Bett krieche. Wie erschlagen.

Nach einer kurzen Dusche und ungefähr siebenundzwanzig Überprüfungen meines Posteingangs – sie hat die Nachrichten immer noch nicht gesehen – schlurfe ich zum Frühstücksraum, um mich darauf vorzubereiten, dass Paul uns heute ein letztes Mal durch die Choreo peitscht. Alter, Mainstage, ich habe es immer noch nicht ganz begriffen.

Ich schaffe zwei Kaffee und Dreiviertel eines Bagels, dann ist mir wieder dermaßen schlecht, dass ich mich übergeben könnte.

Von den anderen keine Spur. Ich frage mich noch, wo sie sind und checke zwischen zwei Schlucken Kaffee immer wieder mein Instagram. Stelle mit Erschrecken fest, dass Liz die Nachrichten zwar gesehen, bisher allerdings noch nicht geantwortet hat, als mir beim Blick auf die Uhr über der Eingangstür zum Speisesaal einfällt, dass – FUCK! – Allie aktuell irgendwo sitzt (wo wollten wir uns treffen?) und mal wieder auf mich wartet, weil wir uns gestern nach langem hin und her auf acht Uhr dreißig als Treffpunkt für unser wöchentliches Interview einigen konnten, und wir jetzt einfach schon kurz nach neun haben. Fuck. Fuck. Fuck.

Ich schlinge den letzten Bissen hinunter, spüle mit dem Rest lauwarmem Kaffee hinterher und springe auf.

Allie sitzt allein an einem Tisch in der Ecke der fast leeren Hotelbar, als ich diese betrete. Vor sich ein halb volles Glas Wasser und ihren Laptop, auf dessen Bildschirm sie konzentriert starrt, ohne mich wahrzunehmen, auf den Ohren die Kopfhörer, die viel zu klobig für ihren Kopf sind. Ich frage mich – wie jedes Mal – was sie hört. Und wieso ich noch nie auf die Idee gekommen bin, sie zu fragen. Vielleicht Hozier, dessen Gitarre spielendes Konterfei heute ihre Brust ziert.

Als ich näher komme, sehe ich, dass sie Tränen in den Augen hat, und für einen ganz kurzen Moment frage ich mich tatsächlich, ob es die richtige Entscheidung war, Liz zu schreiben, dass ich sie kennenlernen möchte. Weil, seht sie euch an, diese bildschöne Frau mit ihren Haaren und ihren Augen und diesen Fuchsialippen, auf denen sie schon wieder so herrlich gedankenverloren rumkaut, weil sie mal wieder gar nicht anwesend ist.

»Alles in Ordnung?«, hake ich vorsichtig nach, als ich ihr gegenüber auf der Bank Platz nehme, erhalte aber keine Antwort. Erst als ich ihr mit den Fingerspitzen über den Unterarm fahre, schreckt sie aus ihrem Tagtraum und sieht mich an. Nicht wie sie mich sonst ansieht, sondern … eher wie einen Geist. Als hätte sie Angst vor mir oder … was weiß ich? Aber ich bekomme Gänsehaut von ihrem Blick, der immer wieder zu meinem frisch rasierten Kinn abrutscht, und wische instinktiv darüber, vielleicht hab ich ja noch Marmelade da hängen oder so.

Sie schluckt, schiebt sich die Kopfhörer von den Ohren und packt sie vor sich auf den Tisch. »Conor?«

»Ja?« Ich greife nach ihrer Hand, aber sie packt sie beide in ihren Schoß, wo ich keine Chance mehr habe, sie zu erreichen.

»Du?«, fragt sie jetzt und weicht noch weiter zurück, wenn das sitzend überhaupt möglich ist. »Ernsthaft?«

»Ja?«, entgegne ich unsicher, weil ich nicht weiß, was zum Geier ihr Problem ist. Ihre Augen sind so weit aufgerissen, dass mir das Meerblau viel heller vorkommt als sonst. Ihre Wangen sind rosig, die Furche zwischen ihren Brauen tief.

Sie klappt den Laptop geräuschvoll zu, klaubt Kopfhörer und Unterlagen zusammen und rutscht von der Bank.

Ich bleibe ein paar Sekunden stocksteif sitzen, weil mein Kopf gar nicht kapiert, was abgeht, dann springe ich auf und folge ihr aus der Bar.

»Kannst du mir mal erklären, was los ist?« Nichts. »Jetzt bleib doch mal stehen!«, rufe ich ihr nach, aber sie bleibt natürlich nicht stehen, im Gegenteil, sie legt sogar noch an Geschwindigkeit zu.

»Allie!« Ich habe ungelogen noch nie jemanden so schnell Treppen laufen sehen. Mit dem Laptop gegen die Brust gepresst, jagt sie eine Stufe nach der anderen hinauf, ich hinterher, so schnell es meine Bronchien zulassen, ohne Unsinn anzustellen.

»Was ist denn los, um Himmels willen?«, keuche ich, als sie durch die Glastür im zweiten Stock stürmt, aber sie hört nicht. Will nicht hören, vermute ich.

Atemlos ziehe ich die Tür wieder auf, falle auf den Flur und bleibe überrascht stehen, als sie zu mir herumwirbelt.

Irgendwas murmelt sie vor sich hin, aber ich verstehe es nicht.

»Was?«

Sie hebt das Kinn, sieht mir mitten ins Gesicht, so wütend. Enttäuscht, und ich weiß nicht, warum. Es waren doch nur ein paar Minuten, die ich zu spä-

»Wer ist Conor Sheehan?«, fragt sie, diesmal so laut, dass ich zusammenzucke und mich auf dem leeren Gang umsehe.

»Wer ist Conor Sheehan?« Jetzt brüllt sie, und jede einzelne Silbe brennt sich für die Ewigkeit in mein Gedächtnis ein. »Wer sind DeeOhThree? Und wer ist Dylan, verdammt?«

»Woher …« Mehr kriege ich nicht durch meine staubtrockene Kehle.

Sie macht einen Schritt auf mich zu. Ganz nahe, bis unsere Schuhe, ihre gelben und meine hellbraunen, sich berühren. Ein, zwei Atemzüge lang sieht sie mich an, dann schüttelt sie den Kopf und schiebt leise und trocken hinterher: »Wer zur Hölle bist du?«

Und während mein Kopf noch arbeitet, rauscht sie über den Flur zu ihrer Zimmertür, hinterlässt den Geruch von Rosen in der Luft und einen fahlen Beigeschmack in meinem Herzen. Dann knallt die Tür hinter ihr ins Schloss, und ich stehe da. Wir alle.

Ryan Breheny.

Conan.

Dylan.

Die vielen Gesichter des Conor Sheehans. Und Allie kennt sie alle. Jedes einzelne.

Mir wird schlecht. So richtig diesmal. Weil das bedeutet, dass *sie* … aber … Das kann nicht sein?

Die Stille auf dem Gang ist ohrenbetäubend, schreit unentwegt einen einzigen Namen.

Liz. Liz. Liz.

Wieder und wieder, bis er sich komisch anhört. Als würde etwas fehlen. Allieliz. Lizallie.

Das. Kann. Nicht. Sein. Die Stimme. Ich hätte die Stimme doch erkennen müssen. Sie … sind beide höchstens ähnlich, aber keinesfalls gleich. Geschweige denn identisch. Liz klingt viel tiefer als Allie. Oder umgekehrt???

Das *muss* ein Missverständnis sein.

Ich sehe den Flur hinunter bis zum Fenster, erkenne die Wälder des Killarney Nationalparks in der Ferne und die smaragdgrünen Hügel der Macgillycuddy's Reeks dahinter. Mit drei großen Schritten schaffe ich es zur Wand gegenüber der Tür, durch die *sie* eben verschwunden ist, und lasse mich an ihr zu Boden sinken, halte mir die Brust, weil meine Bronchien krampfen. Vielleicht ist es aber auch mein Herz.

Fuck, was geht hier ab? Wochen-, monatelang schreibe ich dieser Frau, verliebe mich in die Musikerseele dahinter, hänge an ihren Lippen und zeitgleich an den fuchsiafarbenen einer anderen, bin so verzaubert von der zweiten, dass ich sogar mit ihr schlafe, weil sie –

Ein bellendes Husten unterbricht meinen Gedankengang.

Okay, doch die Bronchien, nicht das Herz. Vom Staub im Industrieteppich unter meinen zitternden Händen bestimmt. Nicht von der Tatsache, dass die zwei Frauen, zwischen denen sich mein Herz bis eben nicht entscheiden wollte, ein und dieselbe Person sein sollen. In welchem verqueren Chick-Flick-Scheiß ist das bitte der Twist? Die Journalistin, die sich als Musikerin entpuppt. Die all das verkörpert, was ich hasse und liebe. Gleichzeitig. Damit … komme ich nicht klar.

Ich huste immer noch, als die Tür wieder aufgeht. Allie tritt auf den Flur, und ich rappele mich auf, bringe Abstand zwischen meine Lunge und den Teppich, will ihr mit meiner erhobenen Hand signalisieren, dass ich klarkomme. Wenn schon nicht mit dem Twist, dann wenigstens mit meinem Asthma.

»Alles gut«, röchele ich, fixiere den dunkelroten Boden, weil ich nicht weiß, wo ich sonst hinschauen soll. Bis ihre mittlerweile nackten Füße mit vorsichtigen Tippelschritten in mein Sichtfeld treten.

Ich schließe die Augen, atme ein. Frisch geschnittene Rosen und Angst. Aber ich glaube, es ist nicht meine, zumindest nicht ausschließlich.

Als ich die Augen wieder öffne, steht sie vor mir. So nahe, dass ich fürchte, jeden Moment im Meerblau zu ertrinken.

»Liz?« Es fühlt sich merkwürdig an, diesen Namen vor ihr laut auszusprechen. »Was …«

Aus einem der umliegenden Zimmer ertönt ein dumpfes Rumpeln, und Allie weicht sofort einen Schritt zurück, schluckt leer und sieht sich um. Nichts. Kurz bleibt ihr Blick im Rot des Teppichs unter uns hängen, dann sieht sie wieder zu mir auf, ehe sie auf leisen Sohlen zurück in ihr Zimmer geht. Ich schließe die Augen, warte auf einen Knall, doch der kommt nicht. Ich schaffe es, innerlich bis vier zu zählen, dann halte ich es nicht mehr aus. Und tatsächlich, als ich die Augen öffne, stehen sie und ihr schüchternes Lächeln an der offenen Tür und warten. Keine Ahnung wie, aber ich schaffe die paar Schritte über den Flur, rette mich durch die Tür, die sie direkt hinter mir schließt. Statt sich zu mir umzudrehen, bleibt sie mit dem Rücken zu mir daran stehen, als müsste sie sich am Knauf festhalten.

»Allie?«, flüstere ich, doch sie rührt sich nicht. Ich nehme all meinen Mut zusammen – und den von Dylan gleich mit – und mache einen Schritt auf sie zu, lege meine Hände vorsichtig an ihre Hüfte und fahre mit den Fingern unter ihr Shirt. Spüre, wie sie sich unter meiner Berührung entspannt, den Kopf senkt. Ich bewundere die Rose in ihrem Nacken, beuge mich nach vorn und hauche einen vorsichtigen Kuss darauf, warte ihre Reaktion ab, aber es kommt keine. Ein weiterer Kuss, erst auf das linke, dann auf das rechte untere Rosenblatt. Immer noch nichts, außer dass sie ihren Kopf leicht neigt, um mir den Zugang zu den anderen Blättern zu erleichtert, die sich über ihre Schulter nach vorn ranken. Und während ich mich Stück für Stück weiterarbeite, neigt sie den Kopf immer weiter, inklusive Mini-Seufzer. Zack, Gänsehaut.

Als ich oberhalb ihres Schlüsselbeins angekommen bin, strecke ich die Hand nach ihrem Kiefer aus, drehe ihr Gesicht behutsam in meine Richtung, bis wir uns ansehen können, aber sie meidet meinen Blick. Fixiert stattdessen einen Punkt auf meinem Shirt.

»Allie«, versuche ich es noch einmal und tippe ihr sanft mit dem Finger gegen das Kinn. »Bitte.«

Es kostet sie große Mühe, das erkenne ich an der Furche und ihren schweren Lidern, aber dann sieht sie mich an. Und da ist so viel auf einmal in ihren Augen, so viel Erleichterung, so viel Unsicherheit, so viel Zuneigung, dass es mich schier übermannt. Sie geht auf die Fußspitzen, und ich komme ihr entgegen, unsere Lippen streifen sich, ganz kurz nur, und ich nehme auch die andere Hand nach oben, lege sie an ihr Gesicht, umschließe ihren Kiefer und ziehe sie näher an mich, bis meine Stirn an ihrer liegt. Und dann küsst sie mich. Langsam, beinahe vorsichtig. Ohne Zunge, ohne Piercing, nur sie und ich, unsere Lippen und unsere Herzen.

Es ist, als würden wir miteinander verschmelzen. Und für einen Moment weiß ich nicht, wo ich aufhöre und Dylan anfängt. An welcher Stelle ich wen begehre und weshalb, weil vor mir nur diese eine Frau steht, die all das verkörpert, wonach ich mich sehne. In die ich verliebt bin. Bis in die kribbelnden Fußspitzen hinein, ob ich will oder nicht.

Als sie sich zurück auf die Fußballen sinken lässt, umspielt ein feines Lächeln ihre Mundwinkel und, ich schwöre, in genau diesem Moment weiß ich, dass das mein letzter erster Kuss gewesen ist.

Ohne zu sprechen, nimmt sie meine Hände, führt mich zum Bett, wo ich mir die Schuhe von den Füßen ziehe, während sie rücklings auf die sauber zurückgeschlagene Decke krabbelt, ohne mich dabei auch nur für eine Sekunde aus den Augen zu lassen.

Da liegt sie, meine Erscheinung, auf angewinkelten Unterarmen, und wartet auf mich mit einer Art Verlangen im Blick, die mich kurz meinen Namen vergessen lässt.

Ihr Lächeln ist schüchtern, als sie sich ganz langsam, Zentimeter für Zentimeter aufrichtet, bis sie meine Hand erreicht und nach ihr greift. Ich lasse mich zwischen ihre gespreizten Beine auf die Matratze sinken, Knie zuerst. Ein paar Sekunden lang harre ich mit nicht mehr als einer Handbreit zwischen unseren Köpfen aus, reibe meine Nase an ihre, inhaliere die frisch geschnittenen Rosen. Und dann versinken wir in einem Kuss, von dem ich nicht weiß, ob er nicht sogar besser ist als all die Fast- und Nicht- und Sehr-wohl-Küsse der letzten Wochen zusammengenommen. Weil ich Allie nicht mehr nur zwischen meinen Beinen und auf meiner Zunge spüre, sondern in meinem ganzen Körper. Sie und all die Emotionen, die mich in diesem Moment überrollen wie eine lautlose Flut. Eine von den guten aus Endorphinen und endlosem Glück.

Die Bettwäsche riecht nach Industrieweichspüler und Allie, als wir hineinsinken. Sie schmeckt genauso wie noch vor einer Woche, ihr Piercing fühlt sich an, wie ich es in Erinnerung habe, und trotzdem ist alles anders. Weil ich sie nicht mehr hassen wollen muss, im Gegenteil, ich darf … verliebt sein. Ich darf das, weil es nicht mehr falsch ist und weil sich mein Geist nicht mehr mit aller Vehemenz dagegen zu wehren versucht. Und das ist so erleichternd, dass ich kurz nach Luft schnappe, als mir ein tonloses Schluchzen entfährt.

Sie hört direkt auf, mich zu küssen. »Gehts dir gut?«, will sie wissen, und ja, verdammt, das tut es. Und trotzdem hänge ich da, etwa dreißig Zentimeter über ihr, und bin kurzzeitig erstarrt. Sie scheint das auch zu sein oder wenigstens zu spüren, denn sie macht keine Anstalten, mich noch einmal zu küssen.

Als hätten wir Angst voreinander oder so was. Dabei wissen wir, worauf wir uns einlassen. Und dann wieder nicht, glaube ich. Weil das hier so anders ist. Das hier sind Liz und Dylan. Und deren Verbindung befindet sich auf einer Ebene, auf der Allie und Conor möglicherweise nie zusammenkommen werden, weil sie dieses Level an Vertrautheit niemals erreichen können. Das hier, das ist nicht körperlich. Das ist Sehnsucht in ihrer reinsten Form. Nach einem Seelenverwandten, dem man sich wochen- und monatelang so nahe gefühlt hat, dass man der Meinung war, sich selbst im anderen gefunden zu haben.

Als würde der Körper blockieren, weil der Geist mit der Situation überfordert ist.

Ich küsse sie noch einmal, breche wieder ab, sehe sie an und schüttele den Kopf, weil ich selbst nicht verstehe, was mein Problem ist.

»Keine Ahnung, ob's mir je besser ging«, murmele ich und schließe die Augen, als sie die Hand ausstreckt und mir sanft über die glatt rasierte Wange fährt. Ich spüre ihren Kuss erst auf der Stirn, dann an meiner Schläfe, auf meinem Wangenknochen, im Mundwinkel und schließlich auf meinen Lippen, wo sie nur ganz kurz verharren, ehe Allie sich zurück ins Kissen sinken lässt.

Als ich sie wieder ansehe, sind ihre Augen feucht und voller Liebe.

»Es ist okay«, versichert sie mir und zieht mich zu sich, bis mein Ohr oberhalb ihres Herzens ruht. Und ich glaube, dass das genau das ist, was ich jetzt hören musste. Diesen Herzschlag, der mir zeigt, dass es tatsächlich ein und dasselbe Herz ist, um das es hier geht. Um ihr Herz. Und um meines.

Und das lässt auch die allerletzten Zweifel verebben.

Der nächste Kuss ist forscher. Nicht wild und zügellos wie noch vor einer Woche, aber auch nicht mehr so zurückhaltend wie eben. Meine Hände vergewissern sich, dass auch in Liz' Brustwarze ein Piercing steckt. Nicht, weil ich es nicht geglaubt hätte, sondern weil ich es gern zwischen meinen Fingern spüre. Sie stöhnt leise in meinen Kuss hinein, und ich schwöre, ich möchte am liebsten in sie hineinkrabbeln, weil ich ihr gar nicht nahe genug sein kann.

Zwischen unzähligen Küssen – oder auch nur einem einzigen – gehen unsere Oberteile verloren, kurz darauf auch die Hosen und alles andere. Es landet zusammen auf einem bunten Haufen am Fuße von Allies Hotelbett.

Sie sieht mich an, und auch wenn ich es kaum aushalte, sitze ich vor ihr auf der Matratze und inhaliere mit jedem Atemzug frisch geschnittene Rosen. Bewundere die langen Ebenholzhaare, die ihr seitlich über die Schultern fallen und fast bis zur Brustwarze reichen. Sehe darunter ihre Musikerseele, die gegen die Erwartungen ihres Vaters und das Erbe ihrer abwesenden Mutter ansingt. Die bemalte Haut an Ober- und Unterarm. Ihre klare Stimme. Die Hände, die sich leicht verlegen aneinanderklammern, weil sie sonst nichts zum Festhalten haben. Die Poesie in ihren gesungenen Worten. Ihre wunderschönen meerblauen Augen, die Lippen, heute zartrosa glänzend und leicht geöffnet, weil sie mich gleich küssen wird.

Und ich denke, wie schön sie ist, meine Erscheinung, innen wie außen.

Allie – We kissed like our hearts might just run out of love

Ich liege da und ertrinke in der Zuneigung, die aus seinem bewundernden Blick fließt, und ich glaube, ich habe mich nie in meinem ganzen Leben geliebter gefühlt als in diesem kurzen Moment.

Ich bin angekommen. Bei einer Person, bei der ich nie anzukommen geglaubt habe, nie ankommen *wollte*. Und doch bin ich da.

Sein Lächeln ist breit und ehrlich, als er mich zu sich zieht und wir in einem weiteren Kuss versinken. Küssen ist gut, da denkt man weniger. Wenig zu denken ist besser, da küsst es sich intensiver. Und ja, intensiv trifft es. Denn als Conors Lippen meine verlassen, bin ich kurz versucht, zu protestieren, aber dann wandern sie weiter. Über meinen Hals, das Schlüsselbein entlang, über mein Dekolleté, den Solarplexus … Okay, hier könnte er gern kurz links oder rechts abbiegen. Aber er tut es nicht. An meinem Bauchnabel macht er kurz halt, verteilt eine Spur warmer Küsse einmal rund herum, ehe er weiterwandert. Tiefer und tiefer, bis …

Ich recke die Arme über den Kopf, suche nach Bettpfosten, Nachttischlampen, etwas, woran ich mich festhalten kann, aber da ist nichts, nur das mit Kunstleder bespannte Kopfteil. Ich versuche, die Finger hineinzukrallen, um Halt zu finden, aber keine

Chance, kriege etwas zu fassen, gerade als seine Zungenspitze meine Öffnung findet. Ein, zwei Mal entfährt mir ein lautes Stöhnen, dann presse ich mir das Kissen aufs Gesicht, weil ich weiß, dass es um uns herum nur so von Lovesuckerz wimmelt. (Colm und Jason haben die Zimmer neben mir, und die sind morgens um halb zehn ganz sicher nicht auf ein Pint in der Bar.) Und weil ich weiß, dass ich nicht leise sein *kann*. Nicht, wenn seine Zunge solche Dinge tut.

»Nicht … aufhören«, nuschele ich und winkle die Beine an, damit er mehr Platz hat, lasse mich fallen, als er die Hand zur Hilfe nimmt und mich binnen weniger Augenblicke in Sphären katapultiert, die ich mit meiner eigenen Hand nie erreichen kann.

»Conor.« Ich liebe seinen Namen, könnte ihn den ganzen Tag laut vor mich hin sagen. Ihn rufen, flüstern, stöhnen. Wahrscheinlich würden sie mich einweisen, aber das wäre okay. Solange wir zusammen sind, ist alles okay, glaube ich.

Und dann passiert es. Mitten zwischen meinem leisen Seufzer und seinem erstickten Lachen verliere ich auch das letzte Stück meines Herzens. Einfach so. Am helllichten Tag in einem Hotelzimmer am Rande des Killarney National Parks. Und er hat nichts Besseres zu tun, als zu lachen. Das schönste Lachen der Welt.

Kann nicht klar denken, keinen Gedanken formulieren, bin völlig überwältigt von den Gefühlen, die mich überrollen wie eine Lawine, als ich mit einem heiseren Schrei komme.

Er schiebt das Kissen kurz darauf beiseite und sucht meinen Blick. Sein Lächeln ist noch breiter als eben.

Hey, Grube. Grübel … Grübchen! Herrgott.

Kann nicht nachdenken, will nicht nachdenken. Will genießen. Will lieben. Ihn. Vielleicht für immer. Ganz bestimmt aber für jetzt.

»Ich habe …«, nuschele ich gegen seine Lippen, als er wieder über mir hängt, schüttle den Kopf, schiebe ihn von mir weg und krabbele aus dem Bett. Meine Schritte zum Fenster sind unsicher und schnell, die Beine wackelig. Ich öffne den Koffer, der ein heilloses Durcheinander an Klamotten und allerlei anderem Kram offenbart, und ziehe die Kondompackung heraus, die ich vorgestern in Limerick gekauft habe, obwohl ich mir *so* sicher war, dass ich nicht mehr mit Conor schlafen würde. Dass es keinen Anlass für diesen Kauf geben und ich die Packung ungeöffnet wieder mit nach Dublin nehmen würde. Well …

Ich wanke zurück zum Bett, sehe ihn an, frage »Was?« auf sein Grinsen hin.

»Nichts«, lügt er und streckt die Hand nach mir aus, aber ich ergreife sie nicht.

»Was gibt's zu lachen?«, frage ich noch einmal und stemme die Hände in die Hüften.

Er schüttelt den Kopf, antwortet mir dann doch. »Ich wusste es.«

»Was?«

»Dass du aus dem Koffer lebst.«

Ich verdrehe die Augen, werfe das Kondom nach ihm, und er fängt es aus der Luft, sodass wir beide lachen müssen. Er nutzt den Moment, bekommt meine Hand zu fassen, und ich lasse mich bereitwillig von ihm auf seinen Schoß ziehen, genieße das Gefühl seiner Erregung an meiner. Unsere Lippen aufeinander, seine Hände in meinen Haaren, an meinem Po, meine an seiner Brust und in seinem Nacken. Wie eine Einheit aus nacktem Fleisch und zwei Herzen im Gleichtakt. Ich verschließe sein schelmisches Lächeln unter leisem Protest mit meinem.

Und dann lieben wir uns.

Mehrfach.

Weil es nie genug sein kann.

INSTAGRAM

Gefällt 1.145 Mal
liz_official ♡ Clip vom 16. August ♡

Long Live von meiner persönlichen Queen of fucking everything, Taylor Swift.

Heute leider wieder nicht live, dafür mit einer Botschaft an all die Menschen, die eine Erinnerung daran brauchen, dass sie ihr Leben selbst in der Hand haben. Macht euch glücklich!

Und für einen davon ganz besonders.

Dieser Song ist für dich, Conan.

#lizzieslivesessions #musicislife #musicislove #makeyourselfhappy #onedaywewillberemembered #swiftieforlife

16. August

Alle 139 Kommentare ansehen
PatsyBanksUK So ein toller Song! Taylor wird auf ewig einen Platz in meinem Herzen haben und dein Cover ab heute auch!
mineisbigger_thanyours Is das etwa dein Macker?
briannewithbangs O Gott, Liz, wie schön! Conan kann sich glücklich schätzen.

Allie – More love, more us, more feeling

Es ist kurz vor Mitternacht, als es an der Hotelzimmertür klopft. Ich habe früher mit ihm gerechnet, klappe den Laptop zu, öffne die Tür wortlos, und Conor tritt ein, ebenso schweigend. Ich gehe hinüber zum Fenster, höre, wie er die Tür hinter sich schließt und anschließend verriegelt, dann Schritte auf dem Teppich, dann nichts mehr.

Draußen ist es dunkel. Kein Mond, dafür eine Fülle an Sternen und in der Ferne ein paar bunte Lichtkegel, die durch die Nacht schießen und Geschichten vom Tag erzählen.

Wir sind mittlerweile in Stradbally angekommen. In einem der echt schicken Hotels, weil die Jungs nicht nur den Slot von Kodaline übernommen haben, sondern auch deren Unterkunft. Was ungefähr dem doppelten des üblichen Standards der Lovesuckerz entspricht.

Nach unserem Zusammentreffen am Vormittag – und wie wir zusammengetroffen sind. Wie in einem Rausch. Erst sanft, beinahe unschuldig, dann immer heftiger und gleich mehrmals hintereinander, bis sein Handyalarm ihn daran erinnert hat, dass er einen Soundcheck zu absolvieren hat.

Jedenfalls hatte ich danach keine Zeit mehr, mit ihm zu reden, geschweige denn, mich mit dem Gedanken von Conor und Dylan als eine Person auseinanderzusetzen. Sieht man von den zwei Minuten ab, die ich vorhin schwer atmend gegen meine Zimmertür gelehnt verbracht habe, weil ich vor Conor und der Erkenntnis davongelaufen bin, dass ich ihm Stück für Stück mehr verfalle, je mehr ich über ihn weiß. Und irgendwie reicht das doch schon, oder? Kein weiterer Gedanke nötig.

»Sorry, dass ich vorhin, während des Soundchecks, verschwunden bin«, sage ich, um der Stille etwas entgegenzusetzen, und male mit dem Finger einen Kreis an die Stelle der Scheibe, an der sich mein Atem niedergeschlagen hat. »Ich musste …«

»… ein Video aufzeichnen?«, fragt er mit einem sanften Lächeln in der Stimme und tritt von hinten an mich heran, legt den Arm vorsichtig um meine Taille, zieht mich an sich. Ich schließe die Augen, lehne den Hinterkopf seitlich gegen sein Schlüsselbein, atme ein. Es ist schön hier an seiner Brust. Gemütlich. Vertraut und doch maximal verwirrend. Bisher habe ich mich mit Händen und Füßen dagegen gewehrt, ihn an mich heranzulassen. Diesen Mann, der in seiner Rolle als Ryan, als Teenieschwarm, alles verkörpert, was ich so sehr verabscheue. Die Oberflächlichkeit und Vergänglichkeit des Business, in dem es so viele talentierte Künstler gibt, die sich mit Gelegenheitsgigs über Wasser halten. Weil sie für die Musik brennen und sich nichts anderes vorstellen können, als in genau diesem Business zu arbeiten, das sie doch immer wieder mit Füßen tritt. Und doch bin ich Conor immer wieder um den Hals gefallen. Weil ich ihn und sein Grübchen und die Haare, von denen ich immer noch nicht weiß, ob sie nicht doch einen Tick zu lang sind, so unfassbar attraktiv finde, dass ich in seiner Nähe kaum in der Lage bin, klar zu denken.

Und dann steht er vor mir. Als Leadsänger, Songschreiber und singt in seinen Songs so eindrücklich von Sehnsucht und Reue und Vergebung, dass ich eine Gänsehaut habe, wenn ich nur daran denke. Splitterfasernackt und verletzlich, weil da nichts ist, hinter dem er sich verstecken kann. Keine auferlegte Rolle, keine

Einheits-Pop-Songs. Nur er und die Gefühle, die er in seinen Songs transportiert.

Seine Nasenspitze an meinem Ohr holt mich zurück in die Gegenwart. Ich blinzle, betrachte kurz unsere Spiegelung im dunklen Fensterglas, dann drehe ich mich in seiner Umarmung herum.

»Es war …« Er räuspert sich, spricht erst nicht weiter und dann doch. »… es war wundervoll, Allie.«

»Was?«, frage ich, obwohl ich genau weiß, was er meint. Aber es kitzelt so schön, wenn sein Brustkorb an meinem Ohr vibriert. Ein angenehmes Gefühl. Auch vertraut und doch komisch zugleich.

»Der Song.«

»Danke«, wispere ich und löse meinen Kopf von seiner Brust, schenke ihm ein Lächeln, das augenblicklich auf sein bis eben noch angespanntes Gesicht überschwappt.

»Woher hattest du die Gitarre?«, will er wissen. »Vinnie?«

Ich nicke. »Er hat mich letzte Woche in der Scheune in Sligo erwischt, als ich sie benutzt habe, um *All Your Secret Songs* einzusingen.«

»Und?«

»Er wollte direkt mitspielen. Hat gesagt, dass der Song Potenzial hat und ich ihn Keith zeigen sollte.«

»Solltest du.« Sein Lächeln wird breiter. »Unbedingt.«

»Du weißt doch, dass …« Ich breche ab, und Conor fängt sofort zu nicken an.

»Ich weiß, ich weiß, die Welt braucht keine weitere Singer-Songwriterin.« Er schnaubt. »Aber sie braucht *dich*, Mann. Sieh dir *Swift* an. Und *All Your Secret Songs*. Das würden mit dem richtigen Marketing bestimmt absolute Hits werden. Ganz zu schweigen von dem anderen Zeug, das du bisher verheimlichst. Das ist bestimmt mindestens genauso überragend.«

Ich will mich weiter rechtfertigen – wahrscheinlich, weil ich es so gewohnt bin –, aber Conor lässt mich kaum zu Wort kommen.

»Wieso hast du nie gesagt, dass *Swift* von deiner Mum handelt und gar nicht von einer zerbrochenen Liebe?« Ich möchte auf der Stelle heulen, weil er das in einem Nebensatz klarstellt, obwohl ich nie mit ihm darüber gesprochen habe – weder mit Conor, noch mit Dylan. »Oder dass du nicht nur Songs schreibst, sondern auch für die Zeitung. Wir schreiben uns all diese Zeit und gefühlt weiß ich alles über dich und doch … gar nichts.«

»Sagt der Mann, der nicht erwähnt hat, dass er in einer Boyband singt und gerade dabei ist, die Welt im Sturm zu erobern.«

»Touché.« Ich zucke, als sich sein Finger leicht in meine Seite bohrt. »Ich wusste, dass dein Urteil vernichtend sein würde.«

Ich seufze. »Ich glaube, es gibt so einiges, was wir nicht voneinander wissen.«

»Dann sollten wir das dringend ändern.«

Ich sehe ihn fragend an.

»Stell mir jede Frage, die du willst.«

»Damit du sie wieder mit einer Gegenfrage beantworten kannst?«

Sein Lachen ist so schön. »Nein. Versprochen.«

»Wer …« Ich muss mich räuspern, weil mein Hals beim ersten Versuch kratzt. »Wer ist Conor Sheehan?«, frage ich, während sich meine Hand selbstständig macht und in seinem dichten Haar vergräbt.

Seine Hände finden ihren Weg an meine Hüfte, seine Stirn legt sich sanft gegen meine. »*Ich* bin Conor Sheehan«, flüstert er mit geschlossenen Augen.

Ein, zwei Sekunden harre ich aus, dann weiche ich zurück, um ihn ansehen zu können, und strecke die Hand nach ihm aus. Fahre ihm über die Wange, an der einst ein dichter, dunkelblonder Bart wuchs, wie ich heute Morgen auf den vielen Bildern gesehen habe, die aufpoppten, als ich nach Conor Sheehan gesucht habe.

»Und wer ist Ryan Breheny?«, frage ich weiter, belasse die Hand an seiner Wange, streiche immer wieder darüber, ganz sanft, mit dem Bruchteil eines liebevollen Lächelns im Mundwinkel.

»Als Keith mich zum Vorsingen nach Dublin eingeladen hat, wusste er nicht, was mit Trisha vorgefallen ist.« Ich fahre die feuchte Spur auf seiner Wange mit meinen Fingerspitzen nach. »Er wollte direkt Nägel mit Köpfen machen, schob mir zwei Stunden nach meiner Audition ein Stück Papier unter die Nase, auf dem ich mit Conor Sheehan unterschreiben sollte. Ich habe ihn angesehen und bin in Tränen ausgebrochen. Hab ihm erzählt, was passiert ist, aber er hat bloß abgewunken, gesagt, ich solle mich rasieren und den Namen ändern, und dann würde da bald kein Hahn mehr nach krähen.« Er schnaubt. »Und weil ihm Conor sowieso nicht gepasst hat …«

»Zu viele Os«, murmele ich.

»Zu viele Os«, bestätigt er. »Da haben wir eben meinen Zweitnamen mit dem Mädchennamen meiner Mutter kombiniert. Et voilà. Ryan Breheny war geboren.«

»Und DeeOhThree?«

»Habe ich in Lahinch zurückgelassen.«

Das Glitzern in seinen Augen wird wieder mehr. »Warum?«

»Wahrscheinlich, weil ich dachte, Keiths Vorschlag sei die einzige Möglichkeit, mir all das zu bewahren, was ich an der Musik so liebe. Die Fans, die Liveauftritte, die Connection.«

»Aber du hättest gegen die Leute vorgehen können. Das ist üble Nachrede oder sogar Verleumdung.«

»Keith hat das alles schon vor Ewigkeiten angeleiert. Hat eine einstweilige Verfügung gegen Esther erwirkt, dass sie meinen

Namen öffentlich nicht mehr erwähnen darf – keinen der beiden. Aber so einfach ist das nicht, denn das Scheißnetz vergisst nichts. Es gibt längst eine Gegendarstellung, sowohl von Trisha als auch von Esther, und trotzdem poppen zig Negativberichte auf, wenn du meinen Namen googelst oder den der Band. Es ist … wie der berühmte Kampf gegen die Windmühlen.«

»Das ist so …«

»Scheiße?«, bietet er mir mit einem Schulterzucken an und legt seine Hand über meine, die immer noch an seiner Wange ruht. »Das heißt, du … du glaubst mir?«

Da gibt es nicht viel zu überlegen. »Natürlich glaube ich dir.«

Ich gehe auf die Zehenspitzen, ziehe ihn die fehlenden paar Zentimeter zu mir und drücke meine Lippen sanft auf seine. Es ist ein vorsichtiger Kuss, und obwohl es nicht der erste ist, fühlt er sich dennoch besonders an. Weil wir beide nicht länger von dem üblichen Strudel aus Anziehungskraft und Abneigung gelenkt werden, in dem wir uns vom ersten Moment an befunden haben, sondern von Gefühlen, die über Lust hinausgehen. Von Sehnsucht. Von etwas, das tiefer geht.

»Was ist mit dir?«, fragt er anschließend, und ich brauche einen ganzen langen Moment, bis ich wieder bei mir bin.

»Hm?«, frage ich, und er lächelt sanft, wischt mir mit dem Daumen über den Mundwinkel.

»Was ist Liz' Geschichte?«

Das fühlt sich *so* seltsam an.

»Meine Geschichte«, beginne ich und schnaube leise, »ist schnell erzählt. Mein Dad ist James Rainsford. Ende.«

»Der Mann, der Musik für Zeitverschwendung hält.«

Ich nicke lediglich.

»Und er …«

»… ist sehr … festgelegt in seinen Vorstellungen.« Was noch nett ausgedrückt ist.

»Die da wären?«

»Dass ich einmal eine einflussreiche Wirtschaftsjournalistin werde.«

»Und willst du das?«

»Ich weiß es nicht.« Lügnerin. »Also, nein. Nicht so. Ich möchte keine Wirtschaftsskandale aufdecken oder der Mafia ans Bein pinkeln. Ich möchte ... über Musik schreiben. Und ich möchte Musik machen. Das weiß ich spätestens, seit du letztens gesagt hast, wie unfassbar toll es ist, wenn es da etwas gibt, das erst nur in deinem Kopf existiert, und dann singen es auf einmal Abertausende Menschen mit dir mit, während du auf der Bühne stehst, das ... das muss so ein unbeschreibliches Gefühl sein. Und ich möchte das auch erleben. Möchte live vor Menschen auftreten, die ich mit meiner Musik berühre, und hören, wie sie jedes einzelne Wort wiederholen, das ich singe. Ich möchte dieses Gefühl erleben, wenn alle nur meinetwegen da sind, weil meine Musik etwas in ihnen auslöst. Ich möchte, dass meine Musik gehört wird. Aber das ...«

»... lässt er nicht zu?«

Ich schüttele den Kopf. »Er würde es nicht verstehen.«

»Das kannst du nicht wissen, solange du es nicht ausprobiert hast, oder?«

»Du kennst meinen Dad nicht.« Ich will die Hand von seiner Wange lösen, aber er presst sie weiterhin fest gegen seine Haut.

»Und er dich scheinbar auch nicht«, sagt er und streicht mir die Haare aus dem Gesicht. »Weißt du, eine weise Frau hat mal geschrieben: Du bist die Einzige, die weiß, was dich glücklich macht. Und deshalb bist du auch die Einzige, die dich glücklich machen kann.«

»Das klingt viel leichter, wenn man es zu anderen Leuten sagt, als wenn man es selbst gesagt bekommt.«

Er schenkt mir ein weiteres Lächeln, fährt mir mit der Daumenkuppe über die Wange und küsst sanft die Stelle unterhalb meines linken Auges. »Das ist immer so.«

Einen Moment lang stehen wir da, dann nickt er in Richtung des Kingsize-Betts an der Wand. »Möchtest du …«

Ich möchte, unbedingt, aber bevor ich ihm das sagen kann, werde ich von einem herzhaften Gähnen unterbrochen, das ihm ein Schmunzeln entlockt.

»Wir müssen auch nicht … Also … Ich würde auch … Wenn es für dich okay ist, könnten wir auch …«

»… schlafen?«

»Zum Beispiel.« Er folgt mir grinsend Richtung Bett. Im Nullkommanichts hat er sich seiner Hose und des Shirts entledigt und schlüpft nur in schwarzen Boxerbriefs unter die Decke, die es mir äußerst schwer machen, nicht doch über ihn herfallen zu wollen. Aber ich bleibe standhaft, bin zu müde und kuschele mich stattdessen in meinem Schlafshirt – ein verwaschenes XL-Shirt des jungen Bob Dylan –, dicht an ihn, lege meinen Kopf auf seiner Brust ab und schließe direkt die Augen.

»Erzählst du mir noch was?«, frage ich.

»Was soll ich dir denn erzählen?«

»Den Schwank aus deiner Jugend, den du mir heute Morgen schuldig geblieben bist, weil du zu spät warst.«

Er lacht, und das ist fast noch schöner, als wenn er redet. Es kitzelt, nicht bloß an meinem Ohr. »Du bist doch weggelaufen, nicht ich.« Dann wird er kurz ruhig, ehe er fragt: »Hast du ihn mal live gesehen?«

»Wen?«

»Dylan.«

»Vor zwei Jahren in der *3Arena.* Du?«

»Auch. Und Bowie?«, fragt er weiter und haucht mir einen Kuss auf die Stirn, als wären wir eins dieser Paare, die schon ewig zusammen sind und sich so Gute Nacht sagen. Auch das ist schön.

»Leider nicht.«

»Die Stones?«

»2018 im Croke Park. Habe meinen Bruder angebettelt, mir die Karte seiner Ex zu überlassen.« Und hinterher Hausarrest kassiert, weil ich mich an einem Donnerstagnachmittag unerlaubt vom Schulgelände entfernt hatte.

»Auf wie vielen Konzerten warst du schon?«

»Eure eingeschlossen?«

Er lacht ein müdes Lachen. »Nein.«

Ich überschlage im Kopf kurz die Zahlen, dann: »Hundert vielleicht?«

»So viele?« Er klingt erstaunt. »Wie alt bist du noch gleich?«

»Ich hab während meines Studiums und auch davor schon etliche Konzertkritiken für die *Times* geschrieben. Unentgeltlich, Kritik gegen Karte, quasi.« Ich bohre ihm mit dem Finger sanft zwischen die Rippen. »Oder glaubst du etwa, ich habe den Job nur wegen meines Namens bekommen?«

Wieder ein Lachen, gefolgt von einem Kuss auf die Schläfe. »Erstes Konzert?«

»Puh …«

Als ich nicht antworte, fragt er weiter: »Letztes Konzert?«

»Taylor Swift.«

»Und welches war das beste?«

In meinem Kopf kämpfen die Erinnerungen gegen die schier übermächtige Müdigkeit, die sich mit jeder Sekunde mehr über mir ausbreitet wie eine wärmende Decke. Fast wie Conors Arme. »Wenn du die dreizehnjährige Allie fragst, würde die dir auf jeden Fall sagen, dass Beyoncés Show im Croke Park das beste Konzert war.«

»Und die einundzwanzigjährige Allie?«

»Fand Taylor im Juni ziemlich grandios. Und Springsteen im Mai.«

»Und wen würdest du gern noch sehen?«

»Wer führt hier noch gleich die Interviews?«, frage ich, kneife ihn sanft in den Unterarm und antworte dann trotzdem: »Ich würde alles für ein Konzert mit Freddy Mercury geben.«

»Was unrealistisch ist.«

»Leider.«

»Nein, ich meine, wen du noch sehen möchtest, den du bisher noch nicht gesehen hast.« Seine Lippen ruhen mittlerweile an meiner Schläfe, stets bereit, mir einen weiteren Kuss zu geben. Oder zwei. Oder unendlich viele.

»Sia, aber da stehen die Chancen ähnlich schlecht, fürchte ich.«

»Sia? Echt?«

»Wieso überrascht dich das?«

Es dauert einen Moment, dann spüre ich sein Nicken an meiner Haut. Als wäre er kurz weggenickt. »Die hatte ich bei dir genauso wenig auf dem Schirm wie Taylor und …« Er grunzt leise. »… alles andere.«

»Ich hab das schon ernst gemeint, als ich gesagt habe, dass ich ziemlich breit aufgestellt bin, was Musik angeht.«

»Bis auf Einheits-Boyband-Scheiß?« Er klingt müde und belustigt und auch ein bisschen vorwurfsvoll.

»Bis auf Einheits-*Fließband*-Scheiß. Die Art von Musik ist definitiv nicht auf die Boybandsparte begrenzt. Außerdem …«

»Außerdem?«, hakt er nach, als ich nicht weiterspreche.

Ich seufze. *Was soll's.* »Mein erstes Konzert war Onection.«

»Was?«

»Onerection.«

»Was?«

»One Direction, okay? Ich habe mich als Elfjährige von der Mutter einer Freundin zu One Direction mitnehmen lassen. Zufrieden?«

»Du?« Er hebt kurz den Kopf, legt ihn aber direkt wieder ab. Sein Lachen kitzelt mein Herz. »Ich fasse es nicht.«

»Ich war jung und anfällig für diese ganze Masche, okay?«

»So richtig mit Postern und so?«

»Inklusive Postern und Tränen und gebrochenem Herzen, als sie sich ein Jahr später aufgelöst haben.«

»Dann sind die Lovesuckerz gar nicht deine erste Boybandliebe?« Mein Zeigefinger bohrt sich zwischen seine Rippen, nur ein kleines bisschen. »Ich sage dir doch schon die ganze Zeit, dass jedes Lied seine Daseinsberechtigung hat. Selbst eure. Weil sie irgendwem irgendwas geben. Halt. Hoffnung. Perspektive. Egal, was.«

Conor lacht leise. Wie kann man bitte so schön schlaftrunken lachen? »Den Spruch lasse ich mir auf ein T-Shirt drucken.« Ein Kuss auf die Schläfe. »Mit deinem Gesicht drauf.«

Jetzt bin ich diejenige, die lacht.

GOSSIP IRELAND

Just another lie Der Gott des Schabernacks himself ist bei Virgin wohl fürs Casting zuständig. Oder wie erklärt ihr euch sonst, dass ein mutmaßlicher Ehebrecher, ein Schwuler, ein Model für Arme, ein Möchtegern-Playboy und ein Kerl, dem gern mal die Hand ausrutscht, zusammen in DER Band gelandet sind, die uns aktuell als der heiße Scheiß verkauft wird?

NEWS von Dervla McQuaid
11:47 p.m., 16. August

Es ist erst eine Woche her, seit wir erstmals darüber berichtet haben, dass Jason Boland verlobt ist. Was an sich schon schlimm genug ist – zumindest für die enttäuschten Fans –, aber jetzt kommt es noch dicker:

Scheinbar ist Laura Fernham (besagte Verlobte) nicht die einzige Frau in Jason Bolands Leben. Erst vor ein paar Tagen wurde er mit einer Rothaarigen im Arm abgelichtet (inklusive sehr eindeutiger Szenen, die sich auch mit gutem Willen nicht als platonisches Küsschen unter Freunden abtun lassen). Die privaten Fotos tauchten zum ersten Mal gestern in den späten Nachmittagsstunden in der Kommentarspalte im Blog der Kollegen von *GLAMOUR* auf und verbreiten sich seitdem wie ein Lauffeuer in den sozialen Medien. Sie müssen während der Auftritte in London entstanden sein, denn sie zeigen Boland und die Unbekannte in der Nähe des Trafalgar Square.

Doch damit nicht genug an Skandalen. Auch Ryan Breheny, den wir alle für seine unverwechselbar rauchige Stimme lieben, ist gar nicht so unschuldig, wie uns seine grüngrauen Augen weismachen wollen. Wie uns zu Ohren gekommen ist, ist die Ähnlichkeit zu Conor Sheehan, Frontman der westirischen Indie-Band DeeOhThree, nicht nur frappierend, sie ist genetisch nicht von der Hand zu weisen: Sieht so aus, als handelte es sich bei den beiden Männern tatsächlich um ein und dieselbe Person. Und mindestens einer davon wird beschuldigt, eine junge Frau geschlagen zu haben.

»Wir sind während der Schule zusammengekommen. Waren drei oder vier Jahre lang ein Paar. Irgendwann habe ich gemerkt, dass er immer distanzierter wurde. Als ich ihn darauf angesprochen habe, hat er mir gesagt, dass die Musik seine große Liebe sei und ich nur da sei, weil er Musik nicht f*cken kann«, gab die Geschädigte, Patricia Holloway aus Lahinch, Co. Clare, damals unter Tränen zu Protokoll, berichtet weiter, dass er ihr gegenüber oft verbal ausfällig geworden sei, aber auch hin und wieder die Hand erhoben habe, besonders, wenn er einen über den Durst getrunken hatte.

DeeOhThree konnten mit ihrer eingängigen Indiepop-Ballade *Losing You* bereits erste Erfolge auf ihrem YouTube-Kanal verzeichnen und hatten Auftritte bei Festivals in Cork und Galway in den Auftragsbüchern. Bis im Frühling dieses Jahres Behauptungen laut wurden, Breheny/Sheehan wäre gegenüber Frauen in der Vergangenheit gewalttätig geworden.

Wie erwartet, war das Management der Band für eine Stellungnahme bisher nicht zu erreichen. Stattdessen wird auf dem Instagram-Kanal der *Irish Times*, die die Jungs aktuell auf ihrer Tour begleitet, weiterhin völlig ungeniert die Werbetrommel für den anstehenden Auftritt beim Electric Picnic gerührt.

Müssen wir die Tickets für das große Tourfinale am 31. August in der Dubliner *Olympia* womöglich zurückgeben? Geht der Stern bereits unter, bevor er überhaupt richtig aufgegangen ist? Und was sagen Jason Boland und Ryan Breheny/Conor Sheehan zu all dem? Wir bleiben dran!

27 Kommentare

Moneypenny Wartet's ab, beim Konzert ist alles wieder Friede, Freude, Eierkuchen und die Jungs freuen sich bis dahin über die Klickzahlen. Auch negative Berichterstattung verfolgt am Ende des Tages ein Ziel: Publicity. Wer das nicht checkt, ist in der Branche definitiv falsch.

Masha Geht's noch? Was die Band privat macht, ist doch deren Sache.

Zoe Hä? @Masha Deswegen sind wir doch hier?!!

Trisha Wieso grabt ihr Anschuldigungen wieder aus, die schon zigfach von allen Seiten dementiert worden sind??? Das hat mit Journalismus nichts zu tun. Das ist Sensationsmache. Ekelhaft.

Pheebs Genau. Wenn's dir nicht passt, schau doch auf den anderen Portalen vorbei und zieh dir die x-te langweilige Konzertkritik rein. #boring

Anonym @Masha @Trisha Falsches Publikum, fürchte ich. Wenn ihr echten Journalismus statt Sensationsmache sucht, guckt lieber beim Live-Blog der @irishtimes vorbei!

Alex Professioneller Journalismus ist nicht so euer Ding, oder? Unter courses.ie/course-category/journalism gibt's diverse Abendkurse für den Einstieg in die Materie ...

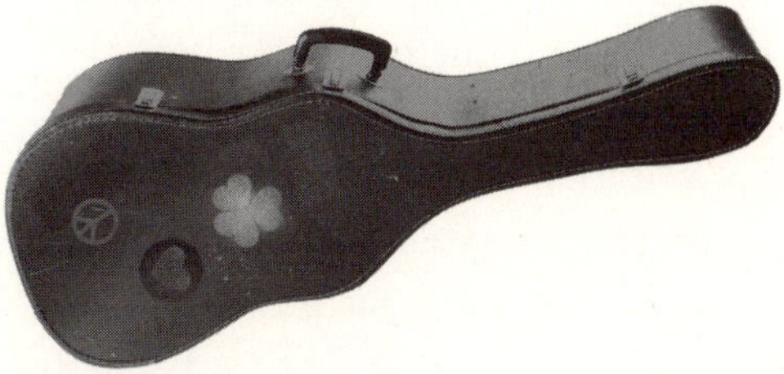

Samstag, 17. August

Conor – Hold me like you're still mine

Es ist die Sonne, die mich weckt. Ich drehe den Kopf vom Fenster weg und habe sofort etwas in der Nase. Zwei Sekunden braucht mein Hirn, dann weiß ich, dass es Allies Ebenholzhaare sind, die mich kitzeln.

Mit einem Lächeln auf den Lippen schlinge ich den Arm enger um sie und ziehe sie zurück an meine Brust, küsse ihren Hinterkopf und ihre Schulter durch das verwaschene Dylan-Shirt hindurch. Der Laut, den sie von sich gibt, jagt mir einen kalten Schauer über den Rücken, weil es genau der gleiche ist, den sie macht, wenn wir uns küssen. Es ist leise, unauffällig, ein kurzer Seufzer bloß – ein anderer würde es gar nicht wahrnehmen, aber ich schon. Ich höre es jedes Mal und … liebe es.

»Wie spät ist es?«, fragt sie, nur um sich im nächsten Moment selbst auf den Ellenbogen zu hieven und auf ihr Handy zu schauen.

»Und?«, frage ich, als sie regungslos in dieser Pose verharrt. »Haben wir verschlafen?«

Dem Sonnenstand nach zu urteilen, liegen wir gut in der Zeit. Laut Tony müssen wir erst kurz vor Mittag zum Soundcheck auf dem Gelände sein – fünfzehn Minuten, mehr Zeit geben sie uns nicht –, und die Sonne steht knapp über den Hausdächern, also haben wir maximal acht Uhr.

Ich hatte vor, mir anschließend mit Mickey und Owen zusammen die Jungs von Good Neighbours anzusehen, die direkt um eins auf der Salty Dog Stage auftreten, aber ich könnte mir auch gut vorstellen, den Rest des Tages mit Allie hier zu verbringen. Im Bett. Mit ihr in meinem Arm. Oder auf mir drauf, ganz egal.

»Ist alles in Ordnung?«, frage ich, als sie auch auf den leichten Piks in ihre Taille nicht reagiert.

»Ich …«

»Du?« Ich richte mich auch auf, strecke mich, hauche ihr noch einen Kuss auf die Schulter, weil ich das so gern tue. Sie küssen. Berühren. Wird schwierig, das in den kommenden zwei Wochen zu unterdrücken, wenn wir in der Öffentlichkeit unterwegs sind, aber vorher soll auf keinen Fall jemand was spitzkriegen. Schon gar nicht die sensationsgeilen Pestbeulen von der Pre-

Okay. Vergessen wir das. *Nicht alle Journalisten sind so, Conor. Und die Frau vor dir ist das beste Beispiel dafür, dass du deine Vorurteile endlich ablegen solltest. Wie sie mit Owens Outing umgegangen ist, war absolut wundervoll.*

»Komm zurück ins Bett«, nuschele ich gegen ihre Schulter, hauche ihr einen weiteren Kuss darauf, während ich sie mit den Händen in die Richtung dirigiere, wo ich sie haben will. In meinen Armen.

»Hör auf.«

Ihr Ton ist so ungewohnt scharf – not in a good way –, dass ich von ihr ablasse. Sie lässt kaum Zeit verstreichen, springt aus dem Bett, als könnte sie nicht schnell und weit genug wegkommen.

»Was ist denn los?«, frage ich und fühle mich schon wie in einem dieser Filme, in denen der Protagonist immer und immer wieder denselben Tag durchlebt. Nur dass wir heute nicht in Killarney sind. Nicht in einer Hotelbar sitzen oder durch einen dunkelrot ausgekleideten Flur schreien. Nicht darüber streiten, dass ich Dylan bin und sie Liz ist, denn das wissen wir längst. Und trotzdem sieht sie mich an, als würde jeden Augenblick die nächste Bombe über uns platzen.

»Was denn, um Himmels willen?«

Ihre Augen glänzen.

»Du musst mir glauben, dass ich nichts dami-« Weiter kommt sie nicht, denn es klopft an der Zimmertür. Hart und ungeduldig und so ausdauernd, bis Allie diese mit gesenktem Kopf öffnet.

»Was zum Geier?«, poltert Tony auch schon los, kaum dass seine Füße den Boden innerhalb des Zimmers berührt haben. »Woher weiß diese …?« Dann wird es totenstill im Zimmer, als sein Blick an Allie vorbeischießt – direkt zu mir.

Ich schlucke, kann mich aus meiner Schockstarre befreien, steige aus dem Bett und angele hastig nach meinem Shirt, das ich vergangene Nacht über den Stuhl neben dem Bett geschmissen habe. Tony steht derweil mit verschränkten Armen neben der mittlerweile geschlossenen Tür, sieht immer wieder von Allie zu mir, als wüsste er nicht, wem von uns beiden er zuerst den Kopf abreißen soll.

»Ihr schlaft miteinander?«, fragt er nach schier endlosen Sekunden fassungslos.

Heute Nacht nicht, ist mein erster Impuls, aber ich lasse es, sehe stattdessen betreten zu Boden. Keine Ahnung, was Allie tut, aber ich nehme an, dass sie es auch nicht dementiert. Wie auch, ich lag bis vor ein paar Sekunden in Boxershorts in ihrem Bett. Es zu leugnen ist zwecklos.

Jetzt ist wohl der Zeitpunkt für die Rote Karte gekommen.

»Das wird ja immer besser …« Er schnaubt. »Journalistischer Rundumblick, was?«

»Tony, ich … ich kann das erklären«, setze ich an, aber seine erhobene Hand bringt mich abrupt zum Schweigen.

»Nicht nötig.« Er nickt, sieht rüber zu Allie, die plötzlich ganz blass um die Nase ist. »Jetzt fängt die Sache langsam an, Sinn zu machen.«

»Was siehst du *mich* so an?« Allie klingt unangebracht vorwurfsvoll dafür, dass Tony *uns* gerade in einer ziemlich misslichen Lage erwischt hat, nicht umgekehrt.

»Kann mir mal einer verraten, was das Problem ist?«, frage ich und werde direkt ein Stück kleiner, als Tony auf mich zukommt, die Arme noch immer verschränkt, das Kinn angehoben, die Augen weit offen. »Mein Problem ist, dass ich mal wieder der Letzte bin, der was erzählt bekommt. Und dass wir jetzt echt in der Scheiße sitzen, weil jemand geplaudert hat.«

Der Blick, den Tony Allie zuwirft, ist eindeutig. So eindeutig, dass mir direkt wieder schlecht wird. Geplaudert. Wir haben geplaudert, Allie und ich. Über Gewohnheiten und Musik und Inspiration und meine Vergangenheit und ihre Liebe zur Musik und ihren Vater und ihre Mutter und ihren Bruder und meine Schwestern und meine Eltern und Danny und Kian und DeeOhThree. Es gibt mit Sicherheit tausend Dinge, über die wir noch nicht gesprochen haben, und trotzdem fällt mir aktuell absolut nichts ein. Weil ich gefühlt alles weiß, was ich wissen muss für den Moment. Ich weiß, dass ich sie mag. Sehr sogar. Und ich glaube, alles Weitere wird sich zeigen.

»Und wer hat geplaudert?«, frage ich matt, als das Karussell in meinem Kopf allmählich zur Ruhe kommt. Als ob ich die Antwort nicht längst wüsste.

Tony schnaubt. »Sag du es mir, *Conor Sheehan.*«

Dann wird mir schwarz vor Augen.

GOSSIP IRELAND

Where's the nice in nice try? Von den Veranstaltern als »würdige Vertretung« angepriesen, sind die Lovesuckerz kurzfristig beim Electric Picnic eingesprungen, nachdem Kodalines Frontman Steve Garrigan mit Stimmbandentzündung ausgefallen ist. Eine Katastrophe rundum.

NEWS von Dervla McQuaid
10:18 p.m., 18. August

Wer genau hat bei den Veranstaltern des Electric Picnic zu lange in der irischen Spätsommersonne gelegen, dass ihm ausgerechnet DIESER Einfall kam? Die Lovesuckerz auf der Mainstage. Unter normalen Umständen vielleicht eine in Betracht zu ziehende Möglichkeit – wenn die einzige Alternative lautet, dass am Ende gar keiner auf der Bühne steht (und trotzdem liegt die Betonung in diesem Satz eindeutig auf dem VIELLEICHT). Nach dem, was über die fünf Jungs in den letzten Wochen berichtet wurde (Untreue, Gewalt, Alkohol- und Drogenprobleme und so weiter), kann man über diese Entscheidung jedenfalls nur den Kopf schütteln.

Als wären sie selbst noch nie Gast ihrer eigenen Veranstaltung gewesen, scheinen sie keine Ahnung davon zu haben, was das Electric-Picnic-Publikum von einem Headliner erwartet. Denn fünf junge Männer, die ganz offensichtlich mehr mit sich selbst beschäftigt sind als mit allem anderen, haben definitiv keinen hohen Unterhaltungswert. Die Ausschreitungen, zu denen es zwischen einzelnen Bandmitgliedern im Vorfeld des Auftritts kam, hingegen schon.

»Ich hatte nie Bock auf die Scheiße hier, ich wollte lieber meine eigene Musik machen«, soll Ryan Breheny/Conor Sheehan (an dieser Stelle ein Shoutout an die Kollegen bei *GLAMOUR*: Schade, dass wir die CONAN-Idee nicht vor euch hatten. Die ist grandios!) den verbliebenen vier Lovesuckerz an den Kopf geknallt haben und hat damit ganz offensichtlich auf seine Vergangenheit als Leadsänger der Indie-Band DeeOhThree angespielt.

Wie es bei den Lovesuckerz weitergeht, steht derzeit noch in den Sternen. Schon übermorgen werden sie in Cork erwartet, in den darauffolgenden Tagen unter anderem in Waterford, Kilkenny und Portlaoise. Wie und vor allen Dingen, ob die Auftritte vonstattengehen werden, bleibt nach der überstürzten Abreise des sichtlich angesäuerten Brehenys aus Stradbally heute allerdings durchaus fraglich. Und auch Jason Boland war nach dem Auftritt wie vom Erdboden verschluckt. Bandnahe Quellen vermuten, dass er direkt nach Sligo aufgebrochen ist, um die Wogen bei seiner angesäuerten Verlobten zu glätten.

Kommentare
Anonym Hört auf, Lügen zu verbreiten!
Poppy Das ist absolut unterste Schublade und hat mit Journalismus nichts mehr zu tun.
Geisha Ich fand den Auftritt toll! Freu mich schon auf das Konzert in Dublin.
Huntress Face it, Baby, das ist es, was die Leute lesen wollen!
Suz Unfassbar, dass so was überhaupt veröffentlicht werden darf.
Me Schade, dass es hier gar nicht mehr um die Lovesuckerz geht.

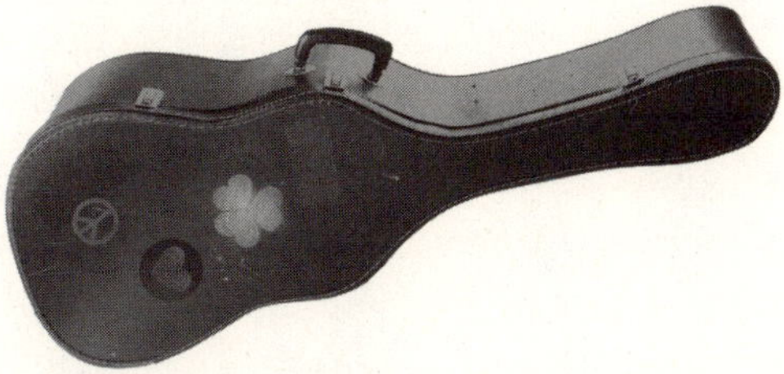

Sonntag, 18. August

Conor – I bet you're hard to get over

Ich klopfe. Leise zwar, aber schon kurz darauf höre ich drinnen Schritte, und mein Herz schlägt augenblicklich ein paar Takte schneller.

Kians Lächeln auf der anderen Seite der Türschwelle ist ungewohnt schüchtern – unbeholfen beinahe. Als wäre ich sein Date. Das erste seit Jahren. Oder Leia, der er auch nie in die Augen sehen konnte, weil er Angst hatte, sie würde darin lesen, wie verliebt er heimlich in sie ist.

»Hey, Mann.« Meine Stimme bricht, als er mich in seine Arme zieht und an sich drückt. Nicht wie ein Date, sondern wie einen Freund. Innig und herzlich und mit dem üblichen Klaps auf die Schulter. Und spätestens das lässt alle Dämme brechen, alle Ängste verschwinden, alle Zweifel verstummen. Als er mich loslässt und einen Schritt zurücktritt, sind seine Augen feucht.

Drinnen ist alles wie immer, aber am Ende war ich ja nur ein paar Wochen weg, auch wenn es sich an manchen Tagen wie eine kleine Ewigkeit angefühlt hat.

Kian verschwindet in seiner winzigen Küche, steht keine Minute später mit zwei geöffneten Bierflaschen wieder neben mir, lächelt kurz und geht voran ins Wohnzimmer.

»Setz dich«, sagt er und reicht mir eine Flasche. Ich nehme auf der Couch Platz und warte, dass Kian sich zu mir setzt, dann halte ich ihm die Flasche entgegen. Kommentarlos stößt er an, grinst, nimmt einen Schluck. Und noch einen. Und noch einen.

»Danke«, sage ich irgendwann, weil ich glaube, dass das besser klingt als das x-te *Sorry. Sorry, dass ich dich verraten habe. Sorry, dass ich dich zurückgelassen habe, obwohl wir diesen Traum immer gemeinsam geträumt haben. Sorry, dass ich so ein verdammter Arsch war. Sorry. Sorry. Sorry.*

Stattdessen also lieber *Danke. Danke, dass ich zurückkommen durfte, obwohl ich dieser Arsch war. Danke, dass du noch mit mir sprichst, meinen Namen noch kennst und mir die Tür aufgemacht hast, obwohl ich das nicht verdient habe. Danke, dass du zu mir stehst und nicht längst Kapital aus meiner Story geschlagen hast. Anfragen hattest du in den letzten vierundzwanzig Stunden genug, da bin ich mir sicher.*

»Keine Ursache.« Wofür auch immer ich ihm in seinen Augen danke, er hat recht. Ich verdanke ihm alles. Ihm und Mark und Maisie und Danny und Leia.

»Hab euren Auftritt gesehen«, nuschelt er. »War gut.«

Mein Grunzen hallt im Hohlraum der Bierflasche wider, als ich sie ansetze und einen großen Schluck nehme.

»Also … abgesehen von … all dem.« Er hebt die Hand, als wäre *all das* nicht mehr als das bisschen sommerwarme Luft um uns herum. Als ich ihn ansehe, sind seine Wangen rot. »Tut mir echt leid, die Sache mit …« Er nimmt einen weiteren Schluck und lehnt sich zurück.

Ich probiere mich an einem Schmunzeln. »Na komm.«

»Was?«, hakt er nach, als wüsste er nicht, wovon ich spreche.

»Kein bisschen schadenfroh?«

»Wieso sollte ich?«

»Weil ihr es mir gönnt, dass ich so richtig schön auf die Fresse fliege mit dem *Scheiß*?« Mein Schmunzeln wird zu einem gequälten Grinsen, doch als Kian den Kopf hebt, glitzert es schon wieder in seinen Augen.

»Nee«, sagt er matt und dreht die Bierflasche ein paarmal zwischen seinen Händen hin und her, ehe er weiterspricht, ohne mich dabei anzusehen. »Höchstens …«

»Höchstens was?«

»Wir haben höchstens gehofft, dass du zurückkommst.«

»Ki …«

»Alles gut, Mann.« Er wischt sich mit einer fahrigen Bewegung die Spuren unserer kränkelnden Freundschaft von der Wange. »Wie geht's jetzt weiter?«

»Wenn ich das wüsste.« Ich lehne mich zurück, schließe die Augen und lasse die letzten vierundzwanzig Stunden in meinem Kopf noch einmal Revue passieren. Allie, die mir versichert hat, dass sie mit dem Leak nichts zu tun hat. Ich, wie ich sie angeschrien habe, ihr gesagt habe, wie sehr ich es bereue, auf sie reingefallen zu sein. Keith, der mich angerufen und ermahnt hat, in Zukunft vorsichtiger damit zu sein, wem ich was anvertraue. Mum, die sichergehen wollte, dass es mir gut geht. Dad, der ihr das Handy aus der Hand gerissen hat, um mich das Gleiche zu fragen. Birdie, die ebenfalls angerufen hat, genau wie Poppy und Suzanne, alle nacheinander, etwa im Viertelstundentakt, als hätten sie sich vorher abgesprochen. Trishas ungefähr siebenundzwanzig Messages, in denen sie sich entschuldigt für das, was jetzt wieder hochkocht, und fragt, ob ich ihr nicht doch noch eine Chance geben will. Eine allerletzte. Und zu guter Letzt noch mal Allie, oder besser gesagt Liz, die mir vor etwa zwei Stunden eine Nachricht über Instagram geschickt hat.

liz_official Du bist wütend, ich verstehe das. Es ist naheliegend. Aber ich will, dass du weißt, dass ich mit alldem nichts zu tun

habe. Denk doch mal nach, ich hätte die Story nicht an irgendein Blatt weitergegeben, sondern sie selbst vermarktet, wenn mir daran gelegen wäre, Profit aus der Nummer zu schlagen. Aber daran liegt mir nichts. An dir dafür umso mehr. Deshalb hoffe ich, dass du dich meldest, wenn sich der Staub gelegt hat. Und bis dahin hoffe ich, dass es dir gut geht.
liz_official Du fehlst mir.
liz_official Sehr.

Meine Antwort bestand aus einem einzigen Satz.

maybenotbob.dylan Wie konnte ich auch so bescheuert sein und ausgerechnet dir vertrauen, Alison Rainsford, Musikjournalistin?

Es ärgert mich. Es ärgert mich, dass Allie diejenige ist, die mir die Absurdität meines Daseins mit dem Holzhammer einzubläuen versucht hat. Und es ärgert mich noch viel mehr, dass ich auf ihre Masche reingefallen bin. Auf ihre Schlange Kaa, die immer wieder mit gespaltener Zunge »Hör auf mich, glaube mir« in mein Ohr geflüstert hat, wann immer sie sich mir an den Hals geworfen hat. Und jetzt stecke ich so tief in der Scheiße, dass ich nicht mal mehr daran glaube, dass die Schaufel überhaupt erfunden werden kann, mit der ich mich wieder ausgrabe. Sie nennen mich Conan, Herrgott. Genau wie sie.

»Hat sie sich bei dir gemeldet?«

Ich hebe das Kinn, sehe Kian an, frage mich, wie er von all dem wissen kann, als er mit rollenden Augen »Trisha« hinterherschickt.

Ach so. Die. Ich nicke. »Mehrfach.«

»Hier auch.«

»Hast du mit ihr gesprochen?«

Einen Moment lang verfängt sich sein Blick irgendwo an der

Wand hinter mir. Beinahe glaube ich, er ist mit seinen Gedanken längst woanders, weit weg, oder keine zweihundert Meter weiter bei Leia oder so. Wie immer. Doch dann: »Was denkst du denn?« Er nimmt einen weiteren Schluck, lehnt sich zurück, sodass die Lehne der alten Couch knarzt. »Ich hätte sie bei der Gelegenheit wahrscheinlich zerfleischt.«

»Sie kann nichts dafür, Ki. Es ist schon lange nicht mehr ihre Story.« Ich schnaube in meine halb leere Bierflasche. »Willst du was Lustiges hören?« Ich ziehe mein Handy aus der Hosentasche, scrolle durch meine Nachrichten und öffne den Link zur *Irish Times*, den Mark mir vorhin geschickt hat.

»Sie sollten in die Fußstapfen von Musikgrößen wie The 1975, Arctic Monkeys und Picture This treten – so wurden die Lovesuckerz beim Electric Picnic angekündigt«, beginne ich mit spitzer Stimme vorzulesen. »Doch schnell wurde klar, dass ein Auftritt vor siebzigtausend Musikfans doch eine Nummer zu groß für die fünf jungen Männer aus Irland ist. Denn mal ehrlich, das Einzige, was deren Texte – oder die der Songschreiber – mit denen der oben bereits erwähnten Bands gemein haben, ist, dass es um Liebe geht. Aber es gibt einen großen Unterschied zwischen Songs, die nach einer Trennung oder während eines Streits – oder meinetwegen kurz nach dem Sex entstanden sind – und bei denen jedes Wort aus der Seele des Songwriters rausgeflossen ist, um die ganze Tragweite des Schmerzes, der Euphorie, des Verlusts oder der überschäumenden Zuversicht einzufangen, und solchen, die nur geschrieben wurden, um die Charts zu erobern. Ihnen fehlt es an Authentizität. Und denen damit auch.« *Denen.* Wie das klingt. »Wer, bitte, glaubt fünf gut aussehenden Kerlen, die auf der Bühne stehen und zu einer Up-Tempo-Nummer bemüht rhythmisch von einem Fuß auf den anderen tippeln, dass sie das, was sie da singen, auch fühlen? Den Herzschmerz, die Sorgen, die Ängste.« Mir wird mit jedem Wort, das ich vorlese, ein bisschen übler. »Das zieht bei den jungen Frauen, die zu deren Konzerten kommen, weil sie *die* sehen wollen – die Lovesuckerz. Und ja, ein paar von denen waren sicherlich auch gestern in Stradbally dabei. Aber da waren sie nur ein Tropfen auf dem heißen Stein, der aus siebzigtausend Menschen bestand, die allesamt Musik erwartet haben, die sie *mitnimmt.* Und dass die Musik der Lovesuckerz dazu nicht in der Lage ist, hat man spätestens gemerkt, als die ersten Menschen schon nach wenigen Minuten zu einer der anderen Bühnen abgewandert sind. Bleibt abzuwarten, ob das Konzert im ausverkauften *Olympia Theatre* noch vonstattengehen wird oder ob die Lovesuckerz noch vorher ihre Auflösung bekannt geben werden.«

»Und was soll daran lustig sein?«

»Ich dachte immer, Allie würde genau so was über uns schreiben. Hat sie aber nicht, sie war immer objektiv, freundlich, wertschätzend. Und jetzt das.« Ich halte ihm das Handy entgegen. »Das klingt so sehr nach ihr, dass ich meinen Arsch drauf verwette, dass es genau das ist, was sie die ganze Zeit über uns schreiben wollte und sich nur nicht getraut hat. Bis jetzt. Nur dass sie zu feige ist, ihren eigenen Namen drunterzuschreiben.« Ich suche ihn über dem Artikel, lese ihn Silbe für Silbe vor. »Tom Fenton. Bestimmt eines ihrer zig Pseudonyme.« Ich schließe den Tab und schmeiße das Handy auf den kleinen Tisch zu meinen Füßen. »Kann mir auch scheißegal sein. Wenn sie oder, besser gesagt, Tom Fenton es nicht geschrieben hätte, hätte es jemand anderes getan.« Ich trinke, räuspere mich und nehme gleich noch einen Schluck, ehe ich fortfahre: »Hat ja recht.«

»Hat sie?«

»Hat sie nicht?«

Jetzt ist Kian derjenige mit dem dreckigen Schmunzeln im Gesicht. »Doch, schon.«

Ich hebe die Achseln, seufze. »Siehst du.«

Donnerstag, 22. August

Allie – Truth is I am done pretending

Ich schließe für einen Moment die Augen, träume mich über den Liffey, die O'Connell Street hinauf bis ins *Fibbers*, und sofort verdrängt in meinem Kopf das Riff von *Seven Nation Army* die wummernden Bässe.

Nur ein paar Sekunden lang, dann öffne ich die Augen wieder, hilft ja nichts.

Seedlip steht immer noch vor mir, das gleiche anmaßende Grinsen im Gesicht wie eben, als er seine übliche Bestellung über den Tresen gebrüllt hat. *Gin Tonic. Sechs cl Nolet's Reserve, fünfundzwanzig cl Seedlip Tonic Water, wenig Eis.*

Ich kann mich nicht mal über ihn aufregen. Weder über seine Arroganz noch über den stolz zur Schau gestellten Polospieler auf seiner Brust oder gar die Plastikfrisur, weil in meinem Bauch ein Knoten sitzt, der alles andere überlagert. Ein dicker, unordentlicher Knoten aus Wut und Enttäuschung und – Scheiße – Sehnsucht. Nur weil Robyn mitten im Satz das Lied abbricht und Sias *Cheap Thrills* anspielt. Super. Das fehlt gerade noch, denn –

Wut! Wir waren eigentlich gerade bei Wut ... Das bin ich. So unfassbar wütend. Auf die Presse, die sich seit Tagen das Maul über die Lovesuckerz und DeeOhThree und ganz besonders über

Jason und Conan (Ist das zu fassen? Die beim *GLAMOUR*-Blog haben tatsächlich meinen Namen für ihn geklaut!) zerreißen.

Auf Dervla, die nicht aufhört, diese unsäglichen Dinge zu schreiben, obwohl ich ihr schon an die hundert sehr unfreundliche Nachrichten geschrieben habe.

Und auf Noah, der mich aus Stradbally direkt nach Hause zitiert und Tom auf den Blog angesetzt hat, nachdem man vonseiten der Lovesuckerz, trotz mehrfacher Unschuldsbeteuerungen meinerseits, kurz davor war, die Zusammenarbeit mit der *Irish Times* komplett einzustellen. Wobei es aktuell keinen Blog mehr gibt, denn die weiteren Stationen der Tour wurden ersatzlos gestrichen. Alle bis auf das ausverkaufte Konzert im *Olympia Theatre*. Wie sie allerdings die Jungs dazu bringen wollen, sich auf diese Bühne zu stellen, nach dem, was in den letzten Tagen und Wochen über sie berichtet wurde, bleibt abzuwarten.

Jason ist, habe ich gelesen, seit Sonntag in Sligo und versucht, die kriselnde Beziehung zu Laura zu kitten. Wenn es stimmt, was man über ihn hört – und ich sage nicht, dass es das tut, aber wenn –, dann kann ich nur für sie hoffen, dass sie ihn direkt in die Wüste schickt!

Owen hat gestern ein Bild aus dem Reitstall über WhatsApp geschickt. Im Hintergrund ein bildschöner Schimmel, der neugierig in die Kamera sieht. Und neben ihm, die Zügel haltend und mit einem scheuen Lächeln im Gesicht, ein dunkelhaariger Mann.

Grüße aus Kells von Casper, Jack und Owen, stand unter dem Bild.

Von Mickey und Colm habe ich nichts gehört, ich nehme aber an, dass auch sie wieder zu Hause sind. Mickey bei seinen Eltern und Rindern und Schafen und Colm bei … wem auch immer.

Und Conor … Der rührt sich seit Sonntag nicht. Seit ich am Bühnenrand gestanden und mir das Fiasko angesehen habe, was der bislang größte Auftritt der Band sein sollte, habe ich weder von ihm gehört noch gelesen. Sein *Wie konnte ich auch so bescheuert sein und ausgerechnet dir vertrauen, Alison Rainsford, Musikjournalistin?* mal ausgenommen, denn das hat mich bloß noch wütender gemacht.

Wut also. Davon habe ich aktuell genug im Bauch. Und von Enttäuschung. Über mich, Dervla, die Presse im Allgemeinen, die sich auf die paar Häppchen gestürzt hat, wie die Geier aufs Aas. Und über Dad, der mich allen Ernstes gefragt hat, wieso ich die Story nicht zuerst verbreitet habe.

»Wird das heute noch was?«, unterbricht Seedlip meinen Gedankengang. Ich lege mein Teflonlächeln auf und drehe mich zu ihm um. »Ist heute mit besonders viel Liebe gemacht«, versichere ich ihm und stelle den Drink zwischen uns auf den Tresen. Doch Seedlip zückt bloß seine Karte und hält sie mir kommentarlos entgegen.

Ich glaube, *das* ist es, was ich an dem Job am meisten hasse. Die Tatsache, dass der Mensch auf der anderen Seite des Tresens mit dir umgehen kann, wie es ihm gefällt – und du absolut machtlos bist. Weil Sean es so will. Weil er derjenige ist, der die Regeln aufstellt, obwohl er nie hinter dieser beschissenen Theke steht.

Belächelt hat er mich, als ich ihm damals den Vorfall mit dem Selfmade-Millionär geschildert und um Hausverbot für ihn gebeten habe. Ich solle mich nicht so anstellen, die Leute würden immerhin gutes Geld bezahlen und einen entsprechenden Service erwarten. Spätestens da hätte mir auffallen müssen, wie befremdlich der Laden und Seans Konzept sind.

Ich kassiere die fünfundneunzig Euro ab, lege das Gerät zur Seite und bin kurz irritiert, weil Seedlip mir tatsächlich in die Augen sieht. Es fühlt sich komisch an, weil … weil mir da zum ersten Mal auffällt, dass er schöne Augen hat. Groß, die Iris so dunkel, dass die Pupille darin kaum auszumachen ist. Lange, geschwungene Wimpern, hohe Wangenknochen, dunkle Haare begraben unter tonnenweise Gel. Groß. Und muskulös, wie das enge Poloshirt erahnen lässt. Ein attraktiver Mann, keine Frage. Wäre da nicht diese Überheblichkeit, die ihm aus jeder Pore rinnt. Aber es können ja nicht alle Männer sein wie … *er*. Strubbel-Conan. Der außen wie innen umwerfend ist.

Womit wir bei der letzten Zutat meines Knotens, der Sehnsucht, wären. Und die macht mir am allermeisten zu schaffen. Die killt mich, ganz ehrlich.

Ich denke an ihn und seine hochgezogene Augenbraue und das dämliche Grübchen, und plötzlich ist mir alles zu viel, zu laut, zu stickig, zu eng. Die Menschen, die Musik, Seedlips Anwesenheit. Alles. Der Knoten wird größer mit jedem Atemzug, den ich mache.

»Du musst bitte kurz für mich übernehmen«, brülle ich Sheila zu, die die Bar rechts von mir bedient, und schiebe mich durch die Lücke auf die andere Seite des Tresens. Ohne auf meine Umgebung zu achten, kämpfe ich mich durch die tanzende Masse, erreiche die rettende Tür und falle dagegen. Will durchgehen und dann doch nicht, weil dahinter nur weitere Erinnerungen warten, die den Knoten noch größer werden lassen. Wunderschöne Erinnerungen an Pinien- und Colaküsse.

Gott, wann hört das auf? Wann kann ich –

Ich zucke zusammen, als sich eine Hand um meinen Hintern legt, fahre herum und sehe mich dem Polospieler gegenüber. Als ich aufsehe, grinst Seedlip frech.

Diesmal ist meine Hand schneller als mein Kopf.

* * *

Anderthalb Stunden später schließe ich die Wohnungstür hinter mir und bleibe einen Moment in der Dunkelheit stehen.

Lausche durch das offen stehende Fenster den Menschen, die unten am Flussufer durch die milde Nacht laufen, sich unterhalten über Dinge, die ich nicht verstehen kann. Manche lachen, andere jaulen oder klingen definitiv so, als hätten sie ein Pint zu viel gehabt – oder mehrere. Vielleicht ist Seedlip unter ihnen, nicht unbedingt hier, aber irgendwo in Dublin und erzählt seinen Kumpels davon, wie die freche Göre vor seinen Augen von ihrem Chef rundgemacht wurde. Dass es andersherum war, dass *ich ihn* vor Seans Augen – und hochroten Ohren – rundgemacht habe, dass er froh sein kann, nur meine Hand im Gesicht gehabt zu haben und nicht eine Ladung Pfefferspray, wird wohl niemand außerhalb von Seans Büro erfahren. Mir kann es egal sein, denn im besten Fall sehe ich ihn nie wieder. Es sei denn, er verirrt sich demnächst ins *Fibbers*.

Genau drei Minuten habe ich auf dem Heimweg auf Bills Antwort warten müssen.

Klar kannst du nach wie vor bei uns anfangen! Komm die Tage vorbei, dann klären wir den Rest. X B

Und ich kann es kaum erwarten, mi-

Ich schrecke auf, als mich die Türklingel direkt über mir darauf aufmerksam macht, dass einer der wandernden Betrunkenen um Zutritt bittet. Nicht zu meiner Wohnung nehme ich an, sondern zur Airbnb-Wohnung obendrüber. Passiert tatsächlich häufiger, wie Sinead aus dem Erdgeschoss schon mehrmals erzählt hat. Nur, dass ich davon normalerweise nicht viel mitbekomme.

Ich lausche im Treppenhaus, ob einer der anderen Parteien geöffnet hat, dann drücke ich auf den Summer und verriegele die Tür. Einen Moment lang bleibe ich mit den Augen an meinen sonnengelben Chucks hängen, während meine Gedanken wieder zu Conor abdriften. Das tun sie ständig – und völlig ungefragt. Immer dann, wenn ich mich und meine Energie nicht auf etwas anderes fokussieren kann. Auf meine Wut auf Seedlip und die Scheißregeln meines Onkels zum Beispiel. Oder auf meine täglichen Diskussionen mit Noah, der mich Montagmorgen weder am Redaktionsmeeting hat teilnehmen lassen – obwohl ich überpünktlich war – noch sonst eine sinnvolle Aufgabe für mich gefunden hat, seit er mich zurückgepfiffen hat. Zwei Dutzend Male reichen nicht, die ich ihm in den letzten Tagen versichert habe, dass ich mit dem Leak nichts zu tun hatte. Aber ich glaube, so richtig kauft er mir das nicht ab. Das sehe ich an seinen Augen. Und an seinem fehlenden Lächeln.

Ein Klopfen an der Tür unmittelbar hinter mir reißt mich aus meinen Gedanken. Ich sehe die schwarze Stahltür an, rufe »Ein Stockwerk höher« und warte regungslos ab, als plötzlich: »Äffchen?«

Was zur Hölle? In zwei Schritten bin ich an der Tür, entriegele das Schloss und stehe – tatsächlich – meinem Dad gegenüber. Inklusive Koffer. »Was machst du hier?«

»War noch unterwegs.«

»Um kurz nach eins in der Nacht?«, frage ich, während er an mir vorbei in die Wohnung schlüpft.

Ich schließe die Tür hinter ihm und bleibe, gegen den kalten Stahl gelehnt, stehen, weil ich sicher bin, dass ich diesen Halt gleich brauchen werde.

Er zieht sich die Schuhe aus und hängt seine dünne Lederjacke an einen freien Haken an der Garderobe, dann dreht er sich zu mir um und sieht mich an.

Ich trage noch meine schwarzen Jeans und das weiße Trägertop, das ich immer unter die Bluse ziehe, weil mich die Zwei-offene-Knöpfe-Policy nervt. Und dann brauche ich den Halt der Tür tatsächlich, denn Dads Blick wandert regelrecht über meine bemalte Haut, nimmt dabei jedes noch so winzige Zeugnis meiner kläglichen Rebellion in seiner Gesamtheit in sich auf.

Ich frage mich, wen er vor sich sieht. Alison Elizabeth Rainsford, die angehende Journalistin und Gewinnerin des *News-Brands Ireland Journalism Award* des kommenden Jahres und fortfolgende.

Die Tochter seiner Irgendwie-Ex-Frau, auch wenn sie nie offiziell die Scheidung eingereicht haben.

Oder doch bloß die junge Frau, die er seit Jahren für seine zunehmend grauen Haare verantwortlich macht, weil sie schon mit sechzehn seine Unterschrift gefälscht hat und sich Zungen- und Brustwarzenpiercings hat stechen lassen. Die nicht auf seinen Rat gehört hat, sich bei Eoin McAllister in der Wirtschaftsredaktion zu bewerben, sondern lieber zu Noah gegangen ist, obwohl die Kulturszene kaum Potenzial für prestigeträchtige Storys liefert. Und die zu guter Letzt auch noch versagt hat.

»Willst du was trinken?«, frage ich schließlich, um die Stille zwischen uns zu füllen.

Er hat »Hast du noch was von dem Bushmills da?« noch nicht ausgesprochen, da bin ich bereits auf dem Weg in die Küche und ziehe die Flasche aus dem Regal, wo sie im Halbdunkel ihr Dasein fristet, seit Dad sie mir zum Einzug geschenkt hat.

»Also?«, frage ich, nachdem er an meiner Frühstücksbar Platz genommen und ein Glas vor sich stehen hat.

»Also was?«

»Was willst du hier?«

Die buschigen Brauen über seinen Augen wandern in die Höhe. »Darf ich nicht mal meine Tochter besuchen?«

»Andere tun das sonntagnachmittags zum Tee«, entgegne ich gleichermaßen müde und patzig, während ich mich mit dem Rücken gegen den Tresen lehne und die Arme verschränke. »Oder zu Geburtstagen.«

»Wir sind nicht die anderen, Alison.«

Ich kann nicht anders, als die Augen zu verdrehen. Richtig. *Wir sind die Rainsfords. Journalistenadel seit drei Generationen.*

»Okay, anders.« Ich gehe einen Schritt nach vorn und stemme mich mit den Unterarmen auf den leeren Barhocker vor mir. »Ich wäre normalerweise noch mindestens zwei Stunden im *VIPer*, und das weißt du. Also gehe ich davon aus, dass du entweder hellseherische Fähigkeiten besitzt oder Sean dich postwendend angefunkt hat, nachdem ich sein Büro verlassen habe.«

Jetzt ist er derjenige, der mit den Augen rollt. »Die Maschine aus Paris hatte Verspätung. Ich saß gerade im Taxi, als Seans Anruf kam, also bin direkt hergekommen.«

»Gott sei Dank.« Ich nicke zwinkernd in Richtung Flur. »Kurz dachte ich, du möchtest bei mir einziehen.« Er folgt meinem Blick zu seinem Koffer, der geduldig neben der Tür darauf wartet, dass Dad seinen Bushmills trinkt und ihn nach Hause bringt.

»Was hat Sean gesagt?«, will ich wissen.

Er braucht einen Moment, ehe er antwortet. »Er sagt, du hättest erleichtert gewirkt.«

Ich kann das Schmunzeln nicht verhindern. Es stimmt, ich bin über die Maßen erleichtert, den Job endlich los zu sein. Und ich glaube, Sean ist das auch, selbst wenn er vorhin ziemlich überrascht aus der Wäsche geguckt hat, als ich ihm nach Seedlips Abgang erst Bluse und Schlüssel auf den Schreibtisch und dann ein paar warme Worte um die Ohren geknallt habe.

»Und hast du denn einen …«

»… Plan?«, frage ich und nicke sofort. »Ja, den habe ich.« Ich nehme auf dem Stuhl ihm gegenüber Platz und greife mit meiner Hand nach seiner, die neben dem unangetasteten Whiskeyglas liegt. Weil ich zum ersten Mal, seit er meine Wohnung betreten hat, das Gefühl habe, dass Dad vielleicht wirklich bloß hier ist, weil er sich um mich sorgt. »Ich werde im *Fibber Magees* anfangen.« Dad hat keine Ahnung, wovon ich spreche. »Das ist ein Klub oben am Parnell Square.« Nicht genügend Informationen, das sehe ich seiner faltigen Stirn an. »Ich kenne Bill seit

Jahren, er ist cool.« Ich räuspere mich. »Das ist der Betreiber.« Immer noch keine Reaktion. »Ich war selbst schon oft dort, und die Leute, die da abhängen, sind auch alle echt nett.«

Sein zögerliches »O-kay« klingt wenig überzeugt, aber er fängt auch keine Grundsatzdiskussion an, was bei ihm durchaus ein gutes Zeichen ist. »Und warum nicht mehr das *VIPer*?«

Ich kann mir kaum vorstellen, dass Sean ihm erzählt hat, dass ich einem seiner Kunden vor den Augen aller eine gescheuert habe, weil er die Dreistigkeit besessen hat, mir an den Hintern zu fassen. Und selbst wenn, würde Dad mich nicht darauf ansprechen, weil so was nicht sein Ding ist. Gespräche über sexuelle Belästigung am Arbeitsplatz führt er lieber mit den CEOs von IBM oder Pfizer, statt mit der eigenen Tochter. Deshalb sage ich nur: »Das ist nicht meine Welt.«

Er nimmt den ersten Schluck, behält ihn einen Moment lang mit geschlossenen Augen im Mund, ehe er mich wieder ansieht und sagt: »Du hättest doch zu Eoin gehen sollen.« Er nimmt einen weiteren Schluck. »Da wäre dir so was bestimmt nicht passiert.«

So was. Conor ist nicht *so was*. Conor ist viel mehr. Er ist Liebe und Musik und Liebe zur Musik und Herz und Verstand und Gefühl und … alles. Und ich glaube, das wird mir gerade zum ersten Mal bewusst. Wie sehr er dieses *alles* in den letzten Wochen für mich war. Und wie sehr er mir fehlt. Die Unterhaltungen mit Dylan über Musik und Inspiration und Farben und die Welt. Die Kabbeleien und sehnsüchtigen Blicke, die ich mit Ryan ausgetauscht habe. Und nicht zuletzt die Küsse mit Conor. Und wie gern ich mit ihm reden würde, um all das zwischen uns aus der Welt zu schaffen. Aber da ist ja auch noch sie. Die Welt. Und die hasst ihn im Moment, egal, wie sehr ich ihm glauben möchte. Egal, wie sehr ich an ihm hänge. An Ryan, an Dylan, an Conor und nicht zuletzt an Conan, der all diese Facetten in sich vereint.

Aber das meint Dad wahrscheinlich gar nicht mit *so was* …

»Dann hättest du jetzt auch ganz sicher schon ein Thema für deine Abschlussarbeit.«

Ich brauche ein paar Sekunden, blinzele die Gedanken weg und bin fast dankbar für Dads Einwurf, lenkt er mich doch ab – wenigstens für den Moment.

»Ich hatte schon einen ganz guten Einfall, und Noah fand auch –«

»Ganz ehrlich, Äffchen«, unterbricht er mich, »was auch immer Noah dir für einen Floh ins Ohr gesetzt hat, vergiss es.«

»Aber du hast dir ja nicht mal angehört, was wir …«

»Nicht mal Dave Fanning hätte aus seiner Nähe zu U2 eine gescheite Bachelorarbeit zaubern können.«

»Aber …«

»Und Noah mischt sich da nur ein, weil er glaubt, mir beweisen zu müssen, dass er die richtige Entscheidung getroffen hat. Dabei weiß er genau, dass er den Korrespondentenposten in Kapstadt damals nicht hätte ablehnen dürfen, um die Kultursparte zu übernehmen.« Er leert seinen Drink mit einem letzten großen Schluck. Die Eiswürfel klirren, als er das Glas auf den Tisch stellt.

»Ich habe nicht das Gefühl, dass er etwas bereut. Im Gegenteil, er geht richtig auf in seiner –«

»Wir sind Wirtschaftsjournalisten, Herrgott!« Ich erschrecke, als seine flache Hand auf die Tischplatte hinabrauscht. »Wir tummeln uns nicht in der Oper oder auf Konzerten, lesen keine seichte Belletristik oder rezensieren Popcornkino.« Er sieht mich an und dann doch wieder knapp an mir vorbei. »Das, was Noah da treibt, ist doch … Das ist doch alles Zeitverschwendung.«

Ich knete meine zittrigen Finger und das schwarze Herz darauf, um mich von dem flauen Gefühl in meinem Magen abzulenken. Ich wünschte, ich hätte Tonys Rote Karte, um sie ihm unter die Nase zu halten. *Bis hierhin und nicht weiter, Dad.*

Ich hasse es, wenn er so spricht. Weil er mit einem Satz alles infrage stellt, was mir lieb und teuer ist.

Ich starre das leere Glas zwischen uns an, dann wieder meinen Dad. Er sieht müde aus. »Weiß Noah, wie du über ihn sprichst?«

»Ich habe ihm von Anfang an gesagt, dass es seine Entscheidung ist, aber er weiß genau, was ich davon halte.«

»Aber du sagst doch selbst, es war *seine* Entscheidung.«

»Das schließt nicht aus, dass es trotzdem die falsche war, schließlich hat er noch einige Jahre vor sich.« Er seufzt. »Und ich hoffe wirklich, dass er sich damit nichts verbaut hat.« Seine Hand greift nach meiner und drückt sie sanft. »Ihr beide, Äffchen.«

»Ich habe es versucht, Dad«, sage ich und habe Mühe, die Tränen zurückzuhalten. »Ich wollte in deine Fußstapfen treten, aber wenn mir das Studium und die Zeit bei Noah …« (und vor allen Dingen die letzten Wochen mit Conor) »… etwas gezeigt haben, dann dass genau *das* meine Welt ist.« Seine Mimik bleibt unverändert weich, nur deshalb finde ich die Kraft, weiterzusprechen: »Ich brauche keine Karriere, keine Auszeichnungen, um irgendwann stolz auf das sein zu können, was ich getan habe. Ich möchte nur glücklich sein mit dem, was ich tue. Ich möchte …« Ich schnaube. »Ich möchte schreiben, Dad. Aber ich möchte auch glücklich sein.«

»Bist du das denn nicht?«

»Ich war glücklich, als ich unterwegs war und über das geschrieben habe, was mich glücklich macht.«

»Etwa über diese Kerle?«

»Nein, Dad.« Ich lache, weil mir nichts anderes übrig bleibt, sonst müsste ich darüber nachdenken, dass Conor mich tatsächlich glücklich gemacht hat, und das wiederum würde mich traurig machen, … also … lache ich eben und sage: »Über die Musik.«

»Musik?« Es klingt aus seinem Mund ein bisschen wie eine

Krankheit. Etwas potenziell Tödliches wie Tollwut oder Lungenpest. Schlimm jedenfalls.

Und wenn wir schon bei schlimm sind: »Aber ich möchte nicht nur über Musik schreiben, Dad, ich möchte sie auch machen.«

»Machen?« Wiederholt er jetzt alles, was ich sage? Ist ja fast wie bei … Okay, lassen wir das. Nicht schon wieder an Conor denken, bitte.

»Machen«, bestätige ich ihm nickend. »Im Sinne von Singen. Spielen. Am besten beides gleichzeitig. Auf einer Bühne.«

Ich warte auf eine Reaktion, aber es kommt keine. Er sitzt da, starrt mich an und dann doch durch mich hindurch, als wäre ich aus Glas.

»Ach, Alison«, sagt er schließlich leise. »Du bist deiner Mutter so ähnlich.« Er drückt meine Hand, die noch immer in seiner liegt. »Sie wollte auch alles zur selben Zeit. Freiheit und Aufmerksamkeit, Sicherheit und das ganz große Abenteuer. Alles und nichts.«

Ich weiß nicht, was ich darauf antworten soll, hab aber auch keine Gelegenheit dazu, ehe er weiterspricht: »Du kannst nicht ernsthaft glauben, beides machen zu können, Äffchen. Du kannst nicht objektiv sein, wenn du selbst Teil des Business bist, über das du schreiben sollst. Das ist … Das wäre, als würde Michael O'Leary die Wirtschaftssparte der *Irish Times* übernehmen oder ein Scheich aus Katar über die Premiere League berichten. Da wird es zwangsläufig immer zu Interessenskonflikten kommen.«

»Aber …« Aber. Aber! Da muss es ein Aber geben. Eines, das ihn zum Schweigen bringt. Das ihm zeigt, dass ich mir die Sache sehr wohl überlegt und nichts übers Knie gebrochen habe. Ich *will* Musik machen und ich *will* darüber schreiben. Beides so sehr, dass ich unmöglich sagen könnte, was davon ich aufgeben würde, wenn ich es müsste.

»Denk noch mal darüber nach, Schatz.« *Ich möchte nicht darüber nachdenken.* »Und sprich gern auch noch mal mit Noah. Ich bin mir sicher, dass er dir das Gleiche sagen wird!« *Ich weiß, dass er das tun wird, weil er dein Freund ist und weil du ihm sagen wirst, dass er das gefälligst tun soll.*

»Und wenn du ihn fragst, gibt Sean dir auch bestimmt deinen Job im *VIPer* zurück.«

»Den will ich nicht, Dad.«

»Wieso?«

»Weil ich da nicht reinpasse, schon vergessen?«

»Und in dieses … Dingens passt du besser?«, will er wissen und lässt endlich meine Hand los, um das leere Glas auf der Tischplatte hin und her zu schieben. »Was sind da so für Leute unterwegs?«

Leute wie du und ich, hätte ich normalerweise gesagt, aber das trifft es nicht ganz.

Und ich glaube, zum ersten Mal verstehe ich auch, wieso. Denn auch wenn Dad immer sagt, dass ich ganz nach ihm komme, dass ich ehrgeizig bin, wie er es auch in seinen jungen Jahren war – wie er es heute noch ist –, und dass ich mit meinen journalistischen Arbeiten schon Großartiges geleistet habe, so bin ich am Ende viel eher wie meine Mum, das hat er eben selbst gesagt. Und deren Freigeist hat er letztlich auch so lange kleinzuhalten versucht, bis sie aus ihrem Käfig ausgebrochen und nie wieder zurückgekehrt ist.

Vielleicht ist das so bei den Rainsfords. Vielleicht *muss* ich ihn am Ende enttäuschen, um endlich ich selbst sein zu können. Und vielleicht ist das in Ordnung. Vielleicht kann ich damit eines Tages sogar leben. Und er auch. Weil er es muss. Weil ich ihm keine Wahl lassen werde. Genau wie Mum.

Samstag, 31. August

GOSSIP IRELAND

High infidelity Heute Abend ist es endlich so weit: Das von den Fans lange herbeigesehnte Konzert der Lovesuckerz findet trotz aller Umstände im ausverkauften *Olympia Theatre* statt. Doch wie es im Anschluss mit den fünf Iren weitergeht, steht aktuell noch immer in den Sternen.

NEWS von Dervla McQuaid
2:37 p.m., 31. August

Nach dem Fiasko in Stradbally war es zuletzt gespenstisch still um die Jungs geworden. Zwar wurde der ein oder andere beim abendlichen Einkauf im Supermarkt, beim Feiern in Dublin oder beim Reitturnier in Kells gesichtet, für ein Interview stand jedoch keiner von ihnen zur Verfügung. Und so schauen heute alle Augen erwartungsvoll auf die Bühne des *Olympia Theatre*. 1.242 Tickets wurden allein für den heutigen Abend verkauft – doppelt so viele wie während der ganzen Pub-Tour durch Irland zusammengenommen.

Und alle Welt (zumindest jede zweite Irin unter 25, die Plattenfirma und sicherlich auch der ein oder andere Journalist) fragt sich: Was passiert diesmal auf der Bühne? Wird Ryan alias Conor überhaupt auftauchen? Und wird wieder jemand ausfallend? Oder wird es an anderer Stelle zum Eklat kommen, etwa weil der notorisch untreue Jason seine Verlobte in aller Öffentlichkeit um Verzeihung bittet? Oder weil der unglücklich verliebte Owen seinem Freund einen Heiratsantrag macht? Oder wird endlich jemand einen positiven Schwangerschaftstest auf die Bühne werfen und dem Frauen verschlingenden Aufreißer Colm eine Lektion fürs Leben erteilen? Oder reißen sich die Jungs diesmal am Riemen und bieten ihren Fans, was sie verdient haben: die Show ihres Lebens?

Wir dürfen gespannt sein, was die bunte Mischung an Extremen diesmal an Skandalen zutage fördert, und wir werden wie immer hautnah dabei sein, um für euch berichten.

Kommentare:
Anonym Colm ist kein Frauen verschlingender Aufreißer!
Ben Ohne Skandal ist es für euch bei *GOSSIP* kein guter Tag, oder?!
Anonym Colm ist der beste Lovesucker von allen!
Poppy Kann einer diese Frau bitte endlich entlassen?
TinyDancer Ich freu mich so!!!

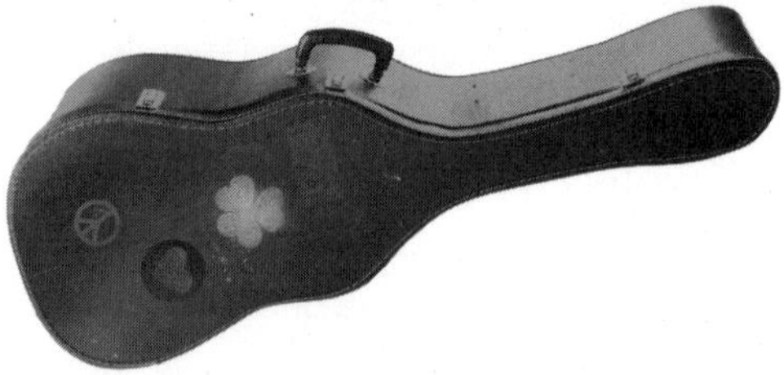

Conor – Maybe all my dreams are made for someone else

Wir nähern uns dem *Olympia* durch die Seitengasse. Ich kriege sofort wieder Gänsehaut, weil ich daran denken muss, welche Legenden schon auf dieser Bühne standen.

Und heute ich. Immer noch unbegreiflich.

Kian und Leia neben mir schnauben, als der breitschultrige Security, der am Hintereingang wartet, den Arm hebt und uns durchwinkt. »Golden Boy« nennt Kian mich, seit er wieder mit mir redet und so auch jetzt, als wir durch die Tür schlüpfen. Heimlich und leise in Leias Richtung, aber ich höre es trotzdem und muss kurz darüber lächeln, weil die beiden immer noch so angestrengt versuchen, mir weiterhin ihre ewige Hassliebe vorzutäuschen, obwohl längst aller Hass – wenn es den denn je gegeben hat – aus ihren Augen verschwunden ist.

Keith wartet direkt hinter dem Eingang.

Wir müssen reden. Dringend, schrieb er mir, als wir schon auf dem Weg waren.

Sind in zehn Minuten da, habe ich ihm geantwortet.

Das ist sieben Minuten her, und er steht trotzdem schon hier. Ich denke, er weiß, dass es brennt. Dass ich brenne. Das Konstrukt um die Lovesuckerz brennt – und wenn wir nicht aufpassen, geht alles um uns herum lichterloh in Flammen auf.

»Hey«, ist alles, was ich sagen kann, ehe er mich am Arm packt und von Kian und Leia weg tief hinein in die altehrwürdigen Mauern des *Olympia Theatre* zieht. Wahrscheinlich kann ich froh sein, dass er mich nicht an den blonden Barthaaren hinter sich her schleift, die ich mir in den letzten zwei Wochen habe stehen lassen, weil jetzt sowieso alles egal ist.

Je weiter wir vorankommen, je verlassener und staubiger die Räume werden, je weniger Tageslicht in die Flure fällt, desto eher frage ich mich, ob mich hier jemand schreien hört.

Die Gänsehaut von eben kehrt zurück, als er eine Tür zu unserer Linken öffnet und mich hineinbittet.

Der Raum ist bis auf eine deckenhohe Schrankwand fast leer. An der Wand gegenüber ein vergittertes Fenster. Keith schnaubt.

Tu uns einen Gefallen, mach es kurz und schmerzlos. Bitte.

Ich schließe die Augen, hab sofort die Mischung aus Fuchsia, Ebenholz und Meerblau vor mir, ihr Lächeln, das Oberlippenpiercing, die Rosenblätter, die seitlich ihren Hals hinaufkriechen. Das ist alles nur ihre Schuld.

Scheiße, Mann, das war genau das, wovor ich mich gefürchtet habe, seit dem Moment, als sie mit ihrem Nirvana-Shirt in der Halle in Heathrow gestanden hat. Dass sie die falschen Fragen stellen und mich zum Nachdenken bringen würde. Dass ich feststellen würde, dass ich mir die ganze Zeit etwas vorgemacht habe, weil das hier gar nicht mein Traum ist, den ich lebe, sondern der Traum von dem Mann, der ich seit Wochen zu sein versuche. Der von Ryan Breheny. Aber es steckt zu viel Conor Sheehan in mir, um auch nur einen Tag länger behaupten zu können, dass es mich glücklich macht, ein Lovesucker zu sein.

Genau genommen, muss ich ihr wahrscheinlich dankbar sein, auch wenn ich keine Vorstellung habe, wie das gehen soll. Jemandem dankbar sein, den man hasst und gleichzeitig liebt. Emotionaler Overkill.

»Da sind so viele junge Kerle da draußen, die ich an deiner Stelle hätte nehmen können.«

Ich muss erst mal kurz überlegen, wer da spricht.

Als ich Keith endlich lokalisiert habe und ansehe, erwidert er mein Nicken. Er lehnt an der Wand unterhalb des Fensters, das mich von der Freiheit trennt, und sieht mich vorwurfsvoll an. »Aber ich wollte dich. Unbedingt dich und deine unverwechselbare Stimme.« Er deutet kopfschüttelnd auf mich, und plötzlich sind wir mittendrin in meinem persönlichen Albtraum. »Ich hab an dich geglaubt, Mann! Und du stehst hier und willst mir erzählen, dass du kein Lovesucker mehr sein willst? Willst du mich verarschen?«

Eigentlich nicht. Eigentlich wollte ich endlich ehrlich zu dir sein. Und scheinbar war ich das gerade, auch wenn ich nichts mehr davon weiß. Hab ich etwa laut gedacht?

»Du bist nicht Harry-fucking-Styles, mein Freund. Du wirst am Ende deine Songs wieder in dem schäbigen Pub in Lahinch vor einer Handvoll betrunkener Dorftrottel singen. Ist es das, was du willst?«

Ich will gar nicht Harry-fucking-Styles sein. Es gibt schon einen, und der ist so verdammt grandios, dass ich mir nie anmaßen würde, auch nur in die Nähe seiner überdimensional großen Fußstapfen zu kommen.

Ich bin bloß ein Musiker, der will, dass seine Songs gesungen werden. Egal, ob im *Olympia Theatre* von eintausendzweihundert Leuten oder von einem ausverkauften Stadion oder nur von einem einzigen Menschen. Wenn Keith nicht nur am Geld, sondern auch ein bisschen an der Musik liegen würde, wüsste er, dass es *immer* nur darum geht.

»Ich hab an dich geglaubt, Ryan«, fährt er fort.

Ich heiße Conor.

»Hab dir eine Chance gegeben, als du am Boden warst.«

Na ja, …

»Ohne mich wärst du wahrscheinlich im Knast gelandet oder so.«

»Übertreib es nicht.« Definitiv nicht die Antwort, die er haben wollte.

»Ich übertreibe, so viel ich will!«, keift er.

»Keith«, versuche ich es in ruhigem Ton. »Ich … ich gehöre hier nicht her.«

»Wohin gehörst du dann?«

Ich seufze, während Endorphine meine Blutbahnen fluten – allein beim Gedanken an Will und seinen Pub, in dem wir jeden Donnerstag drei mit Kunstrasen bespannte Paletten aus dem Schuppen gezerrt haben, die uns als Bühne gedient haben. Und das war genug. Mehr als das. Es war perfekt. »Wer weiß«, sage ich schulterzuckend, »am Ende vielleicht wirklich in den schäbigen Pub in Lahinch.«

»Du hast sie nicht mehr alle.« Er deutet auf die Tür hinter mir, über der in großen weißen Buchstaben das Wort *STAGE* geschrieben steht. »Die Welt liegt dir zu Füßen, Mann.« Hinter dieser Tür wartet sie, die Bühne, die Welt. Ich müsste dankbar sein, ich weiß das, aber es ist mir egal. Fuck, es ist mir scheißegal. So was von.

»Ich will Musik machen, die mir etwas bedeutet, und nicht die Texte wiedergeben, die irgendwelche Leute am Fließband geschrieben und an den Meistbietenden verkauft haben. Das bin ich nicht. Das … das möchte ich nicht sein.«

Ich hole tief Luft, komme aber nicht dazu, mehr zu sagen, weil sich draußen auf dem Flur eine Stimme nähert. Sie klingt dunkel und kratzig. Aufgewühlt und … vertraut.

»… über mich! Wir hatten gesagt, du hältst mich da raus.«

Keiths Augen mir gegenüber weiten sich. »Vor ein paar Tagen war ich noch ein Playboy und jetzt bin ich ein Frauen verschlingender Aufreißer? Das ist nicht die Art von Publicity, über die wir gesprochen haben, und das weißt du genau.« *Dein fucking Ernst, Colm?* »Ist mir doch scheißegal, zieh dir was aus den Fingern. Rück das wieder gerade.« Mein Blut kocht. »Du hast nicht mal was über ihn geschrieben, verdammt!«

Keiths Miene verfinstert sich mit jedem Wort, das über die dunklen Flure hallt.

Fuck, das bedeutet … Ich habe keine Gelegenheit, mir Gedanken darüber zu machen, was das bedeutet, denn im nächsten Moment krampfen meine Verräterbronchien mit der vielen Staubluft darin. Das Husten, das aus mir herausbricht, bringt die Stimme auf dem Flur abrupt zum Schweigen – und jeden halbwegs klaren Gedanken in meinem Kopf gleich mit.

* * *

Kurz darauf sind Keith und ich allein. Vielleicht sind zwischendrin ein paar Minuten vergangen – oder eine halbe Stunde –, aber davon habe ich nichts mitbekommen. Jedenfalls befinden wir uns nicht mehr in dem Raum mit dem vergitterten Fenster, sondern in der Garderobe. Eine Pritsche – da sitze ich drauf – daneben ein Stuhl, auf dem Keith Platz genommen hat, und an der anderen Wand ein weiterer Stuhl mit einem großen Spiegel davor. Dazwischen ein Kleiderständer und unzählige Koffer.

Um uns herum, in meinen Bronchien, ist immer noch Staub, aber jetzt geht es mir besser. Mit Ausnahme meiner rechten Hand, die sich anfühlt, als hätte ich meine Aggression an einer Betonmauer ausgelassen. Vorsichtig drücke ich den Eisbeutel gegen meine Fingerknöchel, während die vergangenen Minuten in meinem Kopf noch einmal ablaufen. Colms blutige Nase, seine wütenden Rufe, die in den Katakomben des *Olympia Theatre* umhergeirrt sind. Keiths Gezeter. Und zwischendrin immer wieder Sequenzen von Meerblau und Fuchsia. Dabei bin ich mir sicher, die nicht gesehen zu haben. Aber gedacht habe ich an sie. In jeder einzelnen Minute seither.

»So, die Mail an den Anwalt ist raus.« Keiths Info lässt das Fuchsia abrupt verschwinden. »Spätestens Dienstag haben wir einen Entwurf für die einstweilige Verfügung gegen *GOSSIP* auf dem Tisch, dann hat das alles erst mal ein Ende.« Er schenkt mir ein schmales Lächeln und schiebt ein »Hoffentlich« hinterher.

Wir kriegen das wieder hin, sagt sein Blick, als er vom Display seines Handys aufsieht und mir ein aufmunterndes Lächeln schenkt. »Weißt du …«, sagt er gleichermaßen kopfschüttelnd und schnaubend, als ich schon nicht mehr damit rechne, »… ich hatte tatsächlich ganz kurz Tony in Verdacht, das Leak zu sein.« Er beugt sich nach vorn, sagt den nächsten Satz ein bisschen leiser. »Und ich bin echt superfroh, dass er es nicht war, sonst hätte ich ihn am Ende feuern müssen. Und finde heutzutage mal einen zuverlässigen Tourmanager.«

Ausgerechnet er, Gelbe-Karte-Rote-Karte-ab-auf-die-Bank-mit-dir-Tony?

Was hätte der davon gehabt, Zwietracht zwischen uns zu säen?

Auf der anderen Seite … wer rechnet schon damit, dass ausgerechnet *einer von uns* mit diesen Lügengeschichten am eigenen Stuhl sägt? Kann doch keiner ahnen. Ich jedenfalls nicht.

Denk doch mal nach, gehe ich ihre Worte in Gedanken zum dreihundertvierundzwanzigsten Mal durch. *Ich hätte die Story nicht an irgendein Blatt weitergegeben, sondern sie selbst vermarktet, wenn mir daran gelegen wäre, Profit aus der Nummer zu schlagen. Aber daran liegt mir nichts. An dir dafür umso mehr.*

Scheiße, Mann, warum denkst du auch nicht nach, Conor? Dabei ist die Colm-Erklärung so viel logischer, weil …

»Ich glaube, es hat ihn ziemlich angepisst, dass die Soloparts immer an dich, Jason oder Mickey gingen«, sagt Keith, als könnte er mir hinter die Stirn schauen.

»Aber da hätte man doch bestimmt drüber reden können.«

»Haben wir. Mehrfach.«

Oh. »Und was hast du ihm gesagt?«

»Dass seine Stimme nicht ausdrucksstark genug ist für einen Solopart.«

Autsch.

»Er wusste von Anfang an, dass ihr drei der stimmliche Mittelpunkt der Band sein würdet und er und Owen für die Harmonien zuständig sind.« Seine Mimik wird weich. »Conor, d*u* bist die Stimme der Lovesuckerz. Das Label weiß das, die Fans wissen das, und Colm habe ich das heute auch noch mal klipp und klar gesagt.«

Meine Augen gleiten über die vielen Outfits, die Wendy bereits aufgebügelt und auf breite Hänger gezogen hat, damit sie bis zum Auftritt faltenfrei bleiben. Einheitsbeige. Leinen. Strohhüte. Abscheulich.

»Keith«, fange ich ganz vorsichtig an und deute mit meiner noch intakten Hand erst auf den Ständer und dann auf mich selbst – genauer gesagt auf Mr. T, der Keith einen stummen, aber äußerst grimmigen Blick von meinem Shirt aus zuwirft –, »das bin ich nicht.«

Ich habe echt lange gebraucht, um Allies Worte zu verstehen, sehe sie schwarz auf schmutzigweiß vor mir auf der Mauer der Abbey Road Studios drüben in London. Ihr Lächeln, als sie mir den Edding reicht und weitergeht, als wäre nichts gewesen. Aber dazwischen war alles. Sie und ich und wir und all das, was ich heute weiß und gestern noch nicht wusste. Deshalb strecke ich den Rücken durch und hebe das unrasierte Kinn, ehe ich sage: »Du hast recht, Keith. Ich *bin* eine Stimme. Aber nicht die der Lovesuckerz.«

Er braucht nur zwei Sekunden für die Erkenntnis, für die ich einen ganzen Monat gebraucht habe. Dann sieht er zu Boden, nickt abwesend.

»Und jetzt?«, fragt er, und ich habe nicht die geringste Idee, was ich ihm antworten soll. Weil ich bis zu diesem Punkt in meinen Gedanken nie gekommen bin. Was jetzt, verdammt?

Was jetzt?

Allie ist jetzt.

INSTAGRAM

liz_official ♡ LIVE vom 31. August ♡

Hey, ihr Lieben. [Das Mikrofon kratzt.] Es ist Samstagabend, acht Uhr, und ihr wisst, was das heißt! [kurze Pause] Sorry, dass es letzte Woche keinen Clip gab, aber irgendwie ... hatte ich wichtigere Dinge im Kopf. [Es raschelt.] Heute also endlich wieder live. Komisch, weil ... Ich weiß gar nicht recht, was ich sagen soll. Ich werd gleich auch noch was singen [Ein Räuspern ist zu hören.], aber jetzt wollte ich euch erst mal was anderes mitteilen, weil es mir wichtig ist, dass ihr ... Also, der Song ist mir superwichtig, und ich glaube, dass der nur rüberkommt, wenn ihr mich dabei ... Jedenfalls, also ... Ich bin meganervös, falls euch das noch nicht aufgefallen ist. [unbeholfenes Lachen, gefolgt von einer weiteren Pause] Alle Welt redet ja immer davon, dass es auf Instagram zu wenig Realität gibt, deshalb ... [lautes Schnauben]. Bitte schön. Hier habt ihr eure Dosis Realität für heute. [Es raschelt, der schwarze Vorhang fällt.] Das bin ich. Keine Ahnung, wie ich in euren Gedanken bis eben ausgesehen habe, aber das ist jetzt vorbei. Keine Sydney-Sweeney-Bilder mehr in euren Köpfen, während ihr meine Videos hört. Kein Versteckspiel mehr. Das hier bin ich. [Sie sieht abwartend in die Kamera.] Hallo, Instagram. In Zukunft werdet ihr auf diesem Kanal keinen schwarzen Vorhang mehr sehen und keine Cover mehr hören. Versprochen. [Pause, kurzer Blick zur Kamera, dann holt sie ihre Gitarre aus dem Ständer und schlägt ein paar Saiten an.] Und das hier ist für jemanden, der genau weiß, dass er gemeint ist.

All Your Secret Songs

Lying awake in the dark of night
With nothing but your smile on my mind
Holding on tight so nobody knows
That no one ever came this close

The voice behind the curtain
The soul between the lines
The key to all emotions
That I keep buried deep inside

I couldn't help but fall for you
Now there's just one heart where there used to be two
So sing me your songs, all your secret songs
They show me where your soul belongs, where it belongs

The voice behind the curtain
The soul between the lines
The key to all emotions
That I keep buried deep inside

I should've believed it
Never felt this way before
We could have been it
All we ever wanted and more
I should've believed it

My voice behind the curtain
Your soul between the lines
The key to my emotions
No longer buried deep inside

Alle 382 Kommentare ansehen

feeheeelin_good Alter, ich wusste es doch – Sahneschnitte!

trishwithan_a Richtig toll gesungen!

PatsyBanksUK Toll, dass du dich endlich zeigst. Und das Lied ist wunderwunderschön! Wer ist der Glückliche, für den du das geschrieben hast?

itsme.dermotokeefe Beeindruckende Vorstellung. Ich hoffe, wir werden noch viel von dir hören, Liz!

leiafromlahinch Was für ein unfassbar toller Song!

Allie – I'm really not fine at all

Ich weiß nicht, wann ich den letzten Samstagabend zu Hause verbracht habe. Normalerweise stehe ich um diese Zeit im *VIPer*, aber jetzt ... jetzt stehe ich am Fenster und sehe über den dunklen Wasserlauf des Liffey zur anderen Seite, wo begraben unter dem Lichterglanz der *Temple Bar*, das *Olympia Theatre* liegt.

Das Handy auf der Fensterbank neben mir vibriert. Ich verschränke die Arme vor der Brust, um mich davon abhalten, es in die Hand zu nehmen. Kommentare, Herzchen, erhobene Daumen im Minutentakt. Von allen, nur nicht von ihm.

Bis vor einer halben Stunde konnte ich mir einreden, dass er das Video noch gar nicht gesehen hat, weil er auf der Bühne steht. Aber jetzt haben wir gleich elf, und er ist bestimmt längst umgezogen – raus aus den verschwitzten Einheitsklamotten, rein in David Hasselhoff oder Arnie oder Forrest Gump. Auf dem Weg ins Hotel oder keine Ahnung, wohin. Hierher nicht, so viel ist klar.

Ich habe tatsächlich kurz darüber nachgedacht, hinzugehen. Mich an den Bühnenrand zu stellen, ihm zu sagen, wie sehr ich ihn vermisse, während vorn die Fans lautstark nach einer Zugabe verlangen. Aber dann kamen andere Gedanken, böse. Dass er mich auslachen könnte. Oder mich vor allen bloßstellt als die intrigante Journalistin, die mit den Stars ins Bett geht, um an die richtig guten Geschichten ranzukommen. Oder – und das war der schlimmste Gedanke von allen – dass er mich schlicht und ergreifend fortschickt, weil ich der letzte Mensch auf der Welt bin, den er sehen möchte. Und, fuck, das hat wehgetan, selbst in meinen Gedanken! Also habe ich es gelassen. Stehe stattdessen hier, sehe aus dem Fenster und stelle mir vor, wie Dervla an meiner Stelle steht und sich den Jungs backstage an den Hals wirft, um auch noch die letzten Infos aus ihnen herauszuquetschen, wie die falsche Schlange, die sie nun mal ist.

Mein schwacher Geist verlangt nach einer Zigarette, aber selbst *die* hat er mir versaut, weil ich ständig daran denken muss, dass sie schlecht für seine Gesundheit sind – und für meine natürlich auch. Und vielleicht kommt er ja doch noch vorbei, und dann will ich nicht nach kaltem Rauch riechen, und außerdem habe ich gar keine Kippen mehr und …

Ich hätte doch hingehen sollen! Mag sein, dass er mir nichts mehr zu sagen hat – nichts Gutes zumindest –, aber ich ihm dafür umso mehr. Dass es mir leidtut, was die Presse mit ihm gemacht hat. Die Dervlas dieser Welt, die sich schämen sollten für ihre ekelhafte Sensationsmache bei jeder Berichterstattung. Dass ich anders bin, dass ich so etwas nie schreiben, geschweige denn weitergeben würde. Dass all seine Geheimnisse nirgendwo sicherer sind als bei mir, weil ich sie hüte wie einen Schatz, auch wenn mich das am Ende wohl zu keiner guten Journalistin macht. Zumindest in den Augen meines Dads – und denen von Dervla. Vielleicht fehlt mir da auch irgendein Gen – das Schlangen-Gen –, das mich erst zu einer erfolgreichen, angesehenen Journalistin machen würde. Oder eben zu einer falschen Schlange, wie Dervla eine ist. Und wenn ich genau darüber nachdenke, ist das vielleicht auch okay so. Lieber bin ich Alison Rainsford, Musikjournalistin, als dass ich mit dem Wissen leben müsste, dass Menschen meiner Berichterstattung wegen nachts nicht ruhig schlafen können.

Ich wische die Gedanken beiseite und sehe wieder hinaus auf den schwarzen Lauf des Liffey. Ich wünschte, ich könnte jetzt in seinem Arm liegen. Dort hat alles irgendwie Sinn gemacht. Dort, ganz nahe bei ihm, mit dem Ohr auf seiner Brust, während er spricht oder brummt oder einfach nur atmet. Oder während er lacht. Ja, ich glaube, das war mein Lieblingsgeräusch unter all den Abermillionen Geräuschen, die es auf der Welt so gibt. Conors Lachen. Zusammen mit dem Grübchen die absolut perfekte Kombination. Und es killt mich, nicht zu wissen, ob ich es jemals wieder hören werde.

Gott, er fehlt mir. Und just in diesem Augenblick möchte ich mir selbst in den Hintern treten. Dafür, dass ich hier stehe und nicht drüben im *Olympia Theatre*, um ihm all das zu sagen, was ich denke. Weil es nichts bringt, die Worte in meinem Kopf zu lassen, denn dort bringen sie mich nicht weiter. Sie bringen mich höchstens um den Versta-

Die Klingel reißt mich aus besagtem Gedanken.

Sofort ist mein Puls bei hundertzwanzig, die Hände feucht, der Atem unruhig.

Ich recke den Kopf nach vorn, versuche, hinunter auf die Straße zu sehen, kann aber nichts oder, besser gesagt, niemanden am Hauseingang erkennen.

Es könnte mein Dad sein, der sich mit mir über meine Bachelorarbeit unterhalten möchte, obwohl er mir schon ungefähr drei Dutzend Male in der letzten Woche gesagt hat, dass er mich gar nicht unterstützen kann, weil er von Musikjournalismus nichts versteht.

Es klingelt noch einmal.

O mein Gott, er ist es.

Vielleicht. Weiß er überhaupt, wo ich wohne? Egal. Er ist es bestimmt. Er *muss* es einfach sein.

Ich weiß nicht, wie ich es bis zur Tür schaffe, aber irgendwie stehe ich vor ihr, drücke den Summer, lege die zitternde Hand um die kalte Klinke und lausche den Geräuschen im Treppenhaus. Die Haustür fällt ins Schloss. Schritte auf den knarrenden Holzdielen, sie werden lauter. Schwere Schritte, definitiv männlich. Ich schlucke, versuche, die Worte zu sortieren, die mir im Kopf herumfliegen.

Es tut mir leid. Ich war es nicht. Du fehlst mir. Sehr. Bitte, verzeih mir, auch wenn ich nichts getan habe. Ich liebe deine seltsamen Shirts und deine wuscheligen Haare. Und ich glaube, dich liebe ich auch ein bisschen.

Noch bevor die Schritte mein Stockwerk erreicht haben, reiße ich die Tür auf, weil mein Herz es nicht mehr aushält. Es will all die Worte endlich loswerden, die ich seit fast zwei Wochen darin gefangen halte. Ich habe den Mund schon offen, das Piercing bereit, jedes Wort ungefiltert vorbeizulassen, da sehe ich … hellblonde Haare. Nicht wuschelig und viel zu lang. Zu einem hohen Zopf gebunden. Dazu glasige Augen und ein schiefes Lächeln – ohne Grübchen.

»'n Abend!«, brüllt mir die sichtbar betrunkene Dänin entgegen, die fürs Wochenende die Wohnung über mir gemietet hat. Sie ist winzig, noch mal einen halben Kopf kleiner als ich, aber ihre alkoholschwangeren Schritte hallen wie die von Bud Spencer durch das Treppenhaus.

Den hätte ich jetzt gern gesehen. In Form eines T-Shirts.

»Du bis nich Mette«, stellt sie fest und stützt die Hand seitlich an der Wand ab.

»Richtig.«

Ihre Augen versuchen, mich zu mustern, schaffen es aber kaum, länger als eine Sekunde an der gleichen Stelle zu bleiben. Sie nickt langsam. »Mette is schonnach Hause gegang'n.«

Ich deute die Treppen hinauf. »Ist sie vielleicht oben? In *eurer* Wohnung?«

Sie folgt meinem Fingerzeig, dann sieht sie mich wieder an. »'sgibt noch'n oben?«

Sie braucht zwei weitere Zusicherungen meinerseits, bis sie endlich weitergeht. Ich warte, bis sie ein Stockwerk über mir geklopft hat und ihr geöffnet wurde, ehe ich die Wohnungstür schließe und mich mit dem Rücken dagegenlehne. Ein, zwei Sekunden lang kann ich mich noch auf den Beinen halten, dann sacke ich auf den Fußboden, vergrabe das Gesicht zwischen meinen Knien, als mir bewusst wird, wie sehr ich wollte, dass es Conor ist, der da vor meiner Tür steht. Wie scheiße es sich anfühlt, dass er nicht hier ist. Und wie sehr diese Worte jetzt rauswollen. Müssen. Sie *müssen* raus!

Ich rappele mich wieder auf, kehre zum Fenster zurück und greife nach meinem Handy, öffne Instagram, scrolle durch den Posteingang und ignoriere dabei all die ungelesenen Nachrichten, weil keine von ihm ist.

Schon allein beim Klick auf seinen Namen erhöht sich mein Puls um ein paar Schläge.

Seine rhetorische Frage liegt seit fast zwei Wochen da und brüllt mich an, jedes Mal, wenn ich den Verlauf öffne, um ihm zu schreiben. Und jedes Mal hält sie mich davon ab, dreht mir die Worte im Mund um und verformt sie zu einem riesigen Knoten, aus dem es kein Entkommen gibt. Nicht für die Worte und nicht für mich.

Aber nein, nicht heute.

Ganz kurz schiele ich auf den Telefonhörer oben rechts in der Ecke, verwerfe den Gedanken aber gleich wieder. Er würde sowieso nicht rangehen. Wahrscheinlich, weil er mit den Jungs feiern ist, um auf die mehr oder weniger gelungene erste Tour der Lovesuckerz anzustoßen.

Das Gedankenkarussell kommt abrupt zum Stillstand, als …

Ob er im *VIPer* ist, um den Abend dort ausklingen zu lassen?

Jetzt in diesem Moment? Sucht er vielleicht sogar nach mir, weil er auch mit mir reden möchte? Weil er am Ende doch gar nicht weiß, wo ich wohne, aber vielleicht genauso gern mit mir sprechen möchte wie ich mit ihm. Jetzt. Heute. Und ich bin nicht da, weil ich hier bin. Zu Hause, wo er mich nicht finden kann.

»Fuck«, entfährt es mir leise, während ich die ersten Worte eingebe.

liz_official Wo bist du? Wir müssen

Noch während ich tippe, poppt eine Pushnachricht auf meinem Bildschirm auf.

Zu deiner Suche: LOVESUCKERZ

GOSSIP IRELAND
It's Time to Go
Die Spatzen pfeifen es seit Wochen von den Dächern, doch …

Ausgerechnet.

Eigentlich will ich nicht lesen, was Dervla schreibt. Ich will Conor um ein Treffen bitten, jetzt sofort. Aber die Neugier ist groß, deshalb …

GOSSIP IRELAND

It's Time to Go Die Spatzen pfeifen es seit Wochen von den Dächern, doch erst seit etwa einer Stunde ist es offiziell: Die Lovesuckerz gehen künftig getrennte Wege.

NEWS von Dervla McQuaid
11:02 p.m., 31. August

Ausverkauftes Haus im *Olympia Theatre* heute Abend, der frenetische Jubel von 1.240 Fans wabert durch die Halle. Auf der Bühne, wo vor ihnen schon Künstler wie David Bowie, Adele und R. E. M. aufgetreten sind, stehen fünf junge Männer, die einst mit dem Traum an den Start gegangen sind, eines Tages ebensolche Größen zu sein. Doch die Jungs scheinen in den letzten Wochen zu viel Zeit gehabt zu haben, um noch einmal genauer über diesen Traum nachzudenken. Und so kommt es, dass eben diese 1.240 Fans hautnah miterleben, wie Conor Sheehan alias Ryan Breheny noch vor der Zugabe buchstäblich seinen (Stroh-)Hut (ab-)nimmt und den Lovesuckerz den Rücken kehrt. Doch das blieb nicht die einzige Überraschung.

Aber von vorn: Der Abend startet fulminant. Gleich zu Beginn der anderthalbstündigen Show regnet es, während *Be My Everything*, blassgelbe Papierschnipsel von der Hallendecke. Nur zwei Lieder später richten Mickey Cardiff und Colm Hewson das Wort an die Fans. Sie bedanken sich bei jedem und jeder Einzelnen, die während der letzten Wochen zu den Auftritten kamen, entschuldigen sich aber auch bei denen in Cork, Waterford, Kilkenny und Portlaoise, die vergangene Woche in die Röhre schauen mussten, weil die Lovesuckerz einige ihrer Termine nach dem Eklat in Stradbally ersatzlos gestrichen haben. Entsprechend neugierig auf diesen Abend sind nicht nur die Journalisten, die sich dicht an dicht im Bühnengraben drängen. Allen voran auf den jungen Mann mit der blonden Wuschelmähne, den wir aufgrund der ungewohnten Gesichtsbehaarung erst beim zweiten Hinschauen erkennen.

Erst viel später, als Hits wie *Epiphany* und *Crying With A Smile* längst hinter uns liegen, ergreift Conan (hihi) endlich das Wort. Er erzählt, wie er kurz vor dem Auftritt um die sofortige Auflösung seines Vertrags gebeten hat. Dass er sich in seiner »Rolle« als Ryan Breheny nie wohlgefühlt hat, dies aber nicht etwa auf seine Bandkollegen, sondern vielmehr auf die Umstände zurückführt, die ihn überhaupt erst in die Band gebracht haben. (Wir haben über seine Vergangenheit in der Band DeeOhThree berichtet.) Keith Gately, der Manager der Band, sei erwartungsgemäß wenig begeistert gewesen, hätte dem Wunsch aber anstandslos entsprochen.

Die Zugabe, inklusive der Hitsingle *Don't Just Be My Friend* und einem weiteren Konfettiregen, diesmal in Blau, servieren die verbliebenen vier Lovesuckerz dann bereits ohne Breheny. Jason Boland und Mickey Cardiff vertreten ihn würdig, wenn auch noch etwas holprig. Doch wer denkt, dass das schon alles war, der wird von Owen Power Lügen gestraft. Denn dieser tritt kurz vor Ende der Show ans Mikro – unabgesprochen, wie die Gesichter der restlichen Lovesuckerz eindeutig zeigen – und verkündet, dass er die Band ebenfalls verlassen möchte. Es sei eine spontane Entscheidung, berichtet er unter Tränen, versichert aber im selben Atemzug, dass es sich richtig anfühlt.

Und auch, wenn Colm Hewson, noch auf der Bühne stehend, zu Protokoll gibt, unbedingt zu dritt weitermachen zu wollen, ließ Keith Gately nur 20 Minuten nach Ende der Show offiziell verlauten, dass die Verträge der verbliebenen Bandmitglieder ebenfalls aufgelöst werden. Damit sind die Lovesuckerz, denen bis vor Kurzem noch ein kometenhafter Aufstieg wie einst One Direction prophezeit wurde, schon wenige Monate nach ihrer Gründung bereits wieder Geschichte. Man wolle aber mit jedem Einzelnen sprechen und schauen, wo es für die Jungs als Solokünstler hingehen könnte. Wie es also für Mickey Cardiff, Jason Boland und Colm Hewson weitergeht, steht zu diesem Zeitpunkt noch in den Sternen. Sobald es etwas Neues gibt, erfahrt ihr es wie immer HIER!

PS: Ob Colm Hewsons blaues Auge etwas mit den Querelen rund um die Band zu tun hat oder ob er tatsächlich unglücklich gegen die Tür gelaufen ist (as if) blieb bis zuletzt sein Geheimnis. Aber auch dem werden wir auf den Grund gehen, versprochen.

Kommentare:

Anonym Selbst das blaue Auge steht ihm! Einen schönen Mann kann eben nichts entstellen.

Theresa Superschade um die Lovesuckerz! Ich hoffe, wir werden irgendwann wieder von ihnen hören, in welcher Konstellation auch immer.

Anonym Ich hoffe, wir werden noch ganz viel von Colm Hewson hören!

Alex Und wieder eine absolute Perle der journalistischen Berichterstattung ... Glückwunsch.

Allie – Nothing on this planet compares to it

Die Mischung aus verschüttetem Bier, Salz und Desinfektionsmittel hat der Tischplatte über die Jahre so zugesetzt, dass sich die oberste Schicht ganz rau und klebrig anfühlt, als ich die Erdnusskrümel mit dem Handrücken beiseite wische.

Im *VIPer* hätte es das nicht gegeben, aber hier stört sich niemand an meiner spärlichen Säuberungsaktion. Nicht das Pärchen, das das *Fibbers* im selben Moment mit einem Lächeln und einem freundlichen Gruß verlässt. Und auch nicht die Studentengruppe, die sich mit ihren halb vollen Pints an besagtem Tisch breitmacht, nur Sekundenbruchteile, nachdem ich die leeren Gläser entfernt habe.

Überhaupt scheint sich hier niemand an irgendwas zu stören. Nicht, dass ich nach zwei Stunden schon eine Ahnung davon hätte, wie es hier sonst hinter den Kulissen zugeht. Aber nach allem, was ich bisher mitbekommen habe, will mein angeknackstes Herz unbedingt glauben, dass das hier tatsächlich die große, glückliche Familie ist, von der Bill mir unentwegt vorschwärmt.

Davy Carton stimmt gerade einen seiner größten Hits an, und im Nu ist der Pub ein kleiner Hexenkessel aus Jubelschreien, Begeisterung und glücklichen Gesichtern. Ich sehe mich um, und obwohl mir bis eben ausschließlich zum Heulen zumute war, muss ich augenblicklich auch lächeln, weil die Leidenschaft im Raum schier greifbar ist. Davy ist greifbar. Für seine Fans, die jedes Wort mitsingen, mit ihm lachen und in Erinnerungen schwelgen und ihn durch diesen Abend tragen. Und das macht mich glücklich.

Keine Ahnung, wie ich drei Jahre lang so tun konnte, als gehörte ich auf die andere Seite des Liffey, wenn hier doch das wahre Leben pulsiert. Inmitten von speckigen Lederbezügen und ehrlicher Musik, zwischen hausgemachtem Irish Stew und Schälchen mit salzigen Erdnüssen, die den Abend über von Tisch zu Tisch wandern.

Und wer weiß, vielleicht stehe ich auch irgendwann mal dort oben und singe einen meiner Songs.

Das Lächeln verschwindet still und heimlich wieder, weil ich daran denken muss, dass es einen Menschen auf dieser Welt gibt, den ich tatsächlich noch viel lieber auf dieser Bühne sehen möchte. Jetzt in diesem Moment. Jemand, der mich auf eine Art kennt, auf die mich sonst kein zweiter kennt. Und dass er mich hasst, tut so scheiße weh, dass ich mich direkt wieder verkriechen will.

Ich erwische Bills Blick, den er mir vom Tresen aus zuwirft. *Alles in Ordnung?*, fragen seine Augen, und ich nicke, obwohl nichts in Ordnung ist. Und im Moment weiß ich nicht, ob es das je wieder sein wird.

Aber deshalb bin ich ja hier. Um mich abzulenken. Also bringe ich die Gläser zur Theke, wo Tara schon darauf wartet, sie zu spülen. »Danke dir«, ruft sie mir zu und schenkt mir ihr Lächeln.

»Sicher, dass alles okay ist?« Bill hängt über dem Tresen, sein tätowierter Arm zwischen uns auf dem Holz abgestützt, das sicher nicht weniger klebt als das der Tische.

Ich nicke, lade die letzten Gläser vom Tablett und will gerade wieder flüchten, um mich nicht weiter erklären zu müssen, da brandet Applaus auf, als Davy das Lied mit einem schrillen Gitarrenriff beendet und von der Bühne springt, um sich für eine Pause und ein Pint nach hinten zu verziehen. Unmittelbar entsteht Bewegung. Menschen verlassen ihre Plätze, gehen zur Toilette, zur Bar oder vor die Tür, um die Pause für eine Zigarette zu nutzen.

Ich natürlich nicht, ich hab aufgehört, aber ist ja nicht so, als interessierte das jemand. Conor jedenfalls nicht. Die Tatsache, dass ich seit mehr als zwölf Tagen weder von ihm gehört noch gelesen habe, übersetze ich in etwa mit: *Es interessiert mich einen Scheiß, ob du rauchst oder nicht.*

Scheiße, Mann, wie lange dauert so was? Ich war so lange nicht mehr verliebt – glücklich oder unglücklich –, dass ich keine Ahnung habe, wie lange so ein Herz normalerweise braucht, um sich von so was zu erholen. Wie lange es sich noch einbilden wird, Grübchen und Strubbelhaare an jeder Straßenecke zu sehen. Wie oft ich beim Klingeln meines Handys noch zusammenzucken werde, weil ich insgeheim hoffe, dass er es ist. Wie oft die Touristen aus der Airbnb-Wohnung obendrüber noch den falschen Knopf drücken müssen, bis ich kapiere, dass er ganz bestimmt nicht unverhofft vor meiner Tür stehen wird. Und wie oft ich mir noch eingestehen muss, dass er mir wirklich fehlt.

»Klapperst du bitte auch die anderen Tische ab und schaust, ob du noch was einsammeln kannst?«

Danke, Tara!

»Klar.« Ich schnappe mir das leere Tablett und fange an, mich durch die Meute vorzuarbeiten, die bis eben der alternden Rocklegende zugejubelt hat, als mir inmitten der murmelnden Masse ein gelbes Shirt ins Auge fällt. Ich kann nicht anders, als zu grinsen, obwohl sich meine Innereien zusammenziehen, als ich das Konterfei darauf zu erkennen glaube.

Ist gut, Hirn. Heute nicht mehr. Morgen wieder, ja? Aber lass mich bitte für den Mo–

Halt, alle Maschinen auf Stopp!

Ich schwöre, ich habe aus dem Augenwinkel ein halbes Grübchenlächeln gesehen. Plus Dreitagebart. Was … Quatsch ist, richtig? Völliger Quatsch.

Time-out. Bitte.

Und … Strubbelhaare, die bis fast an die graugrünen Augen reichen, die mich über die Distanz von etwa drei Metern zu durchbohren drohen.

Die Synapsen brauchen lange, bis die Information da ist, wo sie hingehört, dann macht es Klick: Conan. Hier im *Fibbers*, live und in Farbe.

Fuck me.

Also, ernsthaft. Jetzt sofort, hier auf einem der klebrigen Tische zwischen all den Leuten und salzigen Erdnüssen und Davy Carton, mir völlig egal, ob Bill mich wegen Erregung öffentlichen Ärgernisses feuert, noch bevor ich richtig angefangen habe. Weil erregt und so, das bin ich definitiv. So was von. Und nervös, weil ich das immer bin, wenn er vor mir steht und mich so ansieht. Mit diesem Schlafzimmerblick, die Lider auf halbmast, kurz vor dem Zufallen, weil er an genau das Gleiche denkt wie ich, während er mit langsamen Schritten auf mich zukommt. Vielleicht ist die Geschichte in seinem Kopf nicht so klebrig wie in meinem, aber, oh boy, was flammt da ein Verlangen im Graugrün seiner Augen auf!

»Wa… wa…«, stammele ich wie so ein Kleinkind, als er mir gegenübersteht, und presse mir das Tablett gegen die heftig bebende Brust, weil er stehen bleibt und nichts tut. Nichts sagt. Nur lächelt. Er und sein Grübchen. So scheiße-schön, dass ich die Konturen nachfahren möchte.

Es lächelt nur für mich.

Es ist Bill, der mich aus meiner Schockstarre reißt, als er mir die Hand auf die Schulter legt und sanft drückt. »Alles in Ordnung bei dir?«, flüsterschreit er mir über das Pubgemurmel hinweg ins Ohr, und ich nicke stumm, wobei das wieder gelogen ist, glaube ich. Nichts ist in Ordnung. Oder doch alles.

»Ich bin … Ich muss … Wir …«

Bill sieht von mir zu Conor und zurück, dann neigt er den Kopf wieder zu mir. »Brauchst du mal fünf Minuten?«

»Vielleicht?«, entgegne ich unsicher, das Tablett noch immer alles, woran ich mich festklammern kann. Dabei bräuchte ich eine Wand. Einen Stuhl. Im besten Fall ein Bett. Mit Conor darin.

»Ja.« Ich nicke, schiebe all die seltsamen Gedanken beiseite und sehe Bill an. »Wäre das okay? Nur fünf Minuten.«

Er zieht lachend das Tablett aus meiner Umklammerung. »Du arbeitest erst ab nächster Woche offiziell hier.« Dann deutet er zur Küchentür. »In meinem Büro seid ihr ungestört. Falls es das ist, was du …«

»Perfekt«, unterbreche ich ihn und muss mich echt anstrengen, das Grinsen zu unterdrücken, als ich nach Conors Hand greife und ihn wortlos hinter die Theke, durch die Küche bis in Bills kleines Büro ziehe. Ich drücke die Tür hinter uns zu, bleibe mit dem Rücken zum Raum daran stehen und atme ein paarmal tief durch, ehe ich mich umdrehe und Conors Blick suche, der an meinen Fußspitzen haftet.

»Was tust du hier?«, frage ich viel zu laut für die plötzliche Stille um uns herum.

»Ich war nach dem Auftritt im *VIPer*.« Er macht einen Schritt, ohne mich anzusehen, ich kann nicht sagen, ob in meine Richtung oder einfach so, weil er kurz das Gleichgewicht verliert, weil er bloß den Scheißboden anstarrt. »Aber da …« – seine Finger spielen nervös miteinander – »… da haben sie mir gesagt, dass ich dich vermutlich hier finde.« Ein Räuspern. »Dabei … haben wir doch Samstag.«

»Hab gekündigt«, presse ich hervor.

»Ernsthaft?« Sein Mundwinkel zuckt, als ich zaghaft nicke. »Cool!«

»Warum warst du dort?« Ob er das Zittern in meiner Stimme hört? »Im *VIPer.*«

Er sieht mich an, wenigstens für eine Sekunde, ehe er die Wand hinter mir fokussiert. »Hab was gesucht.«

»Und was?«

»Meinlck«, nuschelt er in seinen ziemlich sexy Dreitagebart.

»Dein was?«

»Mein Glück.« Jetzt sieht er zur Decke. Gleich drehe ich ihm den hübschen Hals um. »Du hast doch gesagt, dass man sich nur selbst glücklich machen kann, aber …« Grübchen an, Grübchen aus. »Ich glaube, das stimmt nur bedingt, weil … weil ich nur zulassen kann, glücklich gemacht zu werden.« *Hä? You lost me, Conan.* »Aber glücklich machen musst *du* mich schon.«

Ehrlich gesagt, habe ich immer noch nicht verstanden, was er mir sagen will, aber dann holt er Luft, ziemlich tief, als würde jetzt was echt Wichtiges kommen, also schlucke ich die Frage hinunter und … warte.

»Deshalb bin ich hier. Damit wir uns … also, du und ich. Damit wir uns gegenseitig glücklich machen können.« Keinen Schimmer, ob es seine Worte oder sein eindeutiger Blick sind, aber ich habe sofort wieder Schmetterlinge im Bauch.

»Aber ich bin …« Ich räuspere mich, weil meine Stimme ganz komisch klingt. »Ich bin immer noch Journalistin.«

»Ich weiß. Und das ist okay für mich, glaube ich.«

»Auf einmal?«

»Es war scheiße von mir, zu glauben, dass du was mit der Sache zu tun hast, okay?« Er fährt sich durch die Haare, wie er das immer macht, wenn er nervös ist. »Es war Colm, der mich verpfiffen hat. Keine Ahnung, wie und wann, aber es ist passiert, und es … es war so einfach. Die perfekte Erklärung für alles. Und ich war nicht in der Lage, klar zu denken.«

Ich sehe ihn mit hochgezogenen Brauen an. »Und jetzt bist du es?«

»Was?«

»In der Lage, klar zu denken.«

»Nicht wirklich.« Sein Grübchen wird mal mein Tod sein, ganz bestimmt. Dazu kratzt er sich unbeholfen am Hinterkopf. Wie so ein Unschuldsengel. Niedlich. Ein niedlicher Unschuldsengel. Ergibt das Sinn? Vermutlich nicht. Aber das mit Conor und mir hat von Anfang an wenig Sinn ergeben. Es war einfach da, dieses Gefühl, dieses Alles. Ohne Sinn und Verstand, aber deutlich spürbar und so real, dass es mir stellenweise den Boden unter den Füßen weggezogen hat. So wie jetzt, als er einen Schritt nach vorne macht – diesmal einen geplanten – und mir die Hand an die Wange legt.

»Alles, was ich weiß, was ich wissen *muss*, ist, dass ich dich mag, Alison Rainsford, Musikjournalistin.« Er schnaubt leise. »Und dass ich echt gern wissen möchte, wo das mit uns hinführt, wenn wir beide von unserer Insel runterkommen.«

Ich schlucke, rieche Pinien und Jasmin. Und Cola, diesmal von mir selbst, weil ich die vorhin an der Bar getrunken habe, bevor ich Bill davon überzeugen konnte, mich ein bisschen mitarbeiten zu lassen, um auf andere Gedanken zu kommen. Hat nicht ganz funktioniert, das mit den anderen Gedanken. Aber diese hier, die sind auch schön. Die besten, um genau zu sein.

»Ich mag dich auch, Conor.« Sehr sogar. Aber er muss ja nicht gleich alles wissen.

»Das mit uns …«, sagt er und dreht eine meiner aus dem Zopf gefallenen Haarsträhnen um seinen Finger, so wie er mich auch immer wieder um den Finger wickelt, »… mit Liz und Dylan und Allie und …, das … das ist so seltsam.«

»Seltsam gut?«

Er schmunzelt. »Besser.«

Ich schummele mich an seiner Hand vorbei und lasse mein Gesicht gegen das harte Weiche fallen, wo es sich so perfekt einfügt, als wäre es genau dafür gemacht – um hier an seiner Brust zu liegen. Ebenholz auf Gelb. Allie auf Mr. T. Mein liebster Platz auf der Welt.

»Das Beste«, sage ich und schließe die Augen, nehme Pinien und Jasmin und alles, was Conor noch so ist, in mich auf.

»Das ist es also?« Seine Stimme vibriert an meinem Ohr.

»Das ist was?«

»Das ominöse *Fibbers*?«

»Das ist es«, bestätige ich, ohne mich von ihm zu lösen.

»Und was genau soll hier noch mal besser sein als drüben im *VIPer*?«

Mit einem Grinsen im Gesicht lasse ich meine Hände über seine Oberschenkel bis zu seinem hübschen Hintern wandern und schiebe sie in die engen Gesäßtaschen seiner Jeans. »Ich hab gehört, hier stecken die Stöcke nicht so tief.«

Und dann weiß ich, dass mein Ohr an Conors Brust, sein raues Lachen und die Vibration, die es auslöst und die ich bis in den entlegensten Winkel meines Herzens spüre, mit das Schönste sind, was ich je hören, je fühlen, je erleben werde.

So was von sicher.

Epilog
(ein Jahr später)

INSTAGRAM

deeohthree ♡ LIVE vom 30. August ♡
[Das Video startet ohne Ton. Es zeigt Liz an einem E-Piano und Conor neben ihr, auf der Bettkante sitzend, mit Gitarre im Schoß, die sich miteinander unterhalten. Hinter ihnen befindet sich ein Fenster, durch das man hin und wieder bunte Lichtkegel durch die ansonsten dunkle Nacht fliegen sieht. Nach einer halben Minute setzt der Ton ein. Die beiden beenden zeitgleich ihr Gespräch und lächeln in die Kamera. Es raschelt kurz, als Liz das Mikrofon vor sich richtet.]
liz_official: »Hey, ihr Lieben, schön, dass ihr da seid. Es ist Samstagabend, acht Uhr, und ihr wisst, was das heißt.«
Conor_D03: »Diesmal mit einer ganz besonderen Ausgabe, denn wir senden live aus Stradbally vom Electric Picnic, wo wir heute schon in den Genuss von Tadhg Dalys überragender Musik gekommen sind!« [Er deutet zum Fenster.]
liz_official [sieht hinaus in die Dunkelheit]: »Wenn ihr genau hinhört, könnt ihr Paolo Nutinis *Candy* im Hintergrund hören.«
Conor_D03 [lauscht gebannt, dann nach einer Weile leise]: »Und wie krass war bitte Moncrieff gestern Abend? Ich hatte durchgängig Gänsehaut von der ersten bis zur letzten Minute.

[nach kurzer Pause] Kaum zu glauben, dass wir da morgen auch stehen werden, oder?!«
liz_official [ohne sich von Fenster abzuwenden]: »Wenn ich mich recht erinnere, hattest du die Ehre letztes Jahr schon.«
Conor_D03 [zieht die Augenbraue hoch, sieht zu Liz]: »Ernsthaft jetzt?«
liz_official [zuckt unschuldig mit den Schultern]
Conor_D03 [schüttelt den Kopf und sieht wieder zur Kamera]: »Habt ihr die Plakate gesehen? *DeeOhThree feat. Liz* steht da überall im Land, dick und fett geschrieben!«
liz_official: »Denen muss beim Druck ein Fehler unterlaufen sein. Eigentlich müsste es ja heißen *Liz feat. DeeOhThree*.«
Conor_D03 [lacht]: »Ein Fehler, genau.«
liz_official [spielt eine unbekannte Melodie auf dem E-Piano an]: »Sag, Conor, wer hat noch gleich die Musik und Texte für die meisten Lieder eurer neuen EP geschrieben?«
Conor_D03 [steigt mit der Gitarre in die Melodie ein]: »*Mitgeschrieben*, bitte, ja? Du hast an der Musik und den Texten *mitgeschrieben*!«
liz_official [lacht immer noch, während sie weiterspielt]: »Ich hätte doch darauf bestehen sollen, dass wir Prozente dahinter schreiben.«
Kian_D03 [aus dem Off, leicht genervt klingend]: »Alter, seid ihr jetzt durch mit eurem Schwanzvergleich?«
Conor_D03 [hört abrupt mit dem Spiel auf, streckt den Zeigefinger mit großen Augen gen Kamera, dann in Liz' Richtung und wieder zurück]: »Oh, oh, oh, apropos Schwanzvergleich! Habt ihr mitbekommen, dass die Kolumne von *Ihr-wisst-schon-wem* bei GOSSIP IRELAND letzte Woche endlich abgesetzt wurde?«
liz_official: »Keine Ahnung, was genau das mit einem Schwanzvergleich zu tun hat, aber ja [zwinkert], es war mir aus unerfindlichen Gründen nicht möglich, das zu verpassen.«

Kian_D03 [aus dem Off]: »Absolut NIEMAND hat das verpasst, weil Conor es nicht zugelassen hat!«
[Liz hört ebenfalls auf zu spielen, Conor sieht sie an.]
Conor_D03: »Kann sein, dass ich davon leicht besessen war die letzten Wochen, ja. Aus Gründen. [Er sieht zur Kamera.] Und falls einer von euch die Verhandlung live im Gerichtssaal verfolgt hat und zufällig ein Bild von dem Moment gemacht hat, als ihr gesagt wurde, dass sie auch in zweiter Instanz verloren hat, schickt mir eine DM. Ich würde ihr entsetztes Gesicht zu gern auf ewig in meinem Notizbuch einsperren!«
liz_official: »Ist da etwa jemand schadenfroh?«
Conor_D03 [grinst]: »Überhaupt nicht. Aber Karma ist manchmal schon 'ne verdammt coole Sache, findest du nicht? Vielleicht machen sie und *Die-andere-ihr-wisst-schon-wer* ja jetzt eine Selbsthilfegruppe für gefallene Journalistinnen auf oder so.«
liz_official [lacht kopfschüttelnd und spielt ein paar Töne]: »Okay, wenn wir schon bei gefallenen Journalistinnen sind, habe ich auch noch ein paar News für euch.«
Conor_D03: »Besser gesagt: wir.«
liz_official: »Also, eigentlich ich, aber ...«
Conor_D03: »Irgendwie betrifft es mich auch.«
Mark_D03 [kommt von links ins Bild gesprungen]: »Uns alle.« [springt wieder raus, bevor Conor nach ihm schlagen kann]
liz_official [sieht in die Kamera]: »Wie ihr ja wisst, schlagen in meiner Brust zwei Herzen. Zum einen das von Allie Rainsford, die aus einer Journalistenfamilie stammt und jahrelang zwischen den mehrfach ausgezeichneten Wirtschaftsenthüllungen ihres Dads ihren eigenen Platz gesucht hat. Und die im Frühjahr ihre Bachelorarbeit abgegeben hat und sich seit Anfang des Monats offizielle Mitarbeiterin der *Irish Times* schimpfen darf.«
Conor_D03: »Mir schlottern die Knie.«
liz_official [lachend]: »Sei still.«

Conor_D03 [hebt abwehrend die Hände]
liz_official: »Und auf der anderen Seite das von Liz, das schon immer nur für die Musik geschlagen hat und für nichts sonst. [Sie sieht zu Conor, der grinsend auf sein fuchsiafarbenes Shirt deutet, das das Konterfei von Liz ziert, untertitelt mit den Worten *Halt. Hoffnung. Perspektive. Egal, was.]* Und ich dachte lange Zeit, dass ich diese beiden Frauen, diese beiden Herzen unbedingt strikt voneinander trennen muss, um an beiden Enden authentisch zu bleiben. Als Journalistin und als Musikerin. Aber ich habe gemerkt, dass diese beiden Frauen miteinander verbunden sind wie siamesische Zwillinge. Es gibt keine Allie Rainsford ohne Liz, die ihr die Tiefe an Einblicken in die Industrie gewährt, die nötig sind, um überzeugend zu schreiben. Und es gibt keine Liz ohne Allie Rainsford, die ihr die Stimme verleiht. Deshalb habe ich mich nach reiflicher Überlegung mit den Verantwortlichen bei der *Irish Times* zusammengesetzt, und wir haben in beiderseitigem Einvernehmen beschlossen, dass ich ab dem 1. September wieder in der Musikredaktion anfangen werde. Ich werde dort meine eigene Kolumne bekommen, die zum einen täglich auf der Homepage und darüber hinaus samstäglich in der Printausgabe zu finden sein wird. Darin werde ich über Musik und deren Einfluss auf unser tägliches Leben berichten. Quasi wie ein Tagebuch, wenn ihr so wollt, nur in wirklich cool und … anders eben. Lasst euch überraschen! Ich freue mich jedenfalls sehr auf all das, was noch kommt.«
Conor_D03: »Ihr fragt euch jetzt wahrscheinlich, was das Ganze mit uns zu tun hat.«
liz_official: »Richtig, das bedeutet nämlich, dass ich künftig weniger Zeit haben werde, um mit DeeOhThree unterwegs zu sein und Texte für sie zu schreiben, deshalb –«
Conor_D03 [hebt den Zeigefinger, grinst]: »*Mit* ihnen! Du schreibst die Texte *mit* uns.«

liz_official [verdreht die Augen, sieht außerhalb des Bildes jemanden an, lächelt und nickt]: »… deshalb werde ich künftig etwas kürzer treten müssen, was die Zusammenarbeit mit anderen Künstlerinnen und Künstlern angeht, und mich wieder auf meinen eigenen Kram konzentrieren. Aber keine Sorge, denn wie ihr ja wisst, sind Leia und Maisie weiterhin fester Bestandteil der Band. Sie werden während der Live-Auftritte also nach und nach meine Parts übernehmen, sprich Lieder wie *All Your Secret Songs* oder *The Act of Forgiveness* werden dank ihrer tollen Stimmen auch weiterhin auf der Setlist stehen und durch die beiden noch mal eine ganz neue Note bekommen! Und natürlich werden sie, werden wir, morgen auch ein paar der alten Titel spielen, die die zwei schon vor Jahren zusammen mit den Jungs geschrieben haben. Ihr dürft euch aber auch auf den ein oder anderen Song freuen, den ihr mit Sicherheit noch nicht gehört habt.«
Mark_D03 [aus dem Off]: »Ihr könnt euch, was DeeOhThree angeht, also auf einen Abend zwischen Nostalgie und Zukunftsmusik freuen.«
Kian_D03 [aus dem Off]: »Dermot will wissen, ob es trotzdem noch gemeinsame Musik von euch beiden geben wird.«
liz_official [sieht zu Conor, der immer noch auf dem Bett sitzt, dann wieder in die Kamera]: »Du meinst von Conor und mir? [nickt] Auf jeden Fall.«
Danny_D03 [aus dem Off]: »Die zwei können doch gar nicht ohne einander.«
[Beide sehen sich in die Augen, geben sich die Hand. Aus dem Off sind Würgegeräusche zu hören.]
liz_official [lässt lachend Conors Hand los und fängt wieder an, auf dem E-Piano zu spielen]: »Okay, back to business. *DeeOhThree feat. Liz* werden morgen beim legendären Electric Picnic die 3 Music Stage stürmen, und es wird richtig, richtig gut werden, verlasst euch drauf! Es wird groß.

Es wird laut. Es wird herzzerreißend. Es wird zum Heulen schön.«
Conor_D03: »Kurz gesagt: Es wird EPIC.«
Mark_D03 [springt mittig ins Bild]: »Lasst euch nicht abschrecken, wir machen einfach verdammt gute Musik, versprochen!«
Kian_D03 [aus dem Off]: »17 Uhr!«
Danny_D03 [aus dem Off]: »3 Music Stage! «
Conor_D03 [über Marks Schulter hinweg]: »Wir können es kaum erwarten.«
liz_official [guckt an Mark vorbei]: »Bringt gute Laune und die Sonne mit!« Leia_D03 [aus dem Off]: »Wir freuen uns auf euch.«
[Der Bildschirm wird schwarz. Kurz bevor das Mikro ausgeht, hört man Kian rufen: »Das wird der absolute Ham-mer!«]

Alle 187 Kommentare ansehen
dervla.mcquaid Wirst schon sehen, was du davon hast, @conor_D03 Karma strikes back, you know?!
owenpowerzzz C U tomorrow! Front row, baby! Xoxo Jack und Owen
itsme.dermotokeefe @dervla.mcquaid Wenn's eine weiß, dann du, gell?!
alexanderrainsford Way to go, Schwesterherz! Kann es kaum erwarten, dich morgen live zu erleben. Dad kommt sogar mit Fanplakat. 😉
trishwithan_a Ich freue mich so sehr für euch und wünsche euch alles Glück dieser Welt – sowohl der Band als auch euch beiden als Paar. ♡
mickey.notfromcardiff Soo schade, bin morgen in London beim L'Oreal-Casting, wäre so gern dabei gewesen. Dann eben nächstes Jahr, wenn ihr die Mainstage stürmt. 😉
fibbermagees.ie Weiter so! Demnächst dann hoffentlich bei uns auf der Bühne, oder?

poppyshee Meeeega, kleiner Bruder! Birdie, Suzanne und ich werden uns morgen um die Plätze in der ersten Reihe prügeln, wenn es nötig ist. 😉

eilishmcdougall Die ganze Kultur-Sparte der *Times* freut sich schon auf deine Rückkehr, Alison!

noahgallagher_times Große Klasse, Allie (und Band)! Grüße aus Paris x

jasbol2 Saustark, weiter so @deeohthree @liz_official 👍

james.w.rainsford Ich bin so stolz auf dich, Alison! ♡

DANKSAGUNG

Es waren The Script, die schon vor zehn Jahren in ihrem Lied *Without Those Songs* die alles entscheidende Frage gestellt haben: Was wäre das Leben, was wären *wir* bloß ohne die Musik? Tja, … ich habe absolut keine Ahnung!

Und weil die Musik nicht nur in Conors und Allies Leben eine wichtige Rolle spielt, sondern auch in meinem eigenen, dachte ich mir, ich nutze die Danksagung zu *All Your Secret Songs*, um meinen LIEBLINGSMENSCHEN mit ein paar meiner LIEBLINGSSONGS zu danken.

Ben, Mats und Nick ♡ *Freedom Child – The Script*
Kai ♡ *Iris – Goo Goo Dolls*
Mama und Papa ♡ *I Wouldn't Be – Kodaline*
Agnieszka, Jessi, Meike, Sandra und Tatjana ♡ *Long Live – Taylor Swift*
Indra, Jenny, Jessica, Manu, Nadine, Steffi und Stephi, meine Besten, damals wie heute ♡ *I'll Be There For You – The Rembrandts*
Oma Eri ♡ *I'll Be Missing You – Puff Daddy feat. Faith Evans*

Liebe **Jasmin**, danke für dein Vertrauen, eure Begeisterung und diese unglaubliche Chance. Und vor allen Dingen: danke für deine unendliche Geduld.

Danke, liebe **Jara**. Die gemeinsame Textarbeit mit dir war absolut bereichernd, sowohl für mich als auch für die Geschichte.

Lieblings-Vivi, vielen Dank, dass du mit deinem unfassbaren Talent Allie und Conor ein Gesicht verliehen hast (und was für ein wunderschönes)!

Liebste **Rebekka**, wer hätte vor all den Jahren gedacht, dass ich dir einmal für einen Blurb danken würde? Verrückt! Hiermit also höchst offiziell (und zum letzten Mal – versprochen): Ich danke dir von Herzen, meine Lieblings-Dein-SPIEGEL-Bestseller-Autorin. Und nur für dich: *You Don't Know – Westlife.*

Und last, but certainly not least: Danke an **ALLE**, die dieses Buch gekauft und bestenfalls auch gelesen haben. Wenn ihr dabei nur halb so viel Spaß hattet wie ich beim Schreiben, dann bin ich schon glücklich.

Ich hoffe, wir lesen uns in Band II wieder, wenn ich die nächste Geschichte um meine neue Lieblingsband DeeOhThree erzählen darf.

♡ And where would we all be without those songs? ♡

Eure
Nina